À propos de l'auteur

Nora Roberts est l'un des auteurs les plus lus dans le monde, avec plus de 400 millions de livres vendus dans 34 pays. Elle a su comme nulle autre apporter au roman féminin une dimension nouvelle ; elle fascine par ses multiples facettes et s'appuie sur une extraordinaire vivacité d'écriture pour captiver ses lecteurs.

Nora Roberts

Dans la chaleur de l'été

Nora Roberts

Dans la chaleur de l'été

Traduction française de
JULIA LOPEZ-ORTEGA
MARIE CHABIN

HARLEQUIN

Titres originaux :
PARTIE 1 : SECOND NATURE
PARTIE 2 : ONE SUMMER

Ces romans ont déjà été publiés en 2016

HARPERCOLLINS FRANCE
83-85, boulevard Vincent-Auriol, 75646 PARIS CEDEX 13
Service Lectrices — Tél. : 01 45 82 47 47

www.harlequin.fr

ISBN 978-2-2804-2944-3

SOUS LE SOLEIL D'ARIZONA

Prologue

… et dans le ciel noir, la pleine lune était blanche et froide. Il vit les ombres glisser, frémissantes et vives sur la neige que recouvrait une couche de givre. Noir sur blanc. A perte de vue, il n'y avait que le vide, l'absence de couleurs. Le gémissement du vent sur les arbres sans feuilles était l'unique son qu'il percevait. Il savait cependant qu'il n'était pas seul, et le noir comme le blanc le rassuraient. Pourtant, son cœur glacé se serra. Sa respiration, difficile, presque éteinte, formait de petits nuages de vapeur. Sur le sol gelé, il vit une ombre noire s'abattre brutalement. Inutile de courir, le voyage était fini.

Hunter tira une bouffée de sa cigarette puis fixa les mots sur son écran. La fumée les rendait flous. Michael Trent était mort. Hunter l'avait créé, façonné, à seule fin de l'amener vers cette mort pathétique par une nuit de pleine lune. Curieusement, il ressentit une sorte d'euphorie, plus que du remords, pour avoir anéanti cet homme qu'il connaissait mieux que lui-même.

Il décida de s'arrêter là et de laisser ses lecteurs imaginer eux-mêmes les détails du meurtre. L'atmosphère était créée, les secrets à demi dévoilés, la fatalité se devinait sans être expliquée. Il savait que son habitude de laisser ouvertes les fins de ses romans était source à la fois de frustration et de fascination. C'était exactement le genre d'émotions qu'il avait envie de faire naître, et qui lui procurait un sentiment de satisfaction aussi intense que rare.

Hunter donnait corps à la terreur, celle qui coupe le souffle et ne peut être décrite. Il explorait les cauchemars les plus sombres de l'esprit humain et, avec une précision méticuleuse, les rendait tangibles. L'impossible devenait plausible et le mystère un lieu commun. Le quotidien le plus ordinaire finissait par faire froid dans le dos. Il se servait des mots comme un peintre de sa palette. Ses histoires, à la fois simples et extraordinaires, happaient le lecteur dès les premières pages.

Son métier, c'était l'épouvante, et il connaissait un succès phénoménal.

Depuis cinq ans, il était considéré comme un maître du genre. Il avait écrit six best-sellers qui étaient déjà épuisés, et dont quatre avaient été adaptés au cinéma. Les critiques s'extasiaient, les ventes explosaient, les courriers de fans affluaient du monde entier. Hunter, lui, semblait se moquer de tout cela. Il écrivait avant tout pour lui-même, car raconter des histoires était ce qu'il faisait le mieux. S'il distrayait les gens avec ses écrits, cela lui convenait. Mais il savait que, quelle que soit la réaction des critiques ou des lecteurs, cela ne l'empêcherait pas d'écrire. Son travail et son intimité étaient les deux choses qui comptaient le plus dans sa vie.

Il ne se considérait pas vraiment comme une personne solitaire ou asociale. Il vivait simplement comme il l'avait décidé, comme il vivait six ans auparavant, avant que le succès, la célébrité et l'argent ne couronnent son travail.

Sa vie n'avait en rien été bouleversée par tout cela. Il était déjà écrivain avant *En attendant le diable*, qui l'avait propulsé en tête des listes du *New York Times*.

D'aucuns suggéraient que son style de vie était calculé, et qu'il essayait, à dessein, de se faire passer pour un excentrique.

Il tapota sur son clavier et ouvrit un nouveau chapitre. Le chapitre suivant, le mot suivant, le livre suivant avaient bien plus d'intérêt pour lui que n'importe quelle analyse de sa personnalité.

Il avait travaillé pendant six heures, ce jour-là, et il pensait qu'il lui faudrait deux heures de plus. L'histoire lui semblait s'écouler de lui comme l'eau d'un glacier. Elle était froide et claire.

Ses mains qui jouaient avec le clavier attiraient toujours l'attention. Elles étaient fines, longues et puissantes à la fois. En les regardant, on aurait pu penser qu'il composait des concertos ou des poèmes épiques. Elles orchestraient en fait des mauvais rêves et des frayeurs nocturnes. Elles façonnaient des monstres. Pas de ceux qui sont couverts d'écailles dans les mauvais films, mais des monstres suffisamment réels pour donner la chair de poule. Car ses romans étaient toujours assez réalistes pour que l'horreur devienne normale et plausible. Il y avait toujours une créature étrange qui hantait les placards sombres de ses histoires, et cette créature était la peur de chaque lecteur. D'abord il trouvait cette peur, puis, centimètre par centimètre, il ouvrait la porte du placard.

Sa cigarette finissait de se consumer dans un cendrier prêt à déborder. Il fumait trop. C'était peut-être le seul signe extérieur de la pression qu'il subissait. Une pression qu'il n'aurait jamais toléré que quiconque lui impose. Il voulait avoir terminé son livre avant la fin du mois. C'était le délai qu'il s'était lui-même imparti. Il ne savait pas vraiment pourquoi il avait accepté de participer à une conférence à Flagstaff durant la première semaine de juin.

Il refusait la plupart du temps d'apparaître en public. Pourtant, cette fois, il avait fini par donner son accord, sachant qu'il n'y aurait pas plus de deux cents écrivains confirmés ou débutants à cette manifestation, et qu'il pourrait participer à l'un des ateliers, répondre à quelques questions et rentrer rapidement chez lui.

Au cours de cette seule année, Hunter avait décliné des invitations provenant des maisons d'édition les plus prestigieuses du pays. Le prestige ne lui faisait ni chaud ni froid, en revanche, il considérait que sa contribution à l'Association des écrivains d'Arizona serait une façon de payer la dette qu'il avait envers cette institution. Hunter avait compris que dans la vie rien n'était gratuit.

En fin d'après-midi, le chien étendu à ses pieds leva brusquement la tête. C'était un chien fin, au pelage gris et au regard perçant de loup.

— C'est déjà l'heure, Santanas ?

Hunter passa la main sur la tête de l'animal avec douceur. Bien décidé à reprendre son travail un peu plus tard, il éteignit son ordinateur.

Suivi de son chien, Hunter sortit du chaos de son bureau pour entrer dans un grand salon bien rangé. La pièce sentait la vanille et était entièrement vitrée sur l'un de ses côtés.

Il fit coulisser l'une des portes-fenêtres et entra dans un grand patio. Son regard se perdit un instant dans l'immensité des bois qui entouraient la maison. Ces bois le protégeaient et maintenaient les curieux à l'écart. Hunter avait besoin de cela. Il avait besoin de paix, de mystère et de beauté, tout autant que des immenses falaises rouges des canyons. Le seul bruit qui venait troubler le silence était celui de l'eau du ruisseau qui coulait en contrebas. Il inspira profondément l'air pur et frais. Il savait que tout cela était un vrai luxe.

Il la vit alors, avançant tranquillement le long du sentier qui menait à la maison. Le chien se mit à remuer la queue.

Parfois, lorsqu'il la regardait ainsi, Hunter se disait qu'il était impossible qu'une telle beauté lui appartienne. Elle était brune et fine, et avançait avec une grâce insouciante qui le faisait sourire et lui faisait mal à la fois. C'était Sarah. Son travail et son intimité étaient deux choses vitales pour lui. Sarah, elle, était sa vie. Quand il pensait à elle, il se disait qu'il avait bien fait de se battre, de souffrir et d'affronter la peur. Elle valait tellement plus que ces quelques épreuves.

Levant les yeux, elle eut un large sourire qui révéla son appareil dentaire.

— Papa !

1

La semaine qui précédait la mise sous presse d'un magazine comme *Celebrity* était généralement un chaos total. Dans chaque service régnait une ambiance électrique. Les bureaux étaient couverts de montagnes de dossiers, les téléphones occupés, et bon nombre de repas sautés. Il y avait dans l'air un vague sentiment de panique, qui croissait jour après jour. Les susceptibilités se réveillaient, les exigences devenaient extravagantes. La plupart des bureaux restaient allumés jusque tard dans la nuit, l'odeur du café se mêlait à celle de la fumée de cigarette. Après avoir passé cinq ans dans cette rédaction, ce moment de stress mensuel était devenu habituel pour Lee.

Celebrity était une publication respectée, qui affichait plusieurs millions de dollars de ventes par an. Outre les articles concernant les célébrités, il y avait aussi des colonnes écrites par d'éminents psychologues et journalistes, et des interviews d'hommes politiques côtoyant celles de rock stars internationales. Les photographies étaient toutes choisies avec soin, et la qualité des articles devait toujours être irréprochable. Même si ses détracteurs et ses concurrents le rangeaient dans la catégorie « presse à scandale » de qualité, ce mot même de qualité dans leur bouche voulait tout dire.

D'ailleurs, Lee Radcliffe n'aurait jamais signé avec eux

sans avoir la garantie au préalable d'exercer son talent dans l'un des magazines les plus reconnus du pays.

— Comment s'est passée l'exposition de sculptures ?

Lee leva un regard interrogateur en direction de Bryan Mitchell, l'une des meilleures photographes de la côte Ouest. Elle accepta avec gratitude le café qu'elle lui tendait. A vrai dire, elle n'avait pas réussi à additionner plus de vingt heures de sommeil au cours des quatre derniers jours.

— J'ai vu des œuvres d'art plus intéressantes dans les rayons de mon supermarché, répondit-elle avec un sourire moqueur.

— Certaines personnes aiment les choses un peu excentriques et obscures, reprit Lee, qui était du même avis que Bryan, au fond.

Cette dernière se mit à rire en secouant la tête.

— Quand ils m'ont demandé de mettre en valeur ce fouillis de fils électriques rouges et noirs, j'ai failli leur demander d'éteindre toutes les lumières !

— Tu l'as pourtant rendu presque mystique.

— Je pourrais rendre une Déchetterie mystique avec un bon éclairage, répondit-elle en souriant à Lee. Tout comme tu serais capable de le faire avec ta plume.

Les deux jeunes femmes échangèrent un regard complice et Bryan vint s'appuyer sur le bureau de Lee, qui était plutôt bien rangé, comparé aux autres.

— Au fait, demanda Bryan, tu es toujours sur les traces de Hunter Brown ?

Lee fronça légèrement les sourcils. Hunter Brown était en train de devenir l'objet de toutes ses pensées, presque une obsession. Peut-être était-ce justement parce qu'il était inaccessible que Lee s'était mis en tête d'être la première à percer l'aura de mystère qui l'entourait.

Devenir reporter lui avait pris presque cinq ans et elle avait maintenant la réputation d'être une personne tenace, méthodique, avec des idées arrêtées. Lee savait qu'elle était à la hauteur de ces qualificatifs. Les trois mois qu'elle venait de passer à se heurter à des murs dans sa quête d'informations sur Hunter Brown n'avaient en rien entamé sa détermination. D'une façon ou d'une autre, elle finirait par obtenir ce qu'elle voulait.

— Pour l'instant, je n'ai rien de plus que le nom de son agent et le numéro de téléphone de son éditeur, répondit-elle d'une voix légèrement abattue. Je n'ai jamais eu affaire à des gens aussi peu bavards.

— Son dernier roman est sorti la semaine dernière, observa Bryan en saisissant machinalement un document sur une pile de dossiers à côté d'elle. Est-ce que tu l'as lu ?

— Non, je l'ai acheté, mais je n'ai pas eu le temps de le commencer.

Bryan repoussa une des longues tresses couleur miel qui lui tombaient sur les épaules.

— Je te déconseille de lire les romans de ce type le soir, dit-elle en riant. La dernière fois que ça m'est arrivé, j'ai dû dormir avec toutes les lumières allumées ! Je ne sais pas comment il arrive à faire cela.

Lee leva les yeux vers elle.

— C'est bien ce que je compte découvrir.

Bryan savait que Lee y arriverait, elle la connaissait depuis trois ans et ne l'avait jamais vue abandonner un sujet avant d'en avoir tiré tout ce qu'elle voulait.

— Pourquoi tant d'intérêt pour lui, d'ailleurs ? demanda Bryan en la scrutant de ses yeux en amande.

— Parce que personne n'a jamais pu l'approcher, répondit Lee aussitôt.

— Tu es une véritable aventurière !

Un rapide coup d'œil à la scène aurait donné l'impression que deux jolies jeunes femmes étaient en train de discuter dans un bureau au design soigné. Mais, en y regardant de plus près, le contraste était frappant. Bryan portait un jean et un T-shirt moulant et avait une allure totalement anticonventionnelle. Elle semblait parfaitement décontractée, avec ses baskets usées et ses tresses flottantes. Son visage aux traits fins n'était pas maquillé, à l'exception d'une touche de mascara sur les cils.

Lee, quant à elle, portait un élégant tailleur d'un bleu métallique, et l'on devinait son opiniâtreté à ses mains qui n'étaient jamais totalement immobiles. Elle avait une coupe de cheveux à la mode, assez courte et dynamique, qui accentuait son côté femme active. Sa couleur de cheveux oscillait entre le cuivre et le blond. Sa peau était délicate, presque laiteuse, avec de discrètes taches de rousseur. Son maquillage, bien que discret, était particulièrement raffiné, avec une ombre à paupières d'un bleu cendré assorti à ses yeux. Elle avait les traits fins, presque aristocratiques, et qui contrastaient avec ses lèvres charnues à la moue décidée.

Les deux jeunes femmes avaient des styles et des goûts tout à fait différents, mais, curieusement, elles étaient devenues amies dès leur première rencontre. Même si Bryan n'était pas toujours d'accord avec les décisions très arrêtées de Lee, et si Lee n'approuvait pas toujours le manque de ténacité de Bryan, leur amitié n'avait jamais fléchi depuis qu'elles se connaissaient.

— Bien, reprit Bryan, quel est donc ton plan machiavélique ?

— Continuer à creuser, répondit Lee avec un regard malicieux. J'ai quelques contacts chez Horizon, sa maison d'édition. Peut-être que quelqu'un finira par me donner une piste. Parce que, pour l'instant, c'est l'homme invisible, je n'arrive même pas à savoir dans quel Etat il vit.

— J'aurais plutôt tendance à croire les rumeurs, répondit Bryan, pensive. Je dirais qu'il vit dans une grotte quelque part, parmi les chauves-souris et avec deux loups pour animaux de compagnie. Il écrit probablement ses manuscrits avec le sang d'agneaux sacrifiés selon un obscur rituel.

— Et tu crois qu'il égorge de jeunes vierges les soirs de pleine lune ?

— Cela ne me surprendrait pas ! lança Bryan. Je te dis que cet homme ne doit pas être tout à fait normal !

— *Hurlement silencieux* fait déjà partie des meilleures ventes.

— Je n'ai jamais dit qu'il n'était pas talentueux, répliqua Bryan. Je dis qu'il est bizarre. Il doit avoir un esprit sacrément torturé. Je peux t'assurer que j'aurais aimé ne jamais avoir ouvert son livre quand j'ai passé la nuit toutes lumières allumées, le cœur battant.

— C'est ça ! s'exclama Lee en se levant pour arpenter son bureau. Quel genre d'esprit a-t-il ? Quel genre de vie mène-t-il ? Est-il marié ? A-t-il soixante-cinq ou vingt-cinq ans ? Pourquoi aborde-t-il toujours des thématiques proches du surnaturel ?

Lee s'arrêta devant la fenêtre. Elle se moquait bien de la vue sur Los Angeles qui s'étendait sous ses yeux. Elle avait besoin de réponses.

— Pourquoi lis-tu ses romans ? demanda-t-elle subitement à Bryan.

— Parce qu'ils sont fascinants, répondit cette dernière sans réfléchir. Parce qu'aussitôt que j'ai lu les deux premières pages je ne peux plus lâcher mon livre.

— Tu es une femme intelligente, commença Lee.

— Pour sûr ! répondit Bryan amusée. Et alors ?

— Comment se fait-il que des gens intelligents achètent des livres qui les terrorisent ? Lorsque tu prends un Hunter Brown, tu sais bien ce qu'il va se passer, et pourtant chacun de ses ouvrages est en tête des ventes aussitôt. Pourquoi un homme, qui est sans conteste intelligent, écrit-il de tels livres ?

— Je me trompe ou je sens une nuance de désapprobation dans ta voix ?

— Peut-être, oui, reconnut Lee. Cet homme est l'un des meilleurs écrivains du pays. Lorsqu'il décrit une pièce dans une vieille maison, on peut presque sentir l'odeur de la poussière. Ses personnages sont tellement réels que l'on a l'impression que ce sont des gens que l'on connaît. Et pourtant il utilise son talent à écrire des romans d'épouvante. J'ai besoin de comprendre !

— Je connais moi-même une femme qui a un esprit d'analyse des plus fins, un talent inouï pour rendre les histoires les plus ordinaires absolument palpitantes. Elle est ambitieuse, a un style fantastique, et pourtant elle travaille pour un magazine et s'obstine à ne pas terminer le roman qu'elle a entamé. Elle est jolie mais refuse la plupart des rendez-vous galants qu'on lui propose. Et pour couronner le tout, elle a la sale manie de sculpter des trombones pendant qu'elle parle.

Lee baissa les yeux sur le petit fil de métal tordu qu'elle tenait entre ses doigts, avant de les relever pour fixer Bryan.

— Et est-ce que tu sais pourquoi ?

— J'essaye de le découvrir depuis que je la connais, répondit Bryan avec un sourire amusé qui contrastait avec le sérieux de sa voix. Mais je continue à n'y rien comprendre.

Lee lui rendit son sourire et jeta le trombone dans une corbeille à papier.

— Dans ce cas, tu n'es pas une vraie reporter !

Par esprit de contradiction, Lee alluma sa lampe de chevet et ouvrit le roman de Hunter Brown. Elle en lirait un chapitre ou deux et se coucherait tôt. Une longue nuit était un véritable luxe après la semaine qu'elle venait de passer à *Celebrity*.

Sa chambre était peinte dans des camaïeux de bleu, adoucis par des teintes ivoire. Sur le sol, elle avait mis un immense tapis persan qu'elle avait couvert de nombreux coussins moelleux. Sur un guéridon ancien se trouvait un vase avec des plumes de paon et des branches d'eucalyptus. Près de la fenêtre, un ficus magnifique complétait le tableau.

Pour Lee, cette pièce était vraiment son seul et unique refuge. Il symbolisait son intimité. En tant que journaliste, elle acceptait le fait d'être un personnage public, au moins autant que les gens sur qui elle écrivait, mais ici elle pouvait se détendre et oublier qu'elle avait du travail à terminer et des échelles à grimper. Elle pouvait feindre de croire que Los Angeles ne bouillonnait pas à l'extérieur. Sans cela, elle savait que le surmenage la guettait.

Lee se connaissait bien et savait qu'elle avait tendance à en faire toujours plus, à ne jamais s'arrêter. Lorsqu'elle retrouvait le calme de sa chambre, elle parvenait alors à recharger ses batteries et à se sentir d'aplomb pour attaquer sa nouvelle journée de travail.

Détendue, elle commença la lecture du roman.

En moins d'une demi-heure, elle se sentait déjà angoissée, mal à l'aise et totalement captivée ! Si elle n'avait pas été aussi avide de savoir la suite, elle aurait presque pu se mettre en colère contre l'auteur qui lui faisait ressentir de telles émotions. Il avait placé un homme tout à fait ordinaire au cœur d'une intrigue extraordinaire, et ce avec tellement de talent que Lee avait l'impression d'être elle-même cet enseignant pris au piège dans une petite ville aux sombres secrets.

Le style était parfaitement fluide, et les dialogues si naturels qu'elle avait l'impression d'entendre les personnages s'exprimer. La description de la ville regorgeait de détails qui lui semblaient familiers, si bien qu'elle aurait pu jurer qu'elle s'y était déjà rendue. Elle avait beau savoir que ce roman allait lui faire passer plus d'un sale quart d'heure, elle ne pouvait se résoudre à interrompre sa lecture. C'était la magie du conteur qui s'exerçait. En le maudissant, elle continua à tourner les pages, jusqu'à ce que la sonnerie du téléphone la fasse sursauter et lâcher son livre. Nerveuse, Lee décrocha le combiné.

Sa nervosité s'estompa cependant rapidement, et elle s'empara d'un crayon pour noter les indications qu'on lui communiquait. Elle serait à jamais redevable à son contact new-yorkais de l'information qu'il venait de lui transmettre. Mais le plus important, pour l'instant, était d'organiser son voyage à Flagstaff, dans l'Arizona, afin d'assister à la conférence littéraire qui devait s'y tenir.

Elle devait bien admettre que la campagne était magnifique. Comme à son habitude, elle avait profité de son vol de Los Angeles à Phoenix pour travailler, mais une fois dans le petit avion régional qui la menait à Flagstaff elle avait abandonné toutes ses notes. L'avion traversait de fines masses nuageuses qui s'estompaient soudain pour laisser découvrir l'immensité sauvage de la nature. C'était un paysage qu'il lui était difficile de concevoir, alors qu'elle venait à peine de quitter Los Angeles et ses gratte-ciel. Elle contemplait les vallées et les pics rocheux semblables à des châteaux forts dans le canyon d'Oak Creek et sentait une excitation fébrile s'emparer d'elle. Si seulement elle avait eu un peu plus de temps…

Lee soupira en descendant d'avion. Elle était toujours à court de temps.

Le minuscule aéroport disposait d'un petit hall avec un ou deux stands et un distributeur automatique. Il n'y avait pas de haut-parleur pour annoncer les vols, et personne ne vint lui proposer un chariot pour transporter ses valises. Pas de file de taxis à l'extérieur non plus. Ses sacs à bout de bras, Lee fronça les sourcils. La patience n'était pas vraiment sa qualité principale.

L'employé leva le regard de son écran d'ordinateur. Son sourire poli se figea lorsqu'il vit le visage de Lee. Elle lui rappelait un camée que sa grand-mère avait l'habitude de porter pour les grandes occasions.

— Souhaitez-vous louer un véhicule ?

Lee réfléchit un instant à cette possibilité, puis se dit qu'elle n'était pas venue ici pour faire du tourisme.

— Non, je cherche simplement un moyen de transport jusqu'à Flagstaff, expliqua-t-elle en lui tendant la carte de son hôtel. Ont-ils un service de chauffeurs ?

— Oui, certainement. Leur numéro est indiqué sur la liste accrochée près de ce téléphone, répondit-il en lui indiquant une cabine un peu plus loin. Ils vous enverront quelqu'un.

— Merci.

Il la regarda s'éloigner avec attention. Cette jeune femme avait quelque chose qui ne laissait pas indifférent.

En traversant le hall, Lee reconnut l'odeur des hot-dogs. Comme elle avait refusé le plateau qu'on lui avait proposé pendant le vol, elle commençait à avoir l'estomac dans les talons. Elle composa le numéro de l'hôtel et on lui assura qu'une voiture serait là une vingtaine de minutes plus tard. Elle alla ensuite s'acheter un hot-dog et prit place sur l'un des sièges en plastique de l'entrée.

Elle allait obtenir ce qu'elle était venue chercher, décida-t-elle en contemplant les montagnes au loin. Elle ne serait pas venue pour rien. Après trois mois de recherches inabouties, elle allait enfin rencontrer Hunter Brown.

Elle avait dû faire usage de tout son pouvoir de persuasion pour convaincre son rédacteur en chef de financer son escapade. Mais il ne le regretterait pas. Elle commença à passer en revue les questions qu'elle comptait poser à Hunter Brown, aussitôt qu'elle lui aurait mis la main dessus.

Tout ce dont elle aurait besoin, ce serait d'une heure avec lui. Soixante minutes. Cela lui suffirait pour obtenir les informations nécessaires à la rédaction de son article. Après tout, elle avait déjà réussi un sacré tour de force cette année en obtenant une interview du lauréat des oscars, malgré ses réticences. Et elle avait renouvelé l'expérience avec ce candidat aux élections présidentielles qui s'était montré franchement hostile à leur entrevue. Hunter Brown serait certainement à la fois réticent et hostile, mais peu lui importait. Cela ajouterait du piquant à leur rencontre.

Si elle avait rêvé d'une vie simple et sans surprise, elle aurait cédé aux pressions sociales et familiales en épousant Jonathan. A l'heure qu'il était, elle serait certainement en train d'organiser sa prochaine garden-party.

Lee se retint de rire. Des garden-parties, des tournois de bridge et le yacht-club. Cela aurait certainement convenu à sa famille, mais elle rêvait d'autre chose. « De quoi, précisément ? », lui avait demandé sa mère. D'autre chose.

Lee vérifia sa montre et laissa ses sacs pour aller aux toilettes. La porte venait à peine de se refermer derrière elle que l'homme qui occupait toutes ses pensées entra dans le hall.

Les bonnes actions n'étaient pas vraiment son genre et il les réservait généralement à ses proches. Mais, étant donné qu'il était arrivé en ville en avance, Hunter avait fait un saut jusqu'à l'aéroport pour accueillir son éditrice. Il se rendit directement au guichet où Lee était allée se renseigner quelques minutes auparavant.

— Le vol 741 est arrivé ?

— Oui, monsieur, il y a dix minutes.

— Est-ce que par hasard vous auriez vu arriver une femme, assez jolie, d'environ vingt-cinq ans ?

— Oui, monsieur, répondit l'employé. Ce sont ses valises, là-bas.

— Merci, répondit Hunter en se dirigeant vers le siège de Lee.

Il passa en revue les trois valises en songeant que décidément l'idée de voyager léger était totalement étrangère à toutes les femmes. Sarah elle-même n'avait-elle pas emporté deux valises pour aller passer trois jours avec sa sœur à Phoenix ? Il trouvait étrange que sa fille puisse avoir déjà des comportements de femme. Mais sans doute était-ce normal, après tout. C'était peut-être pour cela qu'il accordait plus facilement sa confiance aux hommes.

Lee remarqua l'homme qui se tenait à côté de ses valises et lui tournait le dos. Il était grand, plutôt mince, avec des cheveux noirs en bataille. « Juste à l'heure ! », se dit-elle.

— Je suis Lee Radcliffe.

Lorsqu'il se retourna, Lee, sans bien comprendre pourquoi, se figea brusquement.

Indéniablement, cet homme était beau, peut-être même un peu trop. Il avait un visage fin, assez masculin, et ses traits étaient anguleux sans être durs. Son nez droit contrastait avec ses lèvres pleines. « Une bouche de poète », se dit-elle. Ses cheveux étaient noirs et légèrement bouclés. Pourtant, ce n'était rien de tout cela qui lui avait fait perdre la voix. C'étaient ses yeux.

Elle n'avait jamais vu un regard aussi sombre, aussi direct, aussi… troublant ! Elle avait l'impression qu'il la perçait à jour. Comme si, en l'espace de dix secondes, il avait lu dans son âme.

Hunter pendant ce temps découvrait un visage ravissant, à la peau laiteuse et aux grands yeux mélancoliques. Il s'attarda sur la bouche féminine et attirante. Il apprécia le menton décidé et admira les cheveux d'un roux lumineux qui devaient être doux comme de la soie sous les doigts. Il devina que la femme qui se trouvait devant lui, et qui était calme en apparence, devait bouillonner à l'intérieur. Enfin il se dit qu'elle sentait aussi bon qu'une soirée de printemps et ressemblait à une couverture du magazine *Vogue*.

Pourtant, il n'aurait pas prêté plus attention à elle s'il n'avait pas perçu son caractère bien trempé, car c'est ce que les gens cachaient sous leur carapace policée qui le passionnait.

— Oui ?

— Eh bien, je..., balbutia-t-elle, furieuse contre elle-même. Si vous êtes venu me chercher, nous pouvons y aller. Voilà mes valises.

Il la considéra en silence. Son erreur était simple et évidente, et il lui aurait suffi d'un instant pour éclaircir cette méprise. Mais après tout, c'était elle qui s'était trompée, pas lui. Et puis Hunter avait toujours cru aux impulsions qui vous font agir, plutôt qu'aux prudentes explications. Il se saisit donc de ses valises.

— La voiture est juste là.

Lee retrouvait une contenance. Elle était étonnée de sa réaction, car elle n'était pas du genre à se laisser surprendre. Encore moins par un homme. C'était certainement dû à l'excitation de sa prochaine rencontre avec Hunter. Elle avait, avant toute chose, besoin de se détendre dans un bon bain.

Le véhicule dont il lui avait parlé n'était pas une voiture ordinaire, mais une Jeep. Etant donné le climat et la condition des routes dans la région, ce devait être normal.

— Vous n'êtes pas d'ici, n'est-ce pas ? demanda Hunter en la détaillant du coin de l'œil.

— Non, je suis venue pour la conférence littéraire.

Il s'installa au volant et ferma sa portière. Maintenant il savait où l'emmener.

— Vous êtes écrivain ?

Lee pensa aux deux premiers chapitres de son roman

inachevé qu'elle avait emportés avec elle au cas où on lui poserait des questions.

— Oui.

Hunter traversa le parking avant de rejoindre la bretelle d'autoroute.

— Et qu'écrivez-vous ?

Lee considéra qu'il valait mieux qu'elle expérimente son discours avec lui avant de se retrouver au milieu de deux cents éditeurs et écrivains.

— J'ai surtout écrit des articles et quelques nouvelles, répondit-elle assez honnêtement. Et puis j'ai commencé un roman.

Très peu de gens dans son entourage étaient au courant de cette information.

— Et vous comptez le terminer un jour ? demanda-t-il tandis que la Jeep avançait à vive allure sur l'autoroute.

— Je crois que cela va dépendre de beaucoup de choses, répondit-elle, embarrassée.

— Ah oui ? Et de quoi par exemple ?

Intimidée, Lee s'efforça de rester immobile sur son siège. Après tout, c'était probablement le genre de questions auxquelles elle aurait à répondre durant tout le week-end.

— Eh bien, il faut savoir si ce que j'ai déjà écrit est bon ou pas, par exemple.

Lee se dit que sa réponse et son malaise étaient tous les deux plutôt justifiés.

— Vous rendez-vous à beaucoup de conférences ?

— Non, c'est la première.

Cela pouvait expliquer son trac, mais Hunter sentait qu'il n'avait pas encore mis au jour tous les motifs de sa nervosité.

— J'espère que ce sera instructif, reprit-elle. Je m'y suis inscrite à la dernière minute, mais quand j'ai su que Hunter Brown serait présent, je n'ai pas pu résister.

Il fronça les sourcils un instant. Il avait accepté de participer à un atelier parce qu'on lui avait assuré qu'aucune publicité ne serait faite autour de cela. Comment cette charmante rouquine avec ses chaussures italiennes et ses yeux de braise avait-elle bien pu avoir vent de sa présence ?

— Qui ça ?

— Hunter Brown, le romancier.

— Vous aimez ce qu'il fait ? demanda-t-il en suivant une nouvelle fois une impulsion un peu folle.

Surprise, Lee se tourna vers lui et étudia son profil. Il lui était infiniment plus simple de le regarder lorsque ses yeux n'étaient pas braqués sur elle.

— Vous n'avez jamais rien lu de lui ?

— Non, pourquoi, j'aurais dû ?

— Remarquez, ça dépend si vous aimez lire barricadé chez vous avec toutes les lumières allumées. Il écrit des romans d'épouvante.

Lee ne perçut pas la petite étincelle qui brilla dans ses yeux l'espace d'un instant.

— Des trucs avec des morts vivants et des crochets de boucher ?

— Pas exactement, répondit-elle. Ce serait trop simple. En fait, il arrive à mettre des mots sur ce qui vous effraie personnellement.

Hunter rit, plutôt satisfait de ce compliment.

— Alors comme ça vous aimez avoir peur ? demanda-t-il d'un ton intrigué.

— Non, déclara Lee catégoriquement.

— Dans ce cas, pourquoi lisez-vous ses romans ?

— C'est ce que je me demande quand je suis en train d'en finir un à 3 heures du matin, répondit Lee en haussant les épaules. C'est plus fort que moi. Je suppose que Hunter Brown doit avoir un caractère très particulier. Il est impossible qu'il soit tout à fait… comme le commun des mortels !

— Vraiment ? lança Hunter en garant sa Jeep devant

l'hôtel. Mais l'écriture, n'est-ce pas simplement une histoire de mots et d'imagination ?

— Oui, c'est aussi de la sueur et du sang, rétorqua-t-elle. Je ne vois pas comment il peut avoir une vie normale avec une imagination telle que la sienne. J'aimerais savoir ce qu'il en pense.

— C'est ce que vous lui demanderez, dit Hunter, amusé, en descendant de voiture pour attraper ses valises.

— Oui, exactement !

Ils restèrent sur le trottoir un instant, silencieux. Il la regardait avec une expression de vague intérêt dans le regard. Pourtant, sans savoir pourquoi, Lee eut l'impression qu'il y avait autre chose. En tout cas, plus que ce qu'un chauffeur pouvait se permettre de manifester à l'égard d'une des clientes de l'hôtel. Encore une fois, elle se força à rester immobile afin de ne pas trahir sa nervosité. Sans un mot, Hunter se dirigea vers l'hôtel, ses bagages à la main.

Lee n'eut pas la présence d'esprit de se dire que cette conversation était différente de toutes celles qu'elle avait pu avoir avec des chauffeurs jusqu'à présent. Elle le regarda s'avancer jusqu'au comptoir et eut l'impression qu'il émanait de lui une aura de force tranquille, mêlée à une curieuse arrogance. Que faisait un homme comme lui à un poste de chauffeur ? Comment parvenait-il à se contenter de faire des allers-retours, sans jamais vraiment avancer dans la vie ?

Peu lui importait après tout, elle avait bien d'autres préoccupations !

— Lenore Radcliffe, annonça-t-elle à l'employé. J'ai réservé une chambre.

— Tout à fait, mademoiselle Radcliffe, répondit-il en lui tendant sa fiche et sa clé. Nous vous souhaitons la bienvenue dans notre établissement.

Hunter ne lui laissa pas le temps de tendre la main et

les attrapa. C'est à ce moment-là que Lee remarqua le curieux anneau qu'il portait au petit doigt. Il s'agissait de quatre fils d'or et d'argent entrelacés.

— Je vous accompagne, déclara-t-il en traversant le hall d'un pas assuré.

Il emprunta un long couloir sur la gauche et avança jusqu'à la porte dont le numéro était indiqué sur la fiche. Il l'ouvrit avant de s'écarter pour laisser entrer Lee.

La chambre était claire et agréable. C'était un rez-de-jardin, avec de larges baies vitrées qui permettaient de sortir directement dans le jardin.

— N'hésitez pas à appeler la réception si vous aviez besoin de quoi que ce soit.

— Bien sûr, répondit Lee, en allumant machinalement la télévision.

Elle ouvrit alors son sac et fouilla dans son porte-monnaie pour en tirer un billet de cinq dollars.

— Merci, dit-elle en le lui tendant.

Leurs regards se croisèrent une nouvelle fois, provoquant la même tension qu'à l'aéroport. Lee remarqua que ses doigts tremblaient légèrement. Il eut un sourire fugace, mais dévastateur, qui la laissa sans voix.

— C'est moi qui vous remercie, mademoiselle Radcliffe, lâcha-t-il laconiquement.

Puis, sans un mot de plus, il empocha le billet et quitta la chambre.

2

Lee savait déjà que les écrivains étaient des gens à part mais, cette fois, elle allait découvrir que les conférences littéraires étaient elles aussi très particulières.

Comme la plupart des quelque deux cents participants, Lee dut faire la queue dès 8 heures du matin pour s'inscrire. De toute évidence, la plupart des invités se connaissaient déjà, et il régnait dans le hall une excitation notable.

Lee apprécia cette atmosphère, mais s'efforça de paraître calme et assurée, tandis qu'on lui tendait son badge et le programme de la manifestation.

Elle alla ensuite s'asseoir un peu à l'écart, et détailla le planning afin de trouver l'atelier animé par Hunter Brown. Avec un sourire satisfait, elle entoura l'une des cases.

« Comment créer le sentiment d'épouvante par l'émotion et l'atmosphère ? »

Bien que le nom de Hunter Brown ne soit pas mentionné, Lee était convaincue qu'il s'agissait de son atelier. Elle devait maintenant s'assurer d'être bien placée. Il lui restait trois heures pour revoir les questions qu'elle poserait. Autour d'elle, les discussions battaient leur plein.

— Si on rejette mon manuscrit encore une fois, je peux t'assurer que je vais finir par mettre ma tête dans mon four !

— Judy, ton four est électrique !

— Oui, mais c'est l'intention qui compte !

Amusée, Lee tendit l'oreille, tout en relisant ses notes d'un œil distrait. La diversité des caractères qui étaient reflétés par ces bribes de conversations la frappa. Certains invités étaient plutôt timides et introvertis, d'autres franchement exubérants ou sophistiqués. Il y avait aussi quelques excentriques, en particulier un homme qui traversa les salons, drapé d'une longue cape noire.

Lee aimait cette diversité, car si elle utilisait essentiellement son talent à dépeindre des personnalités elle restait avant tout une conteuse. Obtenir son poste au magazine n'avait pas été de tout repos, et c'est autour de cet objectif qu'elle avait construit sa vie. Car, malgré ses grandes ambitions, elle était aussi pétrifiée à l'idée de se voir rejetée, et c'était la raison pour laquelle elle avait laissé son roman inachevé au fond d'un tiroir. Le magazine lui procurait le succès, la reconnaissance, la sécurité et des perspectives d'avenir. Ses salaires lui permettaient de vivre confortablement.

Si elle n'avait pas tant voulu se prouver qu'elle était capable d'obtenir tout cela, peut-être aurait-elle tenté sa chance et envoyé ses cent premières pages à une maison d'édition… Chassant ces pensées de son esprit, Lee se concentra de nouveau sur le flot de gens. Tous les types, tous les styles, tous les âges étaient représentés. Certains étaient habillés en tailleur ou costume plutôt stricts, d'autres en jean ; certains avaient même enfilé un smoking pour l'occasion. Lee baissa les yeux vers le dossier qui contenait les premières pages de son roman. C'était simplement un alibi. Elle ne pensait pas avoir suffisamment de talent pour devenir un grand écrivain, alors qu'elle avait la certitude d'être une excellente journaliste. Et elle n'accepterait jamais d'être un auteur de seconde zone.

Pourtant, rien ne l'empêchait de profiter de sa présence ici pour participer à un ou deux séminaires. Peut-être en tirerait-elle quelque enseignement, ou trouverait-elle matière à un article sur les tenants et aboutissants de ce genre de conférence.

Une heure plus tard, après avoir assisté à un premier atelier, elle se rendit à la cafétéria. Elle ferait une courte pause, reprendrait ses notes et irait ensuite réserver sa place pour l'intervention de Hunter Brown.

Hunter leva les yeux de son journal et la regarda entrer dans la cafétéria. Elle avait réussi à piquer sa curiosité. Il lui trouvait une personnalité surprenante, faite de franchise et de sophistication. Il considérait que les personnages, avec leur complexité et leurs traits particuliers, étaient le centre de gravité de ses romans, et aimait creuser un peu le caractère des gens qu'il rencontrait. D'instinct, il sentait que Lee Radcliffe ferait un personnage passionnant.

Il profita de ce qu'elle ne l'avait pas encore vu pour l'observer tout à loisir. Son regard un peu absent tout en étant aux aguets lui fit penser qu'elle était préoccupée. Elle portait un tailleur simple mais qui attestait de son goût, par le choix de sa couleur et sa coupe élégante. Elle faisait partie de ces femmes qui pouvaient tout se permettre au niveau vestimentaire, car elle avait une classe naturelle qui se percevait au premier coup d'œil. Elle devait avoir grandi dans une certaine opulence raffinée. Il était assez aisé pour un œil habitué de faire la différence entre les gens nés dans un environnement fortuné et ceux qui avaient dû travailler pendant des années pour y parvenir.

Mais d'où pouvait lui venir son tempérament de feu ? Hunter décida qu'il le découvrirait.

Repliant son journal, il alluma une cigarette sans cesser de la suivre du regard. Il savait qu'elle ne tarderait pas à sentir qu'elle était observée.

Tout à son prochain article, Lee en oublia presque

qu'elle était venue chercher un café. Soudain, un étrange frisson lui parcourut le dos. Elle se retourna et croisa le regard de l'homme de l'aéroport.

Ces yeux… Il avait des yeux noirs comme du jais, qui vous hypnotisaient et semblaient lire en vous comme dans un livre ouvert. Lee avait l'impression que ces yeux avaient mis au jour tous ses secrets les plus intimes. C'était à la fois effrayant et… fascinant.

Lee s'étonna soudain de ce que ce genre de pensée puisse l'envahir, elle qui était si rationnelle d'habitude. Elle avança vers lui, en se répétant qu'il n'était qu'un homme comme les autres et qu'il n'y avait pas la moindre raison de se sentir troublée.

— Mademoiselle Radcliffe, dit-il en continuant de la fixer tout en lui indiquant le siège libre à côté de lui. Puis-je vous offrir un café ?

En temps normal, elle aurait poliment décliné son offre, mais là, pour une obscure raison, Lee sentait qu'elle ne devait pas battre en retraite. Elle avait l'impression confuse qu'elle avait quelque chose à prouver, à elle-même d'abord, mais aussi à cet homme.

— Oui, avec plaisir.

Il fit un signe à l'une des serveuses avant de demander :

— Alors, que pensez-vous de cette conférence ?

— Eh bien, malgré une désorganisation évidente, j'ai trouvé mon premier atelier passionnant.

— Vous avez un penchant pour les choses organisées ? s'enquit-il avec un léger sourire aux lèvres.

— Oui, je trouve que c'est plus productif.

Il était habillé de façon un peu plus conventionnelle que le jour précédent, mais son pantalon noir et sa chemise sans cravate lui donnaient une allure détendue. Lee se demanda pourquoi on ne lui demandait pas de porter un uniforme. En même temps, quelle que soit sa tenue, il avait quelque chose de rebelle dans le regard que rien ne semblait pouvoir masquer.

— Il me semble pourtant que la plupart des choses fascinantes proviennent du chaos, n'êtes-vous pas de mon avis ?

— Peut-être, répondit Lee en baissant les yeux vers son café.

Pourquoi avait-elle ressenti le besoin impérieux d'éviter son regard, comme si elle avait eu peur d'être aspirée par un tourbillon ? Et que faisait-elle d'ailleurs, assise à cette table, à philosopher avec un inconnu au lieu de travailler ?

— Avez-vous vu Hunter Brown ? demanda-t-il en guettant sa réaction.

— Pardon ? répondit-elle en relevant les yeux.

— Je vous demandais si vous aviez finalement croisé Hunter Brown, reprit-il en la fixant toujours aussi intensément.

— Non, répondit Lee qui se sentit aussitôt sur la défensive sans pouvoir l'expliquer. Pourquoi ?

— Je me demandais si votre première impression serait aussi saisissante que la description que vous m'avez faite de son travail, expliqua-t-il avant de tirer une bouffée de sa cigarette. On se fait souvent une idée préconçue des gens, qui est la plupart du temps bien loin de la réalité.

— Il est plutôt difficile de se faire une idée de quelqu'un qui refuse tout contact avec le monde extérieur !

— Vous voulez dire qu'il se cache ? demanda-t-il les sourcils froncés.

— Oui, je crois que c'est le terme exact ! Il n'existe pas la moindre photographie de lui, aucune biographie non plus. Il refuse les interviews et délègue à sa place son agent ou son éditeur lorsqu'il obtient une récompense. Je sais seulement qu'il accepte exceptionnellement de venir à certaines conférences, mais à la condition expresse qu'il ne soit fait aucune publicité autour de sa participation.

Pendant qu'elle parlait, Hunter gardait le regard braqué sur elle, scrutant chacun de ses changements d'expression. Il vit passer sur son visage des signes de colère et d'impatience. Ses traits semblaient exprimer le calme, pourtant, ses doigts bougeaient sans cesse. Elle serait dans son prochain roman, décida-t-il. Il n'avait jamais rencontré quelqu'un qui lui donne autant de matière pour faire un personnage principal.

Son regard imperturbable gênait Lee qui avait du mal soudain à trouver ses mots. Elle décida de répliquer en le fixant à son tour sans complaisance.

— Pourquoi est-ce que vous me regardez ainsi ?

— Parce que vous êtes une femme intéressante, répondit-il avec assurance.

Un autre homme que lui aurait dit qu'elle était belle ou fascinante, et Lee aurait balayé ces réponses avec dédain.

— Pourquoi ?

— Vous avez un esprit structuré, un style original et vous êtes une boule de nerfs, expliqua-t-il, notant au passage son léger froncement de sourcils. J'ai toujours été intéressé par les personnalités complexes. Je me demande ce que vous pouvez encore cacher, mademoiselle Radcliffe.

Déstabilisée, Lee eut l'impression encore une fois qu'un frisson lui parcourait la colonne vertébrale. Il était difficile de rester à côté d'un homme qui vous faisait ressentir ce genre de sensation.

— Vous avez une curieuse façon de formuler les choses, murmura-t-elle.

— C'est ce qu'on dit, oui.

« Il faut vraiment que tu te lèves et que tu partes, maintenant », se dit Lee. Rester ainsi avec un homme qui la mettait mal à l'aise n'avait aucun sens. Après tout, il était simplement chauffeur. Ne lui avait-elle pas donné cinq dollars de pourboire, hier ?

— Que faites-vous à Flagstaff ? Vous ne me paraissez

pas être le genre d'homme qui se contente de faire des allers-retours à l'aéroport…

— Les impressions sont à l'origine de petits tableaux fascinants, ne pensez-vous pas ? demanda-t-il avec un large sourire.

Lee ne savait pas exactement pourquoi, mais elle avait l'impression qu'il se moquait d'elle. Pourtant, elle répondit presque involontairement à son sourire.

— Vous êtes vraiment un homme étrange.

— Cela aussi, on me l'a déjà dit, répondit-il, soudain grave. Venez dîner avec moi ce soir.

Lee fut moins surprise par sa demande que par l'envie immédiate qu'elle eut d'accepter. Elle fut sur le point de répondre oui, mais changea d'avis.

— Non, je ne crois pas que ce soit une bonne idée.

— Prévenez-moi si vous changez d'avis.

Là encore, sa réaction la surprit. La plupart des hommes auraient insisté.

— Je dois y aller, dit-elle en s'emparant de son attaché-case. Savez-vous où se trouve la salle Canyon ?

— Oui, suivez-moi, répondit-il en réprimant un sourire.

— Vous n'avez pas à m'accompagner, dit-elle en se levant.

— J'ai le temps, trancha-t-il en l'imitant. Avez-vous prévu de profiter de votre séjour pour visiter les environs ?

— Je n'en aurai pas le temps. Dès que la conférence est finie je dois rentrer.

— Où ça ?

— A Los Angeles.

— Trop grand, rétorqua-t-il aussitôt. N'avez-vous pas l'impression d'étouffer là-bas ?

Lee n'avait jamais pensé cela, même si elle avait parfois ressenti un sentiment diffus de claustrophobie. Mais c'était là-bas qu'elle vivait et qu'elle travaillait.

— Non, il me semble qu'il y a assez d'air pour tout le monde.

— Cela signifie que vous n'êtes jamais grimpée au sommet d'un canyon pour inspirer profondément face à l'immensité.

Lee lui jeta un regard de côté. Il avait une façon de décrire les sensations qui les rendait presque palpables. Peut-être aurait-elle dû trouver un moyen de rester deux jours de plus pour découvrir un peu l'Arizona, finalement.

— Une autre fois, répondit-elle en le suivant le long d'un couloir.

— Le temps est capricieux, observa-t-il. Lorsque vous en avez besoin, il file, et quand vous vous réveillez à 3 heures du matin, il semble s'étirer indéfiniment. C'est pour cela qu'il faut le prendre comme il vient au lieu d'anticiper les choses. Vous devriez essayer, cela vous permettrait d'être moins nerveuse.

— Je ne suis pas nerveuse, lança-t-elle, les sourcils froncés.

— Certaines personnes sont capables de lutter contre le stress pendant des semaines, mais il faut pour cela qu'elles trouvent leur soupape de sécurité, expliqua-t-il en frôlant ses cheveux du bout des doigts. Comment faites-vous retomber la pression, Lenore ?

Lee ressentit l'effleurement de ses doigts aussi nettement que s'il avait serré sa main. Elle ne se raidit pas et n'écarta pas sa main non plus. Elle essaya de faire face à une sensation étrange qu'elle ne se rappelait pas avoir déjà ressentie. Il émanait de cet homme quelque chose d'aussi fascinant qu'un orage. Il provoquait à la fois méfiance et attirance. Mais elle n'était pas prête à se laisser emporter par la tourmente.

— Je travaille, je n'ai pas besoin d'autre soupape, dit-elle en crispant sa main autour de la poignée de son attaché-case tout en essayant d'adopter son ton le plus hautain. Et personne ne m'appelle Lenore.

— Vraiment ? Pourtant, c'est un prénom qui vous va bien, féminin, élégant et un peu précieux. « Et le seul mot proféré fut un nom chuchoté : "Lenore !" », dit-il en laissant ses doigts s'attarder quelques secondes encore sur ses cheveux. Je suis sûr que vous auriez beaucoup plu à Edgar Poe.

Aussitôt, elle sentit ses jambes sur le point de se dérober sous elle. Lorsqu'il avait prononcé son prénom, elle avait eu l'impression qu'une plume la frôlait.

— Mais qui êtes-vous ? demanda Lee.

Il était impossible que quelqu'un la bouleverse à ce point alors qu'elle ne savait même pas comment il s'appelait. Il lui sourit tranquillement avant de répondre :

— C'est curieux que vous ne me l'ayez pas demandé plus tôt. Mais vous feriez mieux de vous dépêcher si vous voulez une bonne place.

Il lui indiqua de la main l'entrée de la salle Canyon où commençait à régner une certaine agitation.

— Oui, vous avez raison, murmura-t-elle.

Elle avait besoin de s'éloigner de lui pour lutter contre la curiosité qu'elle ressentait. Sans se retourner, elle entra dans la salle et alla se placer au premier rang. Il était temps qu'elle se concentre sur le motif de sa présence ici. C'était à Hunter Brown qu'elle devait penser, maintenant.

Elle prit son bloc-notes et un stylo. Dans quelques instants, elle allait voir le célèbre et mystérieux romancier. Elle l'entendrait parler et aurait peut-être même la possibilité de lui poser des questions. Avec un peu de chance, elle pourrait même solliciter une entrevue.

Elle avait bien réfléchi à tout cela et avait décidé qu'il n'était pas nécessaire de dire à Brown qu'elle était journaliste. Elle était ici en tant que jeune auteur et avait son manuscrit pour en attester... N'importe qui dans cette pièce avait le droit d'écrire un article et d'essayer de le faire publier, après tout. Sauf si Brown demandait expressément à ce que ses propos ne sortent pas de la salle.

Après cela, elle pourrait certainement gravir un nouvel échelon. Ce serait, somme toute, le premier article documenté et exclusif sur Hunter Brown.

De l'autre côté des portes, Hunter était avec son éditrice, et écoutait d'une oreille distraite le compte rendu de sa rencontre avec un jeune auteur. Hunter comprit qu'elle était enthousiaste. Il avait la capacité de mener une discussion tout à fait cohérente même lorsque son esprit était centré sur autre chose. Il parlait donc à son éditrice tout en pensant à Lee Radcliffe.

Oui, il fallait qu'il fasse de Lee le personnage de son prochain roman. Même si l'intrigue restait très vague pour lui, il sentait qu'elle en serait le cœur. Au préalable, il devait continuer à creuser pour en découvrir un peu plus sur elle, mais il sentait qu'il ne risquait pas d'être déçu. D'après lui, lorsqu'elle le verrait monter sur l'estrade, elle aurait un premier moment de trouble, qui laisserait la place à la stupéfaction puis à la colère. Mais, si elle était aussi impatiente de parler à Hunter Brown qu'elle semblait le dire, elle oublierait vite ses rancœurs.

C'était une femme de tête. Elle cachait une volonté de fer sous une peau de velours. Ses yeux étaient vulnérables, mais son menton volontaire. Sans contraste, un personnage n'était rien. Il fallait des forces et des faiblesses. Sans oublier quelques secrets, qu'il se promettait bien de découvrir. Après tout, il lui restait près de deux jours pour faire plus ample connaissance avec Lenore Radcliffe. Cela devrait suffire.

Hunter entendait, venant de la salle, un brouhaha fébrile, mélange d'enthousiasme et d'appréhension. Cette ambiance était communicative et flattait son ego. Pourtant, il savait que, même si tout cela n'avait pas existé, il aurait continué à écrire. Son travail s'en serait ressenti, bien sûr, car ses émotions se frayaient toujours un passage dans ses romans, mais il n'aurait pas eu d'autre choix, qu'il le veuille ou non.

Après tout, c'était plutôt honnête comme contrat : il gardait pour lui sa vie privée, mais laissait en échange ses émotions et ses sentiments les plus intimes prendre corps dans ses romans, à la disposition de ceux qui se donnaient la peine de les lire.

La femme avec qui il parlait lui inspirait de l'affection et du respect. Ils s'étaient maintes fois disputés à propos de certaines structures de phrases ou à cause de leurs conceptions différentes de l'inspiration. Il s'était mis en colère, avait ri avec elle et l'avait soutenue pendant son divorce. Il connaissait son âge, sa boisson préférée et son petit faible pour les noix de cajou. Cela faisait trois ans qu'elle était son éditrice, ce qui était déjà un long mariage. Pourtant, elle-même ne savait pas qu'il avait une fille de dix ans prénommée Sarah, qui adorait préparer des cookies et jouer au football.

Hunter aspira une dernière bouffée de sa cigarette tandis que l'organisateur de la conférence, et président de l'association littéraire de Flagstaff, s'avançait vers lui. L'homme était un écrivain de science-fiction talentueux, dont Hunter connaissait et appréciait le travail. D'ailleurs, si cela n'avait pas été pour lui, il n'aurait pas accepté d'intervenir à cette conférence.

— Monsieur Brown, je ne vais pas vous répéter une fois encore à quel point nous sommes honorés de votre présence ici !

— Non, répondit Hunter en lui serrant la main, ce n'est pas la peine.

— Nous pensons que lorsque nous allons vous annoncer la salle risque d'être particulièrement surprise. Nous ferons notre possible après votre atelier pour éviter que tout le monde se jette sur vous.

— Ne vous inquiétez pas, je pense que je m'en sortirai.

— J'organise une petite réception dans ma suite ce soir, accepteriez-vous de vous joindre à nous ?

— Je vous remercie, mais j'ai déjà rendez-vous pour dîner.

— Bien. Si vous êtes prêt, je vais vous annoncer.

— Quand vous voudrez.

Hunter le suivit et se glissa dans la salle Canyon. Le murmure de la salle baissa lorsque le président monta sur l'estrade et commença à parler. Hunter parcourut la salle du regard, sans prêter attention à ce que disait le président. Il cherchait Lee.

Elle avait un sourire poli, mais son regard la trahissait. Il était sombre et impatient. Hunter suivit son profil des yeux et s'arrêta sur sa main. Elle s'ouvrait et se fermait nerveusement sur son stylo.

Cette fois encore, Lee sentit son regard sur elle et se tourna vers lui. Leurs regards se croisèrent longuement. Elle sembla se demander ce qu'il pouvait bien faire dans la salle de conférences. Imperturbable, Hunter resta adossé au mur et continua à la fixer.

— Sa notoriété n'a cessé de grimper depuis la publication de son premier roman, il y a cinq ans. Depuis *En attendant le diable*, il nous offre le plaisir de l'épouvante à chaque nouvel ouvrage.

Lorsque le titre du roman de Hunter Brown fut prononcé, une rumeur indistincte commença à s'élever de la salle. Hunter fixait toujours Lee, qui fronça les sourcils.

— Son dernier livre, *Hurlement silencieux*, est déjà en tête des ventes. Nous sommes honorés d'accueillir parmi nous le célèbre Hunter Brown.

Un tonnerre d'applaudissements retentit aussitôt. Hunter se redressa de façon assez désinvolte et avança jusqu'à l'estrade. Il vit le stylo de Lee lui échapper des mains et rouler par terre. Naturellement, il alla le ramasser et le lui tendit.

— Je crois que vous feriez mieux de ne pas le lâcher maintenant, dit-il en plongeant son regard dans le sien.

Comme il l'avait prévu, son air abasourdi se changea en un regard furibond.

— Vous êtes un…

— Oui, mais nous en parlerons plus tard !

Il gravit les deux marches de l'estrade et attendit que les applaudissements s'arrêtent. Il parcourut la salle du regard et aussitôt on n'entendit plus une mouche voler.

— La terreur, dit-il dans son micro.

Il avait déjà captivé l'attention de l'assistance, et ce fut le cas pendant les quarante minutes suivantes. Personne ne bougea, personne ne sortit de la salle. Les dents serrées, Lee le fixait avec mépris.

Elle bouillonnait intérieurement et dut se faire violence pour ne pas s'en aller. Elle s'efforça de prendre des notes détaillées, mais ne put s'empêcher de griffonner en marge une caricature de Hunter Brown à qui elle planta un poignard en plein cœur. Elle se sentit aussitôt beaucoup mieux.

Lorsqu'il demanda à l'auditoire s'il y avait des questions, Lee leva la main la première. Hunter la regarda droit dans les yeux, lui sourit, et interrogea quelqu'un trois rangs derrière elle.

Il répondit professionnellement aux questions qui avaient trait à son métier et resta évasif dès que l'on touchait à sa vie privée. Lee devait admettre qu'il était vraiment doué pour quelqu'un qui ne parlait que très rarement en public. Il semblait parfaitement à l'aise et évita très soigneusement de l'interroger, malgré son impatience manifeste. Pourtant, elle était journaliste et elle savait que si elle ne prenait pas la parole, elle risquait de repartir bredouille.

— Monsieur Brown, commença-t-elle en se levant.

— Je regrette, répondit-il avec un demi-sourire, mais je vais m'arrêter là. Je vous remercie tous.

Il se leva et descendit de l'estrade tandis que les applaudissements se déchaînaient. Le temps que Lee arrive à la porte, elle avait entendu suffisamment de louanges enthousiastes sur Brown pour que sa colère se change en furie.

« Quel culot ! », se dit-elle en sortant dans le couloir. Elle était capable d'entendre toutes les critiques possibles sur son travail, mais elle ne tolérait pas que l'on se moque d'elle ainsi.

Des idées de vengeance lui vinrent à l'esprit. De petites vengeances mesquines et cruelles. Un jour, il lui paierait cela, et ce jour-là elle savourerait sa revanche.

Elle prit la direction des ascenseurs, trop furieuse pour essayer de retrouver Brown maintenant. Il fallait qu'elle se détende un moment avant de réfléchir posément à la suite qu'elle souhaitait donner aux événements.

Oui, elle allait le mettre au supplice.

Elle entra dans l'ascenseur mais alors que les portes étaient en train de se refermer, Hunter Brown se faufila près d'elle.

— Vous montez ? demanda-t-il en appuyant d'autorité sur le bouton.

Lee sentit la rage dans sa gorge. Elle essaya de contenir les paroles insultantes qui lui brûlaient les lèvres et détourna le regard.

— Vous avez cassé votre stylo, remarqua-t-il, amusé.

Son regard s'arrêta sur son carnet de notes et il aperçut la caricature.

— Bravo, dit-il. Je crois deviner que vous avez apprécié mon intervention ?

Lee lui jeta un regard glacial tandis que les portes de l'ascenseur s'ouvraient.

— Vous êtes une source intarissable de lieux communs, monsieur Brown.

— Vous avez un regard assassin, Lenore, dit-il en sortant avec elle de l'ascenseur. Mais cela va bien avec vos cheveux. D'ailleurs, votre croquis en dit long sur vos intentions. Ce que je me demande par contre, c'est pourquoi vous ne me poignardez pas maintenant que vous en avez l'occasion ?

Lee continua d'avancer, se refusant à lui offrir le plaisir de répondre. Elle ne dirait rien, pas un mot.

— Vous vous êtes bien amusé, n'est-ce pas ? lança-t-elle en cherchant les clés de sa chambre au fond de son sac.

— J'ai bien dû sourire une fois ou deux, je vous l'accorde. Vous avez perdu vos clés ?

— Non, je n'ai rien perdu du tout, rétorqua-t-elle en levant les yeux vers lui. Pourquoi n'allez-vous pas plutôt vous rasseoir sur vos lauriers ?

— J'ai toujours trouvé les lauriers inconfortables. En revanche, je vous conseille de vous délester de toute cette colère, Lenore, cela vous fera du bien.

— Ne m'appelez pas Lenore ! s'exclama-t-elle soudain. Je vous interdis de me manipuler comme vous le faites. Vous n'aviez aucun droit de vous faire passer pour le chauffeur de l'hôtel !

— C'est vous qui vous êtes trompée, rectifia-t-il. Je n'ai jamais rien affirmé de la sorte. Si je me souviens bien, c'est vous qui m'avez demandé de vous déposer à l'hôtel.

— Vous saviez très bien que je vous prenais pour le chauffeur. Vous étiez là, à côté de mes valises…

— C'est simplement un cas classique de méprise, dit-il en remarquant que la colère colorait légèrement ses joues. J'étais venu chercher mon éditrice qui avait raté son transfert à Phoenix. J'ai pensé que les bagages étaient les siens.

— Il vous suffisait alors de me le dire.

— Vous ne m'avez rien demandé, remarqua-t-il. Vous m'avez simplement dit de prendre vos valises.

— Vous êtes vraiment agaçant! lança-t-elle en fulminant.

— Oui, mais aussi tellement brillant. C'est vous qui le disiez.

— Etre capable d'associer des mots est un talent admirable, monsieur Brown, dit-elle en essayant de mettre dans son ton tout le mépris dont elle était capable. Mais cela ne fait pas de vous quelqu'un d'admirable.

— Je n'ai jamais dit que je l'étais, rétorqua-t-il en s'adossant au mur tandis qu'elle cherchait son trousseau de clés.

— Vous avez pris mes valises, poursuivit-elle, et je vous ai même donné un pourboire de cinq dollars.

— C'était très généreux de votre part.

Lee s'efforça de rester calme. Si ses mains n'avaient pas été occupées, elle n'aurait pas résisté à l'envie de le gifler.

— Vous vous êtes bien amusé, conclut-elle comme elle trouvait enfin ses clés. Maintenant, j'aimerais que vous me fassiez le plaisir de ne plus jamais m'adresser la parole.

— Et pourquoi vous accorderais-je cette faveur, je vous prie ?

Avant qu'elle ait eu le temps de déverrouiller la porte, il lui saisit la main. Elle frissonna et le maudit en silence.

— Vous disiez que vous aimeriez avoir une entrevue avec moi, reprit-il, amusé. Pourquoi pas ce soir, autour d'une table ?

Elle le fixa avec stupéfaction.

— Vous avez vraiment un culot impressionnant, monsieur Brown.

— Oui, vous l'avez déjà dit. Est-ce que 7 heures vous conviendrait, mademoiselle Radcliffe ?

Elle eut envie de lui répondre que, même s'il rampait devant elle, elle n'irait toujours pas dîner avec lui, mais elle avait un travail à faire. Un travail qui la tenait en haleine depuis trois mois. Sa réussite était plus importante que son amour-propre. Il lui proposait l'entretien après lequel elle courait depuis longtemps. Avec un peu de chance, elle pourrait peut-être même en profiter pour exercer sa vengeance…

— C'est d'accord, répondit-elle en ravalant sa fierté avec difficulté. Où vous retrouverai-je ?

Hunter remarqua qu'elle acceptait du bout des lèvres. Il n'avait jamais cru aux victoires trop faciles. Cette femme était un défi.

— Je passerai vous chercher, précisa-t-il en frôlant son poignet. Vous devriez apporter votre manuscrit, je suis curieux de découvrir votre travail.

Lee sourit et pensa à l'article qu'elle allait rédiger.

— Je serais honorée que vous acceptiez de jeter un œil à mon roman, répondit-elle en entrant rapidement dans sa chambre et lui claquant la porte au nez.

3

Une robe couleur de nuit... Lee avait eu du mal à choisir sa tenue pour la soirée avec Hunter. C'était un rendez-vous professionnel.

La soie d'un bleu profond, ornée de fils d'argent, eut raison de ses hésitations. Elle était élégante et sobre à la fois. Il suffirait à Lee de trouver une écharpe assortie. C'était un rendez-vous tout ce qu'il y avait de professionnel.

Elle se glissa dans le fourreau soyeux qui drapa harmonieusement ses courbes. Son reflet lui plut. Elle ne souriait pas et projetait exactement ce qu'elle souhaitait : l'image d'une femme élégante, sophistiquée et un peu distante. Cette image la rassurait, et elle en avait grandement besoin.

Si elle réfléchissait à sa vie, Lee n'avait aucun souvenir d'avoir été déjà mise en défaut. Elle était bien décidée à ce que cela ne commence pas ce jour-là.

Elle comptait bien faire perdre à Hunter Brown ce petit sourire amusé qu'il avait en permanence aux lèvres quand il s'adressait à elle. On ne se riait pas d'elle impunément. Et peu lui importait ce qu'il lui en coûterait, elle obtiendrait ce qu'elle voulait. Sa victoire serait totale le jour de la parution de son article.

On frappa alors à sa porte et Lee vérifia l'heure. Il était ponctuel. Il faudrait qu'elle le note. Elle prit sa pochette et alla ouvrir la porte avec assurance.

Il portait une chemise avec le col ouvert et une veste

sombre. Nombreux étaient les hommes qui, vêtus d'un smoking, n'étaient pas aussi élégants que Hunter Brown en jean. Il faudrait mentionner cela dans son article. D'ici à la fin de la soirée, elle saurait tout ce qu'il y avait à savoir sur Hunter Brown.

— Bonsoir, dit-elle en passant le seuil de la porte.

— Vous êtes ravissante, dit Hunter en lui prenant la main et en reculant d'un pas pour l'admirer.

La main de Lee était douce et fraîche, alors que ses yeux brillaient encore de colère. Il aima ce contraste.

— Il est rare de pouvoir porter de la soie et un parfum enivrant en ayant l'air intouchable, je suis impressionné.

— Je vous remercie, mais vos commentaires sont superflus.

— Tout analyser est la malédiction des écrivains, rétorqua-t-il. Mais vous devriez le savoir. Avez-vous pris votre manuscrit ?

Elle avait espéré qu'il oublie son roman. Sa question la prit de court. Elle balbutia :

— Ah, c'est-à-dire que, enfin…

— Prenez-le, demanda-t-il. Je veux y jeter un coup d'œil.

— Je n'en vois pas l'intérêt.

— Tout écrivain a envie d'être lu.

Ce n'était pas son cas. Son travail ne lui semblait pas encore assez abouti. Il n'était pas parfait. Et la dernière personne à qui elle avait envie de donner un aperçu de ses pensées les plus intimes était bien Hunter. Mais il resta impassible, ses yeux noirs rivés sur elle. Prise au piège, Lee rentra dans sa chambre et saisit la chemise qui contenait ses premiers chapitres. Il fallait maintenant qu'elle arrive à éviter le sujet avec suffisamment d'adresse pour qu'il pense à autre chose. De toute façon, il n'aurait même pas le temps d'y jeter un coup d'œil.

— Je ne sais pas si le restaurant est le meilleur endroit pour lire, fit-elle remarquer en refermant sa porte.

— En effet, c'est pour cette raison que nous dînerons dans ma suite.

Lee s'arrêta net. Prenant simplement sa main, il continua à avancer en direction des ascenseurs, exactement comme s'il n'avait rien remarqué.

— Peut-être n'avez-vous pas tout à fait saisi, commença Lee d'un ton glacial.

— Si, si, je pense avoir bien compris, répliqua-t-il sans la lâcher.

Sa paume n'était pas aussi délicate qu'elle l'aurait imaginé. Il avait beau avoir des mains d'intellectuel, elles étaient vigoureuses et cela procurait à Lee un sentiment assez étrange.

— Ne vous inquiétez pas, il ne s'agit pas d'une manœuvre de séduction détournée, mais je ne suis pas grand amateur de restaurants. Je n'aime pas la foule, tout simplement.

Il se tut quelques instants avant de reprendre d'un ton léger :

— Comment avez-vous trouvé la conférence, de façon générale ?

— Je pense que j'en repartirai avec ce que je suis venue y chercher, c'était donc une conférence instructive.

— Et qu'est-ce que vous veniez y chercher ?

— Je vous retourne la question. Vous n'êtes pas un grand habitué de ce genre de manifestation, et celle-ci était plutôt confidentielle.

— J'apprécie de temps en temps le contact avec le public et mes confrères, répondit-il en ouvrant la porte de sa suite et lui faisant signe d'entrer.

— Pourtant, on ne peut pas dire qu'il y ait beaucoup d'auteurs ayant un succès comparable au vôtre.

— Le succès n'a rien à voir avec l'écriture.

— Vous dites cela parce que vous êtes célèbre ! lança-t-elle en le regardant droit dans les yeux.

— Vraiment ? dit-il en haussant les épaules avant de

se tourner vers la grande baie vitrée. Vous devriez vous rassasier de ce paysage. Vous ne verrez jamais rien d'aussi beau par les fenêtres de Los Angeles.

— Vous n'aimez pas Los Angeles ? demanda-t-elle en regrettant de ne pas saisir la perche qu'il lui tendait pour essayer de découvrir où il vivait.

— C'est une ville qui a des avantages. Voulez-vous un peu de vin ?

— Oui, merci, répondit-elle en contemplant la vue.

L'immensité exerçait sur elle une forme de fascination presque effrayante. Une fois sorti de la ville, il était possible d'avancer pendant des kilomètres sans jamais voir un seul visage ou entendre une seule voix. L'isolement, ou peut-être simplement l'espace lui-même, semblait vous happer.

— Vous allez souvent là-bas ? interrogea-t-elle en tournant délibérément le dos à la fenêtre.

— Mmm ?

— A Los Angeles ?

— Non, répondit-il laconiquement en lui servant un vin couleur d'or.

— Préférez-vous la côte Est ou la côte Ouest ?

Hunter eut un petit sourire et leva son verre avant de répondre :

— Je m'arrange pour toujours préférer l'endroit où je suis.

Il était visiblement un as des réponses évasives. Il semblait aussi très doué pour mettre ses interlocuteurs mal à l'aise.

— Voyagez-vous beaucoup ?

— Seulement lorsque c'est nécessaire.

— Pourquoi vous montrez-vous si secret à votre sujet ? La plupart des gens à votre place essaieraient de profiter de tout ce qui peut servir leur carrière.

— Je ne pense pas être secret, pas plus que je ne pense être la plupart des gens.

— Oui, mais vous ne mettez même pas de biographie ou de photo de vous sur vos ouvrages.

— Mon visage et mon passé n'ont rien à voir avec les histoires que je raconte. Que pensez-vous du vin ?

— Il est très bon, répondit-elle automatiquement. Ne pensez-vous pas que le fait de satisfaire la curiosité de vos lecteurs fait partie de votre travail ?

— Non. Mon travail, ce sont les mots, et le fait de les agencer de manière à divertir, intriguer ou amuser celui qui les lira. Ces mots viennent de mon imagination et pas de faits concrets. Le conteur n'a aucun intérêt, c'est le conte qui en a.

— Serait-ce de la modestie ? demanda Lee avec une nuance de dédain dans la voix.

— Pas du tout, répliqua-t-il visiblement amusé par sa question. C'est une question de priorité et non d'humilité. Si vous me connaissiez un peu mieux, vous sauriez que je n'ai que très peu de vertus.

— Quelles vertus avez-vous donc ?

De toute évidence, elle ne voulait pas lâcher prise. Hunter s'en félicita et eut un sourire qui frappa Lee.

Un sourire de prédateur ? interrogea-t-elle. Non, c'était certainement son imagination qui lui jouait des tours.

— On dit souvent que les vices sont plus intéressants et en tout cas plus amusants que les vertus. Qu'en pensez-vous ? s'enquit-il en remplissant son verre.

— Plus intéressants et peut-être plus amusants, répondit-elle en soutenant son regard avant de boire une gorgée de vin. En tout cas, certainement plus exigeants.

— Vous avez un raisonnement captivant, Lenore. On voit que votre esprit est toujours en éveil.

— Je suis une femme qui n'aime pas regarder les autres se faire une place au soleil tandis qu'elle leur prépare le café, rétorqua-t-elle en regrettant aussitôt sa réponse.

Elle n'avait pourtant pas l'habitude de se livrer ainsi.

D'autant plus que c'était elle qui était censée l'interviewer, et non le contraire.

— C'est une bonne image.

Oui, on sentait qu'elle bouillonnait d'ambition. Hunter l'avait tout de suite vu, mais ce qu'il souhaitait comprendre, c'était ce qu'elle voulait accomplir. Il sentait aussi d'instinct qu'elle n'était pas du genre à marcher sur les autres pour arriver à son but, quel qu'il soit. C'était quelque chose qu'il respectait, qu'il admirait même.

— Dites-moi, reprit-il, vous ne vous détendez jamais ?

— Pardon ?

— Vos mains sont perpétuellement en mouvement, et pourtant vous semblez être un modèle de maîtrise par ailleurs. Depuis que vous êtes entrée, vos yeux ne se sont pas fixés plus de quelques secondes sur le même point. Est-ce que je vous rends nerveuse ?

Il nota qu'au moment où il avait parlé de ses mains elle avait cessé de jouer avec le rebord de son verre. Lee le regarda dans les yeux calmement, longuement, et s'installa dans le canapé.

— Non, répondit-elle, alors que son cœur se mettait à battre la chamade.

— Qu'est-ce qui vous rend nerveuse, alors ?

— Les petits chiens qui aboient tout le temps.

Hunter se mit à rire.

— Vous êtes très drôle, dit-il en lui prenant la main. Je dois vous dire que c'est le plus beau compliment que je puisse vous faire.

— Vraiment ?

— Oui, le monde est plutôt triste, ou pire : tiède.

La main de Lee était délicate, et la délicatesse l'avait toujours attiré. Ses yeux étaient mystérieux, et rien ne pouvait l'intriguer davantage.

— Est-ce que vous essayez de distraire les gens en leur faisant peur ?

Lee essaya de retirer ses doigts, mais il les serra imperceptiblement en la fixant d'un regard pénétrant.

— Oui, si vous êtes pétrifiée à l'idée de l'indicible horreur qui vous guette, vous oubliez votre rendez-vous chez le dentiste ou le fait que votre machine à laver a débordé.

— C'est une sorte de fuite, dans ce cas ?

Hunter tendit la main pour effleurer ses cheveux. Son geste semblait parfaitement naturel, mais Lee eut un mouvement de surprise.

— Appelez ça comme vous voudrez, répondit-il.

Il était dur de résister à une telle femme. Hunter laissa ses doigts glisser le long de son cou. Ses cheveux flamboyants, ses yeux vulnérables, sa bonne éducation que trahissait chacun de ses gestes, ses nerfs à fleur de peau… Elle ne ferait pas seulement un personnage fascinant, mais aussi une amante fascinante. Il avait déjà décidé d'en faire son personnage, il venait de se jurer d'en faire aussi son amante.

Lee sentit qu'il se passait quelque chose, lorsque son regard captura le sien de nouveau. C'était un mélange de détermination, de désir et de certitude. Elle avait la bouche sèche. Il était rare qu'elle se sente à tel point dominée par quelqu'un. Il était encore plus rare que quelqu'un l'effraie comme il l'effrayait. Même s'il ne prononçait pas un mot, ne bougeait pas d'un pouce, elle devait lutter contre sa peur et contre l'intuition que, quelle que soit la partie dans laquelle elle se lancerait avec lui, elle la perdrait, car il était évident qu'il n'avait qu'à regarder ses yeux pour deviner la carte qu'elle allait abattre.

On frappa à la porte, mais Hunter maintint son regard pendant quelques secondes avant de se lever.

— J'ai pris la liberté de commander le dîner, annonça-t-il.

Il avait l'air tellement calme que Lee se demanda si elle avait vraiment vu un éclair de passion dans son regard. Elle s'imaginait des choses, c'était certain. Pour commencer, il était impossible qu'il soit capable de lire dans ses pensées. Il n'était qu'un homme, après tout. C'était elle qui avait les cartes en main et il n'y avait aucune raison pour qu'elle perde.

Rassérénée, elle se dirigea vers la table.

Il avait commandé du saumon, qui avait l'air délicieux. Lee s'assit en se disant qu'il était temps qu'elle inverse la tendance et qu'elle parvienne à obtenir des réponses de la part de Hunter.

— Vous avez dit qu'il fallait qu'un écrivain s'oblige à travailler chaque jour, quel que soit son état d'esprit. Est-ce une règle que vous vous appliquez à vous-même ?

— Tous les écrivains doivent faire face à des moments de découragement. Ils doivent aussi affronter la critique ou l'échec.

— Avez-vous fait face à de nombreux refus avant que *En attendant le diable* ne soit publié ?

— Je n'aime pas les succès faciles, répondit-il en remplissant son verre une fois encore.

Elle avait des traits faits pour la lueur des bougies, décida-t-il en observant les ombres qui dansaient sur sa peau satinée. Il voulait découvrir ce qu'elle cachait sous ses airs délicats avant la fin de la soirée.

Il ne considérait pas le moins du monde qu'il était en train de se servir d'elle, même s'il avait la ferme intention de lui voler tout ce qui pourrait lui être utile pour son prochain roman. Après tout, cela faisait partie des privilèges de son métier.

— Comment êtes-vous devenu écrivain ?

— Je suis né écrivain, répondit-il sur le ton de l'évidence.

Lee réfléchit à ses prochaines questions. Il fallait qu'elle soit prudente et surtout qu'elle endorme sa méfiance. Loin d'elle l'idée même de se servir de lui, même si elle comptait bien lui soutirer tout ce dont elle avait besoin pour son prochain article. Après tout, cela faisait partie des privilèges de son métier.

— Né écrivain, répéta-t-elle. Considérez-vous vraiment que les choses soient si simples ? N'y a-t-il pas des éléments de votre vie, des circonstances ou des expériences qui vous ont mené à cette carrière ?

— Je n'ai jamais dit que c'était simple, corrigea Hunter. Nous naissons tous avec un certain nombre de choix à faire. Prendre les bonnes décisions est tout sauf simple et tous les romans sont des questions de choix. Mais j'étais destiné à devenir écrivain.

Lee était tellement captivée qu'elle en aurait presque oublié son interview.

— Alors vous avez toujours voulu être écrivain ?

— Vous prenez trop les choses au premier degré, observa Hunter en faisant tourner le vin dans son verre. Je voulais devenir footballeur professionnel.

— Footballeur ?

— Oui. Je voulais faire carrière, et j'aurais peut-être réussi, mais j'ai dû écrire.

Lee resta silencieuse un instant. Elle sentait que ce qu'il était en train de lui dire était vrai.

— Dans ce cas, vous êtes en quelque sorte devenu écrivain contre votre gré ?

— J'ai fait un choix, reprit Hunter, intrigué par son incorrigible logique. Je crois que beaucoup de gens naissent écrivains ou artistes et meurent sans jamais s'être révélés en tant que tels. Certains livres ne seront jamais écrits, certaines toiles, jamais peintes. Les plus chanceux sont ceux qui découvrent ce pour quoi ils sont faits. J'aurais peut-être été un excellent joueur, mais si j'avais essayé de mener les deux de front j'aurais sans aucun doute été médiocre. J'ai choisi de ne pas l'être.

— Il y a plusieurs millions de lecteurs qui pensent que vous avez fait le bon choix, lança Lee en s'appuyant sur la table. Mais pourquoi des romans d'épouvante ? Quelqu'un d'aussi doué que vous et avec autant d'imagination est capable d'écrire à peu près tout ce qu'il veut. Pourquoi appliquer vos talents à ce genre particulier ?

Hunter alluma une cigarette. Lee sentit l'odeur de la fumée.

— Pourquoi en lisez-vous ?

Lee fronça les sourcils. Il recommençait à détourner ses questions.

— A vrai dire, je n'en lis jamais. A part les vôtres, bien sûr.

— Je suis flatté, mais pourquoi ?

— Eh bien, on m'a recommandé votre premier roman et puis…

Elle hésita. Elle ne voulait pas lui dire qu'il l'avait captivée dès la première page. Elle passa son doigt sur le rebord de son verre, puis reprit :

— Vous avez une façon de créer une atmosphère et des personnages qui rend plausible une histoire a priori invraisemblable.

— Pensez-vous que mes histoires soient invraisemblables ? demanda-t-il en soufflant la fumée de sa cigarette.

Lee se mit à rire, et Hunter vit dans ses yeux qu'elle ne trichait pas. Cela donnait à son regard quelque chose d'accessible.

— Je ne crois pas vraiment que l'on puisse être possédé par le démon ni qu'une maison puisse être intrinsèquement mauvaise !

— Non ? demanda-t-il avec un léger sourire. Vous n'êtes pas superstitieuse, Lenore ?

— Non.

— C'est étrange, presque tout le monde a ses propres croyances.

— Vous aussi ?

— Bien sûr, mais toutes les superstitions me fascinent,

répondit-il en lui prenant la main. Il paraît qu'on peut sentir l'aura d'une personne, ou sa personnalité si vous préférez, simplement en serrant sa main.

Lee sentit le contact ferme, chaud, de sa paume contre la sienne. Il ne la quittait pas du regard. Elle baissa les yeux et son regard s'arrêta sur l'anneau qu'il portait.

— Je ne crois pas à cela, répondit-elle, plus vraiment sûre de ce qu'elle affirmait.

— Vous ne croyez que ce que vous voyez, ou ressentez ? Que ce que vous pouvez percevoir avec vos cinq sens ? demanda-t-il en se levant et en l'incitant à faire de même. Tout ce qui existe est compréhensible. Tout ce qui est compréhensible n'est pas forcément explicable.

— Tout peut s'expliquer, protesta-t-elle d'une voix hésitante.

Elle aurait peut-être dû repousser sa main, mais, par son affirmation, elle venait déjà de le provoquer.

— Pouvez-vous expliquer pourquoi votre cœur bat plus vite lorsque je m'approche de vous ? déclara-t-il d'une voix grave. Vous me disiez que je ne vous faisais pas peur.

— Je n'ai pas peur.

— Pourtant, votre cœur bat la chamade, poursuivit-il en frôlant son cou du bout des doigts. Pouvez-vous m'expliquer pourquoi j'ai tellement envie de vous toucher ?

Lentement, il effleura la courbe de sa joue.

— Non, murmura-t-elle.

— Pouvez-vous expliquer ce genre d'attirance entre deux inconnus ?

Ses doigts passèrent sur les lèvres de Lee, qui frémit. Elle ne savait plus quoi dire, elle avait l'impression que son esprit était empli de brouillard.

— L'attirance physique n'est qu'une question de chimie.

— La science, alors ? demanda-t-il en levant la main de Lee à hauteur de ses lèvres et en déposant un baiser au creux de sa paume. Existe-t-il une équation pour expliquer cela ?

Lee avait les jambes en coton. Elle essayait de soutenir le regard intense de Hunter. Lentement, il effleura de ses lèvres l'intérieur de son poignet. Lee sentit sa peau se hérisser. C'était comme une brûlure. Soudain il s'avança vers elle et déposa un baiser au coin de ses lèvres en murmurant :

— Et est-ce que cela a à voir avec de la logique ?

— Je ne veux pas que vous me touchiez ainsi.

— Si, vous avez envie que je vous touche, mais vous ne pouvez pas l'expliquer, dit-il en glissant la main dans ses cheveux. Vous devriez laisser une chance à l'inexplicable.

Hunter s'avança lentement et ferma ses lèvres d'un baiser.

Le désir, fulgurant, la traversa. C'était comme une coulée de lave. Elle ressentait l'envie de lui sur chaque centimètre de sa peau. Elle resta immobile dans ses bras. Elle aurait dû refuser, elle était experte en la matière… Pourtant elle se trouvait soudain totalement dépourvue de volonté et de force.

Malgré toute l'intensité et toute la force qui se dégageaient de Hunter, son baiser était incroyablement tendre. Son étreinte était ferme et l'enserrait totalement, mais ses lèvres étaient douces. Lee se retrouva soudain en train de le serrer contre elle. Leurs corps étaient étroitement enlacés. Lee reconnut le goût âpre, vénéneux, du vin. Elle sentit son propre parfum et l'odeur de la cire fondue de la bougie. Son esprit si rationnel nageait en pleine confusion, emporté par un mélange enivrant de sensations.

Les lèvres de Lee lui parurent d'abord fraîches, mais elles se firent vite brûlantes. Son corps, qui était raide, se détendit progressivement. Il aima cela. Elle n'était pas femme à se donner facilement. Il devinait aussi qu'elle n'était pas femme à être facilement surprise.

Elle lui sembla soudain toute petite et frêle dans ses

bras. Il eut envie de la protéger et, alors que l'ardeur l'emportait avec une force qu'il n'aurait jamais imaginée, son baiser se fit plus tendre encore. Il considérait que faire l'amour était un art. Il ne fallait pas se précipiter. Il devait doucement lui faire entrevoir ce qui pourrait être.

Lee avait l'impression que sa volonté, ses forces et sa logique lui échappaient petit à petit, comme aspirées par son baiser. Un flot de sensations les remplaçait, sur lequel elle n'avait aucune maîtrise. Elle ne pouvait que ressentir.

Un tel plaisir ne pouvait être contenu, un désir si fort ne pouvait être contrôlé. Elle perdait la main, et c'était ce qui l'effrayait le plus. Allait-elle aussi perdre pied ? Elle protesta dans un souffle et s'écarta, libérant ses lèvres des siennes.

Hunter se refusa à analyser ce qu'il ressentait. Il aurait le temps de le faire plus tard, lorsqu'il serait seul. Ce qu'il brûlait de comprendre était sa réaction à elle. Elle le fixait, comme frappée de stupeur, son visage était pâle et ses yeux, noirs. Elle entrouvrit la bouche, mais aucun son n'en sortit. Sous ses doigts, il pouvait sentir qu'un léger frisson la parcourait.

— Il y a des choses qui ne s'expliquent pas, même lorsqu'on les comprend, dit-il d'une voix si basse qu'elle y sentit de la menace.

— Je ne vous comprends vraiment pas, répondit-elle en lui prenant le bras comme pour le repousser. Et je crois que je n'ai plus envie d'essayer de le faire.

Impassible, il laissa sa main glisser de ses cheveux à ses épaules.

— Vous avez un choix à faire.

— Non, trancha-t-elle en se dégageant pour aller prendre son sac. La conférence se termine demain et je rentre à Los Angeles. Quant à vous, vous retournerez vous cacher dans votre trou !

Hunter pencha la tête. Il venait de se rendre compte

que si elle ne s'était pas éloignée à ce moment-là il n'aurait plus été capable de la laisser partir.

— Peut-être. Nous en parlerons demain.

— Non, nous ne nous parlerons plus.

Hunter ne dit rien. Il la regarda prendre ses affaires et sortir. Il resta au même endroit lorsque la porte se referma. Tôt ou tard, ils devraient reparler de tout ça.

Il prit son verre de vin, ramassa le manuscrit qu'elle avait oublié et qui avait glissé sur le sol et alla s'installer dans un fauteuil.

4

De la colère. Peut-être que ce qu'elle ressentait était simplement de la colère, et non un tourbillon d'émotions. Mais elle se demandait encore contre qui elle était en colère.

Ce qui s'était passé la veille aurait pu être évité. « Aurait dû être évité », rectifia-t-elle en sortant de la douche. C'était elle qui avait laissé Hunter décider de tout et s'était placée en position de vulnérabilité, ce qui en plus de tout lui avait fait perdre une occasion en or. Si Lee avait bien appris quelque chose en tant que journaliste, c'était que l'erreur impardonnable dans son métier était de laisser passer sa chance.

Mais n'avait-elle pas suffisamment de matière pour rédiger un article ?

A peine pour un paragraphe…

Elle n'avait probablement qu'une seule chance de rattraper le temps qu'elle avait perdu en se comportant avant tout comme une femme et non comme une journaliste. Il l'avait menée par le bout du nez, il fallait bien qu'elle le reconnaisse. Tandis qu'elle séchait ses cheveux, elle passa en revue le cours des événements. Elle s'était comportée comme une débutante et était passée à côté de l'interview la plus importante de sa carrière.

Lee sortit de la salle de bains et passa un peignoir avant d'aller prendre place à son bureau. Il lui restait un peu de temps avant le petit déjeuner. Elle sortit son bloc-notes et un crayon.

HUNTER BROWN.

Lee inscrivit son nom en lettres capitales en haut d'une page et le souligna. Le problème résidait dans le fait qu'elle n'avait pas approché son sujet de façon systématique et logique. Il faudrait qu'elle y remédie en faisant de lui une esquisse bien sentie. Après tout, elle l'avait vu, lui avait parlé, et lui avait même posé quelques questions. D'après ce qu'elle savait, aucun journaliste ne pouvait en dire autant. Il était temps qu'elle cesse de se blâmer de n'avoir pas mené de main de maître cette interview, et qu'elle essaie plutôt de valoriser le peu qu'elle avait réussi à tirer de cette mésaventure. Elle se mit à écrire d'une main ferme.

DESCRIPTION. Atypique. Elle aligna les mots. Ténébreux, élancé, carré. Il ressemblait à un coureur de fond. Elle fronça les sourcils en se remémorant son visage. Un visage aigu, à l'image de son intelligence. Trait caractéristique : ses yeux. Très sombres, très directs, très… troublants.

Etait-elle en train de porter des jugements ? Son regard aurait-il le même effet sur quelqu'un d'autre ? Ecartant cette dernière question, Lee se remit à écrire. Il était grand, probablement plus d'un mètre quatre-vingt-cinq pour soixante-dix kilos, à vue d'œil. Très assuré. Des mains de musicien et une bouche de poète.

Un peu surprise par sa propre description, Lee aborda la deuxième rubrique.

PERSONNALITE. Enigmatique. Mais ce n'était pas tout. Il était aussi susceptible. Arrogant, égocentrique, impoli.

Elle n'était décidément pas objective. Elle posa son stylo et inspira profondément avant de le reprendre. C'était un beau parleur, qui avait le don de vous envoûter par ses discours. Il était perspicace, distant, à la fois taciturne et jovial. Tactile.

Ce dernier mot la fit frémir. Aussitôt, lui revinrent à l'esprit les sensations de leur long, tendre, troublant baiser. La douceur de ses lèvres, le contact de ses mains. Non, elle allait rayer ce dernier mot. Elle n'avait pas besoin de notes pour se remémorer cet instant et ce qu'elle avait ressenti. Il serait en revanche sage qu'elle n'oublie pas qu'il était le genre d'homme qui n'hésite pas et sait comment obtenir ce qu'il désire.

Et l'humour ? Oui, sous sa carapace se cachait un sens de l'humour d'une grande finesse. Elle se rappela la façon qu'il avait eue de se moquer d'elle. Ce n'était pas très agréable, mais elle avait si peu de matière pour rédiger son article qu'elle ne devait négliger aucun trait de son caractère.

Elle avait très précisément à l'esprit tout ce qu'il lui avait dit pour expliquer sa vision de l'écriture. Comment pourrait-elle retranscrire quelque chose d'aussi impalpable en quelques phrases ? Elle aurait pu expliquer qu'il considérait son travail comme une obligation. Une vocation. Mais cela n'était pas assez. Il aurait fallu utiliser les propres mots de Hunter, plutôt qu'essayer de traduire son ressenti. Plus elle avançait et plus elle sentait à quel point elle aurait besoin de parler avec lui encore un peu.

Se passant les mains dans les cheveux, elle relut rapidement ses quelques notes. Pourquoi n'avait-elle pas gardé les rênes pendant leur discussion ? Elle était une experte de ce genre de conversations informelles et savait d'habitude en tirer des articles brillants. Elle avait déjà eu affaire à des personnalités plus secrètes que Hunter, plus méfiantes. Jamais personne cependant n'avait provoqué en elle un sentiment de frustration aussi aigu.

Pensive, elle se mit à tapoter la pointe de son stylo

contre la table. Il fallait qu'elle arrive à rédiger cet article. Elle ne pouvait pas se laisser déborder par une mission.

Elle aurait dû anticiper et empêcher leur baiser. Elle ne savait d'ailleurs toujours pas exactement pourquoi elle ne l'avait pas fait. Elle aurait dû réagir de manière plus mesurée. Elle ne voulait pas savoir pourquoi elle ne l'avait pas fait. Il lui était bien trop facile de faire remonter les souvenirs de ce moment si étrange et intense. Elle allait donc tirer un trait sur cette sortie de route et se concentrer sur la raison première de sa venue à Flagstaff. Hunter Brown était sa mission, et elle ne devait pas sortir de ce cadre. Pour l'instant, son plus gros problème était de s'arranger pour le revoir, dans un cadre professionnel, bien sûr.

Mais quoi qu'elle fasse, à tout moment, un flot d'émotions inconnues s'emparait d'elle. Elle ressentait la vulnérabilité et la force, le besoin, le désir. C'était incompréhensible.

Il fallait peut-être qu'elle commence par mieux le cerner… Non ! Essayer de comprendre Hunter n'était en rien une façon de lutter contre le désir qu'elle ressentait à son égard. Elle avait envie qu'il la touche. C'était ce qui l'obsédait, bien avant son travail et sa mission. C'était la première fois qu'une telle chose lui arrivait. Elle devait maintenant en tirer des leçons.

Déstabilisée, elle leva les yeux et vit le visage d'une femme pâle, aux yeux las, reflété dans la vitre. Elle se vit si jeune et fragile. Personne ne la voyait jamais ainsi, mais elle savait ce que cachait son besoin de sophistication. Elle ne voulait pas que l'on devine qu'elle était effrayée, terriblement effrayée par l'échec.

Elle avait élevé une muraille de confiance pierre après pierre, méticuleusement, si bien que la plupart du temps elle arrivait à y croire elle-même. Mais dans des moments comme celui-ci, lorsqu'elle était seule, un peu fatiguée, un peu découragée, la femme qu'elle avait enfermée à l'intérieur d'elle-même se libérait, et entraînait avec elle les démons du doute et de la peur.

On lui avait appris depuis toute petite à être plus qu'une jeune femme jolie et intelligente. Elle parlait bien, son apparence était impeccable, les bonnes manières n'avaient pas de secret pour elle. C'est ce que sa famille attendait d'elle.

Par quel caprice du destin n'était-elle jamais arrivée à se satisfaire du moule qu'on avait prévu pour elle ? Depuis sa plus tendre enfance, elle avait l'impression de vouloir plus. Après ses études, elle avait enfin réussi à affirmer sa volonté et avait quitté la voie royale qu'on lui avait tracée.

Lorsqu'elle avait annoncé à ses parents qu'elle ne deviendrait pas Mme Jonathan T. Willoby, et qu'elle quittait Palm Springs pour s'installer et travailler à Los Angeles, elle tremblait comme une feuille. Ce n'est que bien plus tard qu'elle avait compris que c'était son éducation qui lui interdisait auparavant de s'avouer ses véritables désirs. On lui avait toujours répété qu'il fallait rester calme et mesurée en toutes circonstances, ne jamais élever la voix, ne jamais laisser transparaître ses émotions. Lorsqu'elle avait enfin ouvert son cœur à ses parents, elle avait beau être intimement persuadée de faire le meilleur choix pour elle, elle n'avait pu s'empêcher de frémir à l'idée de quitter sa cage dorée, si confortable et rassurante.

Cinq ans plus tard, la peur s'était estompée, mais il en subsistait toujours des traces. Elle savait que son ambition professionnelle était en partie guidée par le besoin de prouver à ses parents qu'elle ne s'était pas trompée. Elle détourna le regard de son reflet dans la vitre. Elle n'avait rien à prouver à personne, si ce n'était à elle-même. Elle était venue écrire un article, et ce serait sa seule et unique préoccupation. Elle arriverait à ses fins, même si pour cela elle devait pourchasser Hunter Brown.

Lee parcourut ses notes encore une fois. D'ici à la fin

de la journée, elle aurait bien plus qu'une simple colonne sur une page. C'était une promesse qu'elle venait de se faire. Il ne s'en tirerait pas aussi facilement, et ne la détournerait plus de sa tâche. Dès qu'elle serait prête, elle partirait à sa recherche.

Lorsqu'on frappa à sa porte, Lee leva les yeux en direction de son réveil. Elle était déjà en retard, et elle avait horreur de cela. Elle avait commandé son petit déjeuner pour 9 heures afin d'avoir le temps de se préparer avant. Il allait falloir qu'elle se dépêche si elle ne voulait pas passer à côté de sa chance une deuxième fois.

Furieuse contre elle-même, elle ouvrit la porte.

— Vous allez mourir de faim si vous avalez simplement une tartine et un café !

Avant même qu'elle ait eu le temps de réagir, Hunter était entré dans sa chambre, un plateau à la main.

— Une femme prévoyante n'ouvre jamais sa porte sans avoir demandé qui était derrière ! reprit-il en posant le plateau sur la table.

Elle avait l'air plus jeune sans maquillage. On discernait mieux sa part de fragilité lorsqu'elle n'était pas apprêtée, même si son peignoir de satin couleur saphir la mettait sans conteste en valeur. Hunter sentit une pointe de désir monter en lui, en même temps qu'un vague sentiment protecteur à son égard.

Elle n'allait certainement pas lui laisser entrevoir sa surprise, ou son embarras.

— D'abord chauffeur et maintenant garçon d'étage, observa-t-elle d'une voix contenue. Vous êtes un homme aux multiples facettes.

— Je pourrais vous retourner le compliment, dit-il en servant une tasse de café. La qualité première de l'écrivain étant d'être un bon menteur, je vois que vous êtes sur la bonne voie.

Il offrit un siège à Lee, la mettant dans la position d'invitée. Ignorant son geste, elle alla prendre place à table.

— Je vous aurais bien proposé de vous joindre à moi, mais il n'y a qu'une seule tasse, dit-elle en croquant dans un croissant. Mais peut-être pourriez-vous m'expliquer en quoi je vous ai menti ?

— Je suppose que c'est la qualité première d'un bon journaliste, répondit Hunter qui remarqua que ses mains recommençaient à bouger nerveusement.

— Non, rétorqua-t-elle en essayant de garder une contenance. Les journalistes travaillent avec la réalité et non la fiction.

Hunter ne répondit pas, mais son regard silencieux en disait bien plus long que n'importe quelle phrase. Lee décida de ne pas relever son attitude et se concentra sur son café.

— Je ne me rappelle pas vous avoir dit que j'étais journaliste, finit-elle par faire remarquer.

— Non, vous n'en avez pas parlé, dit-il en lui prenant le poignet d'une main ferme. Vous avez délibérément omis de mentionner ce petit détail.

D'un mouvement de la tête, Lee chassa la mèche de cheveux qui lui tombait devant les yeux. Si elle venait d'être démasquée, elle n'allait pas pour autant demander pardon à genoux.

— Je ne vois pas pourquoi j'aurais dû vous en parler, dit-elle en tâchant de ne pas penser au fait qu'il lui tenait toujours fermement le poignet. J'ai payé mon droit d'entrée à la conférence.

— Mais vous avez prétendu être quelqu'un que vous n'étiez pas.

Elle soutint son regard avant de répondre :

— Il semblerait que nous ayons tous deux prétendu être quelqu'un d'autre.

Hunter hocha la tête.

— En ce qui me concerne, ce n'était pas pour vous tromper ni vous abuser, tandis que vos intentions à vous n'étaient pas très honnêtes.

Lee n'aimait pas le ton qu'il employait. Il cherchait vraiment à avoir le dernier mot. Au fond, pourtant, il avait raison. Si ses doigts n'avaient pas été en train de broyer son poignet, elle aurait peut-être cherché à s'excuser, mais elle contre-attaqua.

— J'ai tout à fait le droit d'être ici et d'écrire un article sur cette conférence.

— Pour ma part, dit-il d'un ton anormalement calme, j'ai tout à fait le droit de vouloir préserver ma vie privée et de savoir si je suis en train de parler à une journaliste ou pas.

— Si je vous avais dit que je travaillais pour *Celebrity*, lança-t-elle en essayant pour la première fois de libérer son bras, vous ne m'auriez jamais adressé la parole, n'est-ce pas ?

Il tenait toujours son poignet. Il soutenait toujours son regard. Pendant quelques interminables secondes, il ne dit rien.

— Nous n'aurons jamais la réponse à cette question, dit-il finalement en ouvrant la main si brusquement que le poignet de Lee se cogna sur la tasse.

Il l'effrayait, maintenant. Elle ne pouvait plus se le cacher. Sa colère à peine contenue lui donnait des frissons. Elle ne le connaissait pas, ne le comprenait pas et n'avait donc pas la moindre idée de l'attitude à adopter. Il faisait usage d'une grande violence dans ses romans. Cette violence devait forcément être en lui. Essayant désespérément de ne pas perdre la face, elle avala une gorgée de café.

— Je serais curieuse de savoir comment vous avez découvert que j'étais journaliste, demanda-t-elle d'une voix calme, s'accrochant à sa tasse de café pour dissimuler les tremblements de ses mains.

Elle avait l'air d'un chaton effrayé, acculé dans un coin dont il ne peut plus s'échapper. Pourtant elle semblait prête à sortir les griffes, même si son cœur battait tellement fort que Hunter avait l'impression de l'entendre tambouriner dans sa poitrine. Comment pouvait-il respecter son courage, alors qu'il brûlait d'envie de l'étrangler ? Il s'en voulait de ressentir cette envie irrépressible de toucher la peau claire de ses joues. Etre déçu par une femme était à peu près la seule chose qui le mettait dans un tel état de rage.

— Eh bien, curieusement, je me suis quelque peu intéressé à vous, Lenore. La nuit dernière...

Il la vit se raidir à ces mots et en ressentit une certaine satisfaction. Il n'allait certainement pas lui faciliter la tâche en faisant comme si de rien n'était. Elle allait y penser autant que lui.

— La nuit dernière, reprit-il lentement en cherchant son regard, j'avais envie de faire l'amour avec vous. Je voulais aller au-delà de la surface policée que vous me présentiez et vous découvrir. Vous auriez ressemblé à la personne que je vois maintenant, douce, fragile, le regard mélancolique.

Elle se sentait fondre. Sa peau la brûlait alors qu'il ne l'avait pas touchée. C'était le son de sa voix qui la caressait et la frôlait avec la douceur de la brise.

— Je n'ai... Je n'avais pas la moindre intention de vous laisser me faire l'amour !

— Je ne fais pas l'amour à une femme, seulement avec, dit-il en sondant son regard et en se réjouissant d'y lire du trouble. Une fois que vous êtes partie, j'ai dû chercher un autre moyen de vous découvrir.

Le souffle court, Lee posa les mains sur ses genoux. Comment un homme pouvait-il avoir un tel pouvoir sur elle ? Que devait-elle faire pour lutter contre cela ?

Pourquoi avait-elle l'impression qu'ils étaient déjà amants ? Pourquoi ressentait-elle comme une évidence que quelque chose d'inéluctable les liait ?

— Je ne vois pas ce que vous voulez dire, dit-elle d'une voix qui ne parvenait plus à masquer son émotion.

— Votre manuscrit.

Déroutée, elle l'interrogea du regard. Elle se souvint alors qu'elle avait laissé le manuscrit chez lui. Elle était partie précipitamment tant elle avait eu peur de lui... Et d'elle-même. Ce matin, elle était encore tellement bouleversée qu'elle n'y avait pas pensé. Il ne manquait plus que cela. En plus du désir impérieux qu'elle éprouvait, elle se retrouvait dans la posture du disciple face à son maître.

— Je ne voulais pas que vous le lisiez, commença-t-elle. J'ai tiré un trait sur mes ambitions littéraires.

— Dans ce cas-là, vous êtes une menteuse doublée d'une inconsciente.

Personne ne lui avait jamais parlé sur ce ton.

— Je ne suis ni menteuse ni inconsciente, Hunter. Je suis une très bonne journaliste et je veux écrire un article sur vous pour vos lecteurs.

— Pourquoi perdre votre temps en commérages alors que vous avez un roman à terminer ?

Lee se raidit. Son regard teinté de désir et de mélancolie se fit glacial.

— Je ne donne pas dans le commérage !

— Vous pouvez donner à vos articles tout le lustre que vous voudrez, les orner intelligemment et avec style, mais cela n'en reste pas moins du commérage !

Hunter se leva. Les mots sortaient si vite de sa bouche et de façon si colérique que Lee ne pouvait essayer de se défendre.

— Vous n'avez pas le droit de travailler à quoi que ce soit si ce n'est à votre roman. Ce roman que vous portez en vous. Le revers de la médaille du talent, Lenore, c'est l'obligation.

— Je ne comprends pas un traître mot de ce que vous racontez, répliqua-t-elle en se levant à son tour et en découvrant qu'elle était tout aussi capable que lui de hausser le ton. Je connais mes obligations, et l'une d'entre elles est justement d'écrire un article pour le journal.

— Et votre roman ?

Levant les mains au ciel, elle se détourna de lui.

— Quoi, mon roman ?

— Quand pensez-vous le terminer ?

Le terminer ? Elle n'aurait surtout jamais dû le commencer...

— Mais bon sang, Hunter, c'est du vent... Une chimère !

— Il est bon.

Elle se retourna, les sourcils toujours froncés, mais le regard soudain las.

— Que voulez-vous dire ?

— S'il ne l'avait pas été, vos manœuvres seraient peut-être passées inaperçues, dit-il en attrapant une cigarette. J'étais à deux doigts de vous appeler hier pour savoir si vous aviez apporté la suite, et puis j'ai préféré appeler mon éditrice. Je lui ai donné les premiers chapitres à lire et elle a reconnu votre nom. C'est une grande lectrice de *Celebrity*, figurez-vous.

— Vous lui avez donné... Mais vous n'aviez aucun droit de montrer cela à qui que ce soit ! lança Lee stupéfaite en se laissant retomber sur sa chaise.

— Quand je l'ai fait, je pensais vraiment que vous étiez celle que vous prétendiez être.

— Eh bien, je suis journaliste et pas romancière, et j'aimerais que vous récupériez mon manuscrit et me le rendiez, demanda Lee d'une voix ferme en se levant.

Hunter aspira une bouffée de sa cigarette et fit tomber les cendres dans le cendrier. Ce n'est qu'à ce moment-là que son regard s'arrêta sur les notes écrites de Lee. Il les parcourut, à la fois amusé et piqué au vif. Ainsi, elle essayait de le faire rentrer dans ses petites cases bien définies. Eh bien, elle risquait de s'y casser les dents !

— Et pourquoi est-ce que je devrais vous obéir ?

— Parce qu'il m'appartient. Vous n'aviez pas le droit de le montrer.

— Qu'est-ce qui vous fait si peur ?

L'échec. Lee faillit laisser le mot s'échapper de ses lèvres.

— Je n'ai peur de rien. Je fais ce que je sais faire, et je compte bien poursuivre dans cette voie. Et vous, de quoi avez-vous peur ? De quoi vous cachez-vous ?

Elle n'aima pas le regard qu'il lui lança en se tournant vers elle. Ce n'était pas de la colère, ni de l'arrogance. C'était bien autre chose.

— Je fais ce que je sais faire, Lenore.

Il était entré dans sa chambre avec la ferme intention de lui faire regretter son mensonge et aussi de lui faire entendre à quel point elle faisait fausse route et gâchait son talent. En la regardant, maintenant, Hunter commençait à penser qu'il y avait une meilleure façon de lui faire comprendre ce qu'il pensait et qu'il pourrait en même temps apprendre à mieux la connaître. Il n'en avait pas fini avec Lenore Radcliffe. Loin de là.

— Vous tenez tant que cela à écrire un article sur moi ? demanda-t-il.

Surprise de son changement de ton, Lee le détailla du regard. Elle avait déjà tout tenté, il était peut-être temps d'essayer de toucher son ego.

— C'est très important pour moi. Cela fait trois mois que je cherche des informations sur vous. Vous êtes l'un des écrivains les plus populaires des dix dernières années. La critique vous encense. Si vous…

— Si j'acceptais de vous accorder une interview, il faudrait que nous passions beaucoup de temps ensemble, dit-il après l'avoir interrompue en levant la main. Et dans ce cas, c'est moi qui imposerais mes conditions.

Lee décida d'ignorer le sentiment de méfiance que lui inspirait sa proposition. La réussite était peut-être au bout du chemin.

— Nous pouvons définir ces conditions à l'avance, Hunter. Je suis une femme de parole.

— Je veux bien vous croire, dit-il en écrasant sa cigarette, mais encore faut-il que vous la donniez, cette parole.

Peut-être était-il en train d'aller au-devant d'ennuis mais, après tout, cela faisait longtemps qu'il n'avait pas couru de risques, c'était le moment.

— Combien de pages de votre roman avez-vous en tout ? demanda-t-il.

— Cela n'a rien à voir avec le sujet qui nous intéresse, rétorqua Lee.

Il haussa un sourcil en soutenant son regard. Lee serra les dents, elle n'avait pas le choix, elle touchait au but.

— J'ai deux cents pages de plus que ce que vous avez lu.

— Envoyez-les à mon éditrice, dit-il avec un demi-sourire. Je pense que vous connaissez son nom.

— Quel est le rapport avec l'interview ?

— Cela fait partie de mes conditions, expliqua-t-il le plus naturellement du monde. D'ici à deux semaines, vous pourrez me rejoindre, si vous venez avec une copie de votre manuscrit.

— Vous rejoindre ? Où ça ?

— Je pars camper pendant quinze jours au canyon d'Oak Creek. Achetez-vous de bonnes chaussures.

— Camper ? répéta-t-elle incrédule. Ne préférez-vous pas que nous en finissions avec cette interview avant que vous ne partiez en vacances ?

Lee imaginait déjà la tente, les feux de camp et les nuées de moustiques.

— Mes conditions, lui rappela-t-il.

— Je vois, vous avez décidé de ne pas me faciliter la tâche.

— C'est exact, répondit-il amusé. Mais l'exclusivité mérite bien quelques sacrifices.

— Bien. Où dois-je vous retrouver ? Et quand ? demanda-t-elle en relevant le menton.

Son sourire s'élargit. Il aimait sa détermination.

— A Sedona. Je vous préviendrai aussitôt que j'aurai fixé la date et que mon éditrice aura reçu votre manuscrit.

— J'ai du mal à comprendre votre chantage à propos de mon manuscrit.

Hunter tendit la main et glissa ses doigts dans les cheveux de Lee. Son geste était tendre, presque amical, mais terriblement intime.

— Si vous voulez me cerner, la première chose à comprendre est que je suis plutôt excentrique… Quand les gens acceptent leurs excentricités, tout devient clair à leurs yeux. Ils peuvent alors comprendre leurs comportements. Tous, murmura-t-il en s'avançant et en posant ses lèvres sur les siennes.

Il la sentit se crisper et retenir son souffle. Mais elle ne le repoussa pas. Etait-elle en train de se mettre à l'épreuve, de se tester ? Ce qu'elle ne savait pas, c'est qu'elle le mettait lui aussi à l'épreuve. Il brûlait d'envie de la prendre dans ses bras et de la porter jusqu'au lit défait, d'arracher son peignoir de soie et de mêler son corps au sien. Il savait déjà que leurs corps étaient faits l'un pour l'autre. Comme s'ils étaient déjà amants, bien qu'il ne sache pas d'où lui venait cette certitude.

Il voulait la sentir se fondre en lui, sentir ses lèvres brûlantes et humides sur sa peau. Ils étaient seuls dans cette chambre et le désir était palpable. Pourtant, sans bien pouvoir l'expliquer, il sentait que s'ils faisaient l'amour maintenant, s'ils étanchaient leur soif, alors il ne la reverrait plus. Ils devaient d'abord affronter leurs peurs respectives avant de devenir amants.

Hunter profita d'un dernier long et délicieux baiser, se laissant emporter par les sensations, par le vertige de la passion, par le contact de son corps contre celui de Lee. Puis il reprit le contrôle, se rappela que chacun d'eux attendait quelque chose de l'autre. Les secrets et les mystères seraient mis en mots.

Il recula d'un pas en frôlant sa joue du bout des doigts. Elle ne dit rien.

— Si vous arrivez à survivre à ces deux semaines dans le canyon, alors vous aurez votre article.

Il lui tourna le dos sur ces mots et quitta la chambre.

— Si j'arrive à survivre à ces deux semaines, marmonna Lee en sortant un gros pull de son armoire. Tu sais, Bryan, je n'ai jamais rencontré quelqu'un qui arrive à me mettre autant en colère en si peu de mots.

Dix jours s'étaient écoulés depuis son retour à Los Angeles, mais sa colère ne s'était toujours pas apaisée.

Bryan toucha des doigts la laine délicate de son pull.

— Lee, tu n'as vraiment rien d'un peu moins...

— Si, j'ai acheté quelques sweat-shirts, répondit-elle. Mais je ne suis pas une habituée de la vie sous la tente.

— Un conseil, dans ce cas, intervint son amie avant que Lee ne mette un autre pantalon de ville dans le sac à dos qu'elle lui avait prêté.

Lee fronça les sourcils.

— Tu sais que j'ai horreur des conseils.

— Oui, je le sais, mais c'est pour cela que je ne peux m'empêcher de te les donner, dit Bryan en s'asseyant sur le lit. Je sais que tu as un jean, Lee, je t'ai vue le porter. Peu importe le style, il faut que tu le prennes et que tu oublies tes pantalons à soixante-quinze dollars pièce. Tu pourrais t'en acheter un ou deux autres. Tu peux aussi remettre ton ravissant pull en laine dans son armoire et prendre à la place des sous-pulls en coton. Cela t'évitera d'avoir froid la nuit. Prends des T-shirts à la place de tes chemisiers, un ou deux shorts et achète-toi une paire de chaussettes de laine. D'ailleurs, il faudrait aussi que tu marches avec tes nouvelles chaussures, sinon tu risques de souffrir le martyre.

— Mais le vendeur m'a dit…

— Elles sont parfaites, Lee, mais tu ne les as jamais sorties de leur boîte. Tu t'es plus inquiétée de tes stylos et de ton bloc-notes que de ton propre équipement. Si tu ne veux pas être ridicule, écoute maman Bryan !

En soupirant, Lee remit le pull dans l'armoire et claqua le battant.

— Je me suis déjà ridiculisée plus souvent qu'à mon tour ! Mais il ne m'aura pas. Si je dois escalader des montagnes et dormir dans une tente pour obtenir mon article, eh bien, je le ferai !

— Je suis sûre qu'avec un peu de bonne volonté tu pourrais même arriver à t'amuser en même temps !

— Je n'y vais pas pour m'amuser. Je pars en quête de l'exclusivité !

— Je comprends… Mais tu sais que nous sommes amies.

C'était une affirmation plus qu'une question. Lee leva les yeux vers Bryan, sourit pour la première fois de la journée et répondit :

— Oui, nous sommes amies.

— Alors dis-moi quel est le problème avec lui. Cela fait une semaine que tu es à cran. Tu voulais interviewer Hunter Brown et c'est ce que tu vas faire. Comment se fait-il que tu aies l'air de partir en guerre ?

— C'est ce que je ressens, en fait, admit Lee. Avec lui je me mets à avoir envie de ce dont je refuse d'avoir envie, il me fait éprouver ce que je me refuse à éprouver.

Bryan, il y a suffisamment de choses compliquées dans ma vie, je n'ai pas envie d'en rajouter.

— Qui te parle d'en rajouter ?

— Je sais exactement où je veux aller, expliqua-t-elle, et comment je veux y aller. Mais curieusement j'ai l'impression que Hunter est un détour.

— Les détours sont parfois plus intéressants que les lignes droites, tu sais. Et puis, l'essentiel, c'est qu'à la fin tu arrives au bon endroit.

— Lorsqu'il me regarde, j'ai l'impression qu'il devine mes pensées. Cela ne me facilite pas vraiment la tâche.

— Tu n'as jamais choisi les sentiers les plus faciles, de toute façon. Tu as toujours cherché le défi, tu n'avais simplement pas imaginé pouvoir le trouver dans un homme.

— Je ne veux pas d'un homme qui me mette au défi, répliqua Lee en fourrant son sweat-shirt au fond de son sac. Le défi, c'est bon pour mon travail.

— Rien ne t'oblige à y aller, dans ce cas.

Lee releva la tête.

— Pas question de renoncer !

— Alors, n'y va pas en traînant les pieds. C'est une chance formidable pour toi. Professionnellement et personnellement. Le canyon d'Oak Creek est l'un des plus beaux du pays et l'homme avec qui tu pars continue à t'intriguer, ce qui est rare. Tu devrais profiter de tous ces changements !

— Je pars travailler, rappela Lee, pas cueillir des fleurs sauvages !

Bryan croisa les jambes.

— Mais même si tu en cueilles quelques-unes, tu auras ton article, de toute façon !

— Oui, et je mettrai Hunter Brown au supplice !

Bryan éclata de rire.

— Si c'est l'objectif que tu t'es fixé, je sais que tu arriveras à tes fins ! S'il ne m'avait pas fait cauchemarder pendant des mois, je me sentirais presque désolée pour lui ! dit Bryan avant de fixer son amie plus gravement. Mais, Lee, si jamais tu avais envie d'un peu plus que d'un article... Prends ce qu'il t'offre comme un cadeau, profite de ce que la vie a à t'offrir.

Lee resta silencieuse un moment avant de soupirer.

— Je ne sais pas si ce serait un cadeau ou une malédiction, dit-elle en se dirigeant vers sa commode. Combien de paires de chaussettes ?

— Mais est-ce qu'elle est jolie ? insista Sarah en s'asseyant en tailleur sur le tapis. Vraiment jolie ?

Hunter attrapa le panier à linge. Sarah lui avait fait remarquer que c'était son tour de lessive.

— Je crois que le mot « jolie » ne convient pas. Une corbeille à fruits peut être jolie.

Sarah se mit à rire. Elle aimait parler avec son père, car c'était la personne la plus fine qu'elle connaissait.

— Quel mot choisirais-tu alors ?

— Elle a une beauté assez rare, très classique, dont la plupart des femmes ne sauraient que faire.

— Et elle, elle sait ?

Hunter essaya de se la remémorer et, au lieu de son visage, c'est de son propre désir qu'il se souvint.

— Oui, elle sait.

Sarah s'allongea sur le dos et joua avec le chien. Elle aimait caresser son pelage, de la même manière qu'elle aimait fermer les yeux pour écouter son père.

— Elle a essayé de se moquer de toi, rappela-t-elle. Tu n'aimes pas cela généralement.

— De son point de vue, elle faisait simplement son travail.

La main sur le cou de Santanas, Sarah leva ses grands yeux sombres vers son père.

— Tu ne parles jamais aux journalistes.

— Ils ne m'intéressent pas, dit Hunter en sortant un

jean troué du panier. Ce n'est pas le jean que je t'ai acheté la semaine dernière ?

— Si, si. Mais pourquoi est-ce que tu veux l'emmener camper avec toi, alors ?

— Pourquoi est-il déjà troué, dans ce cas ? Et puis je ne l'emmène pas, elle m'accompagne.

Sarah fouilla dans ses poches et en sortit un paquet de chewing-gums. Elle n'avait pas le droit d'en mâcher à cause de son appareil dentaire, et se contenta donc d'en respirer le parfum. Dans six mois, dès que l'interdiction serait levée, elle en mâcherait douze d'un coup !

— C'est parce qu'elle est journaliste ou parce qu'elle a une beauté assez rare, très classique ?

Hunter baissa le regard vers sa fille et reconnut son sourire moqueur. Elle était bien trop maligne, décidément.

— Les deux, mais c'est surtout parce que je trouve qu'elle a du talent. Je veux essayer d'en savoir un peu plus sur elle, pendant qu'elle aussi essaiera de me percer à jour.

— Tu y arriveras, déclara Sarah. Tu réussis toujours ce que tu entreprends. D'ailleurs, tante Bonnie dit que tu ne vois pas assez de femmes. En particulier des femmes qui t'intriguent.

— Tante Bonnie ne pense qu'à me marier !

— Mais peut-être qu'elle saura t'inspirer une ardente passion ?

Hunter arrêta son mouvement.

— Pardon ?

— J'ai lu ça dans un livre. Il y a un homme qui rencontre une femme, et au début ils ne s'aiment pas trop, mais il y a une forte attirance physique et un désir irrépressible et…

— Je crois que je devine la suite, interrompit-il en détaillant le visage de sa fille.

Elle n'avait que dix ans, comment se faisait-il qu'ils soient en train d'évoquer le désir, la passion et l'attirance amoureuse ?

— Tu es bien placée pour savoir que les choses se passent rarement comme dans les romans, reprit-il.

— La fiction s'appuie sur la réalité pourtant, rétorqua Sarah, qui jubilait de servir à son père une de ses propres devises. Mais avant que tu ne tombes amoureux d'elle, ou que la passion ne soit trop ardente, je voudrais la rencontrer.

— Je m'en souviendrai, dit-il en brandissant trois chaussettes. Comment se fait-il que nous nous retrouvions chaque semaine avec un peu plus de chaussettes dépareillées ?

Sarah se releva.

— Je pense qu'il y a un univers parallèle dans le sèche-linge. Si ça se trouve, à l'instant même, il y a quelqu'un de l'autre côté du hublot qui brandit trois chaussettes dépareillées.

— C'est une théorie captivante, répondit Hunter en se penchant pour la prendre dans ses bras.

Tandis qu'elle riait à perdre haleine, il s'approcha du panier à linge et la laissa tomber dedans.

5

On aurait dit une scène de western. Sous ce soleil éblouissant, Lee pouvait imaginer une bande de hors-la-loi essayant d'échapper au shérif tandis que des Indiens se cachaient derrière les rochers. Elle avait même l'impression d'entendre résonner les sabots des chevaux. Mais ce devait être le bruit du moteur de sa voiture.

Les sommets rocheux s'élevaient, d'un rouge profond sur le fond bleu du ciel. Le mot immensité s'imposait, presque violemment, brut, dénudé. Tout cet espace lui nouait la gorge, et son cœur battait plus fort dans sa poitrine.

Il y avait bien du vert, le vert cendré des quelques plantes qui arrivaient à survivre dans cet environnement rocailleux, s'accrochant aux reliefs, presque désespérément. On distinguait çà et là des genévriers clairsemés, qui accentuaient encore le sentiment de vide. Pourtant, ce vide en lui-même faisait la richesse du lieu. Cet espace incommensurable fascinait Lee. Tout était trop… trop grand, trop aride, trop coloré.

Même lorsqu'elle arriva à l'orée de la première ville, elle se dit que les maisons et la présence humaine ne pouvaient pas lutter avec l'immensité. Les panneaux de signalisation, les lampadaires, les jardins, les plates-bandes ne faisaient pas le poids. Il y avait de plus en plus de voitures, mais cela restait ridicule par rapport à la force de

…elle venait de traverser. Ces paysages vous absorbaient, vous assommaient.

Elle tomba aussitôt sous le charme de Sedona. La rue principale était composée de petites boutiques aux devantures soignées. Le temps semblait s'être arrêté ici, on ne sentait strictement aucune urgence nulle part. La ville semblait tranquille et modeste sous le ciel immense et chamarré. Après tout, peut-être allait-elle passer un séjour agréable…

Lee se rendit à l'entreprise de location de véhicules pour y déposer sa voiture et, comme elle était en avance à son rendez-vous avec Hunter, elle en profita pour jouer les touristes. Il lui restait près d'une heure avant de se mettre au travail.

Les pendentifs en argent et turquoise la tentaient, mais elle passa son chemin. Elle aurait bien d'autres occasions de faire du lèche-vitrines une fois qu'elle aurait rempli sa mission.

Une odeur de caramel attira son attention. Une petite boutique annonçait qu'elle vendait les meilleures friandises du monde. Il était difficile de résister à une telle tentation. Lee s'en acheta un sachet. Elle goûta un caramel mou qui fondait littéralement dans la bouche. Un délice ! Mieux valait en profiter car Dieu seul savait ce qu'elle risquait de manger pendant les deux prochaines semaines. Hunter lui avait d'ailleurs précisé qu'il s'occuperait lui-même des courses. Ces caramels seraient sa ration de survie !

Et puis les conseils de Bryan avaient finalement fait leur chemin dans son esprit. A quoi bon se lancer dans cette aventure à contrecœur ? Autant profiter simplement de l'occasion qui lui était donnée de passer quelques jours dans la nature. Lee s'arrêta devant une boutique qui vendait des vêtements tout droit sortis des films sur la conquête de l'Ouest.

Pourquoi Lee croyait-elle qu'elle ne pouvait pas se

permettre de porter ce genre de vêtements ? Ne s'enfermait-elle pas dans une fausse image d'elle-même, finalement ? Haussant les épaules, elle passa la main sur une veste en daim. Image ou pas, de toute façon, cela faisait trop longtemps qu'elle était comme cela, il n'était plus temps de changer. Elle n'en avait pas envie, d'ailleurs. Elle se dirigea vers les chapeaux.

Elle déposa son sac à dos à ses pieds, car il commençait à peser lourd sur ses épaules. Elle essaya un Stetson aux bords relevés, puis un plus petit chapeau orné de plumes. Elle n'était pas quelqu'un de frivole. Elle était quelqu'un de professionnel, de réaliste. Elle passa ensuite un chapeau noir au bord plat et contempla le résultat dans le miroir en face d'elle. « Conventionnelle, pensa-t-elle en souriant. Matérialiste et... »

— Vous ne le portez pas comme il faut.

Avant qu'elle ait eu le temps de réagir, deux mains saisirent le chapeau sur sa tête, et l'inclinèrent légèrement. Hunter recula d'un pas.

— Oui, il est fait pour vous. Le contraste avec vos cheveux et votre peau vous donne un certain panache, déclara-t-il en la prenant par les épaules pour la tourner vers le miroir.

Lee vit ses mains sur ses épaules, et ses doigts, longs, assurés. Elle se trouva vraiment petite et fragile par contraste. En un instant, l'émoi l'envahit. Cet émoi qu'elle craignait tant de ressentir en sa présence.

— Je ne compte pas l'acheter, dit-elle en ôtant le chapeau.

— Pourquoi ?

— Je n'en ai pas besoin.

— Vous voulez me faire croire que vous êtes une femme qui n'achète que ce dont elle a besoin ? dit-il avec un sourire narquois.

— Cela faisait longtemps que je n'avais pas entendu un commentaire aussi sexiste, commença-t-elle.

— Mais je maintiens que c'est dommage que vous ne le preniez pas, reprit Hunter. Il vous donne un air plus… sûr de vous.

Ignorant sa remarque, Lee attrapa son sac à dos.

— J'espère que je ne vous ai pas fait attendre trop longtemps. Comme je suis arrivée un peu en avance, j'en ai profité pour faire un tour.

— Oui, je vous ai croisée en arrivant. Même en jean, on dirait que vous portez un tailleur, dit-il d'un ton qui aurait aussi bien pu exprimer une raillerie qu'un compliment. Lesquels avez-vous choisis ?

— Pardon ? demanda Lee.

— Vos caramels, indiqua-t-il en regardant le sac qu'elle tenait à la main. Lesquels avez-vous choisis ?

Décidément, rien ne lui échappait.

— Ceux au chocolat au lait.

— C'est un bon choix, dit-il en la prenant par le bras et en l'entraînant vers la sortie. Bien, si vous êtes décidée à résister à ce chapeau, nous pouvons y aller.

Lee repéra la Jeep qu'il avait déjà à Flagstaff, garée un peu plus loin.

— Vous êtes resté dans l'Arizona ? demanda-t-elle.

— J'avais des travaux à terminer.

— Des recherches ?

— Un écrivain est toujours en train de faire des recherches, répondit-il avec un sourire mystérieux.

Arrivé à hauteur de sa voiture, il se dirigea directement côté conducteur, sans lui ouvrir la porte ni lui proposer de poser ses affaires dans le coffre. Il ne comptait pas lui révéler que ses recherches sur Lenore Radcliffe lui avaient permis d'aboutir à quelques conclusions intéressantes.

— Avez-vous apporté votre manuscrit ?

Lee ne put se retenir de lui jeter un regard assassin.

— C'était une des conditions, il me semble.

— En effet, répondit-il en démarrant. Que pensez-vous de Sedona ?

— Je pense que le climat et l'atmosphère qui règnent ici doivent rendre la ville très plaisante, dit-elle en se redressant sur son siège.

— On pourrait dire la même chose de n'importe quelle ville du sud de la France ou de Hawaii.

Lee détourna la tête et se concentra sur les rues qui défilaient.

— On dirait que cette ville a été ainsi de toute éternité. On ressent quelque chose de sauvage, d'inquiétant, mais de fascinant à la fois. Cette ville vous donne l'impression que vous venez de la découvrir perdue au milieu du canyon après des jours passés à cheval sans croiser âme qui vive. Sedona semble avoir été bâtie pour lutter contre le vide et l'immensité sauvage de l'Arizona.

— D'autres personnes ont pourtant préféré rester dans le désert ou les montagnes pour ne pas se faire happer et emprisonner par la ville.

Curieusement, Lee se dit qu'elle aurait fait partie des bâtisseurs, tandis que Hunter aurait choisi le désert et la liberté totale.

Une fois hors de Sedona, la route se fit de plus en plus étroite et tortueuse. Il conduisait comme s'il avait la certitude que, quoi qu'il arrive, il garderait le contrôle de son véhicule. Lee, elle, s'accrochait à la poignée, bien décidée à ne pas lui faire remarquer qu'il conduisait trop vite. Elle avait l'impression de se trouver sur des montagnes russes, tandis qu'ils descendaient au fond de la vallée. La route serpentait entre un abrupt mur de roche et une pente vertigineuse.

Cramponnée à la poignée, Lee devait se mordre les lèvres pour ne pas crier. Lorsqu'elle prit enfin la parole, elle fut soulagée que sa voix soit plutôt calme.

— Vous campez souvent ?

— Oui, de temps en temps.

— Je me demandais..., dit-elle avant de plaquer son pied au sol comme sur une pédale de frein imaginaire. Pourquoi aller camper alors que vous auriez la possibilité de faire à peu près tout ce dont vous avez envie ?

— C'est ce dont j'ai envie.

— D'accord, mais pourquoi ?

— Tout le monde a besoin de retrouver une certaine simplicité, parfois.

— Etes-vous sûr que ce n'est pas encore une façon d'éviter les gens ?

— Oui, vous avez raison.

Lee ne s'était absolument pas attendue à ce qu'il acquiesce aussi vite. Elle se tourna vers lui, stupéfaite. Hunter s'amusa de sa réaction, mais son visage resta neutre.

— C'est aussi une façon de m'évader de mon travail, reprit-il. On n'échappe jamais à l'écriture, mais on peut parfois éviter tout ce qui va avec, les contraintes.

Lee le scruta avec une attention redoublée. Elle aurait aimé pouvoir sortir son carnet et prendre quelques notes, mais elle devait se résoudre à faire confiance à sa mémoire.

— Vous n'aimez pas les contraintes.

— On n'aime pas toujours ce qui est nécessaire.

Lee avait maintenant totalement oublié les virages, le vide et la vitesse. Elle le fixa. Elle sentit que Hunter aimait qu'elle soit intriguée et que cela se sente. Il aimait cela à peu près autant que sa beauté, digne du siècle des romantiques.

— Et quelles sont les contraintes de votre profession ?

— Le fait de devoir rester enfermé dans un bureau, le ronronnement de l'ordinateur, la paperasserie inévitable qui interfère avec le cours d'une histoire.

C'était curieux... C'était précisément ce dont elle avait besoin pour cadrer son activité.

— Si vous pouviez y changer quelque chose, que feriez-vous ?

Un sourire lui monta aux lèvres. Hunter n'avait jamais rencontré quelqu'un dont l'esprit soit aussi rectiligne, aussi terriblement logique.

— Je remonterais le temps de quelques siècles, jusqu'à une époque où je n'aurais eu qu'à voyager et raconter des histoires.

Lee savait qu'il était sincère. Il avait beau disposer de la fortune, du succès et de la reconnaissance, elle savait qu'il ne mentait pas.

— Rien d'autre ne compte pour vous, n'est-ce pas ? La gloire, l'admiration…

— L'admiration ? Laquelle ?

— Celle de vos lecteurs, des critiques.

Il s'arrêta à côté d'un poteau de bois qui servait de boîte aux lettres.

— Je ne suis pas indifférent à mes lecteurs, Lenore.

— Mais à vos critiques…

— Je suis impressionné par votre rigueur d'esprit, dit-il en descendant de voiture.

Finalement c'était plutôt un bon début, se dit Lee en descendant à son tour de la Jeep. Elle avait déjà réuni plus d'informations que n'importe qui d'autre, alors que ce n'était que le premier jour. Il fallait maintenant qu'elle continue à lui parler de tout et de rien avant de pouvoir connaître son point de vue sur des sujets plus précis. Il fallait qu'elle contienne sa curiosité et son impatience, surtout. Et qu'elle ne relâche pas son attention. Elle avait affaire au roi de la fuite.

— Où se trouve le bureau d'accueil du camping ?

Hunter sourit derrière elle, en la regardant se débattre avec son sac à dos.

— Ne vous inquiétez pas, je me suis déjà occupé de tout, répondit-il.

— Très bien.

Son sac était vraiment lourd, mais elle avait déjà décidé de refuser l'aide de Hunter. Elle se rendit rapidement compte que, de toute façon, il n'avait pas prévu de la lui proposer…

Il se tenait tranquillement à quelques pas d'elle et paraissait s'amuser beaucoup de ses difficultés. La galanterie ne semblait décidément pas être son fort. Ce qui la gênait le plus, au fond, ce n'était pas vraiment qu'il ne lui propose pas de l'aider, mais plutôt qu'elle soit en train de rater cette occasion de lui prouver qu'elle était totalement autonome et qu'elle n'avait pas besoin de lui. Ses yeux pétillaient de malice. Il semblait encore une fois avoir lu dans son esprit.

— Voulez-vous que je porte les caramels ?

— Je crois que je vais m'en sortir, répondit-elle en serrant instinctivement le poing.

Son sac sur le dos, Hunter s'engagea sur un sentier, ne laissant d'autre choix à Lee que de le suivre. On aurait dit qu'il avait toujours pratiqué ce genre de chemin, tant son pas était assuré. Même si elle se sentait totalement ridicule avec ses chaussures de randonnée, Lee était bien décidée à ne pas broncher et surtout à ne pas se laisser distancer.

— Vous êtes déjà venu camper ici ?

— Mmm, mmm.

— Pourquoi cet endroit précisément ?

Hunter se tourna vers elle et la fixa de son regard noir et intense qui lui coupait le souffle chaque fois.

— Il me semble qu'il suffit d'ouvrir les yeux.

Lee regarda autour d'elle. Les pics rocheux du canyon s'élevaient, vertigineux, tendus vers le ciel. La couleur de la roche était vraiment unique, et la végétation éparse la mettait en valeur. Le paysage lui faisait le même effet que lorsqu'elle avait survolé la région. Elle pensa à des forteresses, des châteaux forts, mais cette fois-ci il n'y avait plus cette impression de distance, elle n'arrivait pas à savoir si c'était elle qui était en train de les prendre d'assaut ou si c'étaient eux qui l'encerclaient.

Il faisait chaud. Les arbres les protégeaient à peine des rayons du soleil. Il y avait quelques personnes sur les sentiers, des parents et leurs enfants, essentiellement, mais Lee avait la vague sensation d'être seule au monde.

Elle pensa à la peinture : c'était un peu comme si elle marchait sur une toile, impression irréelle et fascinante. Elle replaça son sac sur son dos et accéléra le pas.

— J'ai vu qu'il y avait des maisons, dit-elle. Je n'aurais pas imaginé que des gens puissent vivre ici.

— Oui, en effet.

Lee sentit qu'il avait l'esprit ailleurs et décida de faire une petite pause dans ses tentatives de conversation. Les choses avaient bien commencé, mieux valait ne pas le brusquer. Pour l'instant, elle se contenterait de le suivre, il semblait savoir où il allait.

Elle fut surprise de se rendre compte un peu plus tard qu'elle trouvait la promenade plutôt plaisante. Pendant des années, sa vie avait été régie par des contraintes, des délais, des exigences extérieures et personnelles, et elle avait toujours pensé que, si on lui avait proposé deux semaines de vacances, elle n'aurait pas su quoi en faire. D'ailleurs, elle n'aurait certainement jamais eu l'idée d'aller faire du camping dans les canyons d'Arizona. L'air pur et les paysages arides n'avaient jamais été sa tasse de thé.

Elle perçut alors un petit clapotis musical au loin. Il lui fallut quelques instants avant de reconnaître le bruit d'une rivière. Elle pouvait maintenant sentir l'odeur de l'eau. C'était vraiment une sensation nouvelle. Pourtant elle se retint de partager cela avec son guide, de peur de passer pour une citadine déconnectée de la nature.

Hunter se demanda si elle avait conscience du caractère

décalé de sa tenue. Elle semblait totalement en dehors de son élément. On devinait au premier coup d'œil que ses chaussures et son jean sortaient tout juste du magasin. D'ailleurs, son T-shirt était trop bien coupé pour provenir d'une boutique d'articles de sport. Elle ressemblait à un mannequin faisant une publicité pour des affaires de camping. Quel genre de femme était capable de porter un vieux sac à dos avec des boucles en saphir aux oreilles ?

Il reconnut son parfum, transporté par la brise, et se dit qu'il avait deux semaines devant lui pour répondre à cette question. Elle avait peut-être l'intention de le percer à jour, mais ce qu'elle ignorait était qu'il était venu ici avec la même idée qu'elle. Avec un peu de chance, ils arriveraient tous deux au but qu'ils s'étaient fixé avant la fin du temps qui leur était imparti. A moins qu'ils n'aient à regretter cette expérience…

Il avait envie d'elle. Cela faisait longtemps qu'il n'avait pas désiré quoi ou qui que ce soit. Ces derniers jours, il avait souvent repensé à leur baiser…

Le silence le tranquillisait. Les imposants sommets du canyon aussi. Lee les voyait menaçants, il les trouvait apaisants. Chacun devait y trouver ce qu'il y cherchait.

— Pour une femme et une journaliste, vous avez une étonnante capacité au silence.

Le poids de son sac commençait à prendre le pas sur la beauté du paysage. Il ne lui avait pas demandé une seule fois si elle voulait faire une pause. Il ne s'était d'ailleurs même pas retourné pour vérifier qu'elle était bien derrière lui.

— Vous avez vous-même une étonnante capacité au commentaire blessant.

Cette fois, Hunter se retourna. Lee avait le souffle court, et quelques perles de sueur constellaient la naissance de ses cheveux. Mais cela ne changeait rien à sa beauté immatérielle.

— Pardon, dit-il d'une voix qui ne semblait pas le moins du monde désolée. Je marche peut-être un peu vite ? C'est que vous me semblez plutôt en forme.

Malgré la douleur qu'elle ressentait dans le dos, Lee redressa les épaules.

— Je suis en parfaite condition physique, répondit-elle.

Ses pieds aussi commençaient à la faire souffrir.

— Nous ne sommes plus très loin, reprit-il en attrapant la gourde qui pendait à sa ceinture. C'est un temps idéal pour randonner. Il doit faire un peu moins de vingt-cinq degrés, et il y a cette petite brise rafraîchissante.

Lee le regarda porter la gourde à ses lèvres.

— Vous n'avez pas un gobelet ? demanda-t-elle.

Il fallut un instant à Hunter pour se rendre compte qu'elle était sérieuse. Il se retint de rire.

— Non, il est empaqueté avec la porcelaine dans un autre carton.

— Bien, j'attendrai, dit-elle en essayant de soulager son dos.

— Comme vous voudrez, déclara-t-il en reprenant plusieurs gorgées d'eau sous le regard désapprobateur de Lee, avant de se remettre en chemin.

Sa gorge la brûlait tant elle avait soif. Il avait dû dire cela exprès pour la faire enrager. Elle avait bien vu la petite étincelle dans son regard. Mais bientôt elle lui rendrait la monnaie de sa pièce. Elle brûlait de terminer la rédaction de son article et de présenter Hunter sous son vrai jour à ses lecteurs, qui devaient être loin de s'imaginer à quel point il était arrogant et présomptueux.

Il était peut-être même en train de tourner délibérément en rond pour la faire souffrir. Bryan avait raison pour les chaussures. Lee avait perdu le compte des campings qu'ils avaient croisés. C'était peut-être sa façon à lui de la punir de ne pas lui avoir dit dès le début qu'elle travaillait pour

Celebrity. Il était le genre d'homme capable d'élaborer une telle vengeance.

Epuisée, les jambes en coton, Lee finit par tendre la main pour saisir son bras.

— Il y a une chose que j'aimerais bien comprendre. Puisque vous méprisez à ce point les femmes et les journalistes, pourquoi avez-vous décidé de passer deux semaines en ma compagnie ?

— Mépriser les femmes ? répéta-t-il les yeux ronds. Je pense être un peu plus nuancé que cela, Lenore. Vous ai-je donné l'impression de ne pas vous apprécier ?

En parlant, il posa sa main sur sa nuque. La peau de Lee était chaude et légèrement humide sous ses doigts. Lee eut un réflexe de protection.

— Je me moque bien de vos sentiments à mon égard, je suis ici pour des raisons professionnelles.

— Vous, peut-être, reprit-il en exerçant une légère pression des doigts. Moi, je suis en vacances. Savez-vous que vos lèvres sont aussi attirantes que la dernière fois ?

— Je ne veux pas que vous regardiez mes lèvres, dit-elle d'une voix qui laissait pourtant paraître son trouble. Je veux que vous me considériez comme une journaliste, et c'est tout.

Il eut un léger sourire pensif.

— D'accord, dit-il. Donnez-moi une minute…

Il s'avança alors vers elle et posa sa bouche sur la sienne, aussi légèrement que la première fois, mais créant en elle le même déferlement d'émotions. Elle resta immobile, saisie par l'intensité de ce qu'elle ressentait. Lorsqu'il la toucha, ou plutôt la frôla, elle eut le sentiment qu'on l'embrassait pour la première fois. C'était tellement différent, tellement nouveau… tellement fort ! Comment était-ce possible ?

Elle ne sentait déjà plus le poids de son sac sur son dos. La tension de ses muscles s'évanouit pour laisser place à un sentiment de manque et de désir criant. Ses lèvres s'entrouvrirent, presque contre sa volonté, et leurs langues se frôlèrent, ardentes, hésitantes.

Lee se sentait fiévreuse, avide, mais Hunter semblait garder le contrôle. Il restait si tendre et doux qu'elle ne pouvait imaginer combien il devait prendre sur lui. Il n'avait jamais pensé ressentir un désir aussi urgent. Il n'avait jamais été confronté à un tel tourbillon de sensations. Soudain il pouvait imaginer, très clairement, ce que ce serait de la prendre là, immédiatement, sur le sol, avec le soleil implacable au-dessus d'eux et le rempart du canyon tout autour. Le ciel deviendrait le dôme d'une cathédrale gigantesque.

Mais il sentait aussi les appréhensions de Lee.

— Vos lèvres se fondent aux miennes, Lenore, murmura-t-il. Je ne vais pas pouvoir résister.

Elle se recula aussitôt, embarrassée, pantelante et désespérée de sa réaction.

— Je ne veux pas me répéter, Hunter. Et je ne veux pas non plus vous servir des clichés assommants, mais notre rencontre est strictement professionnelle. Si nous voulons que les deux semaines à venir se passent dans les meilleures conditions, je crois que nous ne devrions pas perdre cela de vue.

— Je ne sais pas ce que vous appelez les meilleures conditions, répondit-il, mais nous nous en tiendrons aux vôtres.

Elle ne le croyait qu'à moitié mais, n'ayant pas d'autre choix, elle acquiesça en silence. Ils reprirent leur chemin et s'engagèrent sous les arbres. Ils pouvaient encore entendre le bruit du ruisseau dans le lointain. Plus près, tout autour d'eux, les petits animaux du sous-bois faisaient crisser les feuilles et craquer les brindilles. Ne pouvant s'empêcher de se retourner nerveusement de temps à autre, Lee essaya de se persuader qu'il ne s'agissait que d'écureuils ou de lapins.

Ainsi entourés par les arbres, ils auraient pu se trouver n'importe où. La lumière du soleil filtrait à travers les branches, ténue. Ils atteignirent une petite clairière, où ils remarquèrent les restes d'un feu de camp. Lee détaillait les environs, envahie par un sentiment de malaise indéfini. Elle n'avait pas imaginé que le camp serait aussi isolé, aussi calme et… désert.

— Il y a une douche et des toilettes un peu plus loin, dit Hunter en déposant son sac à terre. C'est plutôt sommaire, mais suffisant. Vous ferez attention à ne rien laisser traîner qui attire les animaux. Avez-vous le sens de l'orientation ?

Lee déposa son sac avec soulagement.

— Je me repère assez bien.

Elle allait enfin pouvoir enlever ses chaussures et se reposer, c'était tout ce qui comptait, maintenant.

— Parfait, alors vous pourrez aller chercher un peu de bois pour le feu pendant que je monte la tente.

Lee ouvrit la bouche pour lui préciser qu'elle ne comptait pas lui obéir au doigt et à l'œil, mais elle changea d'avis. Cela ne servirait à rien, sinon à lui donner un prétexte supplémentaire pour se moquer d'elle. Elle fit quelques pas avant que la fin de sa phrase ne lui revienne à l'esprit.

— Comment ça, « la » tente ?

— Personnellement je préfère dormir à l'abri en cas de pluie, répondit-il en ouvrant son sac.

— Mais en disant « la » tente vous employez un singulier, je me trompe ?

— Une tente, deux sacs de couchage, répondit-il sans même relever les yeux.

Garder son calme. C'était le plus important. Elle n'allait pas faire une scène.

— Je ne trouve pas franchement que ce soit un arrangement judicieux, dit-elle d'un ton excessivement contenu.

Hunter ne répondit pas tout de suite. Il semblait trop occupé à vider son sac.

— Si vous voulez dormir à la belle étoile, grand bien vous fasse. Mais, une fois que nous serons amants, ces « arrangements » ne seront plus d'aucune importance.

— Nous ne sommes pas venus ici pour devenir amants ! rétorqua Lee, furieuse.

— Une journaliste et son sujet, dit Hunter à mi-voix, ne devraient pas avoir la moindre difficulté à partager une tente. Il n'y a aucune ambiguïté dans tout ça.

Prise à son propre piège, Lee tourna les talons et s'éloigna à grands pas. Elle ne lui ferait pas le plaisir de réagir comme il l'attendait. Elle ne le laisserait certainement pas déceler la moindre vexation dans son regard.

Hunter leva les yeux et la vit prendre la direction du sous-bois à grandes enjambées. Ce serait elle qui ferait le premier pas, se promit-il, et jusqu'à ce moment-là, il serait absolument irréprochable. Elle reviendrait vers lui, et peut-être plus tôt que prévu.

Tandis qu'il installait le camp, il essayait de se convaincre que les choses étaient aussi simples qu'il en avait décidé.

6

« Pas d'ambiguïté », se répétait Lee, furieuse. Quel manipulateur, quel prétentieux ! Qui était-il pour se moquer d'elle ainsi ? Elle était assez lucide pour savoir qu'elle avait été ridicule, elle n'avait pas besoin qu'il le lui rappelle.

Elle ne comptait pas le laisser prendre l'avantage. Et s'il fallait pour cela qu'elle dorme dans sa satanée tente pendant les treize prochaines nuits, elle le ferait.

Treize. Avait-il prévu cela aussi ? S'il s'imaginait qu'il aurait droit à une scène ou qu'elle irait dormir dehors pour lui donner une leçon, eh bien, il faisait fausse route. Elle se comporterait le plus professionnellement du monde, serait incroyablement coopérative et ne laisserait la place à aucune équivoque. Bientôt, il aurait l'impression de partager sa tente avec un robot.

Le problème était que, maintenant, elle savait… Elle soupira profondément, comme pour chasser ce sentiment de manque qui l'envahissait. Elle savait qu'un homme allait dormir à côté d'elle pendant la nuit. Un homme terriblement attirant et capable de la faire fondre d'un simple regard.

Il lui serait difficile d'oublier qu'elle était une femme pendant les deux prochaines semaines, alors que chaque nuit elle devrait lutter contre son désir.

Son travail consistait à se faire oublier. Elle ne devait

pas perdre cela de vue. Se faire oublier de lui, avant tout. Ce serait un véritable défi, mais elle n'avait pas le choix et elle réussirait.

Les bras chargés de branches, elle redressa le menton. Elle se sentait fatiguée, lasse et tendue. Peut-être valait-il mieux ne pas déclencher les hostilités tout de suite. Elle n'était pas sûre de gagner… Mais peu importait qu'elle perde les premières batailles. Elle gagnerait la guerre.

Lee revint au campement avec une étrange lueur dans les yeux. Heureusement, Hunter lui tournait le dos lorsqu'elle entra dans la clairière et que son regard se posa sur la tente. Elle était bien plus petite que ce qu'elle avait imaginé. Et tellement basse… Il lui faudrait ramper pour se faufiler à l'intérieur. Et une fois dedans, ils seraient forcément l'un contre l'autre.

Tant pis. Elle serait tel un bloc de pierre, immobile et glacée, à côté de lui.

Préoccupée par la taille de la tente, elle ne remarqua pas ce que Hunter était en train de faire avant d'arriver à sa hauteur. Elle laissa tomber le bois au sol, exaspérée.

— Mais qu'est-ce que vous faites, bon sang ?

Insensible à la colère dans sa voix, Hunter leva les yeux. Il avait une trousse de toilette dans une main et une nuisette en dentelle dans l'autre.

— Je ne vous avais pas prévenue que nous allions camper ? demanda-t-il, un sourire narquois aux lèvres.

Le rouge lui monta aux joues.

— Qui vous a permis de fouiller dans mes affaires ? s'exclama-t-elle en lui arrachant la nuisette des mains.

— J'étais simplement en train de ranger, dit-il en examinant la trousse de toilette volumineuse qu'elle avait emportée. Il me semble que je vous avais précisé de ne prendre que le strict nécessaire… Souvenez-vous que je vous ai déjà vue au saut du lit, vous n'avez pas besoin d'autant d'artifices, je vous trouve très bien lorsque vous êtes naturelle.

— Vous êtes vraiment un goujat ! s'exclama Lee en lui arrachant la trousse des mains. Je me moque de ce que vous pensez de moi, est-ce que c'est clair ? C'est mon sac et c'est moi qui m'en occupe.

Elle attrapa son sac à dos et y remit ses affaires.

— Je suis entièrement d'accord.

— Et arrêtez de me parler avec ce petit ton, c'est insupportable ! Si vous croyez m'apprendre la vie, vous risquez d'avoir des surprises.

— Bon, ce n'est pas ainsi qu'on arrivera à s'entendre, dit Hunter en lui tendant la main. Que pensez-vous d'une trêve ?

— Quelles en sont les conditions ? demanda Lee en levant un regard las dans sa direction.

— Voilà ce qui me plaît chez vous, Lenore, vous ne capitulez pas facilement ! Je vous propose un arrangement à l'amiable dans les meilleures conditions possibles pour chacun de nous. Vous ne vous plaindrez pas de mon café et je ne me plaindrai pas lorsque vous mettrez votre minuscule nuisette pour dormir.

Lee ne répondit pas à sa provocation et lui tendit la main avec un sourire crispé.

— Je dormirai tout habillée.

— Comme vous voudrez. Bon, voyons ce café.

Une fois encore, il la laissait partagée entre colère et amusement.

Lorsqu'il le décidait vraiment, il était tout à fait capable de rendre les choses plus simples. En quelques minutes, le feu flambait et le café frémissait dans la cafetière. Lee lui sut gré de ce changement d'attitude et s'en voulut de sa véhémence à son égard.

A quoi bon être à couteaux tirés pendant deux semaines ? Elle alla s'asseoir sur un rocher pour réfléchir à tout cela.

Il était peut-être un peu ambitieux d'imaginer s'amuser follement, mais en tout cas l'animosité ne servait à rien, en particulier face à un homme comme Hunter. Jusqu'à maintenant, elle l'avait laissé établir les règles à sa convenance, il était temps que cela change.

— Est-ce que le camping est une façon pour vous d'échapper au stress ?

Hunter ne se retourna pas. Elle avait donc décidé de jouer sur les mots…

— Quel stress ?

Lee se retint de soupirer pour manifester son agacement, et elle répondit patiemment :

— Vous devez être soumis à de nombreuses pressions dans votre travail. Les exigences de votre éditrice, les conflits d'intérêts, un roman qui n'avance pas comme vous l'espérez, les délais…

— Les délais n'existent pas.

Lee attrapa son carnet.

— On ne vous impose aucune contrainte de temps ? Vous n'avez jamais de panne d'inspiration ?

— Panne d'inspiration ? répéta-t-il en se servant un café. Connais pas.

Lee le fixa un instant.

— Enfin, Hunter, même les plus talentueux des écrivains connaissent l'angoisse de la page blanche, vous n'allez pas me faire croire que ce n'est pas votre cas !

— Quand il y a un obstacle, il suffit de le contourner.

Les sourcils froncés, Lee accepta la tasse qu'il lui tendait.

— Comment faites-vous ?

— En travaillant. Si vous refusez que quelque chose vous paralyse, il suffit de considérer que cela n'existe pas.

— Justement, vous écrivez à propos de choses qui n'existent pas.

— Comment cela ?

Lee le détailla en silence. Un bel homme ténébreux,

assis par terre en train de boire du café dans un gobelet métallique. Il avait l'air tellement à l'aise, tellement sûr de lui, qu'il était difficile de l'assimiler à l'auteur capable de faire ressentir des émotions aussi terrifiantes.

— Les démons et les monstres n'existent pas, répondit-elle en haussant les épaules.

— Il y a des démons et des monstres dans tous les placards du monde, répondit-il. Certains sont mieux cachés que d'autres, c'est tout.

— Vous êtes en train de me dire que vous croyez à ce que vous racontez ?

— Tous les écrivains croient à ce qu'ils écrivent. Cela n'aurait aucun sens, sinon.

— Croyez-vous qu'il existe une sorte de..., commença-t-elle en cherchant ses mots,... une sorte de force maléfique qui dirige les hommes ?

— Il serait plus juste de dire que je ne crois en rien. Il n'y a jamais que des possibilités. Et les possibilités sont infinies, Lenore.

Ses yeux étaient trop sombres pour qu'elle puisse y trouver le moindre indice. Etait-il en train d'essayer de jouer avec elle, ou de la manipuler ? Elle préféra changer de sujet.

— Lorsque vous vous installez derrière votre écran pour créer une histoire, est-ce que vous la façonnez patiemment, passant des heures à la polir comme un menuisier travaille une pièce de bois pour lui donner la forme et la texture désirées ?

La comparaison lui plut. Hunter prit une gorgée de café, et en savoura le goût profond.

— Raconter des histoires est un art. Les écrire est de l'artisanat.

Lee réprima un sourire de satisfaction. Voilà ce qu'elle cherchait : des phrases courtes, percutantes, qui vous laissent deviner les pensées les plus profondes de leur auteur.

— Dans ce cas-là, vous considérez-vous comme un artiste ou un artisan ?

Il reprit une gorgée de café, tranquillement. Lee avait à peine touché au sien. Il notait qu'il avait réussi à piquer sa curiosité. Ses yeux brillaient et elle tenait fermement son stylo en main. Encore une fois, l'envie d'elle l'envahit, plus violente et profonde encore que les autres fois. Il voulait que l'excitation qu'il lisait dans son regard soit pour lui, pour l'homme et non pour l'auteur. Il voulait sentir son désir, il voulait que son souffle soit court contre son cou.

S'il avait dû écrire le scénario de leur rencontre, il savait qu'il aurait retardé autant que possible le moment où les deux personnages succomberaient à la tension érotique qu'ils ressentaient. Il fallait d'abord que ce sentiment prenne corps en eux pleinement, totalement. Pourtant, il brûlait de lui dire ce qu'il ressentait. Il remit une bûche dans le feu.

— Je suis un artiste-né, et un artisan par choix.

— Je sais que ma question est un peu simpliste, mais d'où tirez-vous vos idées ?

Il sourit devant son professionnalisme un brin forcé.

— De la vie.

Lee le regarda s'allumer une cigarette.

— Hunter, vous n'arriverez pas à me convaincre que l'intrigue d'*En attendant le diable* vous vient de la vie de tous les jours.

— Prenez simplement la vie de tous les jours, distordez-la un peu et vous y trouverez tout ce que vous cherchez.

Lee acquiesça, pensive.

— Ainsi, vous tordez un peu l'ordinaire et vous en faites de l'extraordinaire. Mais quelle part de vous-même mettez-vous dans vos personnages ?

— Autant que nécessaire.

Encore une fois, sa réponse semblait couler de source. Tout lui semblait si simple, si évident.

— Vous arrive-t-il de vous inspirer des gens que vous connaissez pour créer vos personnages ?

— Oui, cela m'arrive, répondit-il avec un sourire mystérieux. Lorsque quelqu'un m'intrigue. Et vous ? N'êtes-vous jamais lassée d'écrire sur d'autres personnes alors que vous avez tant de personnages en vous ?

— C'est mon travail.

— Ce n'est pas une réponse.

— Je ne suis pas là pour répondre à des questions.

— Pourquoi êtes-vous là ?

Il s'était rapproché. Lee ne l'avait pas vu s'avancer, mais il était maintenant tout près d'elle, curieux, détendu et pourtant prêt à attaquer.

— Pour réaliser l'interview d'un brillant auteur, couronné par le succès.

— Un simple auteur à succès ne vous rendrait pas aussi nerveuse.

Lee sentit son cœur se mettre à battre plus vite. Il recommençait.

— Vous ne me rendez pas nerveuse.

— Vous mentez trop vite, et très mal. Si je vous touchais, maintenant, je sais que vous frémiriez.

— Vous êtes très présomptueux, rétorqua-t-elle en se levant.

— Non, répondit-il d'une voix grave. Vous provoquez mon désir et je vous rends nerveuse. Je pense que c'est une combinaison de sentiments intéressante.

Elle ne comptait pas se laisser intimider. Elle n'allait certainement pas frémir.

— Quand vous aurez fini par comprendre que je suis ici pour travailler, les choses seront beaucoup plus simples, dit-elle en tâchant de paraître détachée. Pour l'instant, je vais aller prendre une douche.

Hunter la regarda partir dans la mauvaise direction, mais ne dit rien. Elle finirait bien par retrouver son chemin. Il eut l'impression de l'entendre jurer à voix basse. Le sourire aux lèvres, il s'adossa à un rocher et finit sa cigarette.

Les muscles endoloris et l'esprit embrumé, Lee fut réveillée par l'odeur du café. Elle savait exactement où elle était : recroquevillée dans son coin de tente, aussi loin de Hunter que possible. Elle était seule. Elle se rendit compte tout de suite qu'il n'était plus là. A l'inverse, il lui avait fallu des heures, la veille, pour se convaincre que sa présence, à quelques centimètres d'elle, n'importait pas.

Le dîner s'était étonnamment bien passé. Un peu grâce à Hunter qui avait mis de l'eau dans son vin entre-temps. Lorsqu'elle était revenue l'aider à préparer le repas, elle l'avait trouvé presque… agréable ? Non, pas exactement. Le terme était un peu trop excessif pour Hunter. Disons plutôt relativement aimable. Il ne s'était pas montré particulièrement communicatif, non plus, passant des heures à lire à la lueur de sa lampe. Lee en avait profité pour commencer à rédiger, sur un nouveau carnet, ce qui serait son journal pendant ces deux semaines dans le canyon d'Oak Creek.

Ecrire ses pensées lui fit du bien. Elle avait d'ailleurs souvent utilisé son roman à seule fin de mettre en mots ses préoccupations. Elle pouvait enfin dire tout ce qui lui passait par la tête, et laisser libre cours à ses émotions, avec la sécurité d'être sa seule lectrice. En l'occurrence, cela n'avait pas été exactement le cas avec son manuscrit, puisque Hunter en avait continué la lecture, mais son journal, lui, resterait strictement privé.

D'une certaine façon, mieux valait qu'il soit occupé avec son manuscrit, cela avait évité à Lee d'avoir à discuter avec lui tandis que la nuit tombait. Elle en avait d'ailleurs profité pour se glisser dans la tente et se blottir dans un coin, tout contre la paroi. Plus tard, lorsqu'il l'avait rejointe, elle avait fait semblant de dormir afin d'éviter d'avoir à échanger avec lui quelques mots embarrassés.

Pourtant, elle n'avait pas trouvé le sommeil tout de suite.

Dans le silence de la nuit, elle l'avait écouté respirer à côté d'elle. Elle s'était efforcée de rester totalement immobile, en se répétant que cette proximité ne voulait rien dire. La première nuit était la plus difficile. Après tout, elle y avait survécu. Maintenant, il allait falloir qu'elle sorte de la tente, et qu'elle aille prendre une douche et se changer. Elle s'assit avant de se glisser précautionneusement à l'extérieur.

Il savait qu'elle était déjà réveillée. Hunter avait même l'impression qu'il avait senti le moment exact où elle avait ouvert les yeux. Il s'était levé tôt et avait préparé le café. S'il lui avait été difficile de dormir, il savait qu'il lui serait impossible de se réveiller à côté d'elle.

Il n'avait rien vu de plus que quelques mèches de cheveux cuivrés dépassant du sac de couchage. Il avait eu envie de les toucher, de l'attirer contre lui, de la réveiller... C'était pour cela qu'il était sorti, pour échapper à la tentation. Aujourd'hui, il irait marcher, longtemps, et puis pêcher. Lee pouvait bien s'accrocher à son rôle de journaliste si cela la rassurait. Ce qu'elle ignorait, c'est qu'en répondant à ses questions il en apprenait autant sur elle qu'elle sur lui.

— Le café est chaud, dit-il sans se retourner.

Elle avait eu beau faire de son mieux pour éviter de faire du bruit, Hunter l'avait entendue. Lee s'immobilisa, frappée d'avoir été aussi vite repérée.

— Je vais commencer par prendre une douche, répondit-elle.

— Je vous ai dit que vous n'aviez pas besoin de vous

pomponner, vous êtes très bien comme vous êtes, lança-t-il en mettant du bacon à griller.

— Si vous croyez que je vais faire ma toilette pour vous ! s'exclama Lee, vexée. J'ai simplement envie de me rafraîchir après avoir passé la nuit tout habillée.

— Personne ne vous a obligée à dormir avec vos vêtements, après tout… Le petit déjeuner sera prêt dans quinze minutes, si j'étais vous je ne tarderais pas.

S'agrippant à son sac et à sa dignité, Lee s'éloigna en direction des arbres.

Il lui était facile de se moquer d'elle. Elle avait mal dormi, elle était de mauvaise humeur et affamée… Comment faisait-il donc pour être en aussi bonne forme après avoir passé la nuit à même le sol ? Et si Bryan avait eu raison sur toute la ligne ? Cet homme était bizarre. Lee sortit son flacon de shampooing et une savonnette parfumée de son sac avant de se glisser dans la cabine de douche.

La nature avait beau être à couper le souffle et l'air d'une pureté extraordinaire, on ne lui ferait jamais croire qu'un sac de couchage pouvait remplacer un lit confortable. Lee suspendit ses vêtements à un crochet. Elle entendit de l'eau couler dans la cabine voisine et soupira. Pendant deux semaines, il allait falloir partager les sanitaires… Elle ferait mieux de commencer à s'y habituer tout de suite.

Elle serra les dents et se glissa sous le jet d'eau tiède. Aujourd'hui, il fallait qu'elle parvienne à dénicher quelques informations un peu plus intimes sur Hunter Brown.

Etait-il marié ? Lee fronça les sourcils lorsque la question lui traversa l'esprit. Elle n'avait aucune raison d'être contrariée par cette idée, ce qui pour elle était un détail avait une grande importance pour ses lecteurs et surtout ses lectrices.

Il ne l'était probablement pas de toute façon. Lee se savonnait vigoureusement. Quelle femme le supporterait ? Et puis il ne partirait pas camper ainsi, seul, si c'était le cas.

Quels étaient ses loisirs habituellement, à part celui de jouer les hommes des bois ? Où vivait-il ? Où avait-il grandi ? Comment était-il, enfant ?

Elle laissait l'eau ruisseler sur sa tête, emportant avec elle les dernières traces de mousse. Toutes ces questions étaient professionnelles. Lee se rendit compte qu'elle se le répétait un peu trop souvent. Mais elle avait besoin de connaître toutes les facettes de cet homme pour rédiger son article. Toutes ses facettes…

Ses propres pensées l'effrayèrent et elle rouvrit les yeux. Tant pis si elle laissait de côté certains aspects de sa personnalité, elle prendrait ce qu'elle avait pour son article et elle lui rendrait la monnaie de sa pièce.

Lee coupa l'eau avant de se rendre compte qu'elle avait oublié sa serviette. Bon sang, elle n'était pas à l'hôtel… Le linge n'était pas fourni !

Ruisselante et grelottante, elle essora ses cheveux et attendit un peu que le courant d'air sèche sa peau. Vengeance. Tôt ou tard, elle se vengerait de Hunter, même s'il n'était pas directement responsable de sa mésaventure.

Elle sortit de son sac un T-shirt propre et s'essuya le visage. Puis elle se sécha rapidement avant de s'habiller. Ses vêtements lui collaient à la peau, mais au moins commençait-elle à se réchauffer. Elle sortit de la cabine et s'avança vers la rangée de lavabos et de miroirs. Elle trouva une prise électrique où elle put brancher son sèche-cheveux.

Elle prendrait soin d'elle malgré lui, et non pour lui. Elle passa même un peu plus de temps que de coutume à parfaire son maquillage, se parfuma au jasmin et reprit le chemin du campement.

Son parfum attira l'attention de Hunter aussitôt qu'elle posa un pied dans la clairière. Son estomac se noua. L'air de rien, pourtant, il se resservit une tasse de café qu'il but avec désinvolture, même s'il n'en sentit pas le goût.

Lee alla déposer son sac dans la tente. Elle semblait plus calme et plus à l'aise qu'au lever. Dans une petite gamelle métallique elle vit un œuf et du bacon. Elle n'avait pas besoin de les goûter pour savoir qu'ils étaient froids.

— Vous vous sentez mieux ? demanda Hunter.

— Oui, ça m'a fait du bien.

Elle ne dirait rien sur le petit déjeuner froid et le mangerait jusqu'à la dernière bouchée. Elle ne lui donnerait plus la moindre raison de se moquer d'elle.

Lee leva les yeux dans sa direction. Il avait déjà pris sa douche. Ses cheveux brillaient dans la lumière du soleil et il sentait le savon. Il ne s'était pas rasé et sa barbe de deux jours lui donnait un air encore plus impénétrable. Lee se concentra sur son œuf froid.

— Bien dormi ?

— Oui, bien, mentit-elle en avalant une gorgée de café. Et vous ?

— Très bien, mentit-il en s'allumant une cigarette.

Il se sentait déjà nerveux.

— Vous vous êtes levé très tôt ?

— Assez.

En fait, il s'était levé aux aurores. Il jeta un coup d'œil à ses chaussures de marche flambant neuves et se demanda combien de temps elle les supporterait.

— J'ai prévu une randonnée, aujourd'hui.

Lee se retint de grimacer.

— Formidable, j'ai bien envie de visiter un peu plus le canyon, répondit-elle en allant laver sa vaisselle avec le bidon d'eau.

Elle avait à peine terminé qu'elle vit Hunter, des jumelles à la main et sa gourde en bandoulière, visiblement impatient de partir. Il lui tendit un sac d'autorité.

— Je veux prendre mon appareil photo, dit-elle en allant fouiller dans la tente. Qu'y a-t-il dans le sac que vous m'avez préparé ?

— Le déjeuner, dit-il en tournant les talons.

Lee dut presser le pas pour le rejoindre. S'il avait prévu le repas, ça voulait dire que la journée risquait d'être longue.

— Comment allez-vous vous orienter ?

Pour la première fois de la matinée, Hunter eut un petit sourire.

— J'ai des points de repère, et puis il y a le soleil.

— Je vois, répondit-elle, inquiète. Je dois admettre que je n'ai pas grande confiance en ce genre de choses.

— J'ai une boussole si cela peut vous rassurer.

Cela ne la rassurait qu'à moitié, mais ce petit détail était toujours mieux que rien.

A mesure que le temps passait, elle oublia son inquiétude. Le soleil semblait blanc tant il était puissant, alors qu'il n'était que 9 heures du matin. L'air était tiède. Lee était fascinée par les rayons qui frappaient les roches rouges. Le chemin serpentait, caillouteux. Elle entendit quelques voix répercutées par l'écho.

Au fur et à mesure de leur ascension, la végétation se fit de plus en plus rare. Elle se limitait maintenant à quelques buissons d'épineux, poussiéreux et secs, sortis d'une faille dans le roc. Elle s'arrêta un instant pour les observer, mais Hunter continua à marcher et elle dut courir pour le rattraper. C'était son idée, cette randonnée, mais il ne semblait pas vraiment y prendre plaisir. On aurait plutôt dit qu'il allait à un rendez-vous.

Peut-être était-ce le moment d'engager la conversation. Lee se dit qu'elle devait profiter d'un passage un peu plus plat pour parler sans être trop essoufflée.

— Vous aimez les grands espaces ?

— Oui, pour marcher c'est mieux.

Elle fronça les sourcils, mais ne se laissa pas abattre.

— Vous avez été scout ?

— Non.

— Alors le camping est une activité assez nouvelle ?

— Non.

Elle serra les dents.

— Aviez-vous l'habitude de camper lorsque vous étiez enfant ?

Lee aurait certainement trouvé bien plus d'intérêt à ses expressions qu'à ses réponses, mais elle ne vit pas le sourire amusé qui se dessinait sur ses lèvres.

— Vous vivez en ville ?

Elle était fine et têtue, décidément.

— Oui.

« Enfin ! », pensa Lee.

— Quelle ville ?

— Los Angeles.

Lee glissa sur un caillou et faillit tomber. Hunter ne ralentit pas le pas.

— Los Angeles ? répéta-t-elle. Vous arrivez à vivre à Los Angeles incognito ?

— J'ai grandi à Los Angeles, dit-il. Dans un quartier que vous n'avez jamais dû avoir l'occasion de visiter, Lenore Radcliffe. A Palm Springs, on ne doit pas même en connaître l'existence.

Lee accéléra le pas pour le rattraper et le saisit par le bras.

— Comment savez-vous que je viens de Palm Springs ?

Il la scrutait maintenant avec ce regard amusé et un brin supérieur qu'elle trouvait tout à la fois irrésistible et irritant.

— J'ai mes sources. Vous êtes diplômée avec mention de l'université de Los Angeles, vous avez passé trois ans dans une pension suisse très huppée, vous avez été fiancée à Jonathan Willoby, un chirurgien plastique très prometteur. Fiançailles que vous avez rompues en acceptant un poste chez *Celebrity*.

— Je n'ai jamais été fiancée à Jonathan, rétorqua-t-elle,

folle de rage. Vous n'avez aucunement le droit de vous renseigner ainsi sur moi, Hunter. C'est moi qui rédige un article, ici.

— J'ai l'habitude de faire des recherches sur toutes les personnes avec qui je travaille. Et c'est ce que nous faisons, non, Lenore ?

Il avait cette sale manie de toujours jouer sur les mots, mais Lee avait, elle aussi, quelques cartes en main.

— En effet, et ce travail consiste en une interview de vous, pas de moi.

— Selon mes conditions, rappela Hunter en touchant du bout des doigts ses cheveux, comme il l'avait déjà fait. Je ne parle pas aux gens que je ne connais pas, mais je crois que je sais qui vous êtes.

— C'est faux, répondit-elle en luttant contre l'envie de s'écarter de lui. Et de toute façon, vous n'avez pas besoin de me connaître, je vous demande juste de vous montrer honnête et franc avec moi.

Hunter saisit sa gourde et l'ouvrit. Lee la refusa d'un signe de tête lorsqu'il la lui tendit.

— Je suis honnête avec vous. Sinon, vous auriez déjà une fausse image de moi.

Ses yeux s'assombrirent brusquement. Sans rien dire, il tendit la main vers elle. A son regard, Lee se dit qu'il pouvait la saisir et l'envoyer au fond du canyon d'un simple geste. Pourtant, sa main vint se poser sur sa joue, légère comme une plume.

— Et, pour des raisons qui me sont propres, j'ai envie que vous découvriez qui je suis réellement.

Lee aurait peut-être eu moins peur s'il s'était vraiment mis en colère, s'il avait crié ou l'avait saisie par les épaules. Les battements de son cœur semblaient résonner dans sa tête. Instinctivement, elle recula d'un pas, comme pour échapper à ce qu'elle pensait. Son pied était au bord du précipice.

La seconde d'après, elle était dans ses bras, son corps serré contre le sien, sa chaleur contre la sienne.

— Inconsciente, dit-il d'une voix presque rauque. Regardez derrière vous avant de me demander de vous lâcher.

Lee tourna la tête et, aussitôt, son estomac se noua. Ses mains, qu'elle avait déjà relevées pour le repousser, s'agrippèrent à ses épaules. Derrière elle, commençait le précipice.

— Nous sommes bien plus haut que je ne l'aurais imaginé, parvint-elle à murmurer.

Il fallait qu'elle s'assoie, vite, très vite.

— La première des précautions, quand on fait une randonnée, consiste à savoir où l'on va, dit Hunter en lui relevant le menton sans l'écarter de l'abîme. Regardez où vous mettez les pieds, et vous saurez comment ne pas tomber.

Il l'embrassa alors, de façon aussi inattendue que les autres fois, mais bien moins tendre. Elle sentit toute la force de ce qu'elle n'avait pu qu'imaginer lors de ses précédents baisers. Lee avait l'impression qu'elle était en train de basculer dans le vide. Elle se sentait totalement impuissante et à sa merci, ainsi serrée contre lui, retenue entre ses bras. Elle était au bord du précipice, au propre comme au figuré. Lee ne savait pas quel saut était le plus risqué, mais elle sentait que, dans les deux cas, elle risquait d'en ressortir brisée.

Hunter n'avait rien en tête en partant faire cette promenade, si ce n'était de faire taire ce besoin qui le tenaillait depuis le réveil. Malheureusement, le grand air et l'effort physique ne changeaient rien à ce qu'il ressentait. Il prendrait ce baiser et en ferait durer le souvenir jusqu'à ce que ce soit elle qui l'embrasse. Il voulait la douceur qu'elle essayait de masquer, la fragilité qu'elle refusait d'admettre. Et il voulait aussi la force qui la faisait avancer et en demander toujours plus. Oui, il pensait la connaître et la comprendre.

Lentement, très lentement, Hunter redressa la tête. Ce baiser l'avait à la fois apaisé et enflammé. Les yeux de Lee étaient perdus dans le vague, son pouls était aussi rapide que le sien. D'un mouvement calme et maîtrisé, il l'écarta du ravin.

— Ne faites jamais un pas en arrière avant d'avoir jeté un coup d'œil par-dessus votre épaule, répéta-t-il avant de la lâcher.

Il reprit le sentier sans un mot de plus, sans même se retourner, laissant Lee se demander s'il parlait de randonnée ou d'autre chose.

7

Lee ouvrit son journal et écrivit :

Au bout de huit jours plutôt chaotiques, je me rends compte que plus j'en sais sur Hunter, moins j'arrive à le cerner. Il est tour à tour amical et distant. Il reste particulièrement discret quant à sa vie privée et la protège tellement bien que je ne suis pas parvenue à obtenir la moindre information la concernant. En revanche, il peut disserter pendant des heures sur la littérature. Il ne semble pas avoir de préférence pour un genre précis, mais a une fascination générale pour tout ce qui touche à l'écrit. Lorsque j'essaie de l'interroger sur sa famille, il se contente généralement d'un sourire énigmatique avant de changer de sujet. Parfois, il pose sur moi un de ses regards pénétrants et mystérieux. Dans tous les cas, il laisse planer tous les doutes possibles.

Mais c'est aussi un homme d'action. Lorsqu'il s'agit d'allumer le feu ou de préparer le dîner, il ne fait jamais un geste de trop, jamais un faux pas, à tel point que cela en deviendrait presque agaçant. Mais il peut aussi passer des heures à ne rien faire sans que cela lui pose le moindre problème.

Il est tellement organisé que l'on a du mal à croire que cela fait déjà une semaine que nous sommes arrivés, et pourtant il ne s'est pas rasé une seule fois. Cela lui va d'ailleurs très bien, à tel point que j'ai du mal à me rappeler son visage sans barbe.

Jusqu'à maintenant, j'ai toujours réussi à cataloguer les gens assez facilement, à tracer leur portrait-robot, en quelque sorte, mais avec Hunter c'est beaucoup plus compliqué.

Hier soir, nous avons eu une discussion passionnée au sujet de la poétesse Sylvia Plath, et, ce matin, je l'ai trouvé en train de feuilleter une bande dessinée. Il m'a expliqué qu'il respectait tous les genres littéraires. Je le crois sincère. Mon principal problème est justement que je finis toujours par le croire, alors que la plupart du temps il se contredit. Est-ce qu'un manque total de cohérence peut former une personnalité homogène ?

Il reste en tout cas la personne la plus complexe, la plus énervante, et la plus fascinante que je connaisse. Il faut pour ma part que je parvienne à contrôler son attirance à mon égard, ou tout du moins à mieux la comprendre. Est-ce purement physique ? Il dégage lui aussi quelque chose d'extrêmement séduisant. Est-ce plutôt intellectuel ? Son esprit suit des voies tellement escarpées que j'ai du mal à le suivre.

Mais, quelle que soit la raison de ses tentatives de séduction, je suis en mesure de garder le contrôle de la situation. Au fil des années, j'ai rencontré de nombreux hommes attirants, intelligents ou charismatiques. C'est chaque fois un défi, bien sûr, mais, cette fois, j'ai la désagréable impression d'être prise dans une sorte de jeu d'échecs.

Ma plus grande appréhension est que je commence à m'impliquer émotionnellement dans tout cela.

Depuis que nous avons été nous promener en haut du canyon, le premier jour, il ne m'a plus touchée. Je peux pourtant me rappeler précisément ce que j'ai ressenti. Je peux même me remémorer l'odeur qu'il y avait dans l'air à ce moment-là. C'est certainement romantique à outrance et complètement ridicule, mais c'est vrai.

Nous dormons ensemble sous la tente depuis huit jours. Il est tellement proche que je peux sentir son souffle. Chaque matin, pourtant, je me réveille seule. Je devrais lui savoir gré de rendre les choses un peu plus simples en s'éclipsant avant que je ne me lève, mais mon premier sentiment est la déception. Je reconnais que j'aurais parfois envie qu'il me prenne dans ses bras.

Pendant ces huit jours, je n'ai pratiquement pensé qu'à lui. Plus je sais de choses à son sujet, plus j'ai envie d'en apprendre. Mais j'ai conscience du fait que cela dépasse dangereusement la curiosité professionnelle.

Deux fois déjà, je me suis réveillée en pleine nuit, fiévreuse de désir. Dans mon sommeil, il m'arrive de me tourner vers lui sans m'en rendre compte. Que se passerait-il si je finissais par me blottir entre ses bras ? Si je croyais aux forces et aux sorts dont parle Hunter dans ses livres, je ne serais pas surprise d'avoir été envoûtée par lui d'une manière ou d'une autre. Je n'ai jamais désiré ni craint quelqu'un à ce point. Cette curieuse appréhension mêlée d'une attirance incontrôlée est le sentiment le plus érotique que j'aie jamais ressenti.

Il arrivait à Lee de parler dans son journal de ses promenades, des paysages fabuleux qu'elle découvrait et de ce que cela lui inspirait. Mais la plupart du temps c'était sur Hunter qu'elle dissertait. Et ce de plus en plus. Les mots qu'elle alignait n'avaient plus rien à voir avec les notes organisées qu'elle prenait pour son article. Il restait cependant quelque chose qu'elle n'osait écrire et qu'elle refusait même d'admettre : c'est qu'elle commençait à perdre le sommeil et qu'elle appréciait énormément tous ces moments passés en sa compagnie.

Bien que Hunter reste prudemment évasif au sujet de sa vie privée, Lee commençait à accumuler les petits détails qui font tout le sel d'un article. Même si elle n'en était qu'à la moitié du séjour, elle savait qu'elle avait déjà suffisamment de matière pour boucler son interview. Mais elle en voulait encore plus, non seulement pour ses lecteurs, mais également pour elle, indéniablement.

— Je ne comprends pas comment un poisson qui se respecte peut se laisser berner par ce genre d'appât, déclara Lee en observant la mouche en plastique que Hunter avait fixée au bout de sa ligne.

— La myopie, expliqua Hunter. Les poissons ont la vue basse.

— Je ne vous crois pas, répondit Lee en lançant maladroitement sa ligne. Mais cette fois-ci sera la bonne, je ne rentrerai pas bredouille.

— Commencez déjà par mettre votre mouche dans l'eau, suggéra Hunter avec un regard narquois vers le fil enchevêtré dans les branchages.

Il ne lui proposa pas de l'aider, mais, après ces quelques jours en sa compagnie, Lee avait appris à ne plus attendre son aide.

Après de nombreux efforts, elle parvint à démêler sa ligne et se retrouva à la case départ. Elle lança un regard victorieux à Hunter qui semblait bien trop absorbé par son bouchon pour lui prêter attention. Mais Lee savait qu'il voyait toujours tout ce qui se passait autour de lui.

Lee lança une nouvelle fois sa mouche qui tomba dans l'eau sans encombre.

Hunter nota le large sourire sur son visage, mais ne

dit rien. Il trouvait que, de façon générale, Lee se prenait un peu trop au sérieux, même s'il avait aussi entrevu la gentillesse et la tendresse qui se cachaient derrière sa façade policée.

La semaine qui venait de s'écouler n'avait pas été de tout repos pour elle. Hunter le savait et l'avait même planifié. C'était dans les situations difficiles qu'on découvrait les gens, après tout, pas pendant les cocktails mondains. Il commençait à percevoir un peu mieux la complexité du personnage et cela complétait ce qu'il avait pressenti le premier jour, à l'aéroport. Mais il restait encore des zones d'ombre qu'il mourait d'envie d'éclaircir.

Contrairement à la plupart des gens qu'il connaissait, elle semblait tout à fait à l'aise avec les longs silences. Il aimait cela. Moins il se préoccupait de son apparence et plus elle prêtait attention à la sienne. Cela l'amusait. Il la regardait partir chaque matin pour revenir maquillée et soigneusement coiffée. Il prenait d'ailleurs un malin plaisir à s'assurer qu'à la fin de la journée elle soit décoiffée.

La randonnée, la pêche… Hunter avait aussi veillé à ce que son jean et ses chaussures neuves fassent un véritable baptême du feu. Il avait d'ailleurs remarqué que Lee profitait de ce qu'il était en train de lire pour se masser longuement les pieds. Au moins avait-il ainsi l'assurance qu'une fois rentrée à Los Angeles et confortablement installée à son bureau elle n'oublierait pas trop vite ces deux semaines au canyon d'Oak Creek.

Et voilà que Lee se retrouvait au bord d'une rivière, tenant à deux mains sa canne à pêche et surveillant son bouchon attentivement. Il aimait cela chez elle : sa nature combative et la vulnérabilité qui se devinait sous des airs assurés. Elle resterait là, avec sa canne, jusqu'à ce qu'il décide de rentrer. Arrivée au camp, elle se passerait une crème parfumée au jasmin sur les mains et cette odeur le rendrait fou.

Comme c'était son tour de cuisiner, il savait qu'elle le ferait, même si elle devrait pour cela lutter avec les ustensiles et le réchaud et qu'elle finirait par laisser brûler son plat. Il aimait qu'elle n'abandonne jamais.

Lee était d'une curiosité insatiable. Encore et encore, elle revenait à la charge avec des questions qu'il esquivait plus ou moins habilement. Elle savait aussi le laisser tranquille pendant qu'il lisait. Il trouvait qu'elle était particulièrement facile à vivre, en fait. Et elle l'intriguait également, en particulier lorsqu'elle écrivait dans son journal.

Il avait décidé d'en apprendre un peu plus long sur elle pendant ces deux semaines, sachant qu'il devrait en retour se livrer un peu. Cela lui semblait un échange de bons procédés. Ce qu'il n'avait pas prévu, en revanche, c'était qu'il apprécierait à ce point sa compagnie.

Le soleil brillait déjà de tous ses feux et, bien qu'il n'y ait pas un souffle d'air, on sentait l'odeur du petit matin. Hunter leva la tête et remarqua les nuages qui s'amoncelaient à l'est. Il y aurait certainement un orage, ce soir, mais il trouvait plus drôle de ne rien dire à Lee.

La matinée s'écoula paisiblement. Hunter parvint à pêcher deux truites, mais en relâcha une qu'il jugea trop petite. Il ne parla pas. Lee ne dit rien non plus, mais, de toute évidence, elle commençait à enrager de ne jamais rien attraper, à part des torticolis.

— Je commence à me demander si vous n'avez pas mis quelque chose sur mes appâts pour chasser les poissons.

Hunter écrasa sa cigarette.

— Vous voulez changer de canne ?

Elle lui jeta un regard en coin et surprit un petit sourire amusé sur ses lèvres. Elle réprima un frisson. Son corps n'arrêterait donc jamais de la trahir chaque fois que leurs regards se croisaient ?

— Non, je préfère garder la mienne, répondit-elle

sèchement. Vous vous débrouillez pas mal pour quelqu'un qui ne va jamais à la pêche.

— J'ai toujours eu la chance d'apprendre vite.

— Que faisait votre père, à Los Angeles ? demanda-t-elle, sans vraiment s'attendre à une réponse explicite.

— Il vendait des chaussures.

— Des chaussures ? répéta-t-elle, surprise qu'il n'ait pas esquivé sa question.

— Oui, dans un grand magasin du centre-ville. Cela vous étonne ?

— Oui, reconnut-elle. Je pensais que vos parents étaient artistes eux aussi.

— Avant de vendre des chaussures, mon père était ouvreur dans un théâtre, il a aussi vendu de la moquette. Le besoin d'argent l'a contraint à travailler alors qu'il était fondamentalement un rêveur. Si la vie l'avait un peu aidé, il aurait sans doute été peintre ou poète. Il a fini par devenir vendeur, et par perdre régulièrement son emploi faute d'être fait pour cela.

Lee sentit que Hunter luttait pour dissimuler l'émotion que cette discussion provoquait en lui.

— Vous en parlez comme s'il n'était plus.

— Selon moi, ma mère est morte de surmenage et mon père ne lui a pas survécu. La vie sans elle n'avait aucun intérêt pour lui.

Lee sentit sa gorge se nouer.

— Quand sont-ils morts ?

— J'avais dix-huit ans. Ils sont morts à six mois d'intervalle.

— Vous étiez trop vieux pour que l'on s'occupe de vous et trop jeune pour pouvoir affronter la vie tout seul...

Hunter se tourna vers elle. Sa remarque l'avait touché.

— Ne soyez pas désolée pour moi, je m'en suis très bien sorti.

— Mais vous n'étiez pas encore un homme, lança-t-elle sans réfléchir. Vous deviez encore faire des études.

— J'ai trouvé du soutien autour de moi, et puis je me suis mis à travailler. J'ai été serveur dans des restaurants pendant quelque temps.

Lee se remémora ses années à l'université. Ses parents à elle avaient été là et avaient subvenu à tous ses besoins.

— J'ai du mal à croire que tout ait été aussi simple.

— Pourquoi voulez-vous que ç'ait été simple ? demanda-t-il en allumant une cigarette. Lorsque j'ai fini mes études, je savais déjà que j'étais écrivain.

— Que s'est-il passé entre ce moment et la publication de votre premier livre ?

— Je vivais, j'écrivais, j'allais pêcher quand j'en avais l'occasion.

Lee ne comptait pas laisser sa question en suspens. Elle alla s'asseoir sur le sol, juste à côté de lui.

— Mais il fallait bien que vous gagniez votre vie ?

— L'écriture est un travail, ne vous en déplaise ! lança-t-il avec un regard narquois.

— Vous savez très bien ce que je veux dire, votre premier livre n'a été publié que six ans après.

— Ne vous emballez pas, je n'étais ni affamé ni à la rue, Lenore, dit-il en effleurant sa main.

Il sentit qu'elle sursautait légèrement et cela lui plut.

— Vous avez dû commencer à travailler chez *Celebrity* au moment où *En attendant le diable* est paru. Nous avons connu la réussite au même moment, semble-t-il.

— Oui, on dirait, répondit-elle en se tournant vers la rivière.

— Votre travail vous plaît ?

— J'ai fait mon chemin. J'ai commencé comme pigiste et je suis devenue journaliste au bout de cinq ans, répondit-elle en haussant les épaules.

— Ce n'est pas une réponse.

— La plupart de vos réponses n'en sont pas non plus, marmonna-t-elle.

— Ce n'est pas faux. Qu'est-ce que vous attendez de votre travail ?

— La réussite, répondit-elle spontanément. La sécurité, aussi.

— L'une n'implique pas toujours l'autre, vous savez.

Lee le regarda droit dans les yeux.

— Pourtant, vous avez les deux.

— Un écrivain n'a jamais la sécurité. Il n'y a que les mauvais écrivains qui pensent cela. J'ai lu votre manuscrit, au fait.

Lee ne dit rien. Elle savait que tôt ou tard il lui en parlerait, mais avait espéré remettre cela à plus tard. Une brise légère caressait ses cheveux. Elle se concentra sur le cours d'eau. Les galets semblaient des pierres précieuses. Encore une illusion.

— Vous devez le terminer, reprit-il. Je n'arrive pas à croire que vous soyez capable d'abandonner ainsi vos personnages, alors que vous les avez dépeints avec tant de soin. Vous avez déjà les deux tiers de votre histoire, Lenore.

— Je n'ai pas le temps.

— Mauvaise réponse.

Piquée au vif, elle se tourna vers lui.

— C'est facile pour vous de dire cela dans votre position. Je dois me plier aux exigences d'un emploi qui demande beaucoup de temps et d'énergie. Au moins je sais qu'à *Celebrity* mes efforts seront récompensés.

— Mais c'est à votre roman que vous devez consacrer vos efforts.

Lee n'aima pas son ton autoritaire, qui laissait entendre qu'elle n'avait pas le choix.

— Hunter, je ne suis pas venue ici pour discuter de

ma carrière, mais de la vôtre. Je suis flattée que vous trouviez quelque intérêt à mes écrits, mais j'ai un travail.

— Flattée ? répéta-t-il en lui jetant un de ses regards noirs. Non, vous n'êtes pas flattée. Vous aimeriez que je n'aie jamais lu votre roman, et vous refusez d'en parler. Même si vous étiez convaincue de sa qualité, vous seriez encore pétrifiée à l'idée de le publier.

Il serra sa main un peu plus fort. Il avait vu juste et cela irritait Lee au plus haut point.

— Mon travail est ma priorité, que cela vous plaise ou non. De toute façon, ça ne vous regarde pas.

— Peut-être pas, en effet, répondit-il calmement. Vous venez d'attraper un poisson.

— Je ne veux pas...

Lee s'interrompit et le fixa avec stupéfaction.

— Comment ?

— Ça mord, vous devriez sortir votre ligne.

— Un poisson ? s'exclama-t-elle en agrippant sa canne à deux mains. Mais oui ! Qu'est-ce que je dois faire ?

— Le sortir de l'eau, répondit Hunter en s'allongeant dans l'herbe.

— Mais vous n'allez pas m'aider ? demanda Lee en se levant. Hunter, je vais le perdre, à la fin !

— C'est votre poisson, insista-t-il en souriant.

Il se demanda si une interview avec le Président l'aurait rendue plus joyeuse que la prise de son premier poisson. Il n'en était pas sûr, même s'il était convaincu qu'elle aurait soutenu le contraire. Il la détailla du regard. Ses cheveux étaient décoiffés, ses joues s'étaient colorées et ses yeux pétillaient. La lumière de cette fin de matinée illuminait son visage. Lorsqu'elle sortit enfin le poisson frétillant de l'eau, elle eut un rire clair comme l'eau du ruisseau. Hunter frissonna.

Le désir prenait lentement possession de lui, tandis que son regard remontait le long de ses jambes, particulièrement mises en valeur par un short plutôt court. Hunter ne put s'empêcher de continuer à détailler son corps et ses courbes généreuses.

— Hunter ! s'exclama-t-elle en riant, une fois le poisson sorti de l'eau. J'ai réussi !

C'était la plus belle prise de la semaine. Hunter s'en rendit compte, mais préféra ne rien dire. Il valait mieux ne pas paraître trop admiratif tout de suite.

— Il faut enlever l'hameçon maintenant, rappela-t-il en se tournant vers elle, en appui sur les coudes.

— L'hameçon ? répéta Lee en lui jetant un regard plein d'appréhension. Je ne veux pas y toucher !

— Il va bien falloir l'ôter pourtant.

Lee prit un air désinvolte.

— Je vais le relâcher.

Avec un haussement d'épaules, Hunter ferma les yeux, comme pour mieux sentir la brise qui venait de se lever. Il savait que pour rien au monde elle ne relâcherait son poisson.

— C'est votre prise, c'est vous qui voyez.

Partagée entre le dégoût que lui inspirait l'idée de devoir attraper ce poisson encore frétillant et la fierté de l'avoir capturé, Lee fixa Hunter. Il ne bougerait pas le petit doigt, cela semblait clair. Si elle tentait de remettre le poisson à l'eau, elle ne couperait pas à son petit sourire narquois, irritant au possible. C'était un dilemme dramatique. De toute façon, n'allait-elle pas être obligée de le toucher pour le relâcher ? Elle aurait dû y penser plus tôt, cela lui aurait évité de se ridiculiser une fois de plus ! Déterminée, elle tendit la main vers sa proie.

C'était glissant, mouillé et froid. Elle retira sa main prestement, mais vit du coin de l'œil le sourire de Hunter s'élargir. Retenant son souffle, Lee attrapa la truite d'une main ferme et ôta l'hameçon rapidement. S'il n'avait pas été en train de la défier du regard, peut-être n'aurait-elle pas réussi aussi facilement. Lee prit son air le plus dédaigneux et mit le poisson dans le panier prévu à cet effet.

— Bien joué, dit Hunter en sortant sa ligne de l'eau. Elle est de belle taille.

— Merci, répondit Lee d'un ton presque victorieux.

— Je pense que cela devrait suffire pour le dîner. Il ne vous reste plus qu'à la préparer.

— Oui, elle est assez… C'est moi qui dois la nettoyer ? s'exclama-t-elle.

Lee dut lui courir après car Hunter avait déjà pris le chemin du camp.

— Oui, c'est vous qui l'avez pêchée, non ?

— Je n'avais pas prévu cela. C'est hors de question ! lança Lee avec une moue déterminée.

— Dans ce cas-là, vous n'en mangerez pas, répondit-il en haussant les épaules.

Lee le saisit par le bras, bien décidée à ne pas se laisser avoir cette fois.

— Hunter, il va falloir revoir un peu vos règles, dit-elle en soupirant. Au moins celle-ci, s'il vous plaît.

Hunter s'arrêta, l'air pensif.

— Si j'accepte de modifier une des conditions, il va falloir que vous me fassiez une faveur en échange, suggéra-t-il avec un sourire en coin.

— Je peux cuisiner deux soirs de suite.

— Je dis bien une faveur !

Ses yeux pétillants de malice désamorcèrent la colère que Lee sentait monter en elle.

— Bon, que proposez-vous, alors ?

— Pourquoi ne me laissez-vous pas un peu plus de temps, je n'ai pas d'idée pour le moment.

— Est-ce que cette faveur sera négociable ?

— Bien entendu.

— Marché conclu !

*
* *

Lee ne s'était pas imaginé que la capture de son premier poisson la rendrait aussi joyeuse. Elle apprécia aussi de le faire cuire sur le feu de camp. Elle se rendit compte que cela faisait plusieurs jours qu'elle n'avait pas jeté un regard à sa montre. Si elle n'avait tenu son journal, elle n'aurait probablement pas eu la moindre idée de la date. Elle devait reconnaître qu'elle avait toujours des courbatures le matin au réveil et que les sanitaires étaient loin d'être fonctionnels, mais, au fond, elle passait de bons moments.

Pour la première fois depuis une éternité, sa journée n'était pas régie par un emploi du temps. Elle se levait lorsqu'elle se réveillait, allait se coucher lorsqu'elle avait sommeil et mangeait lorsqu'elle avait faim. Le temps n'était plus une contrainte, et c'était la première fois que cela lui arrivait depuis qu'elle avait quitté ses parents et Palm Springs.

Elle arrivait même à faire abstraction du désir latent que lui inspirait Hunter, et des imprévisibles palpitations qui la déstabilisaient dès qu'il lui jetait un regard un peu plus perçant que les autres. Elle appréciait sa compagnie. C'était tellement inimaginable pour elle quelques jours auparavant qu'elle n'avait pas même envie d'essayer d'en comprendre les raisons. Ce soir, tandis que le soleil se couchait, elle était contente d'être assise près du feu de camp.

— Je n'ai jamais rien senti d'aussi appétissant.

Hunter se servit une tasse de café et leva les yeux vers elle.

— Pourtant, nous avons déjà préparé une truite avant-hier.

— C'est vous qui l'aviez attrapée, expliqua Lee. Tandis que celle-là, c'est la mienne !

Hunter sourit intérieurement en se remémorant les

hauts cris qu'elle avait poussés la première fois qu'il avait suggéré d'aller pêcher.

— C'est la chance du débutant.

Lee ouvrit la bouche, prête à riposter, mais une étrange lueur dans le regard de Hunter l'arrêta. Non seulement, elle n'avait plus envie de lui répondre, mais elle sentait également que les barrières qu'elle avait élevées autour d'elle étaient en train de s'écrouler une à une. Elle inspira profondément avant de se tourner vers le feu. Cet homme devenait de plus en plus dangereux pour elle, au fur et à mesure qu'une certaine familiarité s'instaurait entre eux.

— Si la pêche est une question de chance, vous n'êtes pas en reste à ce niveau-là.

— Tout dépend de la chance, répondit Hunter en lui tendant deux assiettes.

Lee les servit et s'assit, prête à savourer son premier poisson.

— Si c'est ce que vous pensez, qu'en est-il du destin ? Je croyais que l'on pouvait essayer de lutter contre la fatalité, mais qu'on ne gagnait jamais.

Hunter l'observa avec attention. Il était toujours impressionné par la rigueur et la logique de son esprit.

— Les deux marchent ensemble. Votre destin est d'être ici, avec moi, mais vous avez eu la chance d'attraper cette truite.

— Il me semble que vous interprétez les choses à votre convenance.

— Oui, n'est-ce pas ce que tout le monde fait ?

— Peut-être, répondit-elle pensive. Mais personne n'y arrive aussi bien que vous.

— Si vous pouviez changer une chose de votre vie, qu'est-ce que ce serait ?

Peut-être était-ce parce que sa question sortait de nulle part, ou parce qu'elle se sentait particulièrement bien à ce moment-là, toujours est-il que Lee répondit aussitôt, sans même prendre le temps de réfléchir.

— J'en voudrais plus.

Hunter hocha la tête.

— Eh bien, on peut dire que c'est votre destin d'en vouloir toujours plus, et la chance décidera de vous l'accorder ou pas.

Lee le regarda un instant. Le feu éclairait son visage d'une lueur changeante, alternant ombre et lumière. Sa courte barbe mettait en valeur ses lèvres de poète et rendait sa bouche encore plus désirable. Il était le genre d'homme qui ne devait laisser aucune femme insensible. Lee se demanda s'il en avait conscience avant de manquer de s'étrangler de rire. Bien sûr qu'il le savait ! Il ne le savait que trop bien, même !

— Et vous ? demanda Lee en se redressant. Que changeriez-vous ?

— J'en prendrais plus, répondit-il d'une voix grave.

Lee sentit un frisson parcourir sa colonne. Elle s'obligea à repenser à la raison de sa présence ici, à son travail, pour poursuivre la discussion.

— Vous savez, c'est curieux, mais j'ai l'impression que vous m'avez raconté beaucoup de choses pendant cette semaine, et pourtant il me semble que je n'en sais pas plus sur vous. Peut-être aurais-je moins de mal à vous comprendre si vous me parliez de façon un peu moins abstraite. Quelle est votre journée type, par exemple ?

Hunter leva les yeux vers le ciel. Il se demanda si Lee avait remarqué les nuages menaçants qui s'amoncelaient à l'horizon.

— Une journée type ? Cela n'existe pas !

— Vous voyez, vous êtes encore en train d'esquiver ma question !

— Si vous voulez...

— Mais c'est mon travail d'arriver à vous cerner.

— J'aime vous observer quand vous faites votre travail, murmura-t-il.

Lee se mit à rire. Encore une fois, il provoquait en elle un mélange d'amusement et d'agacement.

— Hunter, pourquoi est-ce que j'ai en permanence l'impression que vous vous décarcassez pour me rendre la tâche plus ardue ?

— Vous êtes fine observatrice, dit-il en posant son assiette avant de passer les doigts dans les cheveux de Lee comme à son habitude. Je vois une femme à la beauté romantique et à l'esprit rigoureux.

— Hunter…

— Attendez, je veux juste vous cerner, moi aussi. Elle est ambitieuse, plutôt nerveuse, particulièrement sensuelle, sans même en avoir tout à fait conscience. Elle est prise dans quelque chose qu'elle ne parvient pas à comprendre. Il se passe des choses autour d'elle et elle trouve de plus en plus difficile d'y résister ou de prendre de la distance. Il y a un homme. Un homme qu'elle désire, mais en qui elle n'a pas totalement confiance. Il n'a pas d'explication logique à lui fournir, mais l'irrationnel qu'il lui propose semble curieusement proche de la vérité. Si elle décide de lui accorder sa confiance, elle devra tourner le dos à tout ce en quoi elle croyait. Si elle ne le fait pas, elle restera seule.

Il parlait d'elle, pour elle. Lee avait la gorge sèche, mais ne savait pas si c'était dû à ses mots ou à la caresse de ses doigts dans ses cheveux.

— Vous essayez de m'effrayer, parvint-elle à dire. Vous voulez me faire croire que de grands enjeux se jouent autour de moi.

— De grands enjeux se jouent, en effet. Mais le fait que j'arrive ou pas à vous effrayer dépend entièrement de mon talent à vous les dépeindre. Les ombres et les orages sont ma partie.

Au même moment, un éclair fulgurant déchira le ciel. Hunter reprit, d'une voix profonde :

— Une peau douce, si claire…, dit-il en effleurant le contour de son visage. Des cheveux d'or et de feu mêlés. Et moi j'y oppose les ténèbres, le vent, des voix qui s'élèvent des ombres. La logique contre l'impossible. L'indicible contre la beauté.

Lee essaya de répondre d'une voix neutre.

— Je suppose que je dois me sentir flattée, mais je ne suis pas sûre d'avoir envie de me retrouver façonnée en un personnage d'épouvante.

— Il me semble que c'est plutôt au destin de choisir, non ? répondit-il en levant les yeux tandis qu'un nouvel éclair illuminait le ciel. J'ai besoin de vous pour l'histoire que je vais raconter, Lenore, mais pas seulement pour ça.

Des frissons plus violents s'emparèrent d'elle.

— Il va pleuvoir, dit-elle d'une voix qui laissait transparaître sa nervosité.

Ses sens étaient déjà en ébullition. Lorsqu'elle se leva, elle se rendit compte qu'il tenait sa main. Le vent commençait à souffler, soulevant les feuilles et exacerbant le désir. Les dernières lueurs se firent ombres. Le tonnerre gronda.

Ce qu'elle vit dans son regard l'effraya d'abord, puis l'exalta. Elle aurait pu briser le charme si elle en avait eu envie, mais les yeux de Hunter semblaient la vider de toute volonté. Ils restèrent ainsi, se tenant par la main et se dévorant des yeux, tandis que l'orage s'apprêtait à laisser libre cours à sa fureur.

Peut-être que la vie était faite de choix, comme l'avait dit Hunter. Peut-être aussi que la chance faisait pencher la balance dans un sens ou dans l'autre. Mais à ce moment précis, l'espace d'un battement de cœur, Lee eut l'impression que c'était le destin qui la portait. Il était écrit qu'ils se rencontreraient, qu'elle se donnerait à lui, sans qu'elle puisse rien trouver à y redire. Comme si elle était l'un de ses personnages de roman.

Le ciel sembla s'ouvrir. La pluie se déversa sur eux. Lee sursauta et lâcha sa main, mais pendant de longues secondes elle resta immobile, laissant l'eau ruisseler sur elle et les éclairs se déchaîner.

— Bon sang ! s'écria-t-elle finalement. Qu'est-ce que je suis censée faire ?

Hunter sourit, refrénant l'envie de prendre son visage entre ses mains et de l'embrasser jusqu'à en perdre le souffle et la raison.

— Je crois qu'il est temps de chercher un abri, répondit-il sans bouger.

Trempée, frissonnante et furieuse, Lee rampa à l'intérieur de la tente. Elle savait que Hunter jubilait de la voir perdre ainsi son calme. Elle essaya rageusement d'enlever ses chaussures trempées.

Elle ne dit pas un mot lorsqu'il la rejoignit. Se concentrer sur sa colère était certainement la meilleure chose à faire. La pluie qui tambourinait sur la tente rendait l'espace encore plus restreint. Elle n'avait jamais eu autant conscience de sa présence près d'elle. Ses cheveux dégoulinaient le long de son cou tandis qu'elle essayait d'ôter ses chaussettes humides.

— Ça ne devrait pas durer.

Hunter enleva son T-shirt trempé.

— J'ai bien peur que ça ne s'arrête pas avant demain, au contraire.

— Formidable…

Lee frémit. Comment allait-elle se changer, dans un si petit espace ?

Hunter baissa l'intensité de la lanterne qui les éclairait.

— Détendez-vous et écoutez. La pluie ici est différente de la pluie en ville. Il n'y a pas de crissements de pneus sur l'asphalte mouillé, pas de Klaxon, pas de gens qui courent s'abriter, expliqua-t-il en attrapant une serviette et commençant à lui sécher les cheveux.

— Je vais le faire, dit-elle en levant les mains pour saisir la serviette.

Mais Hunter continua à la frictionner.

— C'est étonnant, dit-il. L'orage a éteint le feu de vos cheveux.

Il était si proche qu'elle pouvait sentir l'odeur de la pluie sur sa peau. Son corps semblait dégager de la chaleur, comme la pierre après des heures de soleil. La pluie avait-elle redoublé, ou étaient-ce ses sens qui devenaient plus aigus ? Lee croyait entendre chacune des gouttes qui frappaient la toile de tente. La lumière était tamisée et semblait masquée par un écran de fumée, donnant à la scène une touche presque irréelle. Lee avait l'impression qu'elle avait fui ce moment toute sa vie. A moins que ce ne soit exactement le moment qu'elle avait espéré, finalement.

— Il faudrait vous raser, murmura-t-elle, tandis que sa main se tendait déjà en direction de sa joue. Cette barbe vous cache encore plus, vous êtes déjà assez difficile à saisir comme cela.

— Vraiment ? demanda-t-il, toujours occupé à lui sécher les cheveux.

— Vous le savez.

Lee n'avait plus envie d'esquiver quoi que ce soit, et surtout pas son regard, qui diffusait en elle une douce chaleur. Il la dévorait des yeux et Lee oubliait tout le reste. Elle oublia qu'elle était trempée jusqu'aux os. Un éclair illumina fugacement la tente avant qu'ils ne soient replongés dans une obscurité partielle. Pourtant, Lee voyait tout ce qu'elle avait envie de voir. Elle voyait même plus que ce qu'elle voulait voir.

— C'est mon travail d'essayer d'en savoir un peu plus, de vouloir aller au-delà des apparences, reprit-elle.

— Et c'est mon droit de ne vous dire que ce que je veux vous dire.

— Nous ne voyons pas les choses sous le même angle, c'est tout.

— Oui, c'est tout.

Lee prit sa serviette et se mit à lui sécher les cheveux à son tour.

— C'est absurde de se retrouver ainsi, tous les deux.

Hunter venait de découvrir que le désir était un poison cruel. S'il ne la touchait pas bientôt, il avait l'impression qu'il allait mourir sur-le-champ.

— Pourquoi ? demanda-t-il d'une voix grave.

— Nous sommes trop différents. Je suis en quête de réponses, vous recherchez l'inexplicable, commença-t-elle.

Ses lèvres étaient si proches des siennes, ses yeux semblaient l'hypnotiser. Lee perdait le fil de sa phrase, elle savait que ça allait arriver, elle sentait à la fois le danger et l'inéluctabilité de ce qui allait se passer.

— Hunter… Je ne veux pas que cela arrive.

Hunter ne la toucha pas, car il savait que sa peau allait le rendre fou, bientôt.

— Vous avez le choix.

— Non, répondit-elle calmement, comme s'il s'agissait d'une évidence. Je ne crois pas, non.

Elle lâcha la serviette. Il y eut encore un éclair et Lee attendit le grondement du tonnerre. Six longs battements de cœur.

— Peut-être que ni l'un ni l'autre nous n'avons le choix, murmura-t-elle.

Lorsqu'elle laissa ses mains glisser le long de ses épaules, son souffle se fit court. Elle en avait toujours soupçonné la force, et avait voulu la sentir, sans jamais oser. Hunter la fixait tandis qu'elle parcourait son torse du bout des doigts. Même si le désir s'était changé en des braises ardentes qui le consumaient de l'intérieur, il voulait la laisser choisir son rythme pour cette première fois. La plus importante.

Ses doigts étaient frais sur sa peau brûlante. Ils semblaient hésitants, ou peut-être prudents, plutôt. Elle suivit son bras avant de remonter sur son torse et ses épaules. La corde du désir se tendait de plus en plus, prête à se rompre à tout instant. Le crépitement de la pluie résonnait dans la tête de Hunter. Lee semblait encore plus pâle que d'habitude. La tente était soudain trop grande. Il ne supportait plus tout cet espace entre eux.

Lee n'arrivait pas à croire qu'elle était en train de le toucher ainsi, que sa peau frissonnait sous ses doigts. Pendant ces longues secondes silencieuses, il la fixa avec une passion si dévorante dans le regard qu'elle aurait eu peur si elle n'avait été consumée par la même flamme. Doucement, attentive à ne pas rompre le sortilège, Lee avança ses lèvres vers celles de Hunter. Elle savoura le contraste entre la douceur de sa bouche et la rudesse de sa barbe sur sa joue. Lee n'avait jamais rencontré quelqu'un qui savait à ce point donner sans chercher à recevoir en retour. Ses dernières incertitudes s'évanouirent à ce moment-là, et elle l'entoura de ses bras.

— Fais-moi l'amour, Hunter.

Il se redressa un instant, juste assez pour plonger ses yeux dans les siens. Son regard ressemblait au ciel juste avant que n'éclate l'orage. Sombre et menaçant.

— Je ne vais pas te faire l'amour, murmura-t-il. Nous allons faire l'amour ensemble.

Lee ferma les yeux et laissa son cœur s'ouvrir.

Les mains de Hunter autour de son visage, sa bouche contre la sienne. Le glissement de son T-shirt humide, ses propres frissons, sa peau contre la sienne. Elle ressentit tout cela avec une acuité extraordinaire. Il avait un corps qui semblait fait de roc : solide, brut. Pourtant, ses doigts étaient aussi précis et doux que ceux d'un pianiste. Il soupira lorsqu'elle l'effleura à son tour.

Lee craignait que la panique ne s'empare d'elle encore une fois, et qu'une sorte de réflexe de survie ne lui intime de s'enfuir. Mais ce ne fut pas le cas. La pluie pouvait bien s'abattre, le tonnerre, gronder. Ils étaient ailleurs. Elle sentait ses lèvres avides et le désir à peine contenu. Le plaisir la parcourait comme une onde sensuelle.

Ses lèvres s'attardèrent sur ses seins tendus. Il ne voulait pas se précipiter, même s'il devait mourir de désir. Lee sentit la caresse de sa langue, la morsure légère de ses dents, et se cambra contre lui. Il savait à cet instant précis qu'elle en voulait plus. Elle voulait tout. Et lui aussi.

La main de Lee tâtonna jusqu'à la ceinture de son jean. Hunter voulait sentir sa peau contre la sienne, en un corps-à-corps total. Il avait déjà imaginé ce moment des dizaines de fois. Ses cheveux étaient encore mouillés et sa peau, humide, tiède et parfumée. Des fleurs fraîches et la pluie d'été. Les parfums se mêlaient dans sa tête.

Lee lui ôta lentement son pantalon et Hunter retint son souffle. A son tour, il fit glisser le short de Lee et découvrit un petit slip de dentelle. Il parcourut alors son corps de ses lèvres, lentement, comme pour goûter chaque centimètre de sa peau. Puis sa caresse se fit plus précise et ses lèvres se rapprochèrent des dentelles. Lee ferma les yeux. Quelque chose d'irrésistible l'emportait.

Il sentait le plaisir prendre possession d'elle. Elle murmura son nom, comme pour le supplier d'apaiser son désir. Hunter l'enlaça et vint se placer au-dessus d'elle. Il retarda un instant encore le moment de l'étreinte finale. Il voulait qu'elle le regarde, maintenant.

Essoufflée et fiévreuse, Lee ouvrit lentement les yeux sur le visage de Hunter. Il semblait tout-puissant.

— Que veux-tu de moi ?

Il l'embrassa alors, mais cette fois son baiser était urgent, avide, presque brutal.

— Je veux tout, répondit-il d'une voix rauque.

Et, incapable d'attendre une seconde de plus, il se glissa en elle.

— Tout !

8

Le jour se leva, éclatant et frais. Lee s'éveilla doucement. Elle était bien, il faisait bon et, pour la première fois depuis plus d'une semaine, elle ne savait pas exactement où elle se trouvait.

Sa tête était nichée dans le creux de l'épaule de Hunter, son corps nu était tourné vers le sien. Il l'enlaçait. Elle se sentait curieusement somnolente, à la fois exaltée et rassurée. Elle n'avait jamais rien ressenti de semblable.

Les yeux mi-clos, elle reconnut l'odeur si particulière de la pluie sur sa peau, et tout lui revint à la mémoire.

C'était un peu comme un rêve, comme un fantasme surréaliste. Elle ne s'était jamais donnée à quiconque aussi librement, aussi totalement. Jamais personne ne lui avait donné envie de se livrer ainsi.

Elle ressentait encore la caresse de ses lèvres qui avait fait fondre ses doutes et ses craintes.

Devait-elle vraiment se réjouir de constater que l'orage était fini et qu'un nouveau jour se levait ? Les fantasmes appartenaient aux petites heures de la nuit, pas à la journée. Car enfin, il ne s'était pas agi d'un rêve, et il ne servirait à rien de le prétendre. Peut-être aurait-elle dû se rendre compte qu'elle avait fini par lui donner exactement ce qu'il attendait : tout.

Elle ne pouvait pas. Non, c'était plus que cela encore.

Elle ne voulait pas. Rien ni personne ne viendrait gâcher ou ternir ce qui s'était passé. Pas même elle.

Il valait mieux qu'elle ne réfléchisse pas à ce qu'avait dû penser Hunter. Comme il l'avait prévu, il avait gagné sur toute la ligne. Lee ferma les yeux et laissa les sensations l'investir pleinement. Durant les prochains jours, il n'y aurait pas d'horaires, pas de travail, pas de coups de téléphone, pas de contraintes. Juste elle et son amant. Il était peut-être temps d'aller cueillir quelques fleurs sauvages.

Elle tourna la tête pour l'observer tranquillement. Elle ne voulait pas le réveiller. Elle n'avait jamais réussi à le voir dormir pendant ces quelques jours. Chaque fois qu'elle ouvrait les yeux, il était déjà levé, en train de préparer du café. Elle voulait se payer le luxe de le détailler, de le dévorer des yeux en toute tranquillité.

La plupart des gens ont l'air plus vulnérable quand ils dorment, plus innocent, peut-être. Mais Hunter semblait toujours aussi dangereux, aussi fascinant. Pourtant, ses yeux sombres et inquiétants étaient fermés, mais Lee pressentait que ses paupières pouvaient se relever à tout moment et cela ajoutait encore un peu plus de mystère à son visage.

Mais elle n'avait pas envie de le voir devenir un agneau inoffensif pour autant. Elle aimait le fait qu'il semble plus dangereux que les autres hommes qu'elle avait connus. Elle aimait qu'il soit plus compliqué, aussi. Elle n'était pas tombée amoureuse de l'ordinaire, du commun, mais de l'unique.

Tombée amoureuse. Elle se répéta cela plusieurs fois, le tourna dans tous les sens, le décortiqua. Cela déclenchait en elle un curieux malaise. Ces mots évoquaient des cicatrices. Ne lui avait-il pas lui-même recommandé de toujours regarder où elle mettait les pieds ? D'ailleurs, c'était au-delà de la simple recommandation, c'était un ordre, une sommation. Et malgré tout elle avait refusé de regarder en bas du précipice. Une fois l'abîme devant elle, elle avait fermé les yeux et continué à avancer. La chute avait été douce, cette fois. Mais Lee ne savait que trop bien qu'il était fort possible que la prochaine lui soit fatale.

Pourtant, elle allait aussi se payer le luxe de ne pas y penser et de se pelotonner dans ses bras. Elle irait cueillir ces fleurs que le destin lui offrait, et profiterait de chacune d'entre elles. Le rêve s'arrêterait bien assez vite, et elle reprendrait le cours de la vraie vie. Sa vie. Bien sûr, c'était le mieux qui pouvait arriver. Pendant un moment, Lee resta immobile, à savourer le silence.

Elle aurait dû profiter du soleil pour aller étendre leurs vêtements mouillés. Lee bâilla et pensa à son journal. Il faudrait qu'elle se ménage quelques instants de liberté pour y consigner certaines choses. La respiration de Hunter était calme et régulière. Elle sourit. Après tout, elle avait le temps de faire tout cela. Elle reviendrait le réveiller un peu plus tard. Le réveiller, c'était le privilège de l'amante.

Amants. Lee se demanda pourquoi ce mot ne la choquait ni ne la surprenait plus que cela. L'avait-elle toujours su ? Elle secoua la tête en le regardant.

Lentement, elle se libéra de son étreinte et rampa vers la sortie de la tente. Il fallait d'abord qu'elle attrape ses sous-vêtements. Soudain, elle sentit une main se refermer sur sa cheville. Un bras derrière sa tête en guise d'oreiller, Hunter la contemplait.

— Si tu sors ainsi, il risque d'y avoir une émeute, par ici.

Lee lui jeta un regard qui se voulait indifférent, mais que sa nudité décrédibilisait totalement.

— Je pensais que tu dormais.

Hunter la regarda et se dit qu'elle était la seule personne capable de jouer la carte de la dignité alors qu'elle se trouvait en tenue d'Eve, à quatre pattes dans une tente. Il caressa doucement sa cheville.

— Tu te lèves bien tôt.

— Je me disais qu'il faudrait aller étendre nos vêtements dehors.

— C'est primordial, en effet.

Sentant qu'elle était intimidée, Hunter se redressa et prit son bras pour l'attirer contre lui.

— Nous nous en occuperons plus tard, viens t'allonger !

Lee se redressa sur les coudes.

— Je n'ai pas sommeil.

— Pourquoi faut-il avoir sommeil pour se détendre ? demanda-t-il, taquin, en roulant sur elle.

L'effet était immédiat : au contact de son corps, Lee sentait la chaleur l'envahir et son cœur battre la chamade.

— Je ne suis pas sûre que cela ait à voir avec de la détente.

— Ah non ?

Il avait tellement rêvé de la voir ainsi, les cheveux en bataille de trop de caresses, dans la lueur du petit matin. Son corps alangui par une nuit d'amour... Ses mains s'égarèrent sur ses courbes délicieuses, sans qu'il puisse rien faire pour les en empêcher.

— Dans ce cas, nous nous détendrons plus tard, aussi, murmura-t-il.

Il vit l'ombre d'un sourire se dessiner sur ses lèvres avant d'y unir les siennes.

Hunter la désirait avec la même ardeur que la veille et que les jours précédents, c'était une évidence. Il ne remettait pas en question les émotions, les sentiments. Il les laissait l'emporter. Les bras de Lee entourèrent son corps, sa bouche s'entrouvrit. Elle s'abandonnait totalement entre ses bras, et cela la rendait plus attirante encore. Hunter releva la tête pour la regarder.

Une peau d'albâtre, des pommettes de duchesse, des yeux crépusculaires et des cheveux de cuivre et d'or. Il voulait la regarder, tranquillement, totalement, se rassasier de son image.

Elle était fine et mince et douce. Il fit courir son doigt sur son épaule et observa le contraste de leurs peaux. La sienne était délicate et fragile. Hunter savait pourtant quelles ressources se cachaient en Lee.

— Tu me regardes toujours comme si tu savais déjà tout de moi.

— Non, j'en suis loin, répondit-il en prenant sa main.

Il embrassa légèrement son épaule, son front, ses lèvres.

— Hunter...

Elle voulait qu'il sache que personne ne lui avait jamais fait éprouver de telles choses. Elle voulait lui dire qu'avant lui personne n'avait jamais réussi à lui faire croire aussi fermement aux contes de fées et à la magie de l'amour. Mais au moment où les mots allaient franchir ses lèvres le courage l'abandonna. Elle avait peur de le regretter, un jour, peur de devoir souffrir de ses aveux. Elle caressa sa joue du dos de la main et murmura :

— Embrasse-moi encore !

Hunter sentit qu'il y avait autre chose, quelque chose qu'il devait découvrir. Mais il comprit aussi qu'il ne fallait pas insister. Il ne voulait pour rien au monde rompre le charme et s'exécuta avec un plaisir non dissimulé.

D'un simple baiser, il éveilla totalement les sens de Lee. Le sol était toujours aussi dur et inconfortable, mais à cet instant précis il leur semblait aussi moelleux qu'un matelas de plume. Dans ses bras, Lee oubliait où elle était, oubliait tout ce qui n'était pas l'espace qu'occupaient leurs deux corps. Elle flottait, entre envie et plaisir. Tout en l'embrassant, il murmura quelques mots qu'elle n'avait pas besoin de comprendre. Elle désirait et était désirée. Elle aimait...

Elle voulait recevoir tout ce qu'il était prêt à lui donner.

Elle le serra contre elle, tout contre elle, et leur baiser s'éternisa.

Hunter découvrait des sensations que même son imagination débridée n'avait jamais inventées. Une fois, pourtant, l'espace d'une seconde, il se dit qu'il était certainement aussi vulnérable qu'elle. Le vertige s'empara de lui, jusqu'à ce qu'il sente la main de Lee sur son corps et accepte de se livrer corps et âme, quoi qu'il puisse lui en coûter par la suite.

Une seule personne au monde avait réussi jusqu'à présent à le toucher au plus profond de son cœur. Mais il serait bien temps de repenser à tout cela demain. Le jour présent était pour eux deux, exclusivement.

Lentement, il couvrit son visage de baisers. Etait-ce un simple hommage à sa beauté, ou bien plus ? Il voulait cesser d'analyser, savourer l'immédiateté comme il ne l'avait jamais savourée.

— Tu sens le printemps et la pluie, chuchota-t-il. Pourquoi est-ce que cela me rend fou à ce point ?

Les mots résonnèrent en elle, aussi délicieux que des caresses. Elle rouvrit les yeux.

— Prouve-le-moi. Prouve-le-moi encore !

Il était tellement doux, tellement généreux dans ses caresses. Chaque baiser était un joyau finement ciselé, chaque frôlement, une extase. Il était plus patient qu'elle. Elle sentait l'urgence de son désir chasser les derniers vestiges de raison.

Il effleura ses seins, et la respiration de Lee se fit irrégulière. Il caressa ses cuisses et ses hanches, et elle frissonna.

— J'ai l'impression que je n'aurai pas assez de toute une vie pour me rassasier de ton corps, chuchota-t-il.

Il prit délicatement la pointe de son sein entre ses lèvres et Lee se cambra en gémissant doucement.

— Hunter, dit-elle dans un souffle. J'ai besoin de toi.

Il avait tellement attendu ces mots, et voilà qu'elle les

prononçait. Même entrecoupés et à peine audibles, ils le submergèrent, l'emportèrent. Hunter l'étreignit de toutes ses forces. Il ne pouvait plus penser, mais seulement sentir et désirer.

— Je suis là, répondit-il. Pour toi.

Ses caresses se firent plus précises, plus intimes, et Lee laissa une première vague de plaisir la submerger. Hunter la sentait onduler sous lui, de plus en plus fiévreusement. Il se laissa bercer par ses gémissements de plaisir et la sensation de son souffle haletant au creux de son cou.

Lee sentait que la tendresse avait cédé la place à la fièvre et à la frénésie de la passion. C'était dévorant et irrépressible. Aussi violent que l'orage qui avait éclaté la veille. Ses lèvres le cherchaient, ses mains le parcouraient, et, ensemble, ils se laissaient emporter par une même lame de fond.

Lorsqu'il ne leur fut plus possible de retarder encore le moment de leur union, Hunter saisit Lee par les hanches et, s'allongeant sur le dos, la guida sur lui. Il laissa échapper un soupir de plaisir et ferma les yeux.

Lee avait l'impression que sa force était décuplée. Elle se balançait lentement, la tête renversée en arrière. Petit à petit elle accéléra le rythme jusqu'à ce qu'un éclair de plaisir les foudroie tous les deux. Lee retomba dans ses bras, pantelante.

Elle n'avait plus la moindre notion du temps. Il aurait pu s'être écoulé quelques minutes comme plusieurs jours. Finalement, son corps s'apaisa, les battements de son cœur revinrent à la normale. Il lui semblait que leurs respirations et leurs pouls s'étaient accordés.

— Nous avons perdu une semaine, dit Hunter, les yeux mi-clos, tout en lui caressant les cheveux.

— Perdu ? répéta Lee en souriant.

— Oui, j'aurais beaucoup mieux dormi dès le début.

— Vraiment ? demanda Lee en redressant la tête. Tu as eu du mal à dormir ?

— Je ne me lève aux aurores que lorsque j'écris, d'habitude, avoua-t-il en entrouvrant les yeux.

Lee eut un petit sourire de contentement. Du bout des ongles, elle traça une ligne sur ses épaules.

— Si j'avais pu deviner…

— Tu faisais exprès de mettre ton parfum pour me rendre fou !

Elle l'enlaça et lui demanda d'un ton taquin :

— Te rendre fou ? Pourtant il est très discret, mon parfum.

— Discret ? Comme un coup de couteau en pleine poitrine !

— C'est toi qui as insisté pour que nous partagions cette tente, après tout !

— Insisté ? dit-il en lui jetant un regard narquois. Je t'ai pourtant précisé que tu pouvais dormir dehors.

— Tu savais très bien que je n'allais pas le faire.

— En effet. Mais je dois avouer que tu m'as résisté bien plus longtemps que je ne me l'étais imaginé.

Lee redressa complètement la tête.

— Tu veux dire que tu avais prévu tout ça, comme dans un de tes romans ?

Hunter sourit en la contemplant.

— Il me semble que ça a marché !

— Génial ! s'exclama-t-elle en essayant de paraître offensée. Je suis surprise que nous ayons réussi à tenir à trois dans cette tente, avec ton ego démesuré.

— Quatre ! Tu oublies ton entêtement inexplicable.

Lee s'assit en tailleur, les sourcils froncés.

— Je suppose que tu t'imaginais que j'allais tomber à tes pieds comme ça, lança-t-elle en claquant des doigts.

Hunter resta pensif un instant, comme s'il envisageait sérieusement ce scénario.

— Je crois que cela ne m'aurait pas déplu, mais ma version était plus subtile.

— Ah vraiment ? lança-t-elle en se demandant s'il avait conscience d'être en train de s'enfoncer un peu plus à chacune de ses réponses. Mais je suis sûre que nous pouvons imaginer des dizaines d'histoires différentes. C'est mon tour cette fois-ci !

Lee attrapa un T-shirt dans son sac et l'enfila mais, au moment où elle s'apprêtait à sortir, Hunter la saisit par le bras et la fit tomber sur lui. Lee se débattit, mais il la tenait fermement et ses lèvres capturèrent les siennes. Lee s'écarta et le regarda droit dans les yeux.

— Tu te trouves malin, n'est-ce pas ?

— J'avoue, répondit-il en lui saisissant le menton et en l'embrassant de nouveau. Allons prendre le petit déjeuner !

Lee essaya de ne pas perdre sa contenance, mais ses yeux la trahissaient. Il avait encore une fois désamorcé sa colère.

— Tu es un vrai macho !

— Je te l'accorde, mais un macho affamé !

Lee enfila un jean, ce qui dans la tente n'était pas chose aisée.

— J'imagine que c'est peine perdue de suggérer que la deuxième semaine se déroule dans un club de vacances tout confort ?

— Un club de vacances ? Ne me dis pas que la vie à la dure te pose problème !

— Non, aucun problème ! Juste des fantasmes de baignoires et de lit douillet, répondit-elle, résignée.

— Je reconnais que le camping est une affaire d'endurance et de volonté parfois, répondit-il. Et si tu ne te sens plus capable de continuer l'expérience…

— Mais qui te parle de ça ? reprit-elle en comprenant

soudain que quoi qu'elle dise elle était piégée. Nous irons au bout de ces deux semaines de malheur !

En ronchonnant, Lee sortit de la tente. Elle devait reconnaître qu'elle appréciait l'air pur et la lumière. Elle n'avait pas particulièrement envie de rentrer à Los Angeles, mais il s'agissait simplement d'une question de confort. Rien de plus que de l'eau chaude et un lit confortable. Le genre de choses élémentaires auxquelles tout le monde aspire. Elle avait peut-être trouvé la clé : Hunter n'était pas comme tout le monde.

— Tu ne trouves pas cela magnifique ? s'enquit-il en la serrant dans ses bras.

Il aurait voulu qu'elle ressente tout ce qu'il ressentait, qu'elle voie tout ce qu'il voyait. Mais peut-être en demandait-il trop ?

— Oui, c'est vraiment très beau par ici. Presque trop ! répondit-elle en soupirant.

Comment allait-elle vivre son retour à Los Angeles à la fin de la semaine ? Bien sûr, là-bas tout lui était plus familier, alors qu'ici elle se sentait tellement petite au milieu de cette nature sauvage et immense.

Tout à coup, Lee se tourna vers Hunter et le serra dans ses bras.

— C'est difficile à admettre, mais je suis contente que tu m'aies amenée ici.

Elle avait envie de rester ainsi, blottie dans ses bras, pour oublier qu'un jour il faudrait qu'ils se séparent. Lee chassa à grand-peine toute pensée ayant trait au lendemain.

— Je meurs de faim ! dit-elle en s'efforçant de sourire. C'est ton tour de cuisiner.

— C'est plutôt une bonne nouvelle, ça !

Lee fit mine de lui jeter un regard noir avant d'aller nettoyer la vaisselle.

Hunter alluma ensuite le feu et mit du bacon et des œufs à cuire.

— Depuis une semaine nous mangeons des œufs, dit-elle soudain. Comment as-tu fait pour en apporter autant et les conserver ?

Lee ne vit pas le sourire de Hunter en entendant sa question.

— C'est encore un des nombreux mystères de la vie ! Passe-moi ton assiette.

— Oui, mais… Oh, regarde !

Deux petits lapins moins farouches que les autres venaient d'attirer son attention. Lee oublia le mystère des œufs et s'émerveilla de la présence de ces deux charmants visiteurs.

— Ils ont l'air si doux ! reprit-elle. J'aimerais bien les caresser.

— Si tu arrivais à t'approcher assez pour les toucher, ils te montreraient qu'ils ont des dents particulièrement affûtées !

Lee haussa les épaules, et s'assit sur un rocher, le menton sur les genoux.

— Les lapins auxquels je pense ne mordent pas !

— Pourtant les petits lapins, les adorables écureuils, tout comme les charmants ratons laveurs, sont des animaux sauvages, bien qu'ils aient l'air parfaitement inoffensifs. J'ai d'ailleurs toujours du mal à faire entendre raison à Sarah, sur ce sujet.

— Sarah ? demanda Lee en attrapant l'assiette qu'il lui tendait.

Hunter se rendit compte à ce moment à quel point il avait tout oublié des raisons premières de la présence de Lee. Il avait mentionné Sarah de façon totalement naturelle et devrait, à l'avenir, faire attention à ne pas tout mélanger.

— Quelqu'un à qui je tiens beaucoup, répondit-il en repensant à la discussion qu'il avait eue avec sa fille au sujet de la passion. Je crois qu'elle aimerait bien te rencontrer.

Lee eut une sorte de mauvais pressentiment. Ils n'avaient pas vraiment parlé de leurs vies privées ni de leur conception de l'engagement. Ils étaient adultes, après tout. Elle était responsable de ses émotions et de ce que cela pouvait impliquer par la suite…

— Vraiment ? demanda-t-elle en tâchant de paraître détachée.

Sans même qu'elle s'en rende compte, elle se retrouva en train de fixer l'anneau qu'il portait à la main gauche. Ce n'était pas vraiment une alliance, mais… Il fallait qu'elle en ait le cœur net, avant qu'il ne soit trop tard.

— Je me demandais d'où venait la bague que tu portes. Je n'en ai jamais vu de semblable, elle est vraiment originale.

— C'est normal, c'est ma sœur qui l'a faite, répondit-il.

— Ta sœur…

Et si Sarah était tout bonnement sa sœur ?

— Oui, Bonnie est mère au foyer et adore fabriquer des bijoux.

— Bonnie. Est-ce ton unique sœur ?

— Oui. Nous nous entendons comme les deux doigts de la main.

Hunter repensa à toutes ces années où il avait essayé de remplir le rôle de père et de mère pour Bonnie.

— Et que pense-t-elle de ton travail ?

— Bonnie a toujours pensé qu'il était essentiel de faire ce pourquoi on est fait… pourvu qu'on se marie et qu'on ait une demi-douzaine d'enfants ! répondit-il en souriant. Dans ce domaine, je l'ai plutôt déçue. Crois-tu que je serais capable de faire l'amour avec toi, si j'avais une femme qui m'attend à la maison ?

Il avait lu dans ses yeux la question qui lui brûlait les lèvres. Lee était furieuse qu'une fois de plus il l'ait démasquée aussi facilement, alors qu'elle était toujours face à une énigme.

— Je n'en sais toujours pas très long sur toi, expliqua-t-elle, comme pour excuser sa curiosité.

Sans savoir s'il venait de prendre cette décision à l'instant même, ou si c'était évident depuis le début, Hunter répondit :

— Demande-moi tout ce que tu veux.

Lee leva vers lui de grands yeux surpris. Peu lui importait que son envie de savoir soit personnelle ou professionnelle, elle n'y tenait plus.

— Tu n'as jamais été marié ?

— Non.

— Toujours ton sacro-saint besoin d'intimité ?

— Non, c'est simplement que je n'ai jamais rencontré quelqu'un qui puisse supporter ma façon de vivre et mes obligations.

Lee resta silencieuse un moment, surprise par sa réponse.

— Tu veux parler de l'écriture ?

— Oui, entre autres.

Elle s'interdit de trop creuser le sujet, afin qu'il n'ait pas l'impression d'être soumis à un interrogatoire en règle.

— Tu as dit que tu n'avais pas toujours voulu être écrivain, mais que tu étais né écrivain. Comment en as-tu pris conscience ?

— Ce n'est pas vraiment une question de prise de conscience, mais plutôt d'acceptation, expliqua-t-il en attrapant une cigarette. A l'époque j'étais en première année à la faculté. D'aussi loin qu'il m'en souvienne, j'ai toujours écrit des histoires, mais j'avais le projet de me lancer dans une carrière sportive. Et puis j'ai écrit quelque chose qui a tout déclenché. Ce n'était rien d'exceptionnel, pourtant, une intrigue assez simple, un cadre plutôt commun, mais ce sont les personnages qui m'ont saisi. Je les connaissais comme s'ils étaient des proches, je ne pouvais plus les oublier.

— Cela n'a pas dû être simple. Se faire éditer est un

vrai parcours du combattant, et même lorsqu'on arrive à percer, ça n'est pas non plus très lucratif, à moins d'écrire un best-seller. Je suppose qu'en plus tu devais subvenir à tes besoins, depuis la mort de tes parents.

— Je travaillais dans un restaurant, comme je te l'ai dit, expliqua-t-il. Je détestais ça, mais parfois on n'a pas le choix, Lenore.

— Comment as-tu gagné ta vie jusqu'à *En attendant le diable* ?

— L'écriture.

— Mais c'était ton premier livre, et ce ne sont pas quelques nouvelles qui devaient te rapporter beaucoup !

— Non, j'avais déjà écrit une douzaine de livres avant, dit-il en soufflant la fumée de sa cigarette. Un peu de café ?

Lee se pencha vers lui, les sourcils froncés.

— Ecoute, Hunter, j'ai fait des recherches sur toi pendant des mois, et je connais toutes les nouvelles, tous les articles et tous les romans que tu as écrits. Je ne vois pas comment je serais passée à côté de tant d'ouvrages.

— Tu connais tout ce que Hunter Brown a publié, déclara-t-il, en se servant une tasse de café.

— Oui, c'est ce que j'essaie de te dire !

— Mais tu ne connais pas le travail de Laura Miles.

— Qui ça ?

Hunter prit une gorgée de café, le temps de savourer son petit effet.

— De nombreux auteurs ont des pseudonymes. Laura Miles était le mien.

— Un nom de femme ? s'étonna Lee avant que ses réflexes de journaliste ne reprennent le dessus. Tu as écrit une douzaine de livres avant *En attendant le diable*, sous un nom de femme ?

— Oui. En fait, le nom de l'auteur induit une certaine perception de l'œuvre pour le lecteur. Et Hunter Brown n'allait pas du tout avec ce que j'écrivais à l'époque.

— Qu'est-ce que tu écrivais ? demanda Lee.

— Des romans d'amour, répondit-il en jetant son mégot dans le feu.

— Toi ? ne put-elle s'empêcher de s'exclamer.

Hunter étudia son expression incrédule. Il était habitué aux jugements à l'emporte-pièce sur ce genre de littérature, et, la plupart du temps, cela l'amusait.

— Tu as un problème avec le genre en général ou c'est parce que c'est moi ?

— Je ne sais pas… J'ai juste du mal à t'imaginer en train d'écrire des histoires d'amour alors que je viens de terminer *Hurlement silencieux*. Pendant une semaine, j'ai dû fermer la porte de ma chambre à double tour pour pouvoir dormir…

— La plupart des romans parlent d'amour. Les romans à l'eau de rose ne font que se focaliser sur cet aspect de l'intrigue. C'est aussi simple que cela.

— Mais n'avais-tu pas l'impression de gâcher ton talent ? insista-t-elle. Je comprends qu'il fallait avant tout que tu gagnes ta vie, pourtant…

— Non, coupa-t-il. Je n'ai jamais écrit pour l'argent, Lenore. Et pour ce qui est de mon talent, tu n'as pas le droit de porter un jugement péjoratif sur quelque chose que tu ne connais pas.

— Je regrette, je ne voulais pas paraître méprisante, mais c'est tellement… tellement surprenant. Je vois souvent ces livres aux couvertures colorées dans les rayons, mais…

— Mais tu n'as jamais pris la peine d'en lire un seul, enchaîna-t-il. Tu devrais d'ailleurs, tu apprendrais sûrement plus que tu ne l'imagines.

— Oui, je suppose que c'est distrayant.

Hunter sourit de son commentaire. Il l'imaginait en train de se délecter d'un de ces romans en cachette.

— Tous les romans se doivent d'être distrayants, sinon

c'est du temps perdu. Je suppose que tu as lu *Jane Eyre*, *Rebecca*, *Autant en emporte le vent* ou *Ivanhoé* ?

— Oui, bien sûr.

— Ce sont des romans à l'eau de rose. On retrouve les mêmes éléments dans tous ces livres aux couvertures colorées dont tu parlais.

Il était on ne peut plus sérieux. Lee aurait donné toute sa bibliothèque contre un seul Laura Miles, à ce moment précis.

— Hunter, je voudrais raconter ce que tu viens de me dire.

— Fais-le.

Lee avait déjà préparé un argument pour répondre à ses objections, mais elle resta la bouche ouverte.

— Vraiment ? Tu n'y vois pas d'inconvénient ?

— Pourquoi ? Je n'ai pas honte de ce que j'ai fait. D'ailleurs, j'en suis même plutôt satisfait dans l'ensemble.

— Mais alors, pourquoi... Bon sang, Hunter, pourquoi ne jamais en avoir parlé avant ? Laura Miles est aussi taboue que tout le reste de ta vie !

— Je n'ai jamais rencontré un journaliste à qui j'aie envie de confier cela, répondit-il en se levant.

Il n'avait jamais rencontré une femme avec qui il ait envie de vivre non plus, et il commençait à se demander si les deux événements n'étaient pas liés.

— Ne complique pas les choses, Lenore, reprit-il. Je sais très bien le faire tout seul.

— J'aurais encore une question.

Hunter se tourna vers elle. Elle ne s'était ni coiffée ni maquillée. Il se demanda l'espace d'un instant qui était devant lui ce matin. La journaliste impatiente de découvrir toute l'histoire ou la femme qui voulait mieux le connaître...

— D'accord, la dernière alors.

— Pourquoi, moi ?

Comment répondre à ce qu'on ne sait pas soi-même ? Comment répondre à une question qu'on n'ose se poser ? Prenant le visage de Lee entre ses mains, il l'embrassa doucement, longuement.

— Je vois quelque chose en toi, murmura-t-il. Quelque chose que je désire. Je ne sais pas encore ce que c'est et peut-être ne le saurai-je jamais. Est-ce que ma réponse te suffit ?

Lee le prit par les poignets. Il lui sembla que leurs pouls s'accordaient.

— Il le faudra bien.

9

Depuis son promontoire, Lee surplombait une bonne partie du canyon. Elle voyait les pics rocheux, les buttes de couleur ocre et les falaises rouges. Elle avait l'impression de pouvoir distinguer des formes et des visages. Elle y lisait des histoires.

Jamais elle n'avait imaginé qu'un paysage puisse l'émerveiller à ce point, ni qu'elle se sente un jour chez elle si loin de son univers et de la vie qu'elle s'était construite.

C'était peut-être lié au mystère justement, au défi à l'imagination que représentaient les siècles écoulés qui avaient façonné une telle nature, et ceux à venir qui continueraient leur ouvrage. Les variations climatiques avaient sculpté, creusé sans ménagement dans le roc. A moins que ce ne soit dû au silence qu'elle avait appris à écouter avec plus d'acuité que tout ce qu'elle avait pu entendre auparavant. A moins que ce ne soit grâce à cet homme qu'elle avait découvert au fond du canyon, cet homme qui, lentement mais sûrement, investissait toute sa vie, de la même manière que le vent, l'eau et le soleil prenaient possession de ce qui l'entourait. Lui non plus ne la ménagerait pas.

Cela ne faisait que quelques jours qu'ils étaient devenus amants, mais Hunter semblait déjà avoir cerné ses points forts et ses faiblesses. Lee, quant à elle, en apprenait chaque jour un peu plus sur lui. Mais elle avait l'impression qu'au fond elle avait toujours su qui il était. L'intensité de ce qu'elle ressentait était peut-être liée au caractère éphémère de cette parenthèse. Lee avait d'ailleurs commencé par choisir cette interprétation avant de prendre conscience du nombre d'heures qu'ils passaient ensemble, au bout du compte.

Dans deux jours, elle quitterait le canyon et redeviendrait la Lee Radcliffe qu'elle avait créée au fil des années. Elle reprendrait le tempo habituel de sa vie, écrirait son article et continuerait à avancer.

Quel autre choix avait-elle ? A Los Angeles, sa vie avait un sens, une finalité. Elle avait un but : réussir. Tandis qu'ici la réussite ne lui importait plus vraiment. Ici, il suffisait de respirer, d'être, tout simplement. Mais ce n'était pas la vraie vie… Même si Hunter le lui demandait, même si elle en avait envie, Lee savait qu'elle ne pourrait pas continuer à mener indéfiniment cette existence au jour le jour, sans le moindre cadre. Quel serait son but, ici ? Elle ne pouvait rester à rêvasser au coin du feu *ad vitam aeternam*.

Deux jours… Elle ferma les yeux, se répétant que tout ce qu'elle avait vu, tout ce qu'elle avait vécu, serait à tout jamais gravé dans sa mémoire. Pourquoi fallait-il que le temps qu'il lui restait soit si court et le temps qui se déroulait devant elle, si long ?

— Tiens, dit Hunter en lui tendant une paire de jumelles. Il faut toujours regarder aussi loin que possible.

Lee prit les jumelles en souriant de la façon qu'il avait de présenter les choses. Dès qu'elle les porta à ses yeux, le canyon sembla s'approcher et les détails devinrent visibles. Elle distinguait le ruisseau qui coulait au loin. Chaque arbre se détachait de l'ensemble et devenait unique. Elle vit aussi des campeurs et des touristes sur les chemins. Lee ôta les jumelles de devant ses yeux. C'était si net que cela en devenait intrusif.

— Reviendras-tu l'année prochaine ? demanda-t-elle. Elle avait envie de se le représenter dans un an, en train de se remémorer ces instants face au canyon.

— Si je le peux.

— Rien n'aura changé, murmura-t-elle.

Si elle revenait, que ce soit dans cinq ou dix ans, le ruisseau serpenterait toujours entre les rochers, les pics s'élèveraient aux mêmes endroits. Lee secoua la tête, comme pour chasser ces pensées. Elle se tourna vers Hunter et lui dit avec un sourire un peu forcé :

— Il ne doit pas être loin de midi.

— Il fait trop chaud pour déjeuner ici, allons chercher de l'ombre en contrebas.

— D'accord, pourquoi ne descendrions-nous pas par là pour rejoindre le ruisseau ? Nous n'avons jamais pris ce chemin.

Hunter sembla hésiter un instant avant de lui prendre la main.

— Comme tu voudras.

La descente était toujours plus facile que l'ascension. Même si Hunter lui tenait la main, il allait de son propre pas, et Lee devait forcer l'allure pour pouvoir le suivre. Il en avait été ainsi pendant tout le séjour…

— Vas-tu commencer ton prochain livre aussitôt rentré ?

L'heure des interrogatoires était revenue. Hunter n'avait jamais rencontré quelqu'un qui dispose d'une telle réserve de questions.

— Oui.

— N'as-tu jamais peur d'être à cours d'inspiration ?

— Toujours.

Lee ralentit.

— Vraiment ? Je pensais que plus on remportait de succès, plus on était confiant.

Elle avait vraiment fini par s'imaginer qu'il ne doutait jamais.

— Le succès est un dieu éternellement insatisfait.

Lee fronça les sourcils et incita Hunter à préciser sa réponse.

— Chaque fois que je me retrouve devant une feuille blanche, je me demande comment je vais pouvoir composer une intrigue, avec un début, un milieu et une fin.

— Et comment fais-tu ?

Hunter se remit à presser le pas. Lee n'avait pas le choix, il fallait le suivre.

— Je raconte l'histoire, c'est aussi simple et terriblement complexe que cela.

Lui aussi était ainsi, finalement. Simple et terriblement complexe. Lee laissa ses mots tourner dans son esprit.

Petit à petit, la température se fit plus supportable. Ici, la nature semblait moins sauvage, et Lee eut même l'impression de distinguer un bruit de moteur. Cela faisait des jours qu'elle n'avait rien entendu de tel. Les arbres étaient plus fournis, l'ombre, plus dense. Il était déroutant de se trouver au milieu d'un désert de roc et de traverser soudain une forêt aussi… intime. Encore une fois, un sentiment d'irréalité s'empara d'elle. Soudain, elle découvrit un tapis de fleurs blanches qui se déroulait devant ses pieds. Elle en cueillit trois, hésitant à abîmer ce cadeau de la nature. Après tout, elle pouvait bien s'accorder le droit de cueillir quelques fleurs sauvages, pendant ce séjour. Elle les glissa dans ses cheveux, heureuse qu'elles aient croisé son chemin.

— Ça me va bien ? demanda-t-elle.

Hunter se tourna vers elle et, aussitôt, le besoin de la posséder tout entière s'éleva en lui, avec une force et une soudaineté à couper le souffle. Lenore… Il comprenait tellement que l'homme des vers de Poe ait pleuré son départ jusqu'à en devenir fou.

— Tu es de plus en plus belle.

Il s'avança vers elle et effleura sa joue. Est-ce que lui aussi deviendrait fou le jour où il la perdrait ?

Son visage, tourné vers le soleil, était lumineux, éclatant. Combien de temps encore se satisferait-elle du masque qu'elle s'était imposé de porter ? La vie n'allait-elle pas le faire voler en éclats et reprendre ses droits ?

Lee ne souriait pas, les yeux de Hunter le lui interdisaient. Une fois encore, elle avait l'impression qu'il était entré dans son âme. Il semblait y chercher quelque chose. Mais elle n'était pas sûre, même si elle trouvait ce que c'était, de pouvoir lui donner la réponse qu'il attendait. Elle fit alors ce qu'il avait fait quelques jours auparavant. Elle le prit par les épaules et alla poser ses lèvres sur les siennes. Puis elle ferma les paupières de toutes ses forces et laissa sa tête reposer contre son torse.

Comment pourrait-elle partir, comment en trouverait-elle la force ? Et que faire sinon partir ? Quoi qu'elle fasse, elle perdrait quelque chose d'essentiel.

— Je ne crois pas à la magie, chuchota-t-elle. Mais si c'était le cas, je me dirais que cet endroit est magique. Pendant la journée, le sortilège s'évanouit, mais, dès que la nuit tombe, tous les esprits semblent sortir.

Hunter la serra contre lui et appuya son menton sur sa tête. Elle qui luttait si dur pour faire taire ses réflexes romantiques… Il y a à peine une semaine elle ne se serait jamais autorisé ce genre de commentaire. Que penserait-elle de la magie dans une semaine ? Hunter réprima un soupir.

— Je veux faire l'amour avec toi ici, dit-il doucement. Avec la lumière du soleil filtrée par les feuilles qui tombe sur ta peau. Le soir, juste avant que la rosée ne se dépose. Et le matin, à l'aube, lorsque la lumière est rose et grise.

Lee leva les yeux vers lui.

— Et à minuit, lorsque la lune règne et que tout est possible, ajouta-t-elle.

— Tout est toujours possible, dit-il en déposant un baiser au creux de ses lèvres. Il suffit de s'en convaincre.

Elle rit, d'un rire si fragile qu'il aurait pu se changer en larmes en un clin d'œil.

— Je pourrais presque te croire. J'ai les jambes en coton, murmura-t-elle.

Hunter sourit et la souleva dans ses bras.

— C'est mieux ainsi ?

Se sentirait-elle jamais aussi libre qu'en cet instant ? Entourant son cou de ses bras, elle l'embrassa avec l'ardeur de toutes les questions et tous les doutes qui bouillonnaient en elle.

— Oui, et si tu ne me déposes pas tout de suite au sol, tu devras me ramener jusqu'au camp !

— Tu n'as plus faim, finalement ? demanda-t-il avec un sourire malicieux.

— Vu que je suppose que tu n'as apporté que des fruits secs et quelques graines pour nous sustenter, je ne me fais aucune illusion sur ce déjeuner !

— Il te reste des caramels et des chocolats, pourtant.

— A table !

Hunter la reposa sur ses pieds.

— Je crois que je viens de découvrir un point essentiel de la psychologie féminine, déclara-t-il, amusé.

— Mais cela ne marche qu'avec le chocolat, précisa Lee. Je te cède ma part de graines de tournesol avec grand plaisir !

— Tu as tort, c'est très bon pour la santé, argua-t-il.

— Tant pis, je préfère tout de même m'en passer !

— Tu verras que tu auras faim avant l'heure du dîner.

— Cela fait deux semaines que j'ai faim dès le milieu de l'après-midi ! rétorqua-t-elle en fouillant dans son sac à la recherche des dernières douceurs. Quels que soient les bienfaits des abricots secs et des noix, cela ne remplace pas un bon bifteck ou du chocolat.

Elle venait de mettre la main sur l'objet de ses recherches et glissa un morceau de chocolat dans sa bouche en fermant les yeux de plaisir.

— Je vois, tu es une véritable épicurienne.

Lee ouvrit les yeux. Ils semblaient pétiller de bonheur.

— Oui, une vraie adepte des plaisirs de la vie. J'aime les chemisiers de soie, le champagne français et le homard, dit-elle en laissant échapper un soupir. Et je les apprécie encore plus après une semaine de travail acharné.

Hunter ne comprenait que trop bien ce qu'elle lui expliquait. Elle n'était pas le genre de femme à accepter de se laisser entretenir, et lui-même ne considérait pas que rendre la vie facile à quelqu'un était un service à lui rendre. Mais quel était le futur d'une relation entre deux êtres incapables de s'habituer à leurs modes de vie respectifs ? Il n'avait jamais voulu imposer son rythme à qui que ce soit, et il savait qu'il ne permettrait à personne de l'obliger à en changer. Pourtant, maintenant que le compte à rebours était entamé, il commençait à se demander s'il lui serait aussi facile de reprendre son chemin qu'il se l'était imaginé.

— Tu aimes la vie en ville ? demanda-t-il en regardant au loin.

— Bien sûr, répondit-elle, incapable de lui laisser comprendre à quel point elle n'avait pas envie de repartir. Mon appartement est à peine à vingt minutes de *Celebrity*.

— C'est pratique, répondit-il laconiquement.

Cela le fit sourire. Elle semblait s'être construit un univers parfaitement organisé, alors qu'au fond elle rêvait de fantaisie et de magie.

— Et toi ? interrogea-t-elle. Tu travailles chez toi ?

— Oui.

Distraitement, elle passa les doigts sur les fleurs dans ses cheveux.

— Je suppose que cela demande beaucoup de rigueur.

J'ai l'impression que la plupart des gens ont besoin du cadre d'un bureau, bien séparé de leur maison, afin d'accomplir leur travail.

— Ce n'est pas ton cas, dit-il.

Lee aurait aimé pouvoir parler de choses plus intimes avec lui sans que cela génère chez elle un vague sentiment de panique.

— Tu crois ?

— Tu serais plus exigeante envers toi-même que n'importe quel patron, expliqua-t-il en croquant dans une pomme. Si tu t'y mettais vraiment, je peux t'assurer que ton roman serait terminé en un mois.

Lee haussa les épaules.

— Peut-être, si je travaillais huit heures par jour sans rien faire d'autre, sans aucune autre obligation.

— Ton roman est ta seule véritable obligation.

Lee ne voulait pas argumenter sur ce sujet, ni même en débattre. Il leur restait trop peu de temps. Pourtant elle craignait de changer de sujet, d'aborder la question de ses sentiments.

— Hunter, tu es écrivain et il est donc normal que tu aies ce ressenti par rapport aux livres. J'imagine qu'il est même impossible qu'il en soit autrement. Mais comprends-moi : j'ai un travail, une carrière exigeante qui occupe l'essentiel de mon énergie. Je ne peux pas mettre tout cela entre parenthèses, en faisant de surcroît un pari hasardeux sur mes chances d'être éditée.

— Tu as peur.

Lee reçut sa réponse de plein fouet. Pour tous les deux il était évident que sa réaction était une manière de se défendre.

— Et qu'est-ce que ça change ? s'exclama-t-elle. J'ai travaillé dur pour arriver où j'en suis. Tout ce que j'ai, je l'ai gagné, toute seule. Je crois que j'ai déjà pris suffisamment de risques dans ma vie.

— En ne te mariant pas avec Jonathan Willoby, par exemple ?

La fureur fit briller ses yeux. Hunter était intrigué par la violence de sa colère. Le sujet devait donc toujours être sensible… Très sensible, même.

— Tout cela a l'air de beaucoup t'amuser, n'est-ce pas ? Est-ce que c'est le fait que je sois revenue sur ma parole qui te fait rire ?

— Non, pas particulièrement, mais ce qui m'intrigue c'est que tu considères cela comme une promesse brisée.

Lee prit sa voix la plus calme et détachée pour lui répondre. Hunter en déduisit à quel point elle devait être furieuse.

— Ma famille et les Willoby se connaissaient depuis des années. Ils étaient amis, bien sûr, mais avaient aussi des affaires en commun. Ce mariage était attendu de tous, et je le savais depuis mes seize ans.

Hunter s'adossa contre un tronc d'arbre.

— Et à seize ans tu n'as pas trouvé que ce genre d'arrangement appartenait à un passé largement révolu ?

— Tu ne peux pas comprendre ! s'exclama-t-elle en se levant brusquement. Tu m'as dit que ton père était un rêveur, qui avait dû gagner sa vie comme vendeur. Mon père, lui, était un réaliste. Et c'est par ses relations qu'il a réussi. Il avait réussi à nouer une relation avec les Willoby, et je devais l'assister. En épousant Jonathan, je concrétisais un de ses rêves. Jonathan était séduisant, intelligent, il avait déjà une belle situation. Mon père ne s'est pas imaginé une seule seconde que je puisse trouver à y redire.

— C'est pourtant bien ce qui s'est passé, conclut Hunter. Mais ce que je ne saisis pas c'est que tu continues à culpabiliser pour quelque chose qui était ton droit le plus fondamental.

Lee se tourna vers lui, brusquement. Elle ne pouvait plus contenir ce qui la rongeait.

— Sais-tu seulement ce qu'il m'en a coûté ? En refusant de l'épouser, je perdais mon moteur dans la vie. Car tout ce que j'avais accompli jusqu'à ce jour c'était pour eux, pour mes parents, pour qu'ils soient fiers de moi, c'est tout.

— Et pour la première fois de ta vie, tu as fait quelque chose pour toi, dit-il posément. Est-ce que tu travailles vraiment pour toi, Lenore, ou est-ce que tu cherches encore leur approbation ?

Il n'avait pas le droit de lui demander cela, pas le droit de l'obliger à se poser cette question à elle-même. Livide, elle se détourna de lui.

— Je ne veux pas en parler. Pas avec toi.

— Pas avec moi ? Cela ne me regarde pas, c'est ça ?

Subitement aussi virulent qu'elle l'avait été, il la prit par les épaules et l'obligea à lui faire face.

Lee retint le bras de Hunter. Elle sentait qu'elle venait d'entrouvrir une brèche. Il lui faudrait maintenant rester debout face à lui, même si le sol s'écroulait sous ses pieds.

— Ma vie et mes choix ne regardent que moi, Hunter.

— Plus maintenant.

— Ne dis pas ça, rétorqua-t-elle. Ce n'est pas vrai !

Hunter sentit qu'il n'avait plus le choix.

— Si, c'est vrai.

Lee était saisie de tremblements dont elle ignorait l'origine et qui s'ajoutaient au sentiment de panique et de colère mêlées.

— Je ne comprends pas ce que tu veux.

— Toi, répondit-il avant de l'étreindre. Je te veux tout entière.

Hunter l'empêcha de répondre en fermant sa bouche d'un baiser fiévreux. Lee aurait voulu lui résister, se débattre, mais une sorte d'instinct prenait le pas sur sa raison chaque fois qu'il l'embrassait.

Elle avait l'impression que chacune de ses étreintes était plus fougueuse, plus passionnée que la précédente. Chaque fois, le désir qui s'emparait d'elle lui paraissait plus violent, plus lancinant, que jamais. Si similaire et si différent à la fois.

Etait-ce de la colère qu'elle ressentait à son égard ou de la passion ? Tout ce qu'elle savait était qu'il ne semblait plus en mesure de garder son sang-froid, lui pourtant si adepte du contrôle et de la maîtrise des émotions.

En moins de temps qu'il n'en fallait pour le dire, ils se retrouvèrent par terre. Une odeur de terre mouillée s'élevait du sol. Ils avaient le souffle court, leurs gestes étaient fébriles et empressés, comme dictés par l'urgence du désir. Lee sentait la brûlure de sa barbe contre sa joue, la caresse de ses lèvres le long de son cou. Elle lui en voulait. Il se sentait blessé au fond de son cœur, et pourtant une seule chose semblait pouvoir les apaiser. Plus rien n'était raisonnable dans cette histoire. Elle ne serait jamais sienne. Jamais totalement. Il ne posséderait jamais rien de plus que son corps.

Il devait retrouver les chemins de la raison. Ce n'était ni le moment ni l'endroit. Il en avait parfaitement conscience, mais il lui semblait que son corps ne lui obéissait plus. L'enlaçant toujours aussi étroitement, il enfouit son visage dans ses cheveux et attendit que la folie subite qui s'était emparée de lui s'apaise.

Etourdie, Lee ne bougea pas. Elle n'avait pas compris sa réaction enflammée et, maintenant, elle ne comprenait pas son soudain changement d'humeur. Elle sentait le combat qu'il livrait avec lui-même. Pour la première fois, il avait laissé apparaître une faille. Instinctivement, Lee lui passa la main dans le dos, en signe de réconfort.

Hunter releva la tête et la vit, frêle et inquiète. Les fleurs étaient tombées de ses cheveux. Il en ramassa une et la lui tendit.

— Tu es bien trop fragile pour que je te malmène ainsi, dit-il.

Lee plongea dans son regard noir. Ses doigts continuaient de frôler son dos. Quelque chose lui disait qu'il en voulait plus que ce qu'elle avait imaginé. Plus que ce qu'elle savait offrir. C'était à elle de jouer, maintenant. Elle cessa ses caresses et sourit.

— J'aurais dû attendre d'être à la tente avant de te mettre en colère !

Hunter l'interrogea du regard. Il lui semblait qu'une évidence essayait de s'imposer à eux, malgré leurs efforts respectifs pour l'ignorer.

— Nous pouvons rentrer tout de suite, et reprendre où nous en étions plus... confortablement !

Lee lui jeta un regard malicieux.

— Je suis moins fragile que je n'en ai l'air.

— Vraiment ? demanda-t-il. Je ne demande qu'à te croire !

Lee entreprit de le faire rouler au sol, le repoussant de toutes ses forces. Hunter ne bougea pas et braqua sur elle un regard amusé. Au bout de quelques instants, essoufflée, Lee abandonna.

— Tu es plus lourd qu'il n'y paraît, lança-t-elle les sourcils froncés. C'est à cause de toutes ces graines de tournesol que tu ingurgites !

— C'est surtout que tes muscles sont en chocolat ! plaisanta-t-il.

— Je n'en ai mangé qu'un seul morceau !

— Aujourd'hui oui, mais si mon compte est bon, tu as réglé son sort à...

— N'en parlons plus ! rétorqua-t-elle. Si tu veux parler de mauvaises habitudes, je te rappellerai que c'est toi qui fumes !

Hunter haussa les épaules.

— Personne n'est parfait.

Lee le fixa avec un sourire espiègle.

— Tu veux me faire croire que c'est ton seul et unique vice ?

Hunter l'embrassa du bout des lèvres.

— Je ne considère pas les plaisirs comme des vices.

Lee l'enlaça en soupirant. Ils n'avaient plus assez de temps pour le gâcher à se disputer, ou même à trop réfléchir.

— Pourquoi ne rentrerions-nous pas tout de suite à la tente pour que tu m'expliques tout cela un peu plus clairement ?

Hunter se mit à rire et déposa un baiser dans le creux de son épaule. Lee releva la tête en riant elle aussi, mais s'arrêta net lorsqu'elle vit ce qui se tenait à leurs pieds.

La panique la saisit. Elle était incapable de proférer le moindre son. Ses mains se crispèrent et ses ongles se fichèrent dans le dos de Hunter, tandis que tous ses muscles se tendaient en un réflexe incontrôlé.

— Que se passe-t-il ? demanda-t-il en se retournant vivement.

« Bon sang ! », murmura-t-il.

Aussitôt, le molosse se jeta sur lui. Lee laissa échapper un hurlement de terreur et roula sur elle-même, les faisant basculer tous trois au sol. Elle entendit Hunter crier un ordre à l'animal, qui répondit en gémissant.

— Lenore ! appela-t-il en la secouant par les épaules. Tout va bien, je te le promets. Il ne te fera pas de mal.

Pétrifiée, Lee n'osait pas ouvrir les yeux.

— Hunter, c'est un loup !

Des images de crocs et de griffes acérées lui venaient à l'esprit. Lorsqu'elle osa enfin regarder, elle découvrit deux yeux gris braqués sur elle.

— Pas vraiment, répondit-il, mais tu as raison, il est croisé avec un loup.

— Il est dangereux, il t'a attaqué, murmura-t-elle, les yeux braqués sur l'animal à la fourrure argentée.

— Non, il me faisait la fête. Tu peux avoir confiance, Lenore, il n'est pas dangereux, expliqua Hunter, ennuyé. Viens ici, Santanas !

Le chien s'avança, tête baissée. Stupéfaite, Lee regarda Hunter le caresser.

— Il n'est pas toujours aussi excité, expliqua-t-il. Mais comme il ne m'a pas vu depuis deux semaines...

— Comment ça ? demanda Lee, les yeux écarquillés. Mais c'est vrai, tu l'as appelé par son nom ! Comment c'était, déjà ?

Avant que Hunter n'ait eu le temps de lui répondre, ils entendirent des bruits de pas dans le sous-bois. Une voix de jeune fille s'éleva.

— Santanas ! Viens ici, ou je vais avoir des ennuis !

— Bien vu ! murmura Hunter.

Lee ne comprenait plus rien et son regard passait alternativement du chien à Hunter.

— Qu'est-ce que tout cela veut dire ?

— Une petite réunion improvisée, je crois, répondit Hunter, énigmatique.

Lee vit une jeune fille sortir de derrière les arbres. Le chien partit à sa rencontre en remuant la queue.

— Santanas ! s'exclama-t-elle avant de se figer sur place.

Elle avait de longues tresses brunes. Un sourire gêné lui monta aux lèvres.

— Oups ! s'écria-t-elle.

Sans savoir exactement à quoi c'était dû, Lee eut un curieux sentiment de déjà-vu.

— Bonjour, dit la jeune fille en baissant les yeux. Je suppose que vous vous demandez ce que je fais là !

— On en parlera plus tard, répondit Hunter d'un ton autoritaire.

— Hunter... Est-ce que tu peux m'expliquer ce qui est en train de se passer ? demanda Lee en baissant les yeux face au regard noir de la demoiselle.

— Je crois que des présentations s'imposent. La créature qui t'a effrayée est mon chien, Santanas. Et la jeune personne qui te dévisage est Sarah, dit-il d'un ton teinté de fierté. Ma fille.

10

Sarah, sa fille…

Lee détailla les grands yeux sombres si semblables à ceux de Hunter. Elle était vraiment la copie conforme de son père. Cela la frappait tout à coup.

Ainsi Hunter avait une fille. Et c'était cette adolescente élancée au sourire gêné. Cette découverte faisait naître en elle tant de sentiments contradictoires que Lee ne parvenait à dire quoi que ce soit.

— Sarah, dit Hunter en se décidant finalement à briser le silence, voici Mlle Radcliffe.

— Oui, je sais, la journaliste. Bonjour !

Assise par terre, Lee se sentait totalement ridicule.

— Bonjour, dit-elle d'un ton qu'elle n'espérait pas trop impersonnel.

— Papa a dit que je ne devais pas dire que vous étiez jolie, car ce sont les choses qui sont jolies.

Lee ne répondit rien, mais elle avait la désagréable sensation d'être étudiée sous toutes les coutures par le regard perçant de Sarah.

— J'aime bien vos cheveux. C'est votre couleur naturelle ? demanda-t-elle.

— Enfin, Sarah, ce n'est pas une façon de parler à quelqu'un qu'on vient à peine de rencontrer ! l'interrompit Hunter. J'ai bien peur que ma fille ne soit un peu impertinente.

— Il dit toujours ça, mais il ne le pense pas ! dit Sarah avec un sourire taquin.

— Je ne le pensais pas jusqu'à tout à l'heure, répondit-il en caressant distraitement son chien tout en se demandant comment il allait se dépêtrer de cette situation épineuse. Tu devrais ramener Santanas à la maison. Bonnie doit t'y attendre.

— Oui, nous sommes rentrées hier. Je me suis rappelé que j'avais un match de football demain et Bonnie voulait travailler un peu.

— Je vois, dit-il. Tu peux y aller, nous vous rejoindrons plus tard.

Lee était totalement désorientée par ce qu'elle venait d'entendre.

— D'accord. Allez, viens, Santanas ! lança Sarah en adressant un large sourire à Lee. Il a l'air dangereux comme ça, mais il ne mord pas.

En la regardant s'éloigner, Lee se demanda si elle parlait du chien ou de Hunter. Une fois qu'elle eut disparu derrière les arbres, Lee resta silencieuse et immobile.

— Si cela peut t'apaiser, je suis prêt à te présenter des excuses au nom de ma famille.

Famille. Le mot la frappa. C'était comme un retour brutal à la réalité. Lee se leva, époussetant soigneusement son pantalon.

— Ce ne sera pas nécessaire, dit-elle d'une voix froide, cassante. Maintenant que la partie est finie, j'aimerais que tu me conduises à Sedona pour que je puisse m'organiser et rentrer à Los Angeles.

— De quelle partie est-ce que tu parles ? demanda Hunter en s'approchant d'elle et en prenant sa main qui était agitée de mouvements nerveux. Ce n'était pas un jeu, Lenore.

— Pourtant, tu as joué très habilement ! lança Lee d'une voix qui laissait deviner qu'elle était blessée.

Tellement finement, d'ailleurs, que j'ai même cru que c'était sérieux, justement.

La main de Lee resta froide et immobile entre ses doigts. Hunter sentait sa patience l'abandonner. Il savait à peu près gérer sa colère, mais pour ce qui était des tourments du cœur, c'était autre chose. Il se sentait totalement désarmé, incapable de répondre ou même simplement de se défendre.

— Ne dis pas de bêtises. Tous les jeux auxquels nous jouions ont pris fin par une nuit d'orage, il y a quelques jours, justement.

— Pris fin ? répéta-t-elle, les yeux soudain emplis de larmes. C'est faux, rien n'a pris fin. Tu es un fin stratège, Hunter. Tu avais l'air tellement sincère que je n'ai pas imaginé une seconde que tu puisses être en train de me cacher quelque chose d'aussi important.

Lee retira sa main et ravala ses larmes.

— Comment as-tu pu me faire cela, reprit-elle. Comment as-tu pu continuer à me faire l'amour alors que tu me mentais !

— Je ne t'ai jamais menti.

Sa voix était calme, mais ses yeux trahissaient son trouble.

— Tu as une fille ! s'exclama-t-elle. Tu as une fille déjà grande dont tu ne m'as jamais parlé. Tu m'avais dit que tu n'avais jamais été marié.

— Et c'est le cas, répondit-il.

Même si de nombreuses questions la taraudaient, Lee n'osait pas l'interroger. Elle n'était pas sûre d'avoir envie de savoir. En tout cas pas si elle décidait de le rayer de sa vie.

— Tu as prononcé son nom une fois devant moi, mais ensuite tu as esquivé mes questions à son sujet.

— Qui est-ce qui me posait ces questions ? Toi ou la journaliste ?

Lee pâlit et recula d'un pas. Sa réaction en disait plus long que n'importe quoi d'autre.

— Pardon si ma question te blesse, dit-il. Ce n'était pas mon intention.

Lee en avait assez entendu.

— Je veux retourner à Sedona. Est-ce que tu comptes m'y déposer, ou dois-je me débrouiller sans toi ?

— Arrête, répondit-il en la prenant par les épaules. Cela ne fait que quelques jours que je te connais, je ne pouvais pas courir le risque de te parler de Sarah. Je veux qu'elle reste anonyme, tu comprends. Je refuse que son enfance soit perturbée par des photographes qui se presseront lors de ses matchs de foot ou de ses sorties scolaires. Sarah ne sera pas dans les pages des magazines.

— C'est ainsi que tu me vois ? murmura-t-elle, livide. Comme un paparazzi sans scrupule ? Alors rassure-toi, je ne parlerai jamais de Sarah dans mes articles, mais maintenant, laisse-moi partir.

Il lui tenait toujours la main, pourtant elle ne parlait pas simplement de cela et ils le savaient tous les deux. Hunter sentit une vague de panique l'envahir à l'idée qu'il l'avait peut-être perdue à tout jamais. Il se maudit intérieurement.

— C'est impossible, dit-il d'une voix résolue. Je voudrais que tu me comprennes, et pour cela j'ai besoin de temps.

— Tu as eu près de deux semaines pour me faire comprendre tout ce que tu voulais, Hunter.

— Bon sang, tu sais bien que ce n'est pas la même chose, tu me parlais en tant que journaliste ! lança-t-il. Ce qui s'est passé entre nous n'était ni prévu ni calculé. Je voudrais que tu m'accompagnes chez moi.

— Je suis toujours journaliste, répondit-elle sèchement.

— Selon les conditions que nous avions établies, il nous reste encore deux jours, commença Hunter avant de se radoucir et de lui prendre l'autre main. Lenore, viens passer ces deux jours chez moi, avec ma fille.

— Tu es toujours en train de demander, d'exiger et de décider, n'est-ce pas ?

— C'est vrai. Mais il est capital pour moi de t'expliquer toute l'histoire. Donne-moi ces deux jours.

Lee maintenait une certaine distance entre eux deux et Hunter comprit que ce n'était pas le moment de la brusquer en la serrant dans ses bras. Il était encore trop tôt.

Lee avait envie de lui refuser ces deux jours. Elle aurait voulu lui dire non et s'en aller, sans regret. Mais elle savait au fond de son cœur qu'il lui serait impossible de rentrer à Los Angeles sans avoir été jusqu'au bout de son histoire avec lui.

— Je ne te promets pas de comprendre, mais je resterai, dit-elle en baissant les yeux.

Malgré sa résistance, Hunter porta la main de Lee à ses lèvres.

— Merci, c'est tellement important pour moi !

— Ne me remercie pas, murmura-t-elle d'une voix blanche. Les choses ont changé.

— Cela fait plusieurs jours que les choses ont changé, répondit-il avant de se mettre en marche. Allons-y, je reviendrai chercher les affaires plus tard.

Le premier choc passé, une deuxième découverte s'imposait à elle.

— Mais tu vis ici ? Dans le canyon !

— Oui, en effet.

— Tu veux dire que tu as une maison, avec de l'eau chaude et un vrai lit et que tu as quand même choisi de passer deux semaines sous une tente ?

— Oui, je trouve ça relaxant.

— Mais c'est le comble du snobisme ! s'exclama-t-elle. En plus, tu m'as laissée me doucher à l'eau tiède, me réveiller avec des courbatures partout, alors que tu savais que j'aurais payé n'importe quoi pour un bon bain chaud !

— Disons que cela forme le caractère.

— Bien sûr ! Je crois plutôt que tu avais délibérément calculé ton coup, lança-t-elle en se tournant vers lui. Tu voulais voir jusqu'où j'étais capable d'aller.

— J'ai été très impressionné, dit-il en lui adressant un petit sourire irritant au possible. Je ne m'attendais pas à ce que tu tiennes une semaine, et encore moins deux !

— Tu n'es vraiment qu'un sale...

— Allez, ne perdons pas notre sens de l'humour, plaisanta Hunter d'un ton détaché. Je te promets de te laisser prendre autant de bains que tu le voudras pendant les deux prochains jours.

Avant qu'elle ait eu le temps de s'écarter, Lee se retrouva serrée contre Hunter qui avait passé son bras autour de son épaule. Il aurait du temps pour lui parler de Sarah. Du temps pour lui faire comprendre les choses.

— N'essaie pas de m'amadouer, rétorqua Lee, d'un ton toujours aussi sec.

— Je ne suis pas en train de t'amadouer, personne n'en serait capable. J'aime simplement ta compagnie. Tous mes projets viennent de tomber à l'eau bêtement. Je n'avais vraiment pas imaginé que tu découvrirais le pot aux roses dans ces conditions.

— Et comment est-ce que j'étais censée le découvrir, alors ?

— Lors d'un romantique dîner aux chandelles, le dernier soir. J'espérais que tu trouverais cela, disons... drôle !

— Eh bien, laisse-moi te dire que même dans ces conditions ça n'aurait pas été le cas ! répliqua-t-elle avant de découvrir la maison nichée entre les arbres.

Elle était plus petite que Lee ne l'avait imaginé, mais les immenses baies vitrées donnaient l'impression que la maison se prolongeait dans les bois. Sans qu'elle puisse vraiment se l'expliquer, elle lui faisait penser à une maison de poupée ou de conte de fées. Pourtant les maisons de poupée étaient plutôt coquettes et charmantes, alors que celle de Hunter était curieusement agencée, avec de drôles d'angles un peu trop aigus et des pointes élancées. Il y avait un porche à l'avant de la maison et des fleurs étaient suspendues le long des murs. Des géraniums rouge sang dans des pots vert jade. La maison semblait entièrement vitrée. Il y avait aussi un patio avec un grand fauteuil d'osier blanc renversé et un ballon de football abandonné sur le sol.

Les arbres semblaient encercler la maison. On devait s'y sentir abrité, caché. On aurait dit qu'elle sortait d'un décor de théâtre ou bien de…

— C'est la maison de Jonas Thorpe dans *Hurlement silencieux* !

Hunter eut un sourire complice. Il était content qu'elle ait fait le rapprochement aussi vite.

— Plus ou moins, en effet. Je voulais qu'il vive à l'écart du monde, à des kilomètres de ce que l'on appelle normalement la civilisation. Alors qu'au fond c'était l'ultime refuge.

— C'est ainsi que tu la vois ? Comme l'ultime refuge ? demanda Lee, intriguée.

— Oui, souvent.

Un cri strident pétrifia Lee avant qu'elle comprenne qu'il s'agissait du rire de Sarah. Il y eut quelques aboiements et la voix lasse d'une femme retentit.

— Mais pas toujours ! reprit-il en souriant.

Il guida Lee jusqu'à l'entrée principale. Lorsqu'il ouvrit la porte, Sarah arriva à grandes enjambées bondissantes et se jeta dans les bras de son père. Hunter passa affectueusement la main dans ses cheveux.

— Oh, papa, c'est trop drôle ! Bonnie a fait un bracelet en pâte à sel et Santanas l'a mangé ! Enfin, il l'a mâchonné un bon moment avant de se rendre compte que ça avait un goût affreux !

— Je suis sûr que Bonnie a trouvé tout ça très drôle, effectivement !

Une petite lueur malicieuse brillait dans les yeux de Sarah.

— Elle a crié très fort après lui, en disant que les loups n'avaient pas leur place dans une maison. Et puis elle a dit qu'elle allait faire du thé pour Lenore, mais elle était en colère parce que j'ai fini tous les cookies hier, et aussi…

— Doucement ! l'interrompit Hunter. Nous allons peut-être commencer par lui dire bonjour.

Il s'écarta pour laisser Lee entrer la première. Elle sembla hésiter un instant, comme si elle se demandait où elle mettait les pieds, et finit par se décider sous le regard amusé de Hunter.

Elle ne s'était pas attendue à découvrir un intérieur aussi… normal. Le salon était spacieux et lumineux. On s'y sentait aussitôt à l'aise. Un énorme bouquet de fleurs sauvages était disposé dans un grand vase en émail, les canapés étaient recouverts de coussins moelleux.

— Tu t'attendais à des balais de sorcières et des cercueils tapissés de satin ? murmura Hunter.

— Pas du tout, je m'attendais simplement à quelque chose de moins… moderne.

— Mais je suis un homme moderne, figure-toi.

Lee jeta un regard à son visage mi-sauvage, mi-aristocratique. Oui, peut-être était-il aussi un homme de son temps.

— Je suis sûre que tante Bonnie a nettoyé la cuisine de fond en comble, dit Sarah en se tournant vers Lee. Elle était impatiente de vous rencontrer parce qu'elle dit que papa ne voit pas assez de femmes. Surtout qu'il ne parle jamais aux journalistes. Alors elle dit que vous devez être quelqu'un d'assez exceptionnel.

Elle parlait en regardant Lee droit dans les yeux. Malgré son jeune âge, elle avait tout de suite senti qu'il se passait quelque chose entre son père et cette femme aux yeux bleus.

Ne sachant plus vraiment que penser, Lee les suivit jusqu'à la cuisine. La pièce était un mélange d'ordre et de confusion.

— Hunter, si tu comptes garder ton loup à la maison, tu vas devoir lui apprendre à apprécier les œuvres d'art et à les respecter ! s'exclama Bonnie. Au fait, bonjour, je suis Bonnie.

Lee se trouvait face à une grande femme élancée, avec des cheveux bruns mi-longs, éclairés de mèches dorées. Elle portait un T-shirt violet, décoloré, et était pieds nus. Lee n'arrivait pas à déterminer si elle était plus jeune ou plus âgée que Hunter. Une chose était sûre, en tout cas, c'est qu'elle avait un visage d'une finesse impressionnante. On aurait dit un mannequin.

Lee lui tendit la main, et les deux femmes se saluèrent cordialement.

— Comment allez-vous ? demanda Lee.

— Je me porterais bien mieux si Santanas n'avait pas décidé de faire son quatre-heures de ma dernière création, répondit Bonnie en exhibant un demi-bracelet aux extrémités déchiquetées. Mon seul réconfort est que la pâte à sel a un goût absolument insupportable. Mais je manque à tous mes devoirs, je vous en prie, asseyez-vous ! Je prépare du thé.

— Tu as oublié d'allumer le feu sous la bouilloire, fit remarquer Sarah.

— Hunter, je suis inquiète pour cette petite, l'attention qu'elle porte aux détails me préoccupe vraiment !

Hunter sourit et tendit le doigt vers une autre des créations de Bonnie, qui ressemblait au premier abord à un loukoum, mais qu'avec un peu d'imagination on pouvait supposer être une boucle d'oreille.

— Tu as abandonné le travail de l'or et de l'argent ? Etait-ce trop classique pour quelqu'un comme toi ?

— Je voudrais surtout lancer une mode... Mais c'était une prise de risque mesurée, il n'y en a pas pour plus de trois dollars de farine ! expliqua-t-elle d'un ton enjoué. Mais asseyez-vous donc et racontez-moi vos vacances sous la tente.

— Instructives, je dirais, lança Hunter. N'est-ce pas, Lenore ?

— En effet, très ! répondit Lenore.

«... Surtout depuis une demi-heure », ajouta-t-elle pour elle-même.

— Alors comme ça vous travaillez pour *Celebrity* ? demanda Bonnie. Je suis une de vos fidèles lectrices, figurez-vous.

— Surtout depuis que le magazine a publié quelques critiques exagérément élogieuses à ton sujet !

— Des critiques ? s'enquit Lee en se tournant vers Bonnie qui époussetait ses mains couvertes de farine.

— Professionnellement, elle est connue sous le nom de B. B. Smithers, expliqua Hunter.

Lee ouvrit de grands yeux. B. B. Smithers était l'une des joaillières avant-gardistes les plus renommées. Les célébrités se battaient pour porter ses créations, qui se vendaient comme des petits pains malgré des tarifs particulièrement élevés. Lee considéra la jeune femme avec surprise.

— J'ai beaucoup d'admiration pour votre travail.

— Mais vous n'en porteriez pas, poursuivit Bonnie en souriant. Non, il vous faut des choses plus classiques. Vous avez des traits tellement élégants. Un peu de citron avec votre thé ? Hunter, y a-t-il du citron dans cette maison ?

— Je ne pense pas, non.

Bonnie vint les rejoindre à table et déposa la théière devant Lee.

— Maintenant, il faut que vous m'expliquiez comment vous avez réussi à faire sortir cet ermite de sa grotte, Lenore.

— Je crois que c'est en le mettant en colère, répondit Lee, intimidée.

— C'est vrai que c'est probablement la meilleure des façons.

Bonnie avait les mêmes yeux que Sarah et Hunter, quoique un peu plus doux.

— Est-ce que ces deux semaines dans le canyon vous ont donné suffisamment de matière pour rédiger votre article ? demanda Bonnie.

— Oui, répondit Lee en lui jetant un regard complice. Et j'ai aussi pris conscience de mon attachement aux matelas et aux sommiers.

Bonnie lui adressa un sourire entendu.

— Comme je vous comprends !

— Vous exagérez, toutes les deux, intervint Sarah. Ce n'est pas si terrible que cela.

— Ah oui, vraiment ? demanda Hunter en lui donnant une petite tape dans le dos. Comment se fait-il donc que tu sois toujours saisie d'une envie irrépressible d'aller passer quelques jours à Phoenix chaque fois que je commence à empaqueter le matériel de camping ?

Sarah se mit à rire et se jeta au cou de son père.

— C'est une simple coïncidence ! répondit-elle avant de se tourner vers Lee. Est-ce qu'il vous a traînée à la pêche ? Et est-ce qu'il a passé des heures devant le feu sans dire un seul mot ?

Lee jeta un regard en coin à Hunter avant de répondre.

— Il a en effet suggéré que nous allions pêcher plusieurs jours d'affilée.

Sarah jeta un regard compatissant à Lee.

— Mais c'est moi qui ai pêché le plus gros poisson ! ajouta Lee.

Sarah secouait la tête.

— C'est tellement ennuyeux…, dit-elle avant de jeter un regard désolé à son père. Mais la plupart du temps il est plutôt amusant, il a seulement des goûts un peu bizarres, parfois. Comme la pêche et la bière !

— Parce que sa collection de têtes réduites n'est pas bizarre, peut-être ? demanda Bonnie d'un ton moqueur. Un peu plus de thé ?

— Pas pour moi, répondit Hunter. Je vais aller récupérer les affaires au camp avec Sarah.

— Prends ton loup avec toi, je ne veux plus le voir ! Au fait, tu as reçu deux ou trois coups de téléphone de New York hier.

— Ils rappelleront ! dit Hunter en se levant et en passant une main distraite dans les cheveux de Lee. Nous ne tarderons pas.

Son geste n'était pas passé inaperçu aux yeux de Bonnie et Sarah qui se jetèrent un regard entendu. Lee hésita à proposer son aide à Hunter, mais elle était tellement bien dans ce grand salon lumineux qu'elle décida de profiter de l'occasion pour se reposer de ses deux semaines éprouvantes. Elle avait aussi remarqué la main possessive que Sarah venait de poser sur le bras de son père, et en déduisit qu'il valait mieux qu'elle les laisse seuls.

Le père et sa fille quittèrent la pièce ensemble et Hunter siffla son chien avant de sortir.

— Sarah est folle de son père, expliqua Bonnie en resservant du thé à Lee.

— J'en ai bien l'impression, en effet.

— Et vous aussi, n'est-ce pas ?

Lee, qui avait porté sa tasse de thé à ses lèvres, manqua de s'étrangler.

— Pardon ?

— Vous êtes amoureuse de Hunter, affirma Bonnie. J'en suis ravie.

Elle aurait pu nier farouchement, jouer les offusquées ou simplement répondre d'un ton sec, mais le fait d'entendre Bonnie déclarer cela sur le ton de l'évidence lui fit perdre tous ses moyens.

— Je ne… Enfin, il n'y a pas…, bafouilla-t-elle en tripotant sa petite cuillère. Je ne sais pas exactement où j'en suis.

— C'est un symptôme des plus clairs. Mais vous semblez ennuyée à l'idée d'être amoureuse.

— Je n'ai jamais dit que j'étais amoureuse de lui, répondit Lee avant de se rendre compte qu'elle ne parviendrait pas à tromper Bonnie. Oui, cela m'inquiète énormément.

Elle se leva en souriant. Elle n'arrivait pas à tenir en place, et ce n'était certainement pas uniquement à cause du thé.

— Je ne me fais pas beaucoup d'illusions à notre sujet, dit-elle d'un ton plus affirmé qu'elle ne l'aurait imaginé. Nos goûts et nos façons de voir les choses sont tellement différents. Nos vies elles-mêmes n'ont rien à voir. Et puis, il faut que je reparte à Los Angeles.

Bonnie but une gorgée de thé, lentement.

— Bien sûr, dit-elle avec une pointe d'ironie dans la voix que Lee préféra ne pas relever. Beaucoup de gens pensent que, pour qu'une relation puisse se bâtir, les deux personnes doivent être exactement sur la même longueur d'onde. Et que si l'un des deux adore la poésie française du XVIe siècle et pas l'autre, alors il n'y a pas d'espoir.

Lee fronça les sourcils. Elle ne parvenait pas cependant à se mettre en colère contre Bonnie.

— Vous avez beaucoup de points communs avec votre frère, si je ne m'abuse ?

— Je crois, oui, reconnut Bonnie. Est-ce que par hasard votre mère ne serait pas Adreanne Radcliffe ?

Lee revint s'asseoir à table.

— C'est exact.

— Je l'ai rencontrée à un cocktail à Palm Springs il y a près de trois ans, je crois. Vous semblez très différente de votre mère, non ?

— Vous trouvez ?

— Oui, pas vous ? Je ne voudrais surtout pas vous blesser, mais il m'a semblé que votre mère aurait beaucoup de mal à se fondre dans un monde autre que le sien. En revanche, c'est une très belle femme, et vous avez certainement hérité de ses traits, mais cela me semble être à peu près tout.

Lee baissa les yeux. Elle avait toujours pensé qu'elle ressemblait à sa mère, non seulement physiquement, mais aussi au niveau du caractère. Elle avait même passé des années à cultiver la ressemblance et à chercher par tous les moyens à se comporter comme elle. Cela ne faisait que quelques années qu'elle essayait d'inverser la tendance. La description de Bonnie lui glaçait les sangs, car c'était exactement ce qu'elle avait failli devenir.

— Ma mère a des principes assez stricts, et je n'ai jamais eu l'impression qu'elle avait la moindre difficulté à vivre en accord avec eux.

— Je trouve que chacun doit vivre comme il l'entend, dit Bonnie en jouant avec les trois anneaux entrelacés qu'elle portait à l'annulaire. Il faut faire ce pour quoi l'on est fait. D'ailleurs Hunter m'a dit que vous aviez un véritable talent pour l'écriture. Il m'a parlé de votre roman.

Lee ne put réprimer une moue de colère.

— Hunter est le genre de personne qui refuse de reconnaître qu'il peut se tromper ! Je suis journaliste et non écrivain.

— Je vois, dit Bonnie avec toujours ce même sourire franc aux lèvres. Qu'allez-vous écrire sur lui dans votre article ?

Lee n'arrivait pas à savoir si le sourire de Bonnie était moqueur ou jovial et sans arrière-pensée. Quoi qu'il en soit, elle avait du mal à y résister, tant la chaleur de Bonnie était communicative. Oui, Bonnie et son frère avaient un certain nombre de points en commun, décidément.

— Je dirai que c'est un homme qui conçoit l'écriture à la fois comme un devoir sacré et un artisanat. J'expliquerai aussi qu'il a un sens de l'humour tellement subtil qu'il faut parfois plusieurs heures pour saisir une de ses allusions ; qu'il croit avec la même certitude aux choix et à la chance qu'au destin. Il vénère les mots, qu'ils soient extraits de chefs-d'œuvre du Moyen Age ou de bandes dessinées. Je pense qu'il faudra aussi que je dise qu'il travaille avec acharnement pour accomplir ce qu'il considère être son travail : raconter des histoires.

— Vous me plaisez vraiment beaucoup ! lança Bonnie avec une étrange lueur dans le regard.

— Merci, répondit Lee embarrassée.

— J'aime mon frère. Plus que cela, d'ailleurs, je l'admire en tant qu'homme et en tant qu'écrivain. Mais vous, vous le comprenez, et ce n'est pas le cas de tout le monde.

— Vous trouvez que je le comprends ? demanda Lee perplexe. Il me semble pourtant que plus j'en apprends sur lui, moins j'arrive à le saisir. Il a su me faire découvrir la beauté la plus fascinante qui soit : celle de la nature. Et pourtant, il écrit des romans d'épouvante qui me terrorisent littéralement.

— Trouvez-vous vraiment que ce soit contradictoire ? demanda Bonnie. Je crois simplement que Hunter a une vision très claire des contrastes de la vie. Il a simplement choisi d'écrire sur le côté obscur de celle-ci parce qu'il le trouve plus intrigant.

— Et pourtant, il vit dans..., commença Lee en désignant la maison d'un geste circulaire.

— Dans une confortable maison au milieu des bois, enchaîna Bonnie.

— En tout cas, je dois reconnaître que ce n'était pas du tout ainsi que je me représentais l'antre du plus grand auteur de romans noirs du pays.

— Il se trouve que le plus grand auteur de romans noirs du pays a un enfant à élever…

Le sourire de Lee s'évanouit.

— Oui, Sarah. Elle est ravissante.

— Sera-t-elle mentionnée dans votre article ? s'enquit Bonnie.

— Non. Hunter a été très clair à ce sujet. Je n'y ferai pas la moindre allusion.

— Elle est toute sa vie. Il se montre d'ailleurs parfois un peu trop protecteur envers elle, mais croyez-moi, il le fait vraiment par amour pour elle, expliqua Bonnie avant de fixer Lee une seconde en silence. Il ne vous avait pas parlé d'elle, n'est-ce pas ?

— Non. Pas un mot.

Bonnie secoua la tête avec un soupir de désapprobation. Elle avait beau aimer son frère de tout son cœur, elle avait parfois du mal à le comprendre. Cette femme était amoureuse de lui, elle était à deux doigts de bouleverser sa vie pour lui. N'importe qui aurait compris cela. N'importe qui sauf Hunter.

— Comme je vous l'ai dit, il se montre parfois trop protecteur envers elle. Mais croyez-moi, il a ses raisons, Lenore.

— Me direz-vous lesquelles ?

Bonnie était tentée de soulever enfin le voile de mystère qui entourait la vie de son frère. Si quelqu'un devait savoir, c'était bien cette femme qui se trouvait devant elle.

— C'est l'histoire de Hunter, dit Bonnie. C'est lui qui doit vous la raconter. D'ailleurs j'entends le moteur de la Jeep. Ils arrivent.

— Je crois que je suis contente que tu l'aies amenée, finit par dire Sarah alors qu'ils parcouraient les derniers kilomètres qui les séparaient de la maison.

— Tu crois ? répéta Hunter en se tournant vers sa fille qui regardait pensivement par la vitre.

— Elle est belle comme une princesse. Et ça se voit que tu l'aimes beaucoup.

— Oui, je l'aime beaucoup, confirma Hunter ennuyé par l'expression de Sarah. Mais cela ne veut pas dire que je t'aime moins par conséquent.

Sarah se tourna vers lui et le fixa longuement. Hunter avait fait mouche.

— Oui, toi tu es obligé de m'aimer parce qu'on est coincés tous les deux ensemble, mais pour elle c'est différent.

— Pourquoi est-ce que tu penses que Lenore ne t'aimerait pas ?

— Elle ne sourit pas beaucoup.

— Quand elle est détendue, elle sourit plus ! répondit Hunter.

Sarah haussa les épaules, peu convaincue.

— Elle m'a regardée bizarrement !

— Elle était surprise, c'est tout. Je ne lui avais pas parlé de toi.

Sarah jeta un regard étonné à son père.

— Ce n'est pas très gentil de ta part.

— Peut-être que tu as raison, oui.

— Tu as intérêt à t'excuser !

Hunter lui adressa un sourire amusé.

— Tu crois vraiment ?

— Oui, vraiment. Tu ne m'obliges pas toujours à demander pardon quand je me comporte mal, peut-être ? demanda-t-elle en caressant Santanas qui avait glissé sa tête entre leurs sièges en quête d'affection. Même si je déteste ça !

Hunter serra le frein à main. Ils étaient arrivés à la maison. Sarah ouvrit sa portière.

— Moi, je déteste quand tu as raison, marmonna Hunter en descendant de voiture à son tour.

Sarah courut vers lui et se pendit à son cou en riant.

— Je suis contente que tu sois rentré !

Hunter la serra contre lui un long moment. Fermant les yeux, il se dit qu'il était impossible que dix années se soient déjà écoulées depuis le premier jour où il l'avait serrée dans ses bras. Le temps était passé si vite.

— Je t'aime, Sarah.

— Tu m'aimes assez pour préparer une pizza pour le dîner ?

Hunter la prit par le menton.

— Peut-être, mais tout juste !

11

Pour Lee, le concept de repas de famille évoquait une réunion austère autour d'une table massive en acajou, avec de lourds couverts en argent et des conversations mesurées et ennuyeuses.

Ce repas-ci fut bien différent de ce qu'elle imaginait.

La cuisine était un véritable chaos. Sarah allait et venait en courant, dansant, sautillant, tout en racontant à son père, dans les moindres détails, les deux semaines qui venaient de s'écouler. Semblant indifférente au bruit, Bonnie en profitait pour appeler sa petite famille. Santanas, qui depuis avait été pardonné, était étalé de tout son long sur le sol et faisait un somme. Hunter s'activait à la préparation de ce que Sarah avait déclaré être la meilleure pizza de la stratosphère. Il parvenait même à suivre le récit de Sarah, et à répondre aux questions de Bonnie, le tout sans lâcher ses ustensiles une seule seconde.

Lee, qui se sentait totalement inutile, entreprit de nettoyer la table. Si elle ne s'occupait pas tout de suite, elle finirait par ressembler à un spectateur d'un match de tennis qui tente de ne pas perdre la balle des yeux.

— C'est moi qui dois faire ça !

Lee reposa maladroitement la théière qu'elle venait de prendre et leva les yeux vers Sarah.

— Ah bon ? dit-elle en se maudissant de ne pas trouver mieux à dire.

— Mais si vous voulez, nous pouvons le faire ensemble, reprit Sarah. Parce que si je ne fais pas ma part de corvées je n'ai pas droit à mon argent de poche.

— Je comprends, répondit Lee, mais je ne pense pas que Hunter te supprimera ton argent de poche si tu prends une assistante.

Hunter se tourna vers elles.

— Il me semble que Lee aussi devrait gagner son repas, suggéra-t-il. Même s'il n'y a pas de viande rouge !

— La pizza, c'est bien meilleur que la viande, déclara Sarah. Celles de papa sont les plus garnies du monde. Chaque fois que j'invite mes copines, je lui demande de m'en préparer une.

Tout en débarrassant la table, Lee essayait de se représenter Hunter confectionnant consciencieusement un repas pour un groupe de fillettes surexcitées.

— Je suis sûre que tu étais cuisinier dans une autre vie, papa !

Lee était surprise par la maturité de Sarah. Sa dernière réflexion la frappa tout particulièrement : avait-elle déjà un point de vue sur la réincarnation, à son âge ?

— Toi tu devais être un gladiateur, dans ce cas ! renchérit Hunter.

Sarah se mit à rire.

— Et Bonnie était une esclave arabe, vendue aux enchères pour des milliers et des milliers de drachmes, poursuivit-elle, ravie de ce petit jeu improvisé. Et à mon avis Lee était une princesse.

Lee leva les yeux, ne sachant pas si elle devait se réjouir de cette comparaison ou pas.

— Une princesse du Moyen Age, précisa Sarah. Comme dans le roi Arthur.

Hunter envisagea cette idée un instant en détaillant Lee du regard.

— C'est une possibilité. Je suis sûr qu'elle porterait

très bien une de ces fines couronnes incrustées de pierres précieuses avec une voilette légère devant les yeux.

— Et il y aurait des dragons ! enchaîna Sarah. Il faudrait qu'un chevalier tue au moins un dragon avant d'avoir le droit de demander sa main.

— Tu as raison ! dit Hunter à mi-voix.

Les dragons pouvaient finalement adopter bien des formes, de nos jours...

— C'est très difficile de tuer un dragon, intervint Lee d'une voix légère qui ne laissait pas trop transparaître son état de nervosité.

Elle n'avait pas de mal, finalement, à se représenter dans une grande salle illuminée au moyen de torches, revêtue d'une longue robe de satin ornée de pierreries.

— Justement, c'est le meilleur moyen de prouver son courage ! expliqua Sarah. Une princesse ne peut pas se marier avec n'importe qui, vous savez. Soit le roi choisira un chevalier qui a fait ses preuves, soit ce sera un prince d'un royaume voisin, comme ça il aura plus de terres et d'argent.

Aussitôt, Lee se représenta son père, un sceptre à la main, décrétant doctement que sa fille unique serait mariée à Jonathan Willoby.

— Je suis sûre que tu n'as jamais porté d'appareil dentaire ! lança Sarah en la scrutant les sourcils froncés.

Lee se retrouva propulsée du Moyen Age à l'instant présent en un centième de seconde. Sarah ressemblait à son père lorsqu'elle l'étudiait ainsi du regard. Pour la première fois, Lee parvint à sourire franchement à la fillette. Les dragons, les princesses et les chevaliers avaient eu raison de son angoisse.

— Pendant deux ans...

— C'est vrai ? s'exclama Sarah en s'approchant de Lee pour la regarder de plus près. Ça a bien marché ! C'était horrible ?

— Oh que oui !

Sarah se mit à rire.

— Maintenant, ça va mieux, sauf que je suis interdite de chewing-gum, dit-elle en jetant un regard implorant en direction de son père. Même pas un tout petit !

— C'était pareil pour moi, dit Lee, sans expliquer que même en temps normal il était interdit de goûter à la moindre friandise chez les Radcliffe.

— Tu veux bien m'aider pour mettre la table, aussi ? demanda soudain Sarah.

Lee sentit qu'elle avait marqué un point auprès de la jeune fille.

Un rayon de soleil filtrait dans la cuisine pendant qu'ils déjeunaient. Lee repensa à la lumière des canyons, alternativement dorée et blanche, éblouissante et apaisante.

Lee avait rêvé de déguster un bon steak saignant accompagné d'une salade verte, dans un restaurant tamisé où un maître d'hôtel raffiné aurait veillé à ce que son verre de bordeaux ne soit jamais vide. Elle se retrouvait dans une cuisine bruyante et animée, attablée devant une énorme part de pizza, débordant de fromage fondu, de poivrons marinés, de champignons, de chorizo et de saucisse. Mais elle devait admettre que Sarah avait vu juste. C'était la meilleure pizza de la stratosphère.

L'après-midi se passa ainsi, agréablement. Sarah traîna son père dehors pour jouer au football. Bonnie parvint à se défiler en prétextant une fatigue extrême, mais malgré ses protestations Lee se retrouva entraînée dans le jeu et dut apprendre à renvoyer une balle avec le côté du pied. Même si elle manquait de précision, elle dut reconnaître qu'elle trouva l'exercice amusant.

Le crépuscule tomba rapidement, puis la pénombre se peupla de lucioles. Sarah avait les yeux lourds, mais rechignait à aller se coucher. Hunter finit par accepter de l'emmener au lit sur son dos, condition *sine qua non* posée par sa fille. Lee devinait que ce devait être une sorte de rituel du soir entre Hunter et sa fille.

Il lui avait dit que Sarah était toute sa vie et, bien qu'elle ne les ait vus ensemble que quelques heures, cela sautait aux yeux.

Elle n'aurait jamais pu imaginer que l'auteur des livres qu'elle avait dévorés puisse être un père dévoué, heureux de partager les loisirs d'une fillette de dix ans. Elle ne l'aurait pas non plus imaginé si loin de la ville et de son agitation. D'ailleurs, l'homme qu'elle avait côtoyé ces dernières semaines n'avait pas non plus l'allure d'un père strict en matière de discipline. Pourtant, il était tout cela.

Lorsqu'elle superposait l'image du père de Sarah à celles de son amant et de l'auteur de *Hurlement silencieux*, elles semblaient se fondre en une seule. Le problème était qu'il fallait appréhender les trois à la fois. Parfois séparément, parfois simultanément.

Lee retourna la chaise qui se trouvait dans le patio et s'assit. Elle reconnaissait le rire de Sarah, la voix de Hunter, sous la forme d'un murmure indistinct et grave. C'était une curieuse façon de passer ses dernières heures en sa compagnie, ici, chez lui, à quelques kilomètres à peine du camp où ils étaient devenus amants. Elle prenait conscience de son attachement pour lui. Peut-être parviendrait-elle à rester amie avec lui.

C'est en tout cas en amie qu'elle rédigerait son article, maintenant qu'elle avait vu les deux faces de cet homme. C'était ce pour quoi elle était venue. Lee ferma les yeux. Soudain, la lumière des étoiles lui paraissait trop vive.

— Fatiguée ?

Elle ouvrit les yeux et regarda Hunter. C'était ainsi qu'elle se le rappellerait, drapé d'ombres et tout droit sorti de l'obscurité.

— Non. Sarah s'est endormie ?

Il fit oui de la tête et se plaça derrière elle, les mains

sur ses épaules. C'était ainsi qu'il la désirait, là, à la tombée de la nuit.

— Bonnie aussi.

— C'est l'heure à laquelle tu travailles, habituellement, lorsque la maison retrouve son calme et que la lumière s'est évanouie ?

— Oui, la plupart du temps. C'est par une nuit assez semblable que j'ai terminé mon dernier roman, dit-il, pensif.

— Si nous allions faire un tour ? demanda Lee en se levant. C'est la pleine lune.

— Tu as peur ? Je vais te donner un talisman.

Il ôta son anneau et le glissa à son doigt.

— Je ne suis pas superstitieuse, dit Lee en refermant pourtant sa main pour le toucher.

— Bien sûr que si, dit-il en l'attirant contre lui tout en marchant. J'aime les bruits de la nuit.

Lee tendit l'oreille. Elle distingua le souffle de la brise dans les feuilles, le bruissement d'une rivière et le murmure des insectes.

— Tu vis ici depuis longtemps ?

En le voyant évoluer chez lui, il était apparu à Lee qu'elle ne pouvait l'imaginer vivre ailleurs qu'ici.

— Je me suis installé ici lorsque Sarah est née.

— C'est un très bel endroit.

Hunter s'arrêta et se campa face à Lee. Elle était baignée par le clair de lune qui constellait sa chevelure de reflets d'argent. Sa peau ressemblait au plus précieux des marbres et ses yeux devenaient noirs comme du jais.

— Cela te va bien, murmura-t-il en plongeant ses doigts dans ses cheveux. La princesse et le dragon.

Le cœur de Lee se mit aussitôt à battre plus vite. Elle se sentait comme une adolescente à son premier rendez-vous galant.

— De nos jours, les femmes doivent abattre leurs propres dragons.

— De nos jours, chuchota-t-il en effleurant sa bouche du bout des lèvres, il n'y a plus de romance. Au temps des ténèbres, si je te croisais par une nuit de pleine lune, je te courtiserais avant de t'enlever. Je te ferais l'amour, parce que je n'aurais pas le choix. Laisse-moi t'aimer maintenant, Lenore, comme si c'était la première fois.

« Ou la dernière », pensa-t-elle avec mélancolie. Déjà, les lèvres de Hunter se pressaient contre les siennes, exigeantes, fiévreuses, irrésistibles. Serrée contre lui, elle pouvait laisser sa conscience lui échapper. Elle pouvait simplement imaginer et ressentir. Car l'amour physique n'est rien de plus. Elle inclina la tête et resserra son étreinte, l'incitant à prendre ce qu'il voudrait et prête en retour à lui donner tout ce qu'il attendait.

Elle sentit ses mains sur son visage, plus légères que jamais, comme s'il essayait de mémoriser chacun des reliefs et des creux qui le composaient.

Ses lèvres semblaient brûlantes, dévorantes. Une vague de plaisir irrésistible la traversa de part en part. Ensemble, ils s'allongèrent à même le sol.

Hunter avait rêvé de l'aimer ainsi, sous les étoiles, protégés par les ombres bienveillantes des arbres et la présence apaisante de la lune. Il avait rêvé de son corps lové contre le sien, de la douceur de sa peau sous ses doigts. Mais ce qu'elle lui offrait maintenant était au-delà de ses rêves. Lentement, il la dévêtit, effleurant du bout des lèvres chaque parcelle de son corps. Cette nuit, il se livrerait à elle totalement et lui demanderait en retour de s'offrir à lui tout entière.

Le clair de lune et les ombres les inondaient totalement. Hunter sentait résonner dans ses tempes les battements de son cœur. Il perçut le murmure du ruisseau qui se mêlait à leurs soupirs. Les bois exhalaient une odeur de nuit. C'est ce même parfum qu'il reconnut lorsque Lee enfouit son visage dans son cou.

Elle ressentit l'onde de désir qui le traversait et décida de se laisser elle aussi emporter. Elle ne voulait plus se battre contre ce qu'elle éprouvait si fortement au creux de son ventre.

La peau de Hunter était si chaude contre la sienne. Une fièvre impérieuse s'empara d'elle, alimentée par chacun de ses soupirs, de ses murmures ou de ses frémissements.

Des ombres argentées. Lee avait l'impression qu'elle pouvait les toucher. L'argent de la force et l'obscurité du désir. Avec leur aide, elle pourrait emmener Hunter avec elle jusqu'au bord du précipice.

A cet instant précis, elle savait qu'ils étaient indéniablement unis, liés l'un à l'autre. Elle le sentait comme une évidence ultime.

L'air sembla se figer. La brise retenait son souffle et les bruits de la nuit se taisaient soudain. Lee sentit l'étreinte de Hunter se refermer sur elle. Dans le silence, leurs yeux se rencontrèrent.

Cette fois, Lee ne ferma pas les yeux lorsqu'il entra en elle.

Elle aurait pu dormir là, à même le sol, avec le ciel et les étoiles en guise de toit et le corps de Hunter serré contre le sien. Elle aurait pu dormir une éternité, comme les princesses des contes de fées, s'il ne l'avait pas soulevée de terre.

— Tu t'endors comme un enfant, murmura-t-il. Tu devrais être au lit. Dans mon lit.

Lee poussa un soupir.

— C'est trop loin !

Le sourire aux lèvres, il embrassa le creux de sa nuque.

— Faut-il que je te porte ?

— Mmm, murmura-t-elle.

— Ce n'est pas que cela me dérange, dit-il d'un ton

espiègle, mais tu trouverais peut-être embarrassant de tomber sur Bonnie alors que je te porte dans l'escalier, nue.

Lee ouvrit les yeux. Le retour à la réalité était brutal. Hunter la reposa sur ses pieds.

— J'imagine qu'il vaudrait mieux que nous nous rhabillions.

— Cela pourrait être une bonne idée, en effet. Veux-tu que je t'aide ?

— J'ai bien peur que cela ne se termine de la même façon que lorsque tu me déshabilles ! lança-t-elle avec un sourire malicieux.

— Quelle intéressante théorie !

— Oui, mais ce n'est pas vraiment le moment de la mettre en pratique, rétorqua Lee en commençant à enfiler ses affaires. Cela fait combien de temps que nous sommes dehors ?

— Des siècles !

— Je crois de toute façon qu'un matelas est bien le moins que je mérite après les deux dernières semaines.

Hunter lui prit la main et la porta à ses lèvres.

— Veux-tu partager le mien ?

Lee mêla ses doigts aux siens.

— Je ne crois pas que ce soit une bonne idée.

— Tu es inquiète au sujet de Sarah.

Ce n'était pas une question. Lee prit son temps avant de répondre.

— Je ne connais pas grand-chose aux enfants, mais j'imagine qu'elle ne doit pas être tout à fait préparée à ce que quelqu'un partage le lit de son père.

— Je n'ai jamais amené une femme chez nous avant toi.

Lee le fixa brièvement avant de détourner le regard.

— Raison de plus, alors.

— Ce n'est pas la seule, ajouta-t-il, énigmatique.

Hunter se rhabilla en silence. Lee contempla une dernière fois les arbres. C'était tellement beau, et tellement distant à la fois.

— Tu voulais me parler de Sarah, mais tu ne l'as pas fait, dit-il soudain.

— Cela ne me regarde pas.

— Vraiment ? demanda-t-il en la prenant par l'épaule.

— Hunter…

— Pour une fois, tu auras la réponse sans même poser la question.

Il ôta sa main, mais son regard semblait la tenir fermement. Elle sentit aussitôt que quelque chose se préparait.

— J'ai connu une femme, il y a une douzaine d'années. A l'époque j'écrivais sous le nom de Laura Miles, et gagnais suffisamment d'argent pour m'offrir quelques petits plaisirs. Je sortais dîner, j'allais au théâtre. Je vivais encore à Los Angeles, seul, et j'aimais mon travail et ma vie. Elle était étudiante en droit. Elle était brillante et ambitieuse, mais n'avait pas un centime en poche. Elle touchait des bourses qui devaient lui permettre de devenir la plus brillante des jeunes avocates de la côte Est.

— Hunter, ce qui s'est passé avec cette femme il y a plus de dix ans ne me regarde pas.

— Cette femme n'est pas n'importe qui, Lenore, c'est la mère de Sarah.

— D'accord, si tu veux m'en parler, je t'écoute.

— J'étais très attaché à elle, reprit-il. Elle était intelligente, jolie et pleine de rêves. Aucun d'entre nous n'a imaginé que les choses pourraient devenir aussi sérieuses. Elle avait ses études à finir, le barreau à présenter, et moi j'avais mes livres. Mais la vie en a décidé autrement.

Hunter prit une cigarette. Il semblait se replonger dans cette époque entièrement, s'en rappeler le moindre détail. Son minuscule appartement, les robinets qui fuient, la vieille machine à écrire et son chariot capricieux, les rires du couple à côté que la finesse des murs ne parvenait à étouffer.

— Elle est arrivée chez moi, un après-midi. J'ai tout de suite deviné qu'il se passait quelque chose car c'était un jour où elle avait cours. Elle n'aurait jamais manqué le moindre cours volontairement. Je me souviens que c'était une journée de grande chaleur, étouffante, moite. Les fenêtres étaient ouvertes dans mon appartement et j'avais récupéré un ventilateur qui tournait nuit et jour. Elle était venue me dire qu'elle était enceinte.

Il aurait pu se remémorer très précisément le regard qu'elle avait eu, mais avait toujours évité de le faire. En revanche, il n'avait jamais réussi à oublier le ton de sa voix lorsqu'elle lui avait annoncé la nouvelle. Du désespoir. Du désespoir mêlé à de la colère et du reproche.

— Je lui ai dit que je tenais à elle, et c'était vrai. Je ne l'aimais pas. Mais les valeurs que m'avaient inculquées mes parents avaient fait leur chemin dans ma tête. Je lui ai proposé de l'épouser.

Hunter se mit alors à rire. Ce n'était pas un rire joyeux, bien sûr, mais pas amer, non plus. C'était le rire d'un homme qui accepte l'humour absurde de la vie et ses mauvais tours.

— Elle a refusé. Elle était à peu près aussi furieuse contre ma proposition que contre cette grossesse imprévue. Elle n'avait pas la moindre intention de se retrouver avec un mari et un enfant alors qu'elle avait une carrière à bâtir. C'est peut-être difficile à comprendre, mais, dans son esprit, elle se montrait simplement réaliste en me demandant de payer pour l'avortement.

Lee eut un frisson.

— L'histoire ne se termine pas ainsi, bien sûr, reprit-il en soufflant sa fumée vers le ciel et la regardant se disperser. Nous avons eu la dispute la plus mémorable qui soit. Des menaces, des reproches, des insultes… Tout y est passé.

A l'époque, il m'était impossible de comprendre son point de vue. Tout ce que je voyais, c'était qu'une part de moi était en elle et qu'elle voulait s'en débarrasser. Puis nous nous sommes séparés, furieux et désespérés, mais conscients d'avoir besoin d'un peu de temps.

— Vous étiez jeunes, murmura Lee.

— Non, j'avais vingt-quatre ans et je n'étais plus un enfant depuis longtemps. J'étais... Nous étions responsables de nos actes. Pendant deux jours et deux nuits je n'ai pu trouver le sommeil. J'ai envisagé des dizaines de solutions qui ne me convenaient jamais : je n'avais qu'une seule certitude au milieu de ce cauchemar. Je voulais cet enfant. Je ne peux pas expliquer pourquoi, car j'appréciais ma vie à l'époque, la liberté, toutes les possibilités qui s'offraient à moi... La perspective du succès. Tout ce que je savais était que je devais avoir cet enfant. Alors je l'ai rappelée.

Hunter inspira profondément avant de continuer son récit.

— Nous étions tous les deux plus calmes lorsque nous nous sommes revus. Et tous les deux bien plus effrayés aussi. Le mariage était totalement exclu, alors nous avons cherché une autre solution. Elle ne voulait pas de cet enfant, et moi je le voulais. C'était à cela qu'il fallait que nous trouvions une réponse. Elle souhaitait se libérer de cette responsabilité et avait besoin d'argent. Nous avons réussi à trouver un arrangement.

Lee avait la bouche terriblement sèche.

— Tu l'as payée, parvint-elle à articuler.

Comme il s'y était attendu, Hunter vit de l'incompréhension et de l'horreur dans son regard. Il lui fallut rassembler toutes ses forces pour poursuivre d'une voix calme.

— J'ai pris en charge toutes les dépenses médicales,

et je l'ai aidée financièrement jusqu'à l'accouchement. Je lui ai donné dix mille dollars pour ma fille.

Choquée, Lee baissa les yeux.

— Comment a-t-elle pu…

— Nous avions tous les deux fait un choix. Seul l'autre pouvait nous donner ce que nous voulions et c'est ce que nous avons fait. Je ne lui en ai jamais voulu. C'était sa décision, et elle aurait pu résoudre le problème autrement, sans même me consulter.

— Oui, répondit Lee en pensant à la fillette aux cheveux noirs. Elle a décidé, mais elle a tout perdu.

Hunter avait tant besoin qu'elle le comprenne.

— A partir de son premier cri, Sarah a toujours été mienne, exclusivement. La femme qui l'a portée m'a fait un cadeau inestimable. J'ai simplement donné de l'argent.

— Sarah est-elle au courant ?

— Elle sait simplement que sa mère a dû faire un choix à un moment donné.

— Je vois, dit Lee dans un souffle. Je comprends maintenant pourquoi tu tiens tellement à la protéger de toute intrusion.

— Oui, c'est l'une des raisons. L'autre est que je tiens à ce qu'elle puisse mener la simple vie d'enfant à laquelle elle a droit.

— Tu n'étais pas tenu de me raconter tout cela, déclara Lee en lui prenant la main. Mais je suis heureuse que tu l'aies fait. Cela n'a pas dû être facile pour toi d'élever ta fille tout seul.

Hunter venait de trouver toute la compréhension qu'il avait espérée dans le regard de Lee. Il sentit ses muscles se détendre enfin, comme sous l'effet d'une caresse apaisante. Il venait de comprendre avec certitude qu'elle était celle qu'il avait attendue.

— Non, cela n'a pas été simple, mais cela a toujours

été un bonheur total, répondit-il en serrant ses doigts. Un bonheur que je voudrais que nous partagions.

Lee se raidit.

— Je ne suis pas sûre de te comprendre.

— Je veux que tu vives avec Sarah et moi, ici. Je veux que nous élevions nos enfants ensemble, reprit-il en fixant du regard la bague qu'il avait glissée à son doigt. Je veux me marier avec toi.

Se marier ? Lee resta silencieuse tandis que la panique l'envahissait.

— Tu ne te rends pas compte…

— Si, parfaitement, répondit-il calmement. C'est quelque chose que j'ai demandé à une seule autre femme dans ma vie, et je l'ai fait par sens du devoir. Aujourd'hui, je te le demande parce que tu es la seule et unique femme que j'aie jamais aimée. Je veux partager ta vie et que tu partages la mienne.

La panique des premières secondes se changea en peur. Hunter était en train de lui demander de tirer un trait sur tout ce qu'elle avait imaginé pour sa vie. Il lui demandait de sauter dans le vide.

— Nos vies sont tellement différentes, parvint-elle à balbutier. Je dois repartir, j'ai un travail…

— Un travail qui n'est pas fait pour toi, tu le sais, reprit-il d'une voix qui trahissait sa peur. Tu es faite pour écrire toutes ces histoires que tu as en tête, pas pour raconter la vie des gens et les dernières tendances.

— Mais c'est ce que je sais faire ! s'écria-t-elle en retirant sa main. C'est ce pour quoi j'ai travaillé.

— Tu voulais prouver tant de choses, Lenore. Maintenant, tu n'en as plus besoin. Tu dois vivre pour toi.

— C'est ce que je fais ! s'exclama-t-elle, désespérée.

Une petite voix en elle lui criait pourtant qu'elle l'aimait, lui répétait qu'elle ne pouvait pas repousser ainsi ce qu'elle désirait si ardemment au fond de son cœur. Lee secoua la tête comme pour faire taire cette voix. L'amour ne suffit pas. Le désir ne fait pas tout. Elle le savait et il ne fallait pas qu'elle l'oublie.

— Tu me demandes de tout abandonner. De redescendre toutes ces marches que j'ai péniblement escaladées, mois après mois, année après année. J'ai une vie à Los Angeles, je sais qui je suis et où je vais. Je ne peux pas venir vivre ici et risquer…

Hunter luttait contre le désespoir et la colère qui s'insinuaient en lui.

— Risquer de découvrir qui tu es réellement ? S'il ne s'agissait que de moi, j'irais où tu voudrais. Je vivrais comme bon te semble, même si c'était une erreur. Mais il y a Sarah. Je ne peux l'obliger à quitter la maison où elle a grandi.

— Tu m'en demandes trop, répondit-elle d'une voix à peine audible. Le risque que tu me demandes de prendre est trop grand, et je n'en suis pas capable. Je ne le ferai pas.

Les mots de Lee résonnaient dans la tête de Hunter. Il se leva et les ombres semblèrent le suivre.

— C'est un risque immense, en effet. Est-ce que tu m'aimes ?

En posant cette question, c'était lui qui tentait le tout pour le tout, et il le savait.

Lee le fixa, déchirée, terrifiée.

— Oui, murmura-t-elle. Maintenant, laisse-moi tranquille.

Lee tourna les talons et s'enfuit vers la maison aussi vite qu'elle le pouvait. Lentement, l'obscurité s'insinua entre eux.

12

— Si tu refuses de déjeuner, fais-moi au moins le plaisir de manger ça ! insista Bryan en sortant de son sac une barre chocolatée.

— Je déjeunerai dès que j'aurai fini mon article, répondit Lee, les yeux rivés sur son écran.

Pas un instant, elle ne cessa de pianoter sur son clavier.

— Lee, cela fait deux jours que tu es rentrée et tu n'as rien avalé depuis.

Bryan avait aussi remarqué les cernes qui marquaient ses yeux, malgré l'usage savant de fond de teint et autres artifices. Recevant pour toute réponse le cliquettement rythmé des touches du clavier, Bryan se fit une raison.

Lee n'avait pas faim du tout. Elle n'était pas fatiguée non plus. Cela faisait pourtant quarante-huit heures qu'elle travaillait sans relâche sur son article. Elle avait décidé qu'il serait parfait. Elle se l'était promis, elle allait le polir, le ciseler comme un cristal. Et une fois qu'elle en aurait fini avec son article, il en irait de même avec Hunter.

Elle s'accrochait à cette idée de toutes ses forces, même si elle avait parfois du mal à y croire.

Et si elle était restée… Et si elle y retournait…

En l'espace d'une seconde, plusieurs coquilles s'étaient glissées dans ses derniers mots. Patiemment, Lee corrigea ses erreurs. Elle avait été très claire avec Hunter. Il lui était impossible de tirer un trait sur toute sa vie pour le rejoindre. Mais plus le temps passait, plus le vide semblait se creuser dans son cœur et dans sa vie, la vie qu'elle s'était choisie et construite.

C'est pourquoi elle avait décidé de se jeter à corps perdu dans le travail. Au moins pendant ce temps parvenait-elle à ne pas trop réfléchir. Et une fois qu'elle aurait terminé son article, la boucle serait bouclée et il serait temps pour elle de gravir un nouvel échelon. Pourtant, lorsqu'elle essayait de se représenter la prochaine étape de sa vie, c'était le vide absolu. Lee cessa de taper un instant, le regard fixe.

Sans un mot, Bryan repoussa la porte d'un coup de hanche. Elle se ferma avec un claquement sec. Bryan s'installa dans le fauteuil placé à côté de Lee, croisa les bras et attendit.

— Bon, maintenant, pourquoi est-ce que tu ne me racontes pas l'histoire non officielle qui se cache derrière tout cela ?

Lee aurait aimé être capable de hausser les épaules et de répondre qu'elle n'avait pas le temps de parler. Après tout, elle était déjà en retard. L'article devait être rendu dans les plus brefs délais. Mais la vie aussi est courte. En soupirant, elle fit pivoter son siège pour regarder son amie. A moins que ce ne soit pour ne plus voir ce qu'elle avait écrit.

— Bryan, si tu avais pris une photo, une de ces photos qui te demandent un travail et une maîtrise démesurés, mais qu'au bout du compte, lorsque tu la fais développer, tu découvres quelque chose de totalement différent de ce à quoi tu t'attendais. Que ferais-tu ?

— Eh bien, je commencerais par observer minutieusement la photo que j'ai entre les mains, répondit Bryan aussitôt. Ou alors, je me dirais que c'était ainsi qu'il aurait fallu que je l'imagine dès le départ.

— Mais ne serais-tu pas tentée de revenir à tes projets

initiaux ? Après tout, tu avais travaillé très dur pour obtenir un certain résultat.

— Je ne sais pas. Cela dépendrait de ce que je vois sur la photographie, reprit Bryan en croisant les jambes. Qu'y a-t-il sur la tienne, Lee ?

— Hunter, répondit Lee en levant un regard embrumé vers son amie. Tu me connais…

— Je connais de toi ce que tu as bien voulu me laisser entrevoir, intervint Bryan.

Lee sourit et attrapa un trombone sur son bureau.

— Suis-je vraiment d'un abord aussi difficile ? demanda-t-elle.

— Oui, répondit Bryan en souriant pour qu'elle ne se sente pas trop agressée par sa réponse. Difficile, mais passionnante, à mon avis. D'ailleurs, quelque chose me dit que je ne suis pas la seule à le penser !

— Il m'a demandée en mariage, annonça Lee tout de go.

Bryan resta silencieuse un instant, comme assommée par la nouvelle.

— En mariage ? finit-elle par articuler. Du genre « jusqu'à ce que la mort nous sépare » ?

— Oui.

Bryan inspira profondément sans quitter son amie des yeux.

— On ne peut pas dire qu'il perde du temps en tout cas !

Bryan remarqua l'expression désabusée de Lee et s'en voulut d'avoir réagi aussi spontanément. Ce n'était pas parce que le simple mot de mariage lui donnait envie de fuir à toutes jambes qu'elle avait le droit d'exposer son point de vue de façon aussi abrupte.

— Quel est ton avis sur la question ? demanda-t-elle. Je veux dire, qu'est-ce que tu ressens pour Hunter ?

Lee commençait déjà à tordre le trombone entre ses doigts.

— Je suis amoureuse de lui.

— Vraiment ? dit Bryan en souriant, émue devant l'évidence avec laquelle Lee lui avait répondu. Et tout ça s'est passé pendant votre séjour au canyon ?

— Oui. Mais je crois que c'était déjà latent à Flagstaff. Enfin, je ne sais plus. Je ne suis plus sûre de rien.

— Pourquoi as-tu l'air si triste, dans ce cas ? Si l'homme que tu aimes, que tu aimes vraiment, veut construire quelque chose avec toi, tu devrais sauter de joie !

— Mais comment font deux personnes pour construire leur vie ensemble alors qu'ils ont déjà chacun de leur côté deux existences totalement différentes ? Le problème ne se limite pas à des questions d'organisation. Bryan vit dans l'Arizona, au beau milieu du canyon, et moi je suis ici, à Los Angeles. J'ai mon travail…

Le trombone se cassa net entre ses doigts.

— Lee, tu ne vas pas me dire que ton problème se limite à un conflit géographique, tout de même !

— Mais c'est simplement l'illustration de toutes nos différences, reprit-elle. Tout nous oppose. Je suis méticuleuse et mesurée, Hunter est passionné et impulsif. Si seulement tu voyais sa maison, on la croirait sortie d'un conte de fées des temps modernes. Et puis, il est le frère de B. B. Smithers et il a une fille.

— Une fille ? reprit Bryan en essayant d'assimiler toutes ces informations d'un coup. Hunter Brown est papa ?

Lee enfouit son visage dans ses mains. Elle venait de se rendre compte qu'elle avait révélé le secret de Hunter. En temps normal, cela ne lui serait jamais arrivé, mais elle était tellement agitée que cela lui avait échappé.

— Oui, il a une fille de dix ans, mais cela doit rester confidentiel.

— Je comprends.

Lee savait que Bryan saurait tenir sa langue. Elle inspira profondément pour tâcher de retrouver son calme.

— Elle est le centre de sa vie. C'est une fillette charmante, vive et tellement jolie. Il est totalement différent quand il est avec elle. C'est comme si elle révélait une part de lui que je n'aurais jamais soupçonnée. C'est assez effrayant, à vrai dire.

— Pourquoi ?

— Il est si brillant, talentueux et émouvant à la fois lorsqu'il est avec elle.

— Pourquoi est-ce que cela t'ennuie ?

— Je ne sais pas si je peux être à la hauteur.

— C'est pour ça que tu refuses de l'épouser ? Mais enfin, quelle opinion as-tu donc de toi ?

— Je croyais en être capable, moi aussi, mais…

Lee s'interrompit en secouant la tête.

— C'est ridicule, reprit-elle. De toute façon il est à des centaines de kilomètres.

Bryan se tourna vers la fenêtre et observa les alignements d'immeubles à perte de vue,

— Il suffirait qu'il vienne s'installer à Los Angeles, suggéra-t-elle.

— Impossible. Sa vie est là-bas, et celle de sa fille surtout.

Lee prit les feuilles de son article sur le bureau. Elle savait qu'il était fini, même si elle était tentée de le relire une fois de plus.

— Dans ce cas, c'est à toi de partir pour l'Arizona. C'est magnifique, là-bas.

Pourquoi est-ce que les choses étaient toujours aussi simples lorsque Bryan les exposait ? La peur sournoise qu'elle avait ressentie auprès de Hunter s'insinua en elle.

— Mon travail est ici.

— Dans ce cas, c'est simplement une question de priorité, si j'ai bien compris ?

Bryan songea qu'elle était dure avec Lee, mais elle savait que ce n'était pas de compassion qu'elle avait besoin maintenant. Et c'était par amitié pour elle qu'elle devait lui parler à cœur ouvert.

— Tu as le choix, Lee. Tu peux garder ton appartement et ton travail à Los Angeles et t'étouffer avec ton malheur. Ou tu peux essayer de courir un risque.

Un risque. N'était-on pas censé mesurer un risque avant de le prendre ? Lee baissa les yeux et fixa le trombone cassé. Combien de temps a-t-on le droit d'hésiter avant de faire le grand saut ?

Deux semaines s'étaient écoulées. Lee était dans son appartement. C'était la première fois depuis une éternité qu'elle se retrouvait chez elle en journée, pendant la semaine. Pourtant, cela ne changeait pas grand-chose, au fond. Tout semblait exactement comme d'habitude, même si c'était loin d'être le cas.

Démission. Lee essayait de digérer ce mot et d'affronter la panique qui l'assaillait depuis quelques jours. Ses yeux s'arrêtèrent sur le pot de violettes qui trônait sur la table. Elles avaient été soigneusement entretenues, arrosées, nourries à l'engrais. Lee aurait été incapable de les déraciner, et pourtant c'était ce qu'elle avait décidé de faire pour sa vie.

Démission. Le mot lui revint à l'esprit. Elle avait remis sa lettre, effectué son préavis de deux semaines et finalement tourné le dos à une carrière prometteuse. Elle se sentait déracinée.

Et tout cela pour quoi ? Pour essayer de réaliser un rêve des plus fous. Un rêve qu'elle caressait depuis des années. Celui d'écrire un livre qui ne serait probablement jamais publié. Un rêve qui venait de la faire plonger la tête la première dans l'inconnu.

Tout cela parce que Hunter avait jugé qu'elle avait du talent. Parce qu'il avait entretenu son illusion, exactement de la même façon qu'elle entretenait ses violettes. Hunter avait introduit le doute en elle, il l'avait amenée à se demander ce que pourrait être sa vie si…

Et il faisait partie de ces « si ». C'était certainement le premier d'entre eux.

Maintenant qu'elle avait sauté le pas et qu'elle se retrouvait chez elle, Lee avait envie de fuir à toutes jambes. Retrouver le bruit, la foule de la ville, pour ne plus avoir à affronter ses questions.

Il n'avait pas même essayé de la retenir lorsqu'elle était partie le lendemain de sa demande en mariage. Il n'avait pas dit un mot lorsqu'elle avait dit au revoir à Sarah. Rien. Mais peut-être avait-il déjà dit tout ce qui devait être dit la veille. Il ne l'avait regardée en face qu'une seule fois. Lee avait failli changer d'avis. Mais elle était montée dans la voiture de Bonnie qui l'avait conduite à l'aéroport.

Depuis, il ne l'avait pas appelée. Avait-elle espéré qu'il le fasse ? Peut-être, mais elle s'était convaincue du contraire. Elle ne savait pas de combien de temps elle avait besoin avant de pouvoir entendre sa voix de nouveau sans perdre tous ses moyens.

Lee baissa les yeux vers les anneaux entrelacés qu'elle portait à son doigt. Pourquoi les avait-elle gardés ? Elle n'aurait pas dû. Il était facile de faire semblant de croire qu'elle avait oublié de les enlever. Mais ce n'était pas vrai. Elle savait parfaitement que la bague était toujours à son doigt, tandis qu'elle faisait sa valise, qu'elle quittait la maison ou montait dans la voiture. Elle n'avait tout simplement pas pu se résoudre à l'enlever.

Elle avait besoin de temps, et c'est ce dont elle disposerait, maintenant. De nouveau, elle allait devoir prouver quelque chose, mais cette fois ce ne serait pas à ses parents, ni à Hunter. Cette fois-ci, elle serait toute seule. Si seulement elle pouvait y arriver. Si seulement elle parvenait à terminer son roman.

Lee se rendit à son bureau, s'installa derrière son écran et fit face à l'angoisse de la page blanche.

Lee savait ce qu'était le stress à *Celebrity*. Elle connaissait cette pression des délais à tenir, celle de l'exigence, aussi. Il fallait rendre fascinante une histoire pas si fascinante, en respectant de nombreuses contraintes. Et puis surtout, il fallait le faire et le refaire, semaine après semaine. Mais, là, près d'un mois après avoir quitté tout cela, elle découvrait le véritable stress. Et l'accomplissement, aussi.

Elle ne s'était pas imaginé, du moins pas vraiment, qu'elle serait capable de rester assise pendant des heures pour travailler à un roman qu'elle avait commencé sur un coup de tête des années auparavant. Il est vrai que les premiers jours avaient été difficiles, éprouvants. La peur, le doute, la colère l'avaient assaillie. Pourquoi quitter un poste où elle était reconnue et où elle savait qu'elle avait trouvé sa voie ?

Vingt fois, elle avait failli laisser tomber son roman et retourner à *Celebrity*. Mais vingt fois elle avait cru voir le sourire de Hunter, à la fois moqueur et encourageant.

« Cela demande de l'endurance et de la volonté. Mais si tu sens que tu as atteint tes limites et que tu veux abandonner… »

Non. La réponse était non. Peut-être échouerait-elle… Lee ferma les yeux et essaya d'affronter cette idée. Oui, peut-être échouerait-elle misérablement, mais elle n'abandonnerait pas. Quel que soit le résultat, elle avait pris sa décision et elle en assumerait les conséquences.

Plus elle travaillait, plus les pages écrites s'élevaient au rang de symbole. Si elle était capable de faire cela, et de le faire bien, elle serait capable de tout. Le reste de sa vie en dépendait.

Au terme de la deuxième semaine, Lee était tellement

absorbée qu'elle ne se rendait même pas compte qu'elle passait parfois douze heures par jour à travailler. Elle avait branché son répondeur, et oubliait de le consulter. La plupart du temps, elle ne pensait même pas à manger.

Tout se passait comme l'avait décrit Hunter. Les personnages l'avaient absorbée et ils la guidaient, la décevaient ou lui donnaient matière à se réjouir. Au fil du temps, Lee finit par prendre conscience du fait qu'elle avait envie de terminer son histoire. Et pas seulement pour elle, pour ses personnages, aussi. Elle voulait que ses mots soient lus, et c'était quelque chose de totalement nouveau pour elle. Elle était en proie à un mélange d'angoisse et d'excitation.

Elle eut un drôle de frisson au moment où elle tapa son dernier mot. Un frisson fait d'euphorie et de tristesse. Elle avait terminé. Elle avait mis tout son cœur dans cette histoire. Elle aurait dû avoir envie de fêter ce moment. Mais elle avait envie de pleurer. C'était fini. En frottant ses yeux fatigués, elle se rendit compte qu'elle avait perdu toute notion du temps.

Il n'avait jamais vu un roman prendre forme aussi rapidement. Hunter avait l'impression qu'il n'arrivait pas à tenir la cadence de ses idées et de l'histoire elle-même. Il savait aussi quelle en était la raison et n'y opposait pas de résistance. Il n'avait pas le choix. Le personnage principal était Lenore, même si son nom avait été changé en Jennifer. C'était Lenore physiquement, émotionnellement… Il n'avait pas trouvé d'autre moyen de la garder auprès de lui.

Il lui en avait coûté tellement de la laisser partir. Lorsqu'il l'avait regardée monter dans la voiture, il avait essayé de se convaincre qu'elle ne pourrait pas rester loin de lui très longtemps. Et s'il s'était trompé sur les sentiments qu'elle éprouvait à son égard, c'est qu'il s'était trompé du tout au tout.

Deux femmes avaient fait irruption dans sa vie de façon aussi violente. La première était la mère de Sarah, dont il n'avait pas été amoureux, mais qui pourtant avait totalement bouleversé son existence. Elle était partie, incapable de trouver une façon de concilier sa vie de famille avec ses ambitions professionnelles.

Et puis il y avait Lee, qu'il aimait et qui elle aussi était partie après avoir bouleversé sa vie. Est-ce qu'elle reviendrait ou est-ce que ses ambitions la retiendraient loin de lui ? Etait-il donc condamné à s'attacher à des femmes qui ne voulaient pas vivre avec lui ? C'était impossible, il refusait d'y croire.

Alors il l'avait laissée partir. Il avait caché la douleur, l'angoisse atroce, sous un calme apparent. Elle reviendrait.

Un mois était passé, et il était toujours sans nouvelles d'elle. Il se demandait combien de temps un homme désespéré pouvait survivre.

« Appelle-la, va la chercher ! Tu as été inconscient de la laisser partir. Tu as besoin d'elle. Tu ne peux pas la laisser t'abandonner. »

Ces pensées tournaient dans sa tête, jour après jour, mais en particulier le soir, à la tombée de la nuit. C'était au moment du crépuscule que le manque devenait intolérable. Mais que pouvait-il faire si elle ne décidait pas d'elle-même de revenir ? Il regarda le doigt auquel il avait l'habitude de porter son anneau. Elle n'avait pas totalement fermé la porte. C'était plus, bien plus qu'une bague qu'elle avait emportée avec elle.

C'était un talisman dont il lui avait fait cadeau, et elle l'avait gardé. Tant qu'elle l'avait, le lien n'était pas coupé. Hunter croyait à ce genre de signe.

— Le dîner est prêt ! lança Sarah depuis le seuil de la cuisine.

Elle avait relevé ses cheveux en une queue-de-cheval et avait encore des traces de farine sur le visage.

Hunter n'avait pas faim. Il voulait continuer à travailler. Tant qu'il racontait cette histoire, il gardait le contact avec Lenore. Mais aussitôt qu'il s'interrompait, il avait l'impression qu'une main invisible lui arrachait le cœur. Pourtant Sarah l'attendait...

— Enfin... presque prêt ! précisa-t-elle. J'ai voulu préparer un pain de viande, mais cela ressemble plutôt à une grosse crêpe. Et mes biscuits ont l'air un peu secs, mais avec de la confiture dessus, tout devrait s'arranger ! Je préfère vraiment quand c'est toi qui cuisines !

— Tu ne disais pas cela devant mon plat de brocolis, hier ! lança Hunter.

— C'est vrai, mais il faut dire que les brocolis ressemblent à des petits arbres rabougris ! se moqua Sarah avant de redevenir sérieuse. Elle te manque beaucoup, n'est-ce pas ?

Hunter aurait pu jouer la comédie devant n'importe qui, mais pas devant Sarah. Elle avait beau n'avoir que dix ans, elle le connaissait par cœur.

— Oui, c'est vrai, admit-il en baissant les yeux, elle me manque terriblement.

Sarah lui passa la main dans les cheveux, l'air pensif avant de demander :

— Tu voulais qu'elle se marie avec toi, c'est ça ?

— Elle n'a pas voulu.

Sarah hocha la tête. Elle ne connaissait personne qui soit aussi beau et aussi drôle que son père. N'importe quelle femme aurait dû accepter de se marier avec lui, lui semblait-il. D'ailleurs, quand elle était petite, elle avait décidé qu'elle épouserait son père. Bien sûr, maintenant, elle savait que c'était impossible, mais elle ne comprenait pas que Lee ait refusé sa proposition.

— J'imagine que c'est parce qu'elle ne m'aime pas qu'elle est partie, dit-elle, les sourcils froncés.

Hunter devinait très exactement ce qui se passait dans la tête de sa petite fille. Son raisonnement le touchait au plus profond de son cœur.

— En fait, je crois qu'elle te déteste ! dit-il d'un ton exagérément sinistre.

Sarah écarquilla les yeux avant de se mettre à rire.

— C'est vrai que je suis vraiment une sale gosse ! plaisanta-t-elle.

— Exact. Moi-même j'ai du mal à te supporter, répondit-il en souriant.

— Lee avait l'air intelligente, pourtant, mais je suis désolée de te dire que j'ai dû me tromper. Elle est vraiment stupide si elle refuse de se marier avec toi, dit Sarah en serrant son père dans ses bras. Pourtant je l'aimais bien. Elle est gentille, calme, et elle a un joli sourire. Tu l'aimes ?

— Oui, je l'aime, dit-il en serrant sa fille contre lui. Et je crois qu'elle aussi m'aime, mais elle a sa vie, tu comprends…

Non, Sarah ne comprenait pas vraiment, et refusait même de faire l'effort de comprendre, mais elle ne voulait pas faire plus de peine encore à son père en le lui disant.

— Peut-être qu'elle changera d'avis. Je crois que j'aimerais bien que vous vous mariiez. Ce serait un peu comme d'avoir une maman.

Hunter hocha la tête l'air surpris. Sarah ne lui avait jamais posé de question au sujet de sa mère, comme si une sorte d'intuition enfantine lui avait fait comprendre qu'il n'y avait rien à demander.

— Et je ne suis pas un peu comme une maman, moi ?

— Si, la meilleure des mamans ! répondit-elle avec un large sourire. Tiens ! Je crois que le pain de viande est cuit, ça commence à sentir bon !

— Peut-être même un peu trop cuit, d'après l'odeur ! ajouta Hunter.

— Tu vas pas commencer à critiquer ! lança-t-elle en

tournant les talons avant qu'il puisse riposter. Eh ! Tu entends, on dirait une voiture. N'hésite pas à inviter du monde, nous avons un stock de biscuits à liquider !

Hunter n'avait pas la moindre envie d'avoir des visites. La perspective de passer la soirée avec Sarah avant de se remettre au travail lui convenait tout à fait. Il éteignit son ordinateur et se dirigea vers la porte. Il s'agissait probablement d'une des amies de Sarah, qui avait convaincu ses parents de faire un détour jusqu'ici. Il allait essayer de s'en débarrasser le plus poliment possible, et puis il irait voir s'il pouvait encore sauver le dîner !

Lorsqu'il ouvrit la porte, elle se tenait là, devant lui. La lumière de la fin d'après-midi entourait ses cheveux d'un halo doré. Hunter en eut littéralement le souffle coupé.

— Bonjour, Hunter, dit-elle d'une voix étonnamment calme, comparée aux battements forcenés de son cœur. Je voulais appeler pour te prévenir, mais je n'ai pas pu trouver ton numéro.

Hunter ne dit pas un mot, il restait là, en face d'elle, comme pétrifié. Face à son absence de réaction, Lee sentit le nœud qu'elle avait à l'estomac se resserrer encore un peu plus.

— Est-ce que je peux entrer ? finit-elle par articuler d'une voix blanche.

Toujours silencieux, Hunter s'écarta d'un pas. Etait-il en train de rêver, comme le héros de Poe dans *Le Corbeau* ?

Lee avait dû rassembler tout son courage pour venir jusqu'ici. Elle s'était attendue à diverses réactions de sa part, mais certainement pas à ce silence angoissant. Elle s'éclaircit la voix. Ses jambes avaient du mal à la soutenir.

— Hunter…

— En fait, je crois qu'on devrait donner les biscuits à Santanas, parce que…

Sarah s'arrêta net en découvrant Lee.

— Bonjour, Sarah.

L'expression de la fillette amusa Lee, qui parvint enfin à sourire.

— Bonjour, dit Sarah dont le regard interloqué passait alternativement de son père à Lee. J'ai préparé à dîner. Un pain de viande. Je crois que ça va être bon.

— En tout cas, ça sent très bon, dit Lee.

Hunter ne disait toujours rien, et l'observait, le visage impassible.

— Alors tu es invitée, décréta Sarah en lui tendant la main d'autorité. Je te préviens, il n'est pas très beau, mais j'ai suivi exactement la recette, alors il sera sûrement délicieux.

Tout en parlant, la fillette entraîna Lee vers la cuisine. La jeune femme réprima un sourire en découvrant le fameux pain, qui avait l'air plutôt compact.

— Je crois que je n'aurais pas été capable d'en faire autant, dit-elle pour la rassurer.

— C'est vrai ? répondit Sarah en redressant les épaules. Avec mon père, nous cuisinons à tour de rôle.

Hunter entra dans la cuisine à son tour.

— Tu devrais rajouter un couvert, papa.

Assez naturellement, ils prirent tous trois place à table. Sarah assura le service ainsi que la conversation durant le repas. Sa présence allégeait notablement l'atmosphère tendue qui régnait entre Lee et Hunter. L'un comme l'autre s'efforçaient de lui répondre, de manger, de sourire, alors qu'un véritable tourbillon d'émotions et de pensées les agitait intérieurement.

« Il a changé d'avis. »

« Pourquoi est-elle revenue ? »

« Il ne m'a même pas adressé la parole. »

« Que veut-elle ? Elle est jolie. Tellement jolie. »

« Comment vais-je bien pouvoir lui présenter les choses ? Il est beau. Tellement beau. »

Sarah interrompit le fil de leurs pensées en attrapant le plat de pain de viande.

— Je vais donner ce qu'il reste à Santanas. Papa doit faire la vaisselle, expliqua-t-elle à Lee. Mais tu peux l'aider si tu veux.

Sarah déposa le plat par terre et fila en sautillant.

— A plus tard ! s'écria-t-elle en quittant la cuisine.

Ils étaient seuls. Lee se rendit compte qu'elle serrait les poings de toutes ses forces, son cœur battait la chamade. Elle s'obligea à déplier les doigts. Hunter vit qu'elle portait l'anneau. Son pouls s'accéléra. Il ne savait pas vraiment si cela le rassurait.

— Tu m'en veux, dit-elle d'une voix qui paraissait toujours aussi calme, malgré le bouillonnement d'émotions qui la paralysait. Je suis désolée, je n'aurais jamais dû venir ainsi, je m'en rends compte.

Hunter se leva et commença à débarrasser la table.

— Non, je ne t'en veux pas. Mais pourquoi es-tu revenue ?

— Je...

Lee sentit les mots s'étrangler dans sa gorge. Elle baissa les yeux. Peut-être que si elle l'aidait à débarrasser elle se sentirait plus à l'aise. Mais elle n'était pas sûre de pouvoir se lever.

— J'ai fini mon roman, dit-elle d'une voix à peine audible.

Hunter s'arrêta et se tourna vers elle. Pour la première fois depuis qu'elle avait franchi le pas de sa porte, elle crut voir une ébauche de sourire.

— Félicitations.

— Je l'ai fait parvenir à ton éditrice, mais je voulais te le faire lire. Je sais que j'aurais pu te l'envoyer par la poste, mais... J'avais envie de te le remettre en main propre. C'était plus fort que moi.

Hunter déposa les assiettes dans l'évier et revint à la

table, mais il resta debout. Il fallait qu'il tienne bon, même si la seule raison de la présence de Lee était son roman.

— Tu sais que je voulais le lire. J'espère que tu me feras l'honneur de me le dédicacer.

Lee réussit à lui sourire pour la première fois.

— Je ne sais même pas s'il sera publié. Mais je voulais te dire que tu avais raison. Il fallait que je le termine. Je voulais te remercier pour cela, dit-elle avant de lever les yeux. J'ai aussi démissionné.

Hunter sembla se figer soudain.

— Pourquoi ?

— Pour me donner une chance de finir ce livre. Il fallait que je le fasse, pour moi. Je savais que si j'y arrivais plus rien ne pourrait m'arrêter. Il fallait que je termine ce livre avant de…

Lee s'interrompit, incapable de poursuivre. Si seulement il pouvait la toucher, lui prendre la main, elle ne se sentirait pas aussi glacée. Elle inspira profondément avant de reprendre.

— J'ai lu ce que tu avais écrit avant, sous le nom de Laura Miles.

Si seulement il pouvait lui prendre la main… Mais, une fois qu'il la tiendrait, il savait qu'il ne pourrait plus jamais la lâcher.

— Qu'en as-tu pensé ?

— Eh bien, j'ai aimé, répondit-elle d'une voix empreinte de surprise. Je n'aurais pas cru qu'il puisse y avoir une telle ressemblance au niveau du style entre tes romans d'épouvante et tes romans d'amour ! Tout y est, l'atmosphère, le suspense, l'émotion… Ce que tu as écrit montre que tu comprends les femmes.

Lee baissa les yeux.

— Un écrivain n'est ni homme ni femme.

— Pourtant, je trouve qu'il est rare qu'un homme parvienne à saisir aussi précisément les émotions et les sentiments des femmes, dit-elle d'une voix de plus en plus basse. J'espère que tu arriveras à me comprendre aussi bien.

Lee savait qu'il pouvait lire dans ses pensées à ce moment précis. Elle le sentait.

— C'est toujours plus difficile lorsque ses propres sentiments sont en jeu.

Lee serra de nouveau les mains.

— Et là, ils le sont ?

Même s'il n'avait pas bougé, Lee avait l'impression de sentir sa main sur sa joue, en une caresse réconfortante.

— As-tu besoin que je te dise que je t'aime ?

— Oui, je...

— Tu as fini ton livre et quitté ton travail. Tu as couru de vrais risques, Lenore. Maintenant, il faut que tu prennes une décision.

Décidément, il ne lui rendrait pas la tâche facile cette fois encore... Lee prit son courage à deux mains.

— Ta demande en mariage m'a terrifiée. J'y ai beaucoup pensé, mais pour moi, c'était un peu comme un grand placard sombre. Je ne sais pas ce qu'il y a à l'intérieur. C'est peut-être un rêve, mais c'est peut-être un cauchemar. Tu comprends ce que je veux dire ?

— Oui, bien sûr.

— Je me suis servie de ma vie à Los Angeles comme d'un prétexte, car en réalité j'avais tout simplement peur d'ouvrir la porte de ce placard.

— Est-ce toujours le cas ?

— Oui, un peu, reconnut-elle en inspirant profondément. Mais je veux essayer. Je veux l'ouvrir avec toi, cette porte.

Hunter prit sa main et la serra.

— Ce ne sera ni un rêve ni un cauchemar, Lenore. Ce sera réel, bien réel.

Lee se mit à rire. Il lui tenait la main, tout irait bien.

— N'essaye pas de me faire peur, dit-elle en s'avançant vers lui et déposant un baiser sur ses lèvres. Tu n'y arriveras pas.

Ainsi serrée contre lui, tout lui semblait si simple et si évident. Ils s'embrassèrent tendrement, longuement, jusqu'à ce que les frissons du désir s'emparent de leurs corps.

L'étreinte de Hunter se resserra, mais Lee ne sentait déjà plus rien. Elle avait l'impression de se laisser porter par une vague.

— Non, je ne te ferai pas peur, murmura-t-il dans un souffle en enfouissant son visage dans ses cheveux. Et je ne te laisserai plus repartir non plus. J'ai tellement attendu ton retour.

Elle était revenue d'elle-même et elle était là, avec lui, dans ses bras.

— Tu savais que je reviendrais.

— Il le fallait, sinon je serais devenu fou, murmura-t-il au creux de son oreille.

Lee ferma les yeux. Le bonheur l'envahissait sans pourtant balayer totalement la pointe d'appréhension et d'excitation qu'elle ressentait.

— Mais je voulais aussi te dire que s'il y a le moindre problème avec Sarah…

— Tu commences déjà à chercher des problèmes ? la taquina-t-il en la serrant un peu plus fort. J'ai eu une petite conversation très instructive avec Sarah ce soir. Je suppose que tu seras à la hauteur.

— A la hauteur ?

— Tu es parfaite. Pour moi, comme pour Sarah, dit-il en s'écartant un peu pour la regarder droit dans les yeux.

Lee inspira profondément.

— J'aimerais être avec toi lorsque tu lui parleras de nous deux.

— Lenore, dit-il en souriant. Elle le sait déjà.

Lee hocha la tête, amusée.

— C'est vraiment la fille de son père !

— Oui, je crois qu'il n'y a pas de doute à ce sujet.

Hunter la prit soudain par les épaules et se mit à tournoyer avec elle. Il était saisi d'une joie tellement intense, tellement violente qu'il fallait qu'il l'exprime et la partage avec Lee.

— Bienvenue dans la maison des monstres, réels et imaginaires ! s'exclama-t-il en riant.

— Je suis prête ! répondit Lee solennellement, lorsqu'ils s'arrêtèrent de tourner. Prête et impatiente, pour les monstres et pour tout le reste !

— Vraiment tout ? demanda-t-il en lui lançant un regard plein de malice et de désir. Dans ce cas, nous devrions nous dépêcher de faire la vaisselle, j'ai peut-être quelque chose à te proposer !

UNE SINGULIÈRE ATTIRANCE

1

La pièce était plongée dans le noir total, mais Shade était un habitué de l'obscurité. Dans certains cas, il la préférait même au jour. On n'était pas obligé de se servir de ses yeux pour voir. Ses doigts étaient à la fois agiles et intelligents, son œil intérieur aussi acéré qu'une lame de rasoir.

Il lui arrivait parfois, en dehors de ses heures de travail, de s'asseoir dans une pièce sombre simplement pour le plaisir de laisser les images prendre corps dans son esprit. Les formes, les textures, les couleurs. Tout cela apparaît souvent plus clairement quand on ferme les yeux et qu'on se laisse envahir par le flot de nos pensées. Shade recherchait l'obscurité, les ombres, avec autant d'acharnement qu'il recherchait la lumière. Les deux faisaient partie de la vie et la vie, — la vie et ses images —, c'était précisément son métier.

Il ne la voyait pas toujours comme ses congénères. Elle lui apparaissait souvent plus dure, plus froide. D'autres fois, au contraire, elle se faisait plus douce, plus belle que ce qu'en percevait le monde lancé à toute allure. Il observait la vie, réunissait ses éléments, manipulait le temps et les formes, et la retransmettait à sa manière. Toujours à sa manière.

En cet instant, avec un air de cool jazz en fond sonore, il travaillait avec ses mains et sa tête. Tout était question d'attention et de timing. Ces deux éléments intervenaient à chaque étape de son travail. Avec des gestes lents et fluides, il ouvrit la capsule, sortit la pellicule et la fixa sur la bobine. Une fois le couvercle opaque posé sur le bain de développement, il déclencha le minuteur de sa main libre, puis tira sur la chaînette pour allumer la lanterne de sécurité.

Il aimait presque autant développer les négatifs et réaliser les tirages papier que prendre des photos. Il lui arrivait même, de temps en temps, d'en tirer davantage de plaisir. La phase de travail en chambre noire demandait de la justesse et de la précision, deux éléments essentiels dans sa vie. Le tirage papier, lui, faisait appel à la créativité et l'expérience. Deux autres éléments dont il n'aurait pu se passer. Les choses qu'il voyait et les émotions qu'il ressentait en prenant une photo pouvaient alors être retraduites fidèlement ou bien laissées dans l'ombre, telle une énigme. Il avait besoin d'éprouver la satisfaction de créer quelque chose par lui-même, sans l'aide de personne. Raison pour laquelle il travaillait toujours seul.

La faible lueur de la lampe de sécurité projetait des ombres sur son visage. S'il avait voulu représenter un photographe en pleine action, il n'aurait pu trouver d'image plus parlante que la sienne, en cet instant précis, tandis qu'il procédait aux différentes étapes du développement — réglage de la température, dosage des bains, agitation, dilution.

Ses yeux noirs devinrent plus perçants lorsqu'il versa le bain de fixage dans la cuve. Ses cheveux aussi étaient noirs, et certainement trop longs aux yeux de certains bien-pensants dont il se moquait éperdument. Ses mèches brunes couvraient ses oreilles, caressaient l'encolure de son T-shirt et retombaient sur son front. Il n'avait jamais porté beaucoup d'attention à son apparence. Il passait pour un homme désinvolte, pas très chaleureux, brut de décoffrage.

Il avait un visage mince, très mat, avec une ossature et des traits durs, sans concession. Sa bouche formait un pli sévère quand il était concentré. Au coin de ses yeux rayonnait un faisceau de rides très fines, creusées par ce qu'il avait vu et ressenti devant toutes les scènes qu'il avait capturées dans son appareil. Trop d'images, trop d'émotions, diraient encore certains.

Son nez était légèrement tordu, souvenir d'un accident du travail. Un soldat cambodgien le lui avait cassé — tout le monde n'apprécie pas d'être pris en photo —, mais au moins Shade avait-il réussi à prendre un cliché éloquent de la ville en ruines, ravagée par la guerre. Un marché somme toute équitable, à ses yeux.

Ses gestes étaient rapides et sûrs dans la lumière tamisée. Il avait un corps musclé, athlétique, modelé des années durant sur le terrain — un terrain souvent étranger et hostile —, à coup de marches interminables et de repas manqués.

Plusieurs années s'étaient écoulées depuis sa dernière mission de grand reporter pour *International View*, mais il avait conservé sa bonne forme physique. Son travail était moins éreintant à présent qu'au début de sa carrière, à l'époque où il couvrait le Liban, le Laos et l'Amérique centrale. Son rythme de travail n'avait pourtant pas changé. Il ne regardait jamais sa montre et s'il lui arrivait parfois d'attendre plusieurs heures pour pouvoir prendre la photo qu'il souhaitait, il pouvait aussi terminer une pellicule en l'espace de quelques minutes. Son style et ses méthodes de travail étaient empreints d'agressivité et c'était précisément ce qui lui avait permis de rentrer sain et sauf des conflits qu'il avait couverts au cours de sa carrière.

Peu lui importait, au fond, les prix qu'on lui avait

décernés, les tarifs qu'il pouvait se permettre de pratiquer. Même si personne n'avait apprécié son travail, si personne ne l'avait payé pour ses photos, il aurait malgré tout continué à développer ses pellicules, seul dans sa chambre noire. Il était devenu un photographe reconnu, talentueux et riche, mais malgré sa renommée il travaillait sans l'aide d'aucun assistant et toujours dans la chambre noire qu'il avait aménagée dix ans plus tôt.

En accrochant les négatifs, il savait déjà ceux qui deviendraient photos. Il leur jeta un bref coup d'œil avant de quitter la pièce. Sa vision des choses serait plus claire, plus objective le lendemain. C'était un véritable luxe de ne plus travailler dans l'urgence. Pour le moment, il avait très envie d'une bière, et il devait réfléchir.

Il se dirigea vers la cuisine, attrapa une bouteille dans le frigo et jeta la capsule dans la poubelle que sa femme de ménage garnissait chaque semaine d'un sac en plastique. La pièce était d'une propreté impeccable mais pas très chaleureuse — trop de lignes dures, trop de noir et blanc — ; sans être triste non plus.

Rejetant la tête en arrière, il porta la bouteille à ses lèvres et en vida la moitié d'un trait. Puis il alluma une cigarette et prit place à la table.

Le Los Angeles qu'il apercevait par la fenêtre manquait cruellement de glamour. C'était un L.A. un peu mal famé, à la fois dur et plein de vitalité, que la lumière crépusculaire ne réussissait pas à rendre plus sympathique. Shade aurait pu s'installer dans un quartier plus chic, ou même monter sur les collines, là où, la nuit, les lumières de la ville ressemblent à des guirlandes de Noël. Mais il était très attaché à son petit appartement avec vue sur les rues décrépites d'une ville mondialement connue pour ses paillettes.

Bryan Mitchell… C'était sa partie, les paillettes…

Les portraits qu'elle faisait des beaux, riches et célèbres

habitants de la ville étaient techniquement impeccables. Oui, il voulait bien le reconnaître : dans le genre, c'était de l'excellent travail. On trouvait dans ses photos de la compassion, de l'humour, le tout pimenté d'un zeste de sensualité. Il y avait de la place pour ce style de travail, sur le terrain. Simplement, il ne partageait pas sa conception du métier. Elle se concentrait sur le monde de la culture, alors qu'il misait tout sur la vie.

Sa collaboration avec le magazine *Celebrity* avait produit des clichés d'un grand professionnalisme, raffinés, souvent intenses. Tous les gens importants qu'elle avait eu l'occasion de photographier alors avaient été ramenés à une échelle plus humaine, plus accessible. Et depuis qu'elle travaillait à son compte, toutes les stars, confirmées ou en devenir, qu'elle avait immortalisées sur papier glacé venaient frapper à sa porte. Avec le temps, elle s'était taillé une réputation et un style qui l'avaient pour ainsi dire intronisée dans le petit cercle fermé des *people.*

C'est ce qui arrive parfois aux photographes. Certains finissent par ressembler à leurs thèmes de prédilection, leurs productions. Parfois aussi, ce que leur travail tente de refléter devient partie intégrante de leur personnalité, jusqu'à les vampiriser. D'un point de vue purement objectif, Bryan Mitchell possédait une technique parfaite, seulement il n'était pas sûr de vouloir travailler avec elle.

A la vérité, l'idée ne lui disait même rien du tout.

C'étaient pourtant les termes du contrat qu'on lui proposait. Le magazine *Life-style* voulait publier un portrait photographique de l'Amérique et l'avait contacté. Sa curiosité en avait été piquée. Ce genre de projet donnait souvent des choses durablement marquantes, tantôt choquantes et bouleversantes, tantôt drôles et rassurantes. C'était ce qu'il avait toujours recherché, depuis qu'il était photographe. *Life-style* le voulait, lui, pour les émotions fortes, fulgurantes, ou parfois plus ambiguës, que ses travaux photographiques véhiculaient. Mais ils voulaient aussi un contrepoids. Un regard féminin. Et leur choix s'était porté sur Bryan Mitchell…

Si cette idée de collaboration ne le séduisait pas vraiment, il n'était cependant pas borné au point d'ignorer l'intérêt et les ouvertures qu'une telle coopération pouvait lui offrir. Ce qui le dérangeait, c'était que la réalisation de ce projet exigerait qu'il partage sa camionnette et les retombées professionnelles avec un photographe de stars durant tout l'été. Trois mois sur la route avec une femme qui passait son temps à peaufiner des portraits de rock stars et autres célébrités de ce monde ! Pour un type qui avait débuté sa carrière dans un Liban ravagé par la guerre, cette perspective était loin d'évoquer une partie de plaisir…

Il avait pourtant très envie d'accepter. C'était l'occasion rêvée de saisir l'essence d'un été américain depuis Los Angeles jusqu'à New York, de montrer la joie, la tristesse, la sueur, les cris d'allégresse et les désillusions. L'occasion de mettre à jour le cœur de l'Amérique, même s'il devait pour cela creuser, égratigner, disséquer.

Bref, il n'avait qu'un seul mot à dire, et il passerait l'été en compagnie de Bryan Mitchell.

— Oublie l'objectif, Maria ! Danse… Le reste n'a pas d'importance.

Au cours de vingt-cinq ans d'une incroyable carrière, Maria Natravidova avait été photographiée d'innombrables fois, mais jamais encore avec de la sueur qui ruisselait le long de ses bras et trempait son justaucorps. Jamais en plein effort. De ses quarante ans, quelques signes visibles de ci, de là, mais cela ne comptait guère. Le courage, le style, l'élégance, ça oui… Et l'endurance… L'endurance par-dessus tout. C'était tout cela que Bryan avait envie de montrer et elle savait comment capturer tous ces éléments, les mélanger habilement.

Elle ne cherchait pas à refléter les séduisantes illusions qu'incarnaient les danseurs dans l'imaginaire populaire, mais voulait donner à voir l'effort, l'épuisement et la douleur, autant de prix à payer pour atteindre les sommets de la gloire.

Elle saisit ainsi la danseuse en plein saut, les jambes tendues parallèlement au sol, les bras écartés dans un alignement parfait. Des gouttes de transpiration roulaient sur son visage et ses épaules ; tous ses muscles étaient contractés.

Elle appuya sur le déclencheur, puis bougea légèrement l'appareil pour accentuer l'impression de mouvement.

Cette photo serait la bonne. Elle en avait la certitude, ce qui ne l'empêcha pas de terminer la pellicule.

— Tu me fais trimer comme un forçat ! se plaignit Maria Natravidova en s'asseyant sur une chaise pour éponger son visage.

Bryan prit encore deux photos avant de laisser son appareil.

— J'aurais pu te demander d'enfiler ton plus beau costume, t'éclairer de dos et te demander de tenir une arabesque. On aurait vu alors combien tu es belle et gracieuse. Mais ce qui m'intéresse, moi, c'est de montrer que tu es une femme forte et courageuse.

— Et toi, tu es une femme intelligente. C'est pour ça que je viens te voir, quand il me faut des photos pour mon book…

— Pour ça, et aussi parce que je suis la meilleure, lança Bryan en traversant le studio pour disparaître dans la pièce voisine.

Comme après chaque séance, Maria entreprit de se masser les mollets.

— Parce que je te comprends, je t'admire. Et…

Bryan réapparut avec un plateau sur lequel étaient posés deux verres et une carafe où tintaient des glaçons.

— Parce que je te prépare des jus d'oranges fraîchement pressées.

— Tu es un amour !

Maria prit un verre en riant. Elle le tint quelques instants contre son front haut, puis but à grandes gorgées. Ses cheveux bruns étaient tirés en arrière, en une coiffure sévère que seuls permettaient une ossature délicate et un teint parfait. Etirant son corps longiligne, elle étudia Bryan par-dessus le bord de son verre.

Cela faisait sept ans que Bryan la connaissait. Depuis ses débuts à *Celebrity*. Sa première mission avait été de prendre des photos de la danseuse en coulisses. Maria était alors une étoile de la danse classique, mais Bryan n'en avait pas été plus impressionnée que cela. Elle était arrivée en salopette, ses cheveux couleur miel noués en une grosse tresse qui dégageait son visage aux pommettes hautes et aux lèvres pleines.

Ses yeux gris anthracite surprirent le regard de Maria sur ses longs pendentifs d'oreilles, ses vêtements trop amples et ses vieilles baskets éculées.

Elle devait songer que certaines choses étaient immuables…

— Que vois-tu quand tu me dévisages comme ça, Maria ? demanda-t-elle, sincèrement intéressée.

Les opinions et les préjugés faisaient partie de son travail.

— D'aucuns pourraient voir en toi une Californienne typique, avec tes cheveux blonds et ta peau bronzée. Sauf que les apparences sont parfois trompeuses et qu'il n'y a absolument rien de typique chez toi. Moi, ce que je vois, c'est une femme forte, intelligente, avec du talent et de l'ambition.

Maria se cala contre le dossier de sa chaise, sans la quitter des yeux.

— Mon double, en quelque sorte, ajouta-t-elle avec un petit sourire.

Bryan sourit à son tour.

— Quel merveilleux compliment !

Maria balaya l'air d'un geste ample.

— Il est rare que j'apprécie les autres femmes, tu sais. Je m'aime moi, et je t'aime aussi… Au fait… Qu'est-ce que c'est que ces rumeurs qui courent sur ce jeune acteur hypersexy et toi ?

— Matt Perkins ? fit Bryan, sans chercher à se dérober.

Après tout, elle avait choisi de vivre dans une ville nourrie de rumeurs et gavée de commérages.

— J'ai réalisé des portraits de lui et on a dîné ensemble plusieurs fois.

— Rien de sérieux ?

— Comme tu l'as fait remarquer, il est hypersexy. Mais il y a à peine assez de place pour nos deux ego dans sa Mercedes.

— Ah, les hommes !

Maria se resservit un verre de jus d'orange.

— Hum… Je sens que l'humeur n'est plus à la légèreté, plaisanta Bryan.

— Les hommes…, répéta Maria, comme pour savourer la sonorité du mot. Je les trouve ennuyeux, puérils, stupides et… indispensables. Etre aimée… sexuellement… tu vois ce que je veux dire ?

Au prix d'un effort, Bryan se retint de sourire.

— Etre aimée, c'est excitant et épuisant. Comme le jour de Noël. Parfois, j'ai l'impression d'être une gamine qui ne comprend pas pourquoi Noël c'est déjà fini. Parce qu'il y a toujours une fin. Après, il ne nous reste plus qu'à attendre le prochain.

Bryan avait toujours été fascinée par la manière dont les autres vivaient le sentiment amoureux, comment ils l'appréhendaient, le provoquaient, ou au contraire l'évitaient.

— C'est pour ça que tu ne t'es jamais mariée, Maria ? Tu attends le prochain ?

— C'est la danse que j'ai épousée. Si je voulais épouser un homme, il me faudrait d'abord me séparer de la danse. Il n'y a pas de place pour les deux dans mon cœur. Et toi ?

Bryan baissa les yeux sur son verre, redevenue soudain sérieuse.

— Pas de place pour deux dans mon cœur non plus, murmura-t-elle. Mais moi, je n'attends pas le prochain.

— Tu es jeune. Imagine que ce soit tous les jours Noël… Ça ne te tente vraiment pas ?

Bryan haussa les épaules.

— Je suis trop fainéante pour vivre Noël tous les jours.

— C'est pourtant un joli rêve, fit Maria en se levant, puis en s'étirant de nouveau. Tu m'as assez fait bosser comme ça. Je vais prendre une douche et me changer. Je dîne avec mon chorégraphe.

Bryan promena un doigt sur le boîtier de son appareil d'un air absent. Elle pensait rarement à l'amour et au mariage. Elle était déjà passée par là. Une fois exposés à la réalité, les jolis rêves perdaient de leur éclat, comme une photo mal fixée. Les histoires d'amour duraient rarement longtemps, et plus rarement encore dans l'harmonie.

Elle songea à Lee Radcliffe, une de ses amies, mariée depuis un an. Lee était enceinte de son premier enfant, et aidait son mari à élever une fille issue d'une première union. Elle était heureuse, mais avait déniché en Hunter Brown un homme extraordinaire qui l'aimait telle qu'elle était et l'encourageait même à s'épanouir dans d'autres domaines. Bryan, elle, avait appris que les paroles ne reflétaient pas toujours les sentiments.

« Ta carrière compte autant pour moi que pour toi. »

Combien de fois Rob avait-il prononcé cette phrase *avant* qu'ils se marient ? « Décroche ton diplôme. Fonce ! »

Ils étaient jeunes alors, ambitieux, idéalistes… Six mois après leur mariage, Rob commençait déjà à se plaindre qu'elle ne lui consacrait pas assez de temps, trop absorbée par ses études et son job au studio photo du quartier. Il aurait préféré qu'elle lui prépare à dîner le soir et qu'elle lave ses chaussettes. C'étaient des attentes plutôt raisonnables, cela dit. Rob ne s'était pas montré bien exigeant. Pourtant, ce qu'il lui demandait était déjà trop.

Comme ils étaient amoureux, ils avaient essayé de faire des concessions, chacun de leur côté. Très vite, hélas, ils avaient compris qu'ils ne partageaient pas les mêmes aspirations. Ils n'attendaient pas non plus les mêmes choses et il s'était finalement révélé au-dessus de leurs forces de s'adapter aux désirs de l'autre.

S'en était donc suivi ce qu'on appelle un « divorce à l'amiable », sans colère ni amertume. Sans passion. Une simple signature au bas d'un document officiel et le rêve s'était terminé là. Pourtant, elle n'avait jamais autant souffert. L'impression d'échec lui avait longtemps collé à la peau. Très longtemps.

Depuis, Rob s'était remarié. Il vivait dans une jolie maison de banlieue avec sa nouvelle femme et leurs deux enfants. Ses souhaits s'étaient réalisés.

Les siens aussi, songea-t-elle en promenant un regard circulaire sur son studio. Elle ne rêvait plus de devenir photographe : elle *était* photographe. Les heures qu'elle passait à l'extérieur, ou dans ce studio et sa chambre noire, lui étaient aussi vitales que le sommeil. Tout ce qu'elle avait accompli depuis son divorce, six ans plus tôt, elle l'avait accompli seule. Elle n'était obligée de partager avec personne. Peut-être ressemblait-elle à Maria, en effet. Elle était, elle aussi, une femme indépendante qui menait sa vie comme elle l'entendait, prenait ses décisions seule, tant sur le plan personnel que professionnel. Certaines personnes n'étaient pas faites pour vivre et travailler avec d'autres et elle appartenait à cette catégorie.

Elle croisa les pieds sur la chaise que Maria avait occupée quelques minutes plus tôt. Peut-être allait-elle cependant devoir faire sous peu une concession à cette farouche indépendance...

Shade Colby... Elle admirait son travail. Elle n'avait d'ailleurs pas hésité à dépenser une somme délirante pour s'offrir la photo d'une scène de rue prise à L.A. et signée de ce grand nom de la photographie, à une époque où l'argent lui faisait cruellement défaut. Elle l'avait étudiée avec attention, s'efforçant d'analyser et deviner les techniques utilisées pour la prise de vue et l'impression. C'était un cliché sombre, avec beaucoup de gris et peu de lumière. Pourtant, elle avait perçu un message d'encouragement ; il n'était pas question de désespoir mais plutôt d'un constat implacable.

Cela dit, admirer le travail de Shade Colby et collaborer avec lui étaient deux choses différentes.

Ils vivaient dans la même ville, mais n'évoluaient pas dans les mêmes milieux. A la vérité, Shade Colby n'évoluait dans aucun milieu défini. C'était un solitaire. Elle l'avait aperçu à quelques soirées dédiées à leur art, mais ils n'avaient jamais été présentés l'un à l'autre.

Il ferait un sujet intéressant. Avec du temps, elle réussirait sans nul doute à capturer sur la pellicule son air distant, son côté brut, terrien. Peut-être en aurait-elle l'occasion, s'ils acceptaient le projet tous les deux ?

Trois mois ensemble sur la route. Il y avait tant de choses qu'elle n'avait pas encore vues, dans ce pays, tant de photos qu'elle n'avait pas prises...

Perdue dans ses pensées, elle sortit une barre chocolatée de la poche arrière de son short et ouvrit l'emballage. L'idée de mettre en boîte une tranche d'Amérique durant toute une saison, puis de rassembler les images à la manière d'un kaléidoscope géant lui plaisait beaucoup. Il y avait tellement de choses à exprimer sur le sujet !

Elle aimait faire des portraits. Se concentrer sur un visage, une personnalité, même si tout le monde la connaissait déjà… Gratter le vernis pour montrer ce qu'il y avait derrière… Si certains trouvaient l'activité limitée, elle la jugeait au contraire extrêmement variée. Elle se mettait au défi, par exemple, de montrer la vulnérabilité de la chanteuse de rock apparemment inébranlable ou encore de révéler l'humour décapant de la star froide et distante. Capturer l'inattendu, la nouveauté… tel était, à ses yeux, le dessein de la photographie.

Et ce projet lui permettrait de suivre cette voie-là avec comme sujet un pays entier et ses habitants. Tant de personnes à photographier…

Elle avait envie d'accepter la proposition, même si cela impliquait de partager le travail, le plaisir, les rencontres et les découvertes avec Shade Colby. Elle mordit dans sa barre chocolatée. Peu importe qu'il ait une réputation de grincheux acariâtre. Elle était capable de s'entendre avec n'importe qui pendant trois mois.

— Le chocolat rend gros et moche !

Bryan leva les yeux. Maria venait d'entrer dans la pièce d'un pas sautillant. Fraîchement douchée, elle ressemblait à présent bien mieux à l'image qu'on se faisait d'une danseuse étoile. Drapée de soie, couverte de diamants. Posée, un brin distante, belle comme le jour.

— Moi, il me rend heureuse, répondit Bryan avant d'ajouter : tu es resplendissante, Maria !

— Je sais, fit cette dernière en lissant sa robe du plat de la main. Ça fait partie de mon métier. Tu comptes travailler tard ?

— Je vais développer la pellicule sur ma lancée. Je t'enverrai quelques épreuves demain.

— Et ça, c'est ton repas du soir ?

— Juste la mise en bouche. Je vais commander une pizza.

— Au *pepperoni* ?

Bryan eut un sourire amusé.

— A tout !

Maria posa une main sur son ventre.

— Et moi, pendant ce temps, je dînerai avec mon tyran de chorégraphe... Autant dire que je n'aurai rien le droit d'avaler !

— Je boirai du soda, pendant que tu siroteras du champagne. Que veux-tu... la vie est faite de sacrifices...

— Si les photos me plaisent, je t'en ferai envoyer une caisse.

— De champagne ?

— De soda.

Et Maria disparut en riant.

Une heure plus tard, Bryan accrochait les négatifs pour les faire sécher. Il lui restait encore à tirer les épreuves pour être sûre de son choix, mais elle savait déjà que sur les quarante photos elle n'en imprimerait pas plus de cinq.

En entendant son estomac grogner, elle consulta sa montre. Elle avait commandé une pizza pour 19 h 30, laquelle n'allait donc plus tarder. Parfait ! songea-t-elle en quittant la chambre noire. Lorsqu'elle aurait terminé de manger, elle étudierait les portraits de Matt qu'elle avait pris pour un magazine de mode. Elle travaillerait ensuite sur celui qu'elle aurait sélectionné, en attendant que les négatifs de Maria soient secs.

Elle était en train de fouiller dans les piles de dossiers amassées sur son bureau — son système de classement personnel — lorsqu'on frappa à la porte.

— Entrez ! Entrez ! cria-t-elle. Je suis morte de faim...

Posant sur le bureau son immense cabas en toile, elle se mit en quête de son portefeuille.

— Vous arrivez à point nommé, dit-elle sans relever la tête, entendant que la porte s'ouvrait. Cinq minutes de plus et je serais tombée dans les pommes ! Je ne devrais pas sauter le repas de midi.

Elle sortit de son sac un vieil agenda prêt à exploser, une pochette en plastique transparente pleine de produits de maquillage, un porte-clés et cinq barres chocolatées.

— Il est forcément là-dedans, je vais bien finir par mettre la main dessus... Combien vous faut-il ?

— Autant que possible.

— On en est tous là, pas vrai ?

Elle brandit enfin un portefeuille d'homme en cuir élimé.

— J'ai tellement faim que je serais prête à aller braquer une banque, mais...

Elle leva les yeux et s'interrompit brusquement. Shade Colby se tenait devant elle.

— Pour quoi vouliez-vous me payer ? demanda-t-il en cherchant son regard.

— Pour une pizza.

Elle posa son portefeuille sur le bureau, à côté de tout ce qu'elle avait sorti de son sac.

— Cas d'inanition doublé d'un quiproquo, déclara-t-il. Shade Colby...

Elle tendit la main, à la fois intriguée et légèrement nerveuse. Car il était encore plus impressionnant quand il n'était pas perdu dans une foule.

— Je connais votre visage, bien sûr, reprit-elle, mais je ne crois pas que nous ayons été présentés.

— En effet...

Il prit la main qu'elle lui tendait et la retint dans la sienne en étudiant son visage. Plus volontaire que ce qu'il avait imaginé... Il commençait toujours par déceler les points forts chez les gens qu'il rencontrait, puis il cherchait leurs faiblesses. Bryan Mitchell faisait très jeune. Il savait qu'elle n'avait que vingt-huit ans, mais il avait imaginé une femme plus sûre d'elle, prête à attaquer, et beaucoup plus sophistiquée. Au lieu de cela, on aurait dit qu'elle rentrait de la plage.

Un T-shirt blanc moulait son buste mince. Ses cheveux étaient noués souplement en une longue tresse qui lui frôlait presque la taille. Comment étaient-ils, quand elle les relâchait ? Mais ce furent ses yeux, surtout, qui retinrent son attention. Des yeux en amande, d'un gris presque argenté. Il aurait aimé les photographier avec le reste de son visage plongé dans l'ombre. La trousse de maquillage qu'elle transportait dans son sac ne servait probablement pas très souvent.

Ce n'était pas le genre de femme à attacher beaucoup d'importance à son apparence, conclut-il de ce premier examen. Ce qui simplifierait les choses, s'il décidait de travailler avec elle. Il n'avait pas la patience d'attendre celles qui passaient des heures dans la salle de bains. Alors tant mieux si Bryan Mitchell n'était pas de celles-là ! Elle l'observait également de son côté et il n'y voyait pas d'inconvénient. Comme tout artiste, un photographe recherchait d'abord les angles de prise de vue.

— Je vous dérange en plein travail ?

— Non, je m'apprêtais à faire une pause. Asseyez-vous…

Elle était sur ses gardes, tout comme lui. Il était venu sur un coup de tête et l'avait prise au dépourvu. Elle semblait manifestement ne pas savoir sur quel pied danser, retranchée derrière son bureau. Mais après tout elle était chez elle ; c'était donc à lui de faire le premier pas.

Il ne s'assit pas tout de suite. Plongeant les mains dans ses poches, il examina le studio, clair et spacieux. La lumière entrait à flots par une rangée de fenêtres. Dans un coin de la pièce, une barre de projecteurs et un rideau bleu nuit indiquaient qu'une séance photo avait eu lieu récemment. Des ombrelles et des réflecteurs occupaient l'angle opposé, ainsi qu'un appareil photo encore fixé sur son trépied. Il n'eut pas besoin de regarder de plus près pour voir qu'il s'agissait de matériel ultraperfectionné. Mais il ne suffisait pas de posséder ce genre d'équipement pour être un bon photographe.

— Joli studio, dit-il, se décidant enfin à s'asseoir dans le fauteuil qu'elle lui avait désigné.

— Merci…

Elle fit pivoter sa chaise, sans doute pour pouvoir l'étudier sous un autre angle.

— Vous n'avez pas de studio à vous, je crois ?

— Je travaille essentiellement sur le terrain, répondit-il en sortant de sa poche un paquet de cigarettes. Les rares fois où j'en ai besoin, j'emprunte ou je loue.

Elle se mit à la recherche d'un cendrier dans le chaos qui régnait sur son bureau.

— Vous imprimez toutes vos photos vous-même ? demanda-t-il.

— Bien sûr ! Quand je travaillais pour *Celebrity*, il m'est arrivé de confier des négatifs à un laboratoire, mais le résultat ne m'a jamais vraiment satisfaite. Alors je préfère le faire moi-même. J'adore le travail en chambre noire ! ajouta-t-elle avec un grand sourire.

« Quel pouvoir est-ce donc là ? », songea Shade en la dévisageant, sous le coup de ce sourire. Une simple courbure des lèvres, naturelle et décontractée, et un maximum d'effet sur lui qui se croyait pourtant à l'abri de ce genre de sortilège !

On frappa à la porte et Bryan se leva d'un bond.

Il la suivit des yeux, tandis qu'elle traversait la pièce. Il ne l'imaginait pas aussi grande. Un bon mètre soixante-quinze, estima-t-il, et toute en jambes. Des jambes longues, fines et bronzées. S'il n'était déjà pas facile d'ignorer son sourire, il était presque impossible de ne pas admirer ses jambes !

Il n'avait pas non plus remarqué son parfum jusqu'à ce qu'elle passe à côté de lui. Naturellement érotique… Ce furent les seuls mots qui lui vinrent à l'esprit. Ni fleuri, ni sophistiqué. Il tira sur sa cigarette tout en la regardant plaisanter avec le livreur de pizza.

Tous les photographes étaient pétris d'images préconçues ; ça faisait partie du métier. Il l'avait imaginée froide et sophistiquée, et s'était presque résigné à collaborer avec ce genre de créature. Il lui fallait à présent reconsidérer les choses. Avait-il envie de travailler avec une femme qui ressemblait à une surfeuse et dégageait une sensualité dont elle semblait ne pas avoir conscience ?

Il se détourna et ouvrit un classeur au hasard. Il reconnut aussitôt l'une des plus grandes stars du cinéma américain, deux fois oscarisée et trois fois divorcée. Bryan Mitchell l'avait couverte de bijoux et de paillettes. Une parure royale pour une reine.

Le portrait, pourtant, n'avait rien de classique. Assise devant une table de toilette encombrée de pots de crème et de produits de maquillage, l'actrice contemplait en riant son reflet dans le miroir. Il ne s'agissait pas d'un sourire contenu et travaillé, spécialement étudié pour ne provoquer aucune ride, mais d'un rire spontané, tonitruant, qu'on entendait presque en regardant la photo. Et c'était au spectateur de décider si elle se moquait de son véritable reflet ou de l'image qu'elle s'était façonnée au fil du temps.

— Ça vous plaît ?

Un carton à pizza dans les mains, Bryan s'immobilisa à côté de lui.

— Beaucoup. Et elle, ça lui a plu ?

Trop affamée pour respecter les usages de la politesse,

Bryan souleva le couvercle et s'empara d'une première tranche.

— Elle m'a commandé un 80 x 60 cm pour son fiancé. Vous en voulez un morceau ?

Shade jeta un coup d'œil sur la pizza.

— Ils n'ont rien oublié, on dirait.

— C'est ça...

Elle fouilla dans un tiroir de son bureau et en exhuma une boîte de mouchoirs en papier.

— Je crois dur comme fer qu'il est extrêmement bénéfique de se faire plaisir. Alors voilà...

Posant le carton ouvert sur le bureau, elle regagna son fauteuil et posa nonchalamment les pieds entre deux piles de dossiers.

— Vous êtes là pour me parler du projet ? demanda-t-elle.

Shade prit une part de pizza et une poignée de mouchoirs en papier.

— Vous n'auriez pas une bière, par hasard ?

— Non. Que du soda. Light ou normal, répondit-elle avant de mordre à pleines dents dans sa part de pizza. Je ne garde jamais d'alcool au studio. Mes clients n'arrivent plus à se concentrer quand ils boivent.

— Je vois. Tant pis.

Ils mangèrent un moment en silence, chacun jaugeant l'autre.

— J'ai beaucoup réfléchi à ce projet, reprit finalement Shade, et...

— Ça serait un sacré changement pour vous, le coupa-t-elle, en jetant un mouchoir froissé dans la poubelle.

Il se contenta de hausser un sourcil interrogateur.

— Les photos que vous avez prises à l'étranger... c'était du lourd, expliqua-t-elle alors. Il y a de l'émotion et de la compassion dans vos travaux, mais l'ambiance générale de vos sujets de prédilection est plutôt lugubre...

— Parce que les circonstances étaient ainsi : lugubres. Je ne cherche pas à prendre de jolies photos.

Ce fut au tour de Bryan d'arquer un sourcil.

— Moi, je ne cherche pas à prendre des photos dures, dit-elle. Il y a de la place pour le léger et le plaisir dans l'art de la photographie.

Il haussa les épaules.

— On ne verrait pas les mêmes choses, même si on regardait à travers le même objectif.

— C'est précisément ce qui rend chaque photo unique...

Elle se pencha pour attraper une autre part de pizza.

— J'aime travailler seul.

Elle mangea en silence, le fixant de ses yeux gris, avec un petit air agacé. Nul doute qu'elle essayait de voir de quel bois il était fait, avant d'accepter le travail. C'était bien normal. Après tout, il était venu pour la même raison...

— Moi aussi, je préfère travailler seule, dit-elle enfin. Mais il faut parfois faire des concessions, dans la vie. Vous avez déjà entendu ce mot, je suppose, monsieur Colby ? Des concessions. Vous faites un pas, j'en fais un à mon tour. Jusqu'à ce qu'on se rencontre au milieu du terrain.

Ainsi, elle n'était pas aussi désinvolte qu'elle en avait l'air... Tant mieux ! Il n'avait aucune envie de sillonner le pays avec quelqu'un de trop relax, qui lui laisserait prendre toutes les initiatives. Trois mois sur la route avec elle ? Pourquoi pas, finalement... A condition de fixer les règles dès à présent.

— Je m'occuperai de l'itinéraire, déclara-t-il d'un ton sans réplique. Nous commencerons ici, à Los Angeles, dans deux semaines. Chacun de nous sera responsable de son matériel. Une fois sur la route, nous serons tous les deux autonomes. Vous prendrez les photos qui vous intéressent, je prendrai les miennes. C'est sans négociation possible !

Elle se lécha le pouce, dégoulinant de sauce tomate.

— J'imagine que vos décisions sont rarement contestées… Je me trompe ?

— Ce n'est pas la question, éluda-t-il avant d'enchaîner : le magazine veut nos deux points de vue, alors c'est ce qu'on va lui donner. On s'arrêtera de temps en temps pour louer une chambre noire et je jetterai un coup d'œil à vos négatifs.

Bryan s'essuya la bouche, puis croisa tranquillement les jambes.

— Pas question ! dit-elle d'un ton sec.

— Je n'ai aucune envie de voir mon nom figurer sur un recueil de photos dédiées à la culture populaire !

— La culture populaire ? répéta-t-elle lentement, contenant visiblement sa colère. Ma première condition, si j'accepte ce travail, sera que le contrat mentionne expressément que chaque photo devra porter la signature de celui qui l'aura prise. Ainsi, aucun de nous n'aura à assumer le travail de l'autre. Pour ma part, je n'ai pas envie que le public me prenne pour quelqu'un de sinistre ! Vous voulez une autre part de pizza ?

— Non. Merci…

Cette fille n'était décidément pas du genre tendre… Contrairement à l'intérieur de ses coudes, qui semblait doux comme la soie. Mais il accepta la critique : c'était de bonne guerre.

— Nous nous mettrons en route le 15 juin et serons de retour aux alentours du 10 septembre, après le *Labor Day*.

Il la regarda engloutir une troisième tranche de pizza.

— Et vu ce que vous mangez, j'ajoute que chacun gérera ses propres dépenses.

— Pas de problème. Et tant qu'on en est à éviter tout malentendu : je ne fais pas la cuisine et ne ferai pas le ménage derrière vous. On conduira à tour de rôle, mais je ne monterai pas en voiture avec vous, si vous avez bu. Et quand on louera une chambre noire, on passera en premier à tour de rôle. A compter du 15 juin et jusqu'au *Labor Day*, nous sommes associés, monsieur Colby. *Fifty-fifty.* Si ça vous pose un problème, autant régler ça tout de suite, avant de signer au bas du contrat.

Elle n'était pas du genre à se laisser mener à la baguette, mais elle avait une voix agréable, douce, presque apaisante. Il n'était finalement pas impossible qu'ils arrivent l'un et l'autre à supporter cette promiscuité forcée. Tant qu'elle évitait de lui sourire et qu'il ne pensait pas à ses jambes. Mais pour le moment, c'était bien le cadet de ses soucis. Seuls comptaient le projet, la manière dont il le voyait, et ce qu'il pourrait en tirer.

— Vous avez un petit ami ?

— Si c'est une proposition, je vais être obligée de refuser. Je ne suis pas attirée par les ours mal léchés.

Il accusa le coup sans ciller.

— Nous allons vivre ensemble dans un espace confiné, pendant trois mois…, expliqua-t-il d'un ton neutre avant de marquer une pause.

Elle le provoquait, peut-être même sans s'en rendre compte. Une fois de plus, cependant, il accepta la pique de bonne grâce.

Il se pencha en avant et poursuivit :

— Je n'ai pas envie de devoir supporter un petit copain jaloux qui traquera le moindre de nos déplacements ou vous harcèlera au téléphone pendant que je serai en plein boulot.

Elle observa un bref silence, puis :

— Je ne suis pas une écervelée incapable de gérer sa vie privée, monsieur Colby…, dit-elle avant de mordre férocement dans la croûte de sa pizza. Laissez-moi m'occuper de mes amis, et occupez-vous des vôtres.

Elle s'essuya les doigts avec le dernier mouchoir, puis ajouta, avec un sourire :

— Désolée de devoir interrompre notre petite fête, mais le devoir m'appelle…

Puisqu'elle le congédiait sans y mettre plus de forme que cela, il ne lui restait donc qu'à partir. Tandis qu'il se levait, son regard glissa sur les jambes interminables de la jeune femme, puis remonta pour plonger dans ses yeux. Il allait accepter le contrat. Il aurait ainsi trois mois pour découvrir ce qu'il ressentait vraiment à l'égard de Bryan Mitchell.

— Je vous appelle bientôt, dit-il.

— D'accord…

Bryan attendit qu'il ait traversé la pièce et refermé la porte du studio derrière lui. Puis, avec une formidable énergie et une rapidité qu'elle réservait d'ordinaire au travail, elle se leva d'un bond et jeta le carton de pizza vide en direction de la porte.

Les trois prochains mois seraient sans nul doute les plus longs de son existence !

2

Bryan savait exactement ce qu'elle voulait. Elle était certes légèrement en avance sur la date retenue pour le lancement du projet *Un été américain* commandé par *Life-style,* mais l'idée de démarrer avant Shade Colby lui plaisait assez. C'était un peu mesquin, d'accord, mais tant pis : elle assumait.

De toute manière, c'était le genre d'homme à rester insensible à la joie intemporelle du dernier jour d'école. Pourtant, n'était-ce pas le véritable symbole du début de l'été, cette explosion de liberté ?

Elle avait choisi une école primaire pour l'innocence. Et une école du centre-ville pour le réalisme. Elle n'avait pas envie de photographier des gamins franchissant de hautes grilles en fer forgé pour s'engouffrer dans des limousines aux vitres teintées. L'établissement qu'elle avait choisi aurait pu se trouver dans n'importe quelle ville du pays. Les gosses qui en sortiraient ressembleraient à tous les autres gamins des Etats-Unis, et en contemplant le magazine, le lecteur, quel que soit son âge, y retrouverait une part de lui-même.

Elle prit tout son temps pour s'installer, testant une bonne demi-douzaine de points de vue, avant d'en choisir un. Impossible d'imaginer une mise en scène. Seules des photos prises sur le vif apporteraient le rendu désiré : un mélange de spontanéité, de fouillis et de précipitation.

Elle obtint exactement ce qu'elle souhaitait à la minute où la cloche sonna et où les portes s'ouvrirent à toute volée. Elle faillit même se faire piétiner par des centaines de baskets volantes… Mais le jeu en valait la chandelle. Dans un brouhaha de cris et de sifflements, un flot de gamins déferla sous le soleil de l'après-midi.

« Sauve qui peut ! », songea-t-elle, avant de s'accroupir. Puis, avec des gestes précis et rapides, elle braqua son objectif et appuya sur le déclencheur, capturant la première fournée d'enfants sous un angle qui refléterait la précipitation, la multitude et la confusion totale.

« Allons-y vite ! C'est l'été et c'est tous les jours samedi ! » Voilà ce qu'on lisait sur chacun de ces visages enfantins. Le mois de septembre était pour eux à des années-lumière.

Pivotant sur ses talons, Bryan prit un deuxième groupe de face. Au final, on aurait l'impression de les voir surgir de la page. Sur une impulsion, elle bougea son appareil pour prendre une photo à la verticale. Son idée fut aussitôt récompensée : un gamin de huit ou neuf ans s'élança au-dessus des marches, mains en l'air, le visage fendu d'un large sourire. Elle le photographia en plein saut, alors que sa tête et ses épaules émergeaient de la troupe qui dévalait l'escalier. Elle avait réussi à capturer sur son visage une expression triomphante, comme s'il s'était approprié l'extraordinaire sentiment de liberté qui flottait dans l'air.

Bien qu'ayant déjà choisi la photo qu'elle garderait, Bryan n'abaissa pas pour autant son objectif.

Dix minutes plus tard, le flot était tari…

Satisfaite, elle changea alors d'angle et d'objectif. L'école était à présent déserte et elle avait envie de la photographier ainsi. Il n'y aurait pas de clarté aveuglante, cette fois, décida-t-elle en ajoutant un filtre à faible contraste. Au développement, elle atténuerait la luminosité du ciel en plaçant quelque chose au-dessus de la bande de papier photo afin d'éviter la surexposition. Elle exprimerait ainsi la sensation de vide, d'attente, par contraste avec le raz de marée de vitalité et d'énergie qui venait de déferler du bâtiment. Elle utilisa une pellicule entière, puis se redressa, son appareil en bandoulière.

« L'école est finie », songea-t-elle en souriant. A son tour, elle éprouva cet irrésistible élan de liberté. L'été venait tout juste de commencer.

Depuis qu'elle avait mis un terme à sa collaboration avec *Celebrity,* Bryan n'avait pas eu une minute à elle. A la vérité, elle était encore plus exigeante envers elle-même que ne l'étaient les rédacteurs en chef du magazine. Elle aimait tellement son métier qu'elle lui consacrait volontiers chacune de ses journées et une bonne partie de ses soirées. Son ex-mari l'avait accusée d'être complètement obsédée par son appareil photo. Elle n'avait rien répondu, parce que c'était la vérité. Après deux jours de collaboration avec Shade Colby, elle avait découvert qu'elle n'était pas la seule dans ce cas.

Elle s'était toujours considérée comme un artisan méticuleux, mais comparée à lui elle faisait presque figure de dilettante. La patience dont il faisait preuve dans l'exercice de son métier l'emplissait d'un mélange d'admiration et d'agacement. Ils avaient deux manières totalement différentes de travailler. Lorsqu'elle prenait une photo, elle cherchait à transmettre son point de vue, ses émotions, son ressenti vis-à-vis de la scène photographiée. Shade, lui, entretenait délibérément l'ambiguïté. Alors que ses photos déclenchaient invariablement chez le spectateur toute une palette d'émotions, son point de vue personnel restait toujours masqué. Comme le personnage lui-même, à vrai dire, toujours dans l'ombre.

Il n'était pas très bavard, mais ça ne gênait pas Bryan de travailler en silence. En fait, elle avait presque l'impression de travailler seule, malgré sa présence. Ses regards longs et appuyés auraient pu la perturber, mais elle ne voyait pas d'inconvénient à ce qu'on l'examine comme à travers un objectif.

Depuis leur première rencontre au studio, ils s'étaient revus deux fois pour décider de leur itinéraire et des thèmes sur lesquels ils travailleraient. Elle ne l'avait pas trouvé plus avenant que le jour de leur rencontre, mais avait découvert qu'il possédait une vivacité d'esprit extraordinaire. Et le projet leur tenait suffisamment à cœur pour qu'ils puissent avancer chacun de leur côté, tout en trouvant un terrain d'entente.

Lorsque ses réticences initiales à l'égard de Shade se furent estompées, Bryan se dit qu'ils pourraient même devenir amis, au fil des semaines. Des amis dans le cadre professionnel, évidemment... Mais il n'y avait pas deux jours qu'ils collaboraient qu'elle eut la certitude de s'être trompée. Shade n'était pas le genre d'homme à susciter des sentiments aussi simples que l'amitié. Soit il éblouissait, soit il exaspérait. Elle choisit de ne pas se laisser éblouir.

Elle s'était renseignée sur lui. Après tout, on ne partait pas à l'aventure avec un homme dont on ne savait pratiquement rien, n'est-ce pas ? Et plus elle glanait d'informations — ou plutôt, moins elle en trouvait —, plus sa curiosité s'aiguisait.

Il s'était marié à vingt ans et des poussières et avait divorcé peu de temps après. Ce qui lui faisait à présent trente-trois, peut-être trente-cinq ans... C'était tout ce qu'elle avait trouvé à se mettre sous la dent, côté vie privée. Aucune anecdote, aucune rumeur, positive ou négative. L'homme savait se faire discret. Photographe pour *International View,* il avait passé cinq ans à l'étranger. Pas dans les beaux quartiers de Paris, Londres ou Madrid, mais au Laos, au Liban et au Cambodge. Le travail qu'il avait accompli dans ces pays lui avait valu une nomination au prix Pulitzer — elle avait calculé qu'elle était encore au lycée, à ce moment-là — et une récompense décernée par l'Overseas Press Club.

Si ses photos se prêtaient volontiers à l'étude et à l'analyse, sa vie personnelle restait dans l'ombre. Si elle désirait en savoir davantage, elle n'aurait qu'à recueillir des informations sur le terrain.

Qu'ils aient décidé de passer leur dernière journée à Los Angeles sur la plage était un signe encourageant à ses yeux. L'endroit avait été choisi d'un commun accord. Les scènes de plage, avaient-ils décidé, constitueraient l'un des thèmes récurrents du reportage, de la Californie à Cape Cod.

Il était à peine 10 heures du matin, mais le soleil était déjà haut et chaud dans le ciel. Ils marchaient côte à côte, comme des amis ou des amants, sans se toucher, avançant d'un même pas, en silence. Bryan avait compris que Shade n'était pas du genre à parler de la pluie et du beau temps, sauf cas exceptionnel.

On était en semaine et les adeptes de la baignade et du bronzage étaient soit des adolescents, soit des retraités.

Bryan s'immobilisa soudain, tandis que Shade continuait d'avancer, sans qu'ils échangent le moindre mot.

C'était le contraste qui avait attiré l'attention de Bryan. Coiffée d'un vieux chapeau à large bord, une vieille dame, emmitouflée dans une longue robe de plage et un châle en crochet, surveillait sa petite-fille, vêtue simplement d'une petite culotte rose à volants. Baignée de soleil, la fillette creusait un trou dans le sable, tandis que le parasol sous lequel elle se trouvait drapait d'ombre la vieille femme.

Le genre de photo qui nécessitait l'autorisation écrite signée de la grand-mère. Ce genre de formalité modifiait forcément l'attitude du sujet et Bryan s'en passait chaque fois que cela était possible. Cette fois, hélas, elle ne pourrait s'en dispenser. Elle prit donc le temps de bavarder avec la vieille dame et de lui expliquer le projet, jusqu'à ce que celle-ci soit de nouveau détendue.

Elle s'appelait Sadie, et sa petite-fille aussi. Avant même de prendre la première photo, Bryan sut comment elle l'intitulerait : *Les Deux Sadie*. Il ne lui restait plus qu'à retrouver dans le regard de la vieille femme cette expression rêveuse et distante qui l'avait arrêtée.

Cela prit vingt minutes. Oubliant la chaleur, Bryan écouta, réfléchit et sélectionna ses points de vue avec soin. Elle savait exactement ce qu'elle voulait saisir : la retenue de la grand-mère, face à la spontanéité totale de la petite-fille, tout en faisant sentir le lien entre elles, fait de sang et de temps partagé.

La plus âgée des deux Sadie finit par oublier la présence de l'objectif et Bryan appuya sur le déclencheur sans même qu'elle s'en aperçoive. Elle voulait capturer l'indicible émotion qui se dégageait de la scène, parce que c'était ce qui l'avait frappée de prime abord. A l'impression, elle ne chercherait pas à dissimuler les rides et les sillons sur le visage de la grand-mère, de la même manière qu'elle mettrait en lumière la peau parfaitement lisse de la petite-fille.

Pleine de reconnaissance, elle bavarda encore quelques minutes avec la vieille dame avant de noter son adresse, en lui promettant de lui envoyer un exemplaire de la photo. Puis elle poursuivit son chemin, à la recherche de la prochaine scène.

De son côté, Shade avait également trouvé son premier sujet, mais à la différence de Bryan il ne se donna pas la peine d'engager la conversation. L'homme était allongé à plat ventre sur un drap de plage aux couleurs fanées. Il était rouge, flasque et totalement anonyme. Un homme d'affaires en congé pour la matinée, un commercial de l'Iowa, peu importait… Il ne cherchait pas à montrer la personnalité unique de son sujet, mais plutôt sa ressemblance avec tous ceux qui se faisaient griller au soleil comme lui. Il y avait à côté de lui un flacon de crème bronzante plantée dans le sable et une paire de tongs en plastique.

Sélectionnant deux angles différents, Shade prit six photos sans échanger le moindre mot avec le ronfleur écarlate. Lorsqu'il eut terminé, il jeta un coup d'œil autour de lui. Trois mètres plus loin, Bryan était en train de retirer tranquillement ses vêtements et apparut bientôt en maillot une pièce rouge, très échancré sur les cuisses. Il contempla sa silhouette de profil, ses contours nets et aigus, comme sculptés par une main méticuleuse.

Sans hésiter, il pointa alors sur elle son objectif, régla l'ouverture du diaphragme, ajusta l'angle et attendit. Lorsqu'elle attrapa le bord de son T-shirt pour l'enlever, il appuya sur le déclencheur.

Elle était incroyable de naturel et de nonchalance… Il avait presque oublié qu'on pouvait à ce point se moquer du regard des autres dans un monde où régnaient en maître la vanité et l'égocentrisme. Son corps était une courbe souple et longiligne qui se dévoilait au fur et à mesure qu'elle tirait le T-shirt au-dessus de sa tête. L'espace d'un instant, elle leva même son visage vers le ciel, l'offrant à la caresse du soleil. Shade sentit son estomac chavirer, puis se nouer lentement…

Il reconnut aussitôt en cela la manifestation du désir. Mais choisit de l'ignorer.

Il était en train de vivre, selon le jargon du métier, un moment crucial. Le photographe réfléchissait, puis prenait des photos, tandis que la scène choisie continuait à se dérouler sous ses yeux. Et lorsque le visuel et les émotions se rencontraient — comme c'était le cas présentement, avec une intensité exceptionnelle — le succès était garanti. On ne pouvait pas rejouer la scène, impossible de revenir en arrière, et c'était précisément ça, le moment crucial : tout ou rien. L'émotion qu'il avait éprouvée pendant une fraction de seconde prouvait qu'il avait réussi à capturer la sensualité désinvolte de la scène.

Il s'était entraîné, bien des années plus tôt, à ne rien ressentir pour ses sujets. Parce qu'il était fortement déconseillé de se laisser dévorer par ses propres émotions. En apparence, Bryan Mitchell n'avait rien d'une croqueuse d'hommes, mais Shade préférait ne pas prendre de risque. Il se détourna et l'oublia. Presque…

Il s'écoula plus de quatre heures avant que leurs chemins ne se croisent de nouveau. Assise au soleil près d'une cabane à sandwichs, Bryan était en train de manger un hot-dog dégoulinant d'oignons et de moutarde. Elle avait posé à sa droite le sac qui contenait son matériel, et à sa gauche une canette de soda. Ses lunettes de soleil, cerclées de rouge, renvoyèrent à Shade son propre reflet.

— Alors, comment ça s'est passé ? demanda-t-elle, la bouche pleine.

— Plutôt bien. Dites-moi, il y a vraiment un hot-dog là-dessous ?

— Mmm…

Elle avala sa bouchée, tout en lui indiquant du doigt le marchand.

— C'est divin !

— Je passe mon tour, déclara Shade en se baissant pour ramasser la canette tiède.

Il prit une longue gorgée d'un breuvage orange et trop sucré.

— Comment vous faites pour boire ça ?

— J'ai besoin d'un apport de sucre important. Je suis assez contente des photos que j'ai prises, enchaîna-t-elle en tendant la main pour récupérer son soda. J'aimerais les développer avant de partir, demain.

— Du moment que vous êtes prête à 7 heures du matin…

Elle fronça le nez, puis termina son hot-dog.

— Je serai prête, lui assura-t-elle en se levant. J'aime travailler la nuit, ce qui ne m'empêche pas d'être d'attaque tôt le lendemain s'il le faut… D'un point de vue professionnel, je sais apprécier la beauté et la puissance d'un lever de soleil. Mais le mystère et les couleurs du couchant m'émeuvent bien plus…

Elle essuya le sable collé à ses cuisses, puis enfila son T-shirt par-dessus son maillot de bain. Bizarrement, Shade la trouva plus provocante ainsi. C'était presque criminel, la façon dont le bord du vêtement effleurait ses cuisses, attirant son attention sur ses longues jambes bronzées !

— Du moment que vous prenez le volant pour le premier tronçon, ajouta-t-elle. Je serai opérationnelle aux alentours de 10 heures…

Ce qui signifiait que leurs horloges biologiques étaient carrément différentes, songea Shade. Ça n'allait pas manquer de poser problème…

Il était le genre de personne à décortiquer chaque geste, chaque texture, forme, couleur. Il rangeait tout par catégories avant de tout assembler. C'était sa façon de faire, il n'aurait su dire pourquoi. Il n'agissait jamais sur une impulsion. Pourtant, il tendit la main et enroula ses doigts autour de la tresse de Bryan, sans songer un instant à son geste ni à ses conséquences. Il avait juste envie de toucher ses cheveux.

Il perçut sa surprise, mais elle ne chercha pas à s'écarter. Elle ne le gratifia pas non plus de ce demi-sourire qu'esquissent les femmes quand un homme ne peut s'empêcher de les toucher.

Ses cheveux étaient très doux ; il l'avait deviné et ses doigts confirmaient l'impression. Il regrettait qu'ils ne soient pas détachés ; il aurait aimé pouvoir saisir à pleines mains leur masse soyeuse.

Il avait beaucoup de mal à cerner la femme qu'elle était. Elle gagnait sa vie en photographiant une petite élite glamour, riche et célèbre, alors qu'elle-même semblait privilégier la simplicité et le naturel. Elle n'était pas maquillée et ne portait qu'un seul bijou : une fine chaîne en or qui effleurait la naissance de ses seins, et au bout de laquelle dansait une petite croix égyptienne. Et son parfum… son parfum était envoûtant… Quelques artifices auraient suffi à la transformer en femme fatale, en séductrice irrésistible, mais elle ne semblait guère intéressée par ce genre de métamorphose. Elle préférait la sobriété, aussi étonnant que cela puisse être.

Quelques heures plus tôt, elle avait décidé qu'elle ne se laisserait pas éblouir. Et voilà qu'en un seul petit geste, et en l'espace de quelques secondes à peine, Shade avait réussi à lui chavirer le cœur !

Il relâcha sa tresse.

— Voulez-vous que je vous dépose chez vous ou à votre studio ?

Alors, c'était comme ça ? Tout ce qui lui importait à présent, c'était de savoir où il devait la ramener…

— Au studio, répondit-elle en se baissant pour ramasser son sac.

Elle avait la gorge sèche, tout à coup. Pourtant, elle jeta à la poubelle la canette de soda encore à moitié pleine. Elle n'était pas sûre de pouvoir déglutir.

Ils se dirigèrent en silence vers la voiture. Mais Bryan ne put plus se taire. Elle allait exploser, sinon.

— Est-ce que ça vous plaît tant que ça de renvoyer l'image d'un type froid et désinvolte ?

— Disons que c'est plus confortable, répondit-il sans la regarder, mais en retenant visiblement un sourire.

— Sauf pour les gens qui ont le malheur de vous côtoyer d'un peu trop près ! Peut-être prenez-vous trop au sérieux ce qu'on raconte sur vous dans les journaux. « Shade Colby, poursuivit-elle d'une voix grave et faussement solennelle, aussi mystérieux et fascinant que son nom, aussi ténébreux et irrésistible que ses photos ! »

Il sourit pour de bon, cette fois, et elle se laissa surprendre par ce sourire. Il ressemblait tout à coup à quelqu'un avec qui elle aurait pu se promener main dans la main, et partager des fous rires.

— Seigneur ! Je peux savoir où vous avez lu ce genre de bêtises ?

— Dans *Celebrity*, avoua-t-elle avec une moue penaude. Numéro d'avril, il y a cinq ans. Ils avaient publié un article sur les ventes aux enchères de photos à New York. A l'époque, l'une des vôtres s'était vendue sept mille cinq cents dollars chez Sotheby.

Il lui coula un regard de biais.

— Vraiment ? Vous avez meilleure mémoire que moi…

Elle s'arrêta brusquement et pivota vers lui.

— Normal, c'est moi qui l'ai achetée. Il s'agit d'une scène de rue lugubre, déprimante mais fascinante, que je n'aurais pas payée dix cents si je vous avais connu à l'époque ! Et si je n'y étais pas aussi attachée, je la ficherais à la poubelle en rentrant chez moi ! Au lieu de quoi, je vais me contenter de la retourner face au mur pendant six mois, jusqu'à ce que j'aie oublié que son auteur n'est qu'un sale type prétentieux.

Impassible, Shade la dévisagea longuement, puis il hocha la tête.

— On ne vous arrête plus, une fois que vous êtes lancée.

Lâchant un juron, Bryan fit volte-face et continua à

avancer en direction de la voiture. Elle venait d'ouvrir la portière côté passager, quand Shade la rattrapa.

— Ecoutez, Bryan... Etant donné que nous allons passer les trois prochains mois ensemble, vous feriez mieux de vider votre sac tout de suite.

— Qu'est-ce que vous voulez dire ? marmonna-t-elle.

— Exprimez vos griefs... Allez-y ! Je suis prêt à tout entendre.

Elle commença par inspirer profondément. Elle détestait se mettre en colère, parce que ça l'épuisait. Aussi fut-ce posément qu'elle agrippa le montant de la portière et se pencha vers lui.

— Je n'éprouve aucune sympathie pour vous. J'aimerais que ce soit aussi simple, mais le problème, c'est que personne d'autre que vous ne m'inspire ce genre de sentiment.

— Personne ?

— Personne.

Il hocha la tête, comme pour signifier qu'il en avait bien pris note et posa ses mains sur les siennes.

— Ça tombe bien, parce que je n'aime pas être comme les autres. Mais dites-moi, pourquoi serions-nous obligés de nous apprécier mutuellement ?

— Ça faciliterait notre collaboration, vous ne croyez pas ?

Il parut réfléchir un instant. Ses mains recouvraient toujours les siennes et elle sentait ses paumes un peu rugueuses sur la peau douce de ses propres doigts. Le contraste lui plut — peut-être un peu trop.

— Vous aimez les choses simples, Bryan ?

Elle se redressa. Son intonation était moqueuse, presque insultante.

— Oui, répondit-elle. Je n'aime pas les complications qui m'empêchent de tourner en rond. Je préfère les éliminer tout de suite pour passer aux choses sérieuses sans perdre de temps.

— Il y a pourtant une complication de taille entre nous... Et elle est là depuis le début...

Elle avait beau s'efforcer de rester concentrée sur ses yeux, elle ne pouvait s'empêcher de ressentir la pression à la fois douce et ferme de ses mains. Cependant, elle comprit ce qu'il voulait dire. Et comme c'était un point qu'ils avaient soigneusement évité d'aborder jusque-là, elle fonça tête baissée.

— Vous êtes un homme et je suis une femme.

— Exactement. On peut toujours employer un mot plus neutre et se dire que nous sommes tous les deux photographes...

L'ombre d'un sourire étira ses lèvres.

— Mais ce serait n'importe quoi.

— A supposer qu'il s'agisse effectivement d'un problème, répliqua-t-elle d'un ton dégagé, je suis prête à le gérer, parce que pour moi le travail passe avant tout. En fait, ça tombe même très bien que vous ne m'inspiriez aucune sympathie.

— La sympathie et l'attirance sont deux choses totalement différentes.

Bryan sentit son pouls s'accélérer, et elle se força à sourire.

— Serait-ce la formule politiquement correcte pour désigner le désir sexuel ?

Elle n'était pas du genre à tourner autour du pot, une fois qu'elle avait mis le doigt sur le problème.

— Peu importe comment on l'appelle, ça fait partie intégrante de notre complication. Alors on ferait mieux de l'étudier tout de suite et de s'en débarrasser une fois pour toutes.

Elle sentit alors les doigts de Shade se resserrer autour des siens, et baissa les yeux. Elle comprenait lc sens de son propos, mais ignorait où il voulait en venir.

— Si on passe notre temps à se demander quel effet ça

ferait, la qualité de notre travail risque d'en pâtir, vous ne croyez pas ? reprit-il.

Elle leva sur lui un regard méfiant, tout en sentant son pouls tressauter dans le creux de son poignet, à l'endroit où il la caressait du bout des doigts. Elle resta pourtant immobile. Si elle avait fait mine de s'écarter... Mais à quoi bon se lancer dans de vaines spéculations ?

— Il vaut mieux en avoir le cœur net tout de suite, insista Shade. On pourra alors analyser l'expérience, l'oublier et se concentrer sur le travail.

L'argument paraissait logique. En général, elle se méfiait des choses trop rationnelles, mais il avait vu juste en soulignant que le questionnement nuirait à la qualité de leur travail. Cela faisait déjà plusieurs jours que cette question lui trottait dans la tête. Sa bouche semblait être ce qu'il y avait de plus doux chez lui, et en même temps elle prenait parfois un pli dur, implacable. Quelles sensations éprouverait-elle en la touchant ? Quel goût aurait-elle ?

Un sourire étira les lèvres de Shade. Etait-ce de l'amusement, de l'ironie ? Elle n'aurait su le dire, mais ce sourire l'aida à prendre sa décision.

— D'accord, répondit-elle.

Pouvait-on parler d'un vrai baiser, quand une portière de voiture séparait les deux protagonistes ?

Ils se penchèrent l'un vers l'autre lentement, comme si chacun d'eux s'attendait à ce que l'autre fasse machine arrière au dernier moment. Mais aucun des deux ne le fit et leurs lèvres s'unirent dans une caresse légère, dénuée de passion. Ils auraient pu s'en tenir là, s'écarter l'un et l'autre dans une indifférence mutuelle. Après tout, qu'est-ce que c'était qu'un baiser, sinon la rencontre de deux bouches ?

Aucun d'eux n'aurait su dire pourquoi il en fut autrement, ni si c'était calculé ou accidentel. Tous deux étaient des êtres curieux, et la curiosité fut peut-être la cause du revirement. A moins que ce fût écrit, tout simplement. Toujours est-il que ce baiser évolua de façon si subtile qu'il ne fut bientôt plus possible de l'interrompre.

Les lèvres s'entrouvrirent, se caressèrent, s'explorèrent. Leurs doigts se nouèrent. Leurs têtes se rapprochèrent, de sorte que le baiser se fit plus intense encore.

Plaquée contre la portière, Bryan se surprit à réclamer davantage. Elle mordilla les lèvres de Shade. Elle avait vu juste : sa bouche était sans nul doute la chose la plus douce chez lui. Incroyablement douce, même, et divinement sensuelle…

Elle n'avait jamais rien vécu de semblable ! Impossible de se détendre, pour savourer tranquillement ce baiser. Pourtant, n'était-ce pas ce qu'on était censé faire dans ces circonstances ? C'était ce qu'elle croyait, en tout cas. Mais ce baiser-là réclama toute sa force, toute son énergie. Alors même qu'ils s'embrassaient encore, elle savait qu'elle serait épuisée, quand il prendrait fin. Ce serait une fatigue délicieuse, absolue. Et bien que submergée par l'excitation de l'instant présent, elle goûtait déjà au plaisir langoureux de l'après.

Il aurait dû s'en douter ! Bon sang, il aurait dû sentir qu'elle n'était pas si cool, si insouciante qu'elle en avait l'air ! Il avait pourtant éprouvé quelque chose de presque douloureux en l'observant, un peu plus tôt. Et ce n'était certainement pas de goûter à ses baisers qui allait le soulager ! Au contraire… Cette femme était tout à fait capable de mettre à mal son sang-froid, et le sang-froid était un élément indispensable à la qualité de son travail, son existence, son équilibre. Il l'avait renforcé puis cultivé durant des années et des années de sueur, de peur et d'espoir. De la même manière, il pouvait gérer ses relations amoureuses, en utilisant la même maîtrise dont il faisait preuve en chambre noire, le même esprit de logique que lorsqu'il se préparait à prendre une photo. Sans effort. Mais avec Bryan, c'était différent. Une seule caresse avait suffi à lui faire comprendre que le sang-froid était une méthode qui resterait cette fois inefficiente.

Pour se prouver cependant qu'il gardait encore le contrôle de la situation — et peut-être aussi pour le prouver à Bryan —, il n'hésita pas à approfondir leur baiser qui devint rapidement plus passionné, plus érotique. Le danger se précisa et il prit un malin plaisir à le provoquer.

Peut-être se perdrait-il dans ce fichu baiser, mais une fois que ce serait fini, ce serait fini pour de bon. Et rien n'aurait changé entre eux.

Les lèvres de Bryan étaient chaudes, douces et fermes sous les siennes. Elle attisait en lui un désir brûlant, dévorant, qu'il s'efforça de maîtriser, par crainte des cicatrices. Il en avait suffisamment déjà. La vie était loin d'être aussi douce qu'un premier baiser par un chaud après-midi d'été. Il était bien placé pour le savoir.

Il mit fin à cette étreinte et s'écarta, heureux d'avoir su garder son sang-froid. D'accord, son pouls battait un peu vite et son esprit n'était pas tout à fait clair, mais au moins n'avait-il pas perdu le contrôle !

Il sentit Bryan vaciller, comme prise de vertige, comme si ce baiser l'avait vidée de toute son énergie. Elle prit appui contre la portière, attendant probablement d'avoir retrouvé l'équilibre, et l'expression de son regard n'échappa pas à Shade ; il y vit une douceur indéfinissable, à laquelle n'importe quel homme aurait succombé.

Aussi s'empressa-t-il de tourner les talons.

— Je vous dépose au studio, dit-il.

Tandis qu'il faisait le tour de la voiture, Bryan se laissa tomber sur le siège du passager.

Analyser ce qui s'était passé, puis oublier... Surtout, oublier... Du moins Bryan s'y était-elle efforcée tout le reste de la journée. Elle avait déployé tellement d'énergie à oublier les sensations que Shade avait fait naître en elle qu'elle travailla sans interruption jusqu'à 3 heures du matin. Lorsqu'elle regagna enfin son appartement, elle avait développé la pellicule prise à l'école et à la plage, choisi les négatifs qu'elle désirait imprimer et peaufiné deux d'entre eux, qu'elle considérait déjà comme faisant partie de ses meilleures photos.

Il lui restait à présent quatre heures pour manger, boucler son sac et dormir un peu. Après s'être confectionné un énorme sandwich, elle sortit l'unique valise qu'elle était autorisée à emporter et la remplit de vêtements basiques. Au bord de l'épuisement, elle commença à manger du bout des dents, faisant descendre le pain, la viande et le fromage avec une grande gorgée de lait. Puis, sentant son estomac chavirer, elle abandonna le sandwich sur la table de chevet et termina de rassembler ses affaires.

Elle ouvrit la boîte posée sur la dernière étagère de son armoire et attrapa le pyjama coupe homme que sa mère lui avait offert à Noël. Incontournable, pensa-t-elle en le jetant sur les jeans et les sous-vêtements entassés pêle-mêle dans la valise. Elle n'avait choisi que des vêtements asexués, en espérant qu'elle se sentirait aussi asexuée qu'eux. On lui avait rappelé qu'elle était une femme — une femme pas toujours capable de surmonter ses faiblesses, qui plus était — or elle ne voulait plus se sentir femme en présence de Shade. C'était trop dangereux, et elle évitait généralement les situations dangereuses. Etant donné qu'elle n'était pas du genre à mettre sa féminité en avant, il ne devrait pas y avoir de problème.

N'est-ce pas ?

Sans compter qu'une fois le voyage entamé ils seraient

tellement absorbés par le travail qu'ils ne prêteraient plus attention l'un à l'autre.

N'est-ce pas ?

Ce qui s'était produit dans l'après-midi était en réalité l'un de ces moments de flottement qu'un photographe rencontrait parfois, lorsque l'instant prenait le contrôle pour diriger l'action. Mais un tel instant ne se reproduirait pas, tout simplement parce que les circonstances ne seraient jamais les mêmes.

N'est-ce pas ?

Le mieux était donc de chasser Shade Colby de ses pensées et de dormir un peu. Il était déjà 4 heures du matin, elle avait encore trois heures devant elle — les dernières qu'elle passerait seule avant longtemps. Alors autant les consacrer à l'une de ses activités préférées : le sommeil. Elle se déshabilla, laissa ses vêtements par terre, puis se glissa entre les draps en oubliant d'éteindre la lumière.

A l'autre bout de la ville, Shade était allongé dans le noir. Ses affaires étaient prêtes depuis longtemps — son sac de voyage et son matériel attendaient devant la porte — et pourtant, il n'arrivait pas à trouver le sommeil. Tout était rangé, parfaitement organisé… et il ne dormait pas.

Il lui arrivait parfois de souffrir d'insomnie et ne s'en formalisait pas. Mais cette nuit c'était différent, car il avait parfaitement déterminé la raison de cette difficulté à trouver le sommeil : Bryan Mitchell. Il l'avait rangée dans un coin perdu de son esprit pendant toute la soirée, mais ne l'avait pas complètement oubliée.

Il aurait pu passer des heures et des heures à analyser ce qui s'était passé entre eux que cela n'aurait pas changé le principal : il avait baissé la garde et s'était rendu vulnérable. Pendant une fraction de seconde, certes, un battement de cœur… mais le résultat était le même : il s'était exposé. Et c'était une chose qu'il ne pouvait se permettre et qui ne devait en aucun cas se reproduire !

Bryan Mitchell incarnait à ses yeux une complication, de ces complications qu'elle préférait éviter, selon ses propres dires. Lui était habitué à les gérer ; surmonter les obstacles ne lui avait jamais posé de problème. Et il en serait de même cette fois encore.

N'est-ce pas ?

Pendant les trois mois à venir, ils se concentreraient sur un projet qui leur demanderait tout leur temps et toute leur énergie. Et lui, quand il travaillait, plus rien ne comptait. Donc… il n'y aurait pas de souci.

N'est-ce pas ?

Il s'était passé quelque chose, mais c'était terminé. Une bonne initiative, vraiment, d'avoir balayé tout malentendu avant de prendre la route ! Il n'y aurait ainsi plus de spéculations inutiles, plus de tension sous-jacente. Leur relation serait professionnelle et décontractée.

N'est-ce pas ?

Dans ce cas, pourquoi n'arrivait-il pas à s'endormir ? Ses maux de ventre n'avaient rien à voir avec ce qu'il avait mangé au dîner : tout était resté, intact, dans son assiette…

Il avait encore trois heures devant lui, trois heures à être seul, et après ça, trois mois avec Bryan. Il ferma les yeux et se força à faire ce qu'il faisait toujours en cas de stress : se laisser envahir par la fatigue jusqu'à ce que le sommeil l'emporte.

3

Bryan était prête à 7 heures, lavée et habillée, mais certainement pas disposée à parler à quiconque ! Elle tenait sa valise et son trépied dans une main, et avait encore deux sacoches de matériel et son sac à main en bandoulière. Elle venait de descendre, quand Shade arriva et se gara le long du trottoir.

Elle maugréa quelques mots à son intention en guise de salut. C'était le maximum de ses possibilités à cette heure-ci de la journée. Elle chargea ses bagages à l'arrière du fourgon en silence, puis s'installa sur le siège passager, allongea les jambes et ferma les yeux.

Shade étudia son visage à moitié caché par des lunettes de soleil rondes et un vieux chapeau de paille.

— Vous avez eu une nuit difficile ?

Il n'obtint pas de réponse : elle dormait déjà. Secouant la tête, il ôta le frein à main et déboîta. Voilà, ils étaient partis… Il aimait bien les longs trajets en voiture. Il pouvait, selon son humeur, réfléchir ou faire le vide.

Moins d'une heure plus tard, ils laissèrent derrière eux les embouteillages de Los Angeles pour s'engager sur l'autoroute en direction du nord-est. Il aimait conduire tôt le matin, sur une route entièrement dégagée. La lumière bondissait sur les chromes de sa camionnette, irisait le capot et tranchait les panneaux indicateurs.

Pour cette première journée, il avait prévu de parcourir

entre huit et neuf cents kilomètres en direction de l'Utah, sauf s'ils croisaient un sujet intéressant et décidaient de s'arrêter pour prendre des photos. Passé ce premier tronçon, ils n'auraient pas besoin de rouler autant tous les jours. Ce n'était pas le but du projet, bien au contraire. Ils rallieraient les villes où ils avaient choisi de séjourner en s'arrêtant pour prendre des photos au gré de leurs envies.

Ils n'avaient pas établi d'itinéraire précis ; leur seul objectif était d'atteindre la côte Est pour le *Labor Day*, début septembre. Il alluma la radio, régla le volume assez bas et s'arrêta sur une station de musique country. Il conduisait à une vitesse régulière, avalant les kilomètres sans à-coups. A côté de lui, Bryan dormait toujours.

Si c'était là son habitude en voiture, leur cohabitation se déroulerait sans anicroche. Ils ne risquaient pas de s'énerver mutuellement tant qu'elle dormait. Ni de réveiller leur désir. Pourquoi cette femme l'avait-elle tenu éveillé une bonne partie de la nuit ? se demanda-t-il en lui jetant un regard à la dérobée. Qu'y avait-il chez elle qui l'inquiétait tant ? Il l'ignorait et son incapacité à répondre à cette question l'inquiétait plus encore.

Il aimait pouvoir cerner les problèmes et les décortiquer, jusqu'à ce qu'ils n'en soient plus pour lui. Or il pressentait que les choses ne seraient pas aussi simples avec elle, bien qu'elle fût calme, en ce moment précis, presque inexistante même.

Après avoir pris la décision d'accepter le projet, il avait mené une petite enquête sur celle qui serait durant trois mois sa partenaire. S'il était passé maître dans l'art de préserver sa vie privée, il n'était pas en manque de relations dans le milieu et Bryan Mitchell n'était pas tout à fait une inconnue pour lui. Il la connaissait à travers ses photos pour *Celebrity* et ses productions plus originales, plus personnelles, pour d'autres magazines comme *Vanity* ou *In Touch*. Au fil du temps, elle était devenue incontournable grâce aux portraits décalés, souvent provocants, qu'elle faisait des gens riches et célèbres.

Ce qu'il ignorait, en revanche, jusqu'à ce qu'il mène sa petite enquête, c'était qu'elle était la fille d'un peintre et d'une poétesse, deux artistes eux-mêmes assez excentriques, qui jouissaient d'une petite notoriété et vivaient à Carmel. Elle n'avait pas vingt ans quand elle avait épousé un comptable, dont elle avait divorcé trois ans plus tard. Elle avait entretenu ensuite quelques relations sans lendemain et projetait vaguement d'acheter une maison sur la plage, à Malibu. Voilà ce qu'il avait glané pour le côté vie privée. Question vie professionnelle, elle était appréciée, respectée et, avant toute chose, on la disait fiable à cent pour cent. Elle avait aussi la réputation de prendre son temps pour faire les choses, à la fois parce qu'elle était perfectionniste et que la précipitation n'était à ses yeux qu'un gaspillage inutile d'énergie.

Bref, rien qui puisse expliquer l'attraction qu'il éprouvait pour elle. Mais un bon photographe savait se montrer patient. Il était parfois nécessaire de revenir plusieurs fois sur un sujet pour comprendre l'émotion qu'il suscitait.

Lorsqu'ils franchirent la frontière du Nevada, Shade alluma une cigarette et baissa sa vitre. Bryan s'agita alors, marmonna, puis attrapa son sac.

— Bonjour…, fit-il en lui glissant un regard en coin.

— Mmm-mmm.

Elle fouilla dans le fond de son sac pour en sortir une barre chocolatée. Elle déchira le papier d'emballage qui retourna aussitôt dans le sac.

— Vous avalez toujours du sucre au petit déjeuner ? demanda-t-il.

— C'est ma caféine à moi.

Elle mordit à pleines dents dans le chocolat, exhala un soupir, puis s'étira lentement, en commençant par le buste, les épaules et les bras, dans une longue ondulation parfaitement naturelle. Première clé de son attirance pour elle, songea Shade non sans ironie, son incroyable naturel.

— On est où ?

— Dans le Nevada, répondit-il en exhalant la fumée de sa cigarette par la vitre ouverte. On vient de passer la frontière.

Bryan plia les jambes sous ses fesses et continua de manger sa barre de chocolat.

— Ça va bientôt être mon tour de prendre le volant.

— Je vous dirai, ne vous inquiétez pas.

— D'accord…

Il pouvait bien conduire autant qu'il voulait… En revanche, la country, ce n'était pas sa tasse de thé.

— Celui qui conduit choisit la musique, ajouta-t-elle alors.

Il haussa les épaules.

— Vous trouverez du jus de fruits à l'arrière du van pour faire passer tout ça.

— C'est vrai ?

Toujours intéressée quand il s'agissait de boire ou manger, Bryan s'extirpa de son siège pour s'aventurer à l'arrière du véhicule.

Elle n'avait pas prêté attention à l'aménagement de la camionnette, lorsque Shade était venu la chercher. Elle avait juste vu qu'elle était noire et bien entretenue. Elle présentait deux banquettes matelassées de part et d'autre de l'habitacle, qui pouvaient servir de couchage, si l'on n'était pas trop regardant sur le confort. Pour sa part, elle aurait plutôt jeté son dévolu sur le tapis de sol.

Le matériel de Shade était soigneusement attelé dans un coin, tandis que le sien gisait pêle-mêle de l'autre côté. En hauteur, des placards en laque noire contenaient les indispensables : du café, un chauffe-plat et une petite bouilloire. De quoi être autonomes s'ils s'arrêtaient en chemin dans des campings équipés de prises électriques.

Pour le moment, elle se contenta de prendre la carafe isotherme.

— Vous en voulez ?

Jetant un coup d'œil dans le rétroviseur intérieur, Shade l'aperçut qui se tenait debout, jambes écartées pour garder l'équilibre, une main posée sur le placard.

— Je veux bien, merci.

Bryan regagna le siège passager avec le jus de fruits et deux grands gobelets en plastique.

— Tout le confort d'une vraie maison, dites donc ! fit-elle observer avec un petit hochement de tête vers l'arrière. Vous voyagez beaucoup ?

— Chaque fois que c'est nécessaire.

Les glaçons tintèrent lorsqu'elle versa le jus. Shade tendit la main pour prendre le gobelet.

— Je n'aime pas prendre l'avion. On passe à côté de plein d'occasions de prendre de belles photos en chemin.

Il jeta son mégot par la fenêtre, puis but son jus de fruits.

— Tant que je bosse dans un rayon de mille kilomètres autour de chez moi, je prends ma camionnette.

— Je déteste l'avion, moi aussi, dit Bryan en se calant contre la portière. J'ai l'impression de passer mon temps à faire des allers-retours Los Angeles-New York pour photographier des gens qui n'ont pas envie de bouger. Je ne pars jamais sans ma réserve de Dramamine et de barres chocolatées, ma patte de lapin et un bouquin à visée pédagogique. Les essentiels, en somme…

— La Dramamine et la patte de lapin, je comprends.

— Le chocolat m'aide à me calmer les nerfs. Ça me fait du bien de manger, quand je suis tendue. Et le livre, c'est un moyen de marchander.

Elle secoua son gobelet et les glaçons s'entrechoquèrent.

— Un peu comme si je disais : regardez, je suis en train de me cultiver, c'est important, non ? Alors ce serait dommage de tout gâcher en plantant l'avion…

Sans compter que ce genre de littérature a le mérite de m'endormir en vingt minutes chrono.

Les lèvres de Shade s'incurvèrent en un petit sourire amusé — un signe plutôt encourageant pour les milliers de kilomètres qu'il leur restait à parcourir, estima Bryan.

— Je vois…

— Je suis prise de panique à la simple idée de voler à dix mille mètres d'altitude dans un tube métallique hyperlourd en compagnie de deux cents inconnus qui adorent raconter leur vie à leurs voisins.

Elle sourit et posa les pieds sur le tableau de bord.

— Je préfère encore sillonner le pays en voiture en compagnie d'un photographe bougon, qui évite soigneusement de m'adresser la parole.

Shade lui glissa un regard de biais. Après tout, il ne risquait rien à entrer dans son jeu tant qu'ils en respectaient tous deux les règles.

— Vous ne m'avez pas posé de question…

— Très bien ! Alors commençons par la base. D'où vient Shade ? Je veux dire, le prénom.

Il ralentit pour se diriger vers une aire de repos.

— De Shadrach.

— En référence à Shadrach, Meshach et Abednego dans le *Livre de Daniel* ?

— Exactement. Ma mère a choisi de donner à chacun de ses rejetons un prénom qui sorte de l'ordinaire. Ma sœur s'appelle Cassiopée. Et vous ? Pourquoi Bryan ?

— Mes parents voulaient prouver qu'ils n'étaient pas sexistes.

Dès que la camionnette fut à l'arrêt, Bryan sauta à terre et effectua un rapide mouvement de gymnastique. Elle se plia en deux, posa ses paumes à plat sur le bitume, puis s'étira de tout son long, se hissant sur la pointe des pieds, pour laisser enfin retomber ses bras en expirant.

A quelques mètres de là, un type en Pontiac ne perdit

pas une miette de la scène. Manifestement troublé, il mit presque une minute à tourner la clé de contact de sa voiture.

— C'est fou ce que je suis raide ! Je vais chercher des frites au snack-bar. Vous en voulez ?

— Il est 10 heures du matin !

— Presque 10 h 30, rectifia-t-elle. Certaines personnes mangent bien des patates sautées au petit déjeuner. Personnellement, je ne vois pas la différence.

Il y en avait une, pourtant, c'était sûr, à voir la tête que Shade faisait, mais il n'avait apparemment pas l'intention d'argumenter.

— Allez-y… J'en profiterai pour acheter le journal.

— Super !

Bryan attrapa son appareil photo dans la camionnette.

— Je vous rejoins ici dans dix minutes.

Elle était sincère dans l'intention, mais en pratique il lui en fallut dix de plus. Tandis qu'elle approchait du snack, la file des gens qui attendaient leur tour d'être servis éveilla son intérêt. On eût dit un serpent qui rampait lentement devant le panneau indiquant le nom du restaurant :

« *Eat Qwik*. Sur le Pouce. »

Ils portaient des bermudas *baggy*, des robes d'été froissées et des pantalons de toile. Une ado aux formes généreuses arborait un short en cuir qu'on aurait cru peint sur sa peau. Sixième de la file, une femme s'éventait avec un chapeau à larges bords orné d'un long ruban.

Tous se rendaient quelque part, tous étaient impatients d'arriver et aucun d'eux ne prêtait attention aux autres. Incapable de résister, Bryan longea la file, la contourna, la remonta de l'autre côté, jusqu'à ce qu'elle ait trouvé l'angle idéal.

Elle prit la photo de derrière, de sorte que la file d'attente paraissait interminable et décousue, tandis que le panneau, riche en promesses, surplombait la scène. Derrière le comptoir, le serveur n'était qu'une vague silhouette qui aurait très bien pu ne pas se trouver là. Bryan avait largement utilisé les dix minutes annoncées, lorsqu'elle rejoignit à son tour la queue.

Appuyé contre la camionnette, Shade s'était plongé dans la lecture du journal. Il avait pris trois photos du parking en se concentrant sur une rangée de voitures affichant les plaques d'immatriculation de cinq Etats différents. Lorsqu'il leva les yeux, il aperçut Bryan, son appareil photo en bandoulière, tenant dans une main un grand milk-shake au chocolat et dans l'autre une barquette de frites inondées de ketchup.

— Désolée, dit-elle en piochant dans la barquette. J'ai pris quelques photos devant le snack. On passe une bonne partie de ses vacances d'été à se dépêcher ou à attendre, vous ne trouvez pas ?

— Vous allez pouvoir conduire avec tout ça ?

Elle se glissa derrière le volant.

— Bien sûr. Question d'habitude.

Elle coinça le milk-shake entre ses cuisses, posa la barquette de frites juste à côté et tendit la main pour prendre les clés.

Shade ne put s'empêcher de jeter un coup d'œil au gobelet calé entre ses jambes très lisses et très bronzées.

— Toujours prête à partager ?

Elle tourna légèrement la tête pour régler le rétroviseur intérieur.

— Non, répondit-elle en se dirigeant vers la sortie du parking. Vous avez laissé passer votre chance !

Elle piocha dans la barquette de frites.

— Vous devriez être constellée de boutons à force de manger des trucs pareils !

— Un mythe, tout ça, rétorqua-t-elle en doublant une voiture.

Quelques réglages rapides et une vieille chanson de Simon et Garfunkel résonna dans l'habitacle.

— Ça, c'est de la musique ! déclara-t-elle avec un sourire satisfait. J'aime les chansons qui plantent un décor. La country ressasse toujours les mêmes thèmes : les peines de cœur, les trahisons et l'alcool.

— La vie, en somme…

Elle souleva son milk-shake et en aspira une gorgée.

— Peut-être. Mais j'avoue que tout ce réalisme me fatigue, à la longue. Alors que votre travail repose précisément là-dessus.

— Tandis que le vôtre le contourne habilement !

Elle fronça les sourcils, l'air contrarié, puis se détendit de nouveau.

— Je dirais plutôt que le mien offre plusieurs perspectives. Pourquoi avez-vous accepté cette mission ? enchaîna-t-elle sans transition. Un été en Amérique, ça rime avec plaisir et amusement. Ce n'est pas franchement votre style.

— Ça rime aussi avec sueur, récoltes anéanties par la sécheresse et nerfs à vif, fit-il observer en allumant une autre cigarette. Et ça, c'est tout à fait mon style…

— Si vous le dites.

Elle savoura longuement sa gorgée de lait chocolaté.

— Vous allez mourir, à force de fumer comme ça.

— Tôt ou tard, c'est clair.

Sans un mot de plus, il ouvrit le journal et s'absorba dans sa lecture.

« Quel drôle de type… Impossible à cerner… »

Bryan appuya sur l'accélérateur et fixa sa vitesse à cent dix. Quels événements marquants avaient bien pu éveiller chez cet homme ce mélange de talent et de cynisme absolu ? Il n'était pas dépourvu d'humour, elle avait eu l'occasion de le constater à deux ou trois reprises, mais il donnait l'impression de se limiter délibérément à ce domaine-là.

Shade Colby était-il un être de passion ? Oui, définitivement. Elle était bien placée pour le savoir ! L'étincelle était là, qui ne demandait qu'à s'embraser. Ce qu'elle savait aussi avec certitude, c'est qu'il maîtrisait parfaitement ses émotions. La passion, la force, la colère… Ses photos véhiculaient un large éventail de sentiments qu'il tenait soigneusement à l'écart de sa vie privée, elle l'aurait parié. La plupart du temps, en tout cas.

Et le seul moyen pour elle de sortir indemne de cette longue mission, c'était de se montrer prudente, de se tenir sur ses gardes. Pourtant, elle avait très envie d'apprendre à le connaître, de mieux cerner sa personnalité. Elle céderait à cette envie, elle le savait. Mais elle se contenterait d'enfoncer quelques portes, puis de guetter ses réactions. Pourquoi ? Sans doute parce qu'il lui inspirait un troublant mélange d'antipathie et d'attirance.

Elle avait été sincère en lui disant que personne d'autre ne lui inspirait d'antipathie. C'était d'ailleurs l'une des clés de son travail photographique : lorsqu'elle regardait quelqu'un, elle découvrait ses traits de caractère, pas tous admirables, pas tous aimables, certes, mais elle trouvait toujours quelque chose qu'elle comprenait. Elle allait donc procéder ainsi avec lui. Elle avait terriblement envie de le photographier, même si elle ne lui en avait pas encore parlé.

— Shade, j'aimerais vous poser une question…

— Mmm ? fit-il sans lever les yeux de son journal.

— Quel est votre film préféré ?

Il se tourna vers elle, mi-agacé, mi-intrigué et, une fois de plus, la même question surgit dans son esprit : à quoi ressemblaient ses cheveux, quand ils n'étaient pas emprisonnés dans une tresse épaisse, nouée à la va-vite ?

— Votre film préféré, répéta-t-elle. Il me faut un premier indice, un point de départ.

— Pour quoi faire ?

— Pour savoir pour quelle raison je vous trouve intéressant, attirant et antipathique.

— Vous êtes une femme étrange, Bryan.

— Non, pas vraiment, même si ce serait parfaitement justifié.

Elle se tut, le temps de changer de stratégie.

— Allez, Shade, le voyage va être long. Donnons-nous mutuellement quelques bricoles à nous mettre sous la dent. Un film ?

— *Le Port de l'angoisse.*

— Bogart et Bacall réunis pour la première fois à l'écran.

Elle le gratifia de ce sourire qu'il avait déjà classé dangereux.

— Super ! Si vous m'aviez donné le nom d'un obscur film d'art et d'essai, j'aurais été obligée de vous demander autre chose. Pourquoi ce film-là ?

Il replia son journal. Alors comme ça, elle était d'humeur joueuse ? Après tout, pourquoi pas ? Il ne risquait pas grand-chose à répondre à ses questions. Et ils avaient en effet encore pas mal de route à faire.

— Une osmose palpable entre les deux acteurs, une intrigue excellemment bien ficelée et un travail photographique qui fait de Bogart le héros parfait et de Bacall la seule femme capable de lui tenir tête.

Elle hocha la tête, satisfaite de sa réponse. Ainsi, il ne méprisait ni les héros, ni les intrigues imaginatives et les relations sulfureuses... C'était peut-être un tout petit point, mais il jouait clairement en sa faveur.

— Le monde du cinéma me fascine, et surtout les gens qui le font exister, dit-elle alors. C'est en partie ce qui m'a motivée à accepter l'offre de collaboration de *Celebrity.* Je ne compte plus le nombre d'acteurs que j'ai pris en photo et pourtant, chaque fois que je les vois à l'écran, le charme opère toujours.

Shade avait envie d'en savoir plus, même s'il sentait qu'il n'était pas prudent de l'interroger à son tour, non pas par crainte des réponses qu'elle pourrait lui faire, mais à cause des questions auxquelles il devrait se soumettre par la suite.

— Est-ce pour cette raison que vous ne photographiez que des *people* ? Parce que vous avez envie de faire partie de ce monde de glamour et de paillettes ?

La question était fondée, et Bryan n'y vit aucune attaque personnelle. Sans compter qu'elle collait parfaitement à l'évolution de son parcours personnel.

— Sans doute ai-je commencé ma carrière dans cet état d'esprit, en effet… Mais très vite on s'aperçoit qu'on a affaire à des gens tout à fait ordinaires dont seul le métier est extraordinaire. Ce que j'aime le plus, c'est mettre en évidence l'étincelle qui les a propulsés parmi les meilleurs.

— Vous allez passer les trois prochains mois à photographier l'ordinaire et le quotidien. Pourquoi avoir accepté ce projet ?

— Parce que l'étincelle brille dans chacun de nous, et que j'espère bien la trouver aussi chez les fermiers de l'Iowa.

Il avait obtenu sa réponse.

— Vous êtes une idéaliste, Bryan.

— Tout juste.

Elle lui jeta un regard interrogateur.

— Est-ce que je devrais en avoir honte ?

Posée de ce ton calme et assuré, la question le troubla. Lui aussi avait nourri des idéaux, autrefois, et il savait combien il était douloureux de les voir voler en éclats devant ses propres yeux.

— Il ne s'agit pas d'en avoir honte, répondit-il au bout d'un moment. Il faut juste s'en méfier.

*
* *

Après plusieurs heures de route, ils échangèrent de nouveau leurs places. Bryan en profita alors pour parcourir d'un œil distrait le journal abandonné par Shade. D'un commun accord, ils quittèrent l'autoroute pour emprunter des axes moins fréquentés. Ils parlèrent peu et franchirent la frontière de l'Idaho en début de soirée.

— Le ski et les patates... C'est tout ce qui me vient à l'esprit quand je pense à l'Idaho, déclara Bryan.

Parcourue d'un frisson, elle remonta sa vitre. L'été arrivait plus tard dans le Nord, surtout dans les endroits où le soleil était bas. Elle contempla le ciel qui s'assombrissait de seconde en seconde.

Semblables à un océan de pompons gris ou blancs, des centaines de moutons broutaient tranquillement l'herbe drue, le long de la route. Citadine pur jus, Bryan était née au milieu des autoroutes et des tours de verre et ne s'était jamais aventurée aussi au nord, ni aussi à l'est, autrement qu'en avion.

Fascinée par cette mer d'animaux placides, elle se leva pour attraper son appareil. Shade pila brusquement à cet instant en poussant un juron et Bryan s'affala à l'arrière du van dans un bruit sourd.

— Qu'est-ce qu'il y a ?

Il lui jeta un bref coup d'œil. Par chance, elle ne s'était pas fait mal et semblait plutôt intriguée que contrariée par l'incident.

Sans se donner la peine de s'excuser, il marmonna :

— Des abrutis de moutons bloquent la route !

Bryan se releva et regarda par le pare-brise. Indifférents à ce qui se passait autour d'eux, trois moutons stationnaient à la queue leu leu sur la chaussée. L'un d'eux tourna la tête vers la camionnette, puis regarda ailleurs.

— On dirait qu'ils attendent le bus, fit-elle observer avant de retenir Shade, qui s'apprêtait à klaxonner. Non, attendez une minute ! Je n'ai jamais touché un mouton de ma vie.

Sans lui laisser le temps de réagir, elle descendit du van et se dirigea vers les trois bêtes. L'une d'elles recula de quelques pas en la voyant approcher, mais les autres restèrent immobiles, impavides. L'agacement de Shade s'atténua lorsqu'il vit Bryan se pencher vers un mouton pour l'effleurer du bout des doigts. Une autre qu'elle aurait sans doute eu la même expression en caressant un manteau de zibeline chez un fourreur. Une expression comblée, intimidée et très sensuelle, curieusement. Pour couronner le tout, la lumière était excellente. Une occasion qu'il ne pouvait pas laisser passer. Il attrapa son appareil et choisit un filtre.

— Alors, c'est comment ?

— Doux… mais pas autant que je l'imaginais. Vivant. Rien de comparable avec un manteau en laine d'agneau.

Toujours penchée en avant, la main posée sur la toison de l'animal, elle leva les yeux. La surprise se lut sur son visage lorsqu'elle aperçut l'objectif.

— Pourquoi faites-vous ça ?

— Le plaisir de la découverte…

Il avait déjà pris deux photos d'elle, mais il en voulait d'autres.

— Ça aussi, c'est l'été, vous ne trouvez pas ? Qu'est-ce qu'ils sentent ?

Piquée dans sa curiosité, Bryan se pencha davantage. Shade cadra alors son visage à moitié enfoui dans la toison laineuse.

— Le mouton ! répondit-elle en riant avant de se redresser. Vous voulez venir faire joujou avec eux, vous aussi, pendant que je vous prends en photo ?

— Une prochaine fois.

Elle semblait parfaitement à son aise dans cet environnement, sur cette longue route déserte flanquée d'immenses étendues herbeuses. Ce constat l'étonna. Dans son esprit, Bryan Mitchell ne pouvait vivre ailleurs qu'à Los Angeles, au milieu des paillettes et des illusions.

— Quelque chose ne va pas ?

— Non, rien... Je me disais juste que vous vous adaptiez vite.

Elle esquissa un sourire hésitant.

— C'est plus simple, vous ne trouvez pas ? Je vous ai déjà dit que je n'aimais pas les complications.

Shade regagna la camionnette. Il pensait beaucoup trop à elle, décidément.

— Essayons de les faire bouger un peu.

— On ne peut pas les laisser comme ça, sur le bord de la route ! protesta Bryan en le rejoignant à petites foulées. Ils risquent de se faire écraser.

Il la gratifia d'un regard qui signifiait clairement son indifférence.

— Que voulez-vous que je fasse ? Que je les attrape au lasso ?

— Il faudrait les remettre derrière la clôture, c'est la moindre des choses...

Comme s'il avait approuvé sa proposition avec enthousiasme, elle tourna alors les talons et se dirigea vers les trois moutons. Se penchant en avant, elle en souleva un à bras-le-corps, manquant tomber à la renverse. Les deux autres s'éloignèrent en bêlant.

— C'est plus lourd que ça en a l'air, dit-elle en marchant d'un pas titubant vers la clôture.

Dans ses bras, le mouton bêlait, ruait et se débattait. Ce ne fut pas tâche aisée mais, au terme d'une lutte de force physique et de volonté, elle déposa finalement l'animal de l'autre côté du grillage. Puis elle essuya son front trempé de sueur en gratifiant Shade d'une œillade assassine.

— Alors, vous venez m'aider, oui ou non ?

Appuyé contre la camionnette, Shade avait apprécié le spectacle, mais il resta de marbre.

— Dans dix minutes, ils auront retrouvé le trou dans la serrure et seront de nouveau sur la route.

— C'est possible, concéda-t-elle de mauvaise grâce en marchant vers le deuxième mouton. Mais au moins j'aurai la conscience tranquille.

— Encore un travers d'idéaliste !

Elle fit une brusque volte-face, les mains sur les hanches.

— Encore une remarque de cynique.

— Tant que nous nous comprenons…

Il se redressa et ajouta :

— C'est bon, je vais vous donner un coup de main.

Les autres fugueurs furent moins dupes que le premier. Shade dut courir plusieurs minutes avant d'attraper le numéro deux. Pendant ce temps, Bryan jouait à la bergère en s'efforçant de rabattre l'animal vers son poursuivant. A deux reprises, troublé par le rire rauque et spontané de Bryan, Shade se déconcentra et laissa filer sa proie.

— Bien, déclara-t-il au bout d'un moment, en déposant le deuxième animal dans le pré, il ne nous en reste plus qu'un…

— Un qui a l'air particulièrement retors…

De part et d'autre de la route, tous trois se mesurèrent longuement du regard.

— Je crois bien que c'est le chef, murmura Bryan.

— *La* chef.

— Peu importe. Ecoutez, faites comme si de rien n'était. Partez de ce côté-là, je pars de l'autre… Dès qu'on l'a encerclée, *bam !*

Shade l'interrogea du regard.

— *Bam ?*

— Suivez mes instructions.

Enfonçant les pouces dans les poches arrière de son short, elle se mit alors à déambuler sur la route en sifflotant.

— Seriez-vous en train d'essayer de la jouer plus fine qu'un mouton, Bryan ?

Elle lui jeta un coup d'œil par-dessus son épaule.

— Si vous vous y mettiez, vous aussi, on y arriverait sans doute plus vite !

Il eut très envie de remonter dans la camionnette et attendre qu'elle ait fini de jouer à ce jeu idiot. D'un autre côté, ils avaient déjà perdu suffisamment de temps. Aussi avança-t-il lentement sur la gauche, tandis que Bryan progressait vers la droite. Le mouton les observa à tour de rôle, secouant sa grosse tête d'un côté puis de l'autre.

— Maintenant ! hurla Bryan avant de plonger.

Sans penser un instant à l'absurdité de la situation, Shade se rua sur l'animal à son tour. La brebis s'esquiva en sautillant. Emportés par leur élan, Shade et Bryan se percutèrent, puis roulèrent ensemble sur le bas-côté sablonneux.

Puis ils s'immobilisèrent, Bryan sur le dos, Shade à moitié allongé sur elle, pesant de tout le poids de son corps ferme et viril. Elle n'avait peut-être plus de souffle, mais elle avait conservé tous ses esprits et il était clair que, s'ils ne réagissaient pas rapidement, les choses risquaient de dégénérer. Aspirant une bouffée d'air, elle leva les yeux sur le visage de Shade, penché au-dessus d'elle.

Son expression était un brin perplexe, mais pas très sympathique. Il ne serait pas un amant sympathique, elle le devinait instinctivement. C'était écrit dans ses yeux sombres, bien enfoncés dans leurs orbites. Le genre d'homme avec qui il fallait à tout prix éviter de se lier trop intimement. Elle tomberait sous le charme trop vite, trop complètement, et il n'y aurait pas de retour en arrière possible. Sentant les battements de son cœur s'emballer, elle dut faire un effort pour se souvenir qu'elle préférait les relations faciles et sans contraintes.

— Loupé, articula-t-elle sans esquisser le moindre geste.

— Carrément !

Le visage de Bryan était d'une beauté saisissante, tout en angles aigus, et sa peau parfaitement lisse. Il pourrait la photographier sous n'importe quel angle, n'importe quelle lumière, songea Shade en essayant de se persuader que son intérêt était purement professionnel, l'habiller en reine ou en paysanne, le résultat serait le même : elle resterait une femme infiniment désirable. La sensualité qu'il percevait en elle transcenderait la photo.

Rien qu'en la regardant, il pensait déjà à une dizaine de cadres où il aurait aimé la photographier. A une dizaine de manières de lui faire l'amour, aussi. La première à l'endroit même où ils se trouvaient, sur l'herbe fraîche du talus, dans le silence et le soleil couchant.

Shade la désirait et ne cherchait même pas à le dissimuler. Elle le lisait dans son regard comme dans un livre ouvert… Elle aurait pu s'esquiver, bien sûr, elle en aurait eu le temps, signifier son refus d'un mot ou d'un geste… Mais elle n'en fit rien. La voix de la raison tenta de la sermonner, de l'encourager à lutter contre une pulsion purement charnelle. Plus tard, elle se demanderait d'ailleurs pourquoi elle ne l'avait pas écoutée. Mais pour le moment, dans la fraîcheur du soir et l'obscurité grandissante, elle avait très envie de tenter une nouvelle expérience.

Shade aussi, puisqu'il se pencha vers elle et prit avidement sa bouche. Il n'était plus question de se livrer à la lente exploration de la première fois, apparemment… Maintenant qu'ils avaient fait connaissance, il voulait attiser sans attendre le feu qui couvait entre eux.

Il y réussit. Son corps s'échauffa si vite que l'herbe sembla pétiller comme de la glace autour d'elle. Elle s'étonna même de ne pas se mettre à fondre ! Laissant échapper un drôle de gémissement, elle s'arqua contre lui. Comme s'il ne voulait pas, ou n'osait pas encore la toucher, il enfonça ses doigts dans l'épaisseur de sa tresse. Alors elle remua légèrement pour mieux éprouver le contact de son grand corps.

« Serre-moi dans tes bras, Shade, donne-moi tout ce que tu as ! »

Mais il restait concentré sur sa bouche uniquement, la caressant et l'embrassant de la façon la plus exquise qui soit.

Une brise légère faisait bruisser l'herbe, chuchotant à ses oreilles. Shade ne se livrerait pas facilement, elle le devinait à la tension de son corps. Il observerait une certaine retenue. Tandis que sa bouche abattait une à une ses défenses, lui restait sur la défensive. En proie à une soudaine frustration, elle fit courir ses mains le long de son dos. Qu'à cela ne tienne, elle le séduirait ! Elle l'obligerait à rendre les armes !

Shade n'avait pas éprouvé un désir aussi intense depuis longtemps. Bryan éveillait en lui une pulsion de fusion qu'il croyait disparue depuis des années. Il n'y avait pas de faux-semblant chez elle. Elle embrassait généreusement. Son corps était doux, souple, tentateur. Son odeur l'enveloppait, infiniment érotique, et pourtant sans prétention. Lorsqu'elle prononçait son prénom, il n'y avait aucune arrière-pensée, aucune ambiguïté. Alors, pour la première fois depuis très longtemps, il eut envie de donner sans partage, sans limite.

Il se retint pourtant. Malgré tout, il sentait sa volonté fondre peu à peu sous les caresses de Bryan. Tout en en étant conscient, il ne pouvait s'empêcher de céder du terrain. Bryan le charmait avec une simplicité, un naturel irrésistibles. A quoi bon se rebeller ? A quoi bon la maudire et se maudire lui-même ? Son esprit commençait à flotter, abandonnant toute velléité de résistance, tandis que son corps vibrait de plus en plus fort.

Ils sentirent soudain le sol trembler, mais crurent tous deux, avec une égale candeur, que c'était un effet de la passion qui les consumait. Ils entendirent le bruit, le grondement, qui enflait, mais le désir faisait bourdonner leurs oreilles. Puis une bourrasque de vent tournoya autour d'eux et le chauffeur du camion qui les dépassa alors donna un long coup de Klaxon goguenard. Cela suffit à les rappeler à la réalité et Bryan fit un effort pour se lever, comme prise de panique.

— On ferait mieux de s'occuper de cette brebis avant de reprendre la route, dit-elle, maudissant le tremblement de sa voix.

Elle enroula ses bras autour d'elle, comme pour se protéger d'un danger. «L'air s'est rafraîchi, c'est juste ça », songea-t-elle avec un besoin désespéré de le croire.

— Il fait presque nuit…

Shade n'avait pas remarqué que le ciel s'était à ce point obscurci. Il avait perdu toute conscience des choses qui l'entouraient, ce qui ne lui ressemblait vraiment pas. Il avait oublié qu'ils étaient allongés au bord de la route, enlacés dans l'herbe comme deux adolescents insouciants. Au prix d'un gros effort, il maîtrisa le flot de colère qui menaçait de le submerger. Une colère tournée contre lui-même… Il avait failli perdre son sang-froid, bon sang ! Il ne fallait plus que ça se reproduise !

Bryan captura sans mal la troisième brebis qui paissait tranquillement de l'autre côté de la route, convaincue que les deux êtres humains ne s'intéressaient plus à elle. Elle fit entendre un bêlement de protestation lorsque Bryan la souleva dans ses bras. Etouffant un juron, Shade les rejoignit et prit l'animal avant que Bryan ne trébuche. Puis il la déposa sans ménagement dans le pré, de l'autre côté de la clôture.

— Ça y est, vous êtes contente ?

Elle perçut sa colère, et son sang ne fit qu'un tour. Elle aussi avait eu sa part de frustration ! Le corps électrisé, les jambes tremblantes, elle donna libre cours à son agacement.

— Non, justement, je ne suis pas contente ! Et vous non plus. Ça prouve qu'on a tout intérêt à garder nos distances, tous les deux.

Elle voulut s'éloigner, mais il la retint par le bras.

— Je ne vous ai pas forcée à quoi que ce soit, Bryan.

— Moi non plus ! Je suis entièrement responsable de mes actes, et de mes erreurs. Mais si vous, vous voulez rejeter la faute sur autrui, c'est votre droit !

Les doigts de Shade se resserrèrent autour de son bras, brièvement, mais assez longtemps pour qu'elle perçoive, les yeux écarquillés de surprise, l'intensité de sa colère. Elle n'avait pas l'habitude de ces brusques mouvements d'humeur. Pas l'habitude non plus de les déclencher.

Lentement, et dans un effort visible, il relâcha son étreinte. Sa remarque avait apparemment atteint sa cible.

— Non, fit-il d'un ton beaucoup plus calme. J'assume aussi mes responsabilités… Et vous avez raison, ce sera plus facile si nous gardons nos distances.

Elle acquiesça d'un signe de tête, incapable de réprimer un petit sourire de satisfaction. Ce serait idiot de faire la tête, de toute manière.

— D'accord… Cela dit, ça aurait été tellement plus facile si vous aviez été gros et moche…

— Pareil pour vous !

— Bon, puisque aucun de nous ne semble prêt à remédier à ce problème, il va nous falloir le contourner. C'est entendu ? conclut-elle en lui tendant la main.

— Entendu.

Leurs mains se joignirent. Nouvelle erreur… Aucun d'eux ne s'était encore remis du baiser qu'ils venaient d'échanger et, bien que totalement anodin, ce geste ne fit qu'accentuer la tension toujours présente entre eux. Ils se lâchèrent aussitôt. Bryan croisa vite les mains dans son dos tandis que Shade enfonçait les siennes dans ses poches.

— Bon…, murmura-t-elle, sans savoir ce qu'elle allait dire.

— Essayons de trouver un restaurant avant de nous installer pour la nuit. Il va encore falloir se lever tôt, demain.

Bryan esquissa une grimace en ouvrant la portière de la camionnette.

— Je suis d'accord… Je meurs de faim ! Vous croyez qu'on va trouver quelque chose bientôt ou dois-je prendre quelques forces en avalant une barre chocolatée ?

— Il y a une ville à une quinzaine de kilomètres d'ici.

Il tourna la clé de contact. Ses mains ne tremblaient pas. Enfin, presque pas.

— On y trouvera forcément un endroit où manger. Avec de délicieuses côtelettes d'agneau au menu.

Bryan jeta un coup d'œil aux bêtes occupées à brouter dans le pré, puis gratifia Shade d'un regard écœuré.

— C'est dégoûtant !

— Au moins, ça vous évitera de trop penser à votre estomac jusqu'à l'heure du repas.

Ils reprirent la route et roulèrent en silence. Ils venaient de surmonter un premier obstacle, mais ils savaient que d'autres les attendaient en chemin. De la taille d'une montagne. Abrupte et parsemée de rochers.

4

Les vacanciers flottaient comme des bouchons à la surface du Grand Lac Salé. C'était sur eux que Bryan se concentrait la plupart du temps, mais quand l'occasion s'en présentait elle utilisait un objectif ou un grand-angle pour mettre en valeur un détail pittoresque du paysage.

Plus loin, à l'ouest, sur les plaines salées, Shade arrêta son objectif sur un groupe d'amateurs de courses de voitures. Il captura la vitesse, la poussière, l'audace. Sur la plupart de ses clichés, les personnages resteraient anonymes, flous ou plongés dans l'ombre. Il ne voulait conserver que la substance de la scène.

Les traversées des banlieues proprettes en direction des grandes villes firent aussi l'objet de nombreuses photos, pour l'un comme pour l'autre. Il y avait les jardins d'été, les embouteillages chauds et moites, les jeunes filles en robes légères, les hommes torse nu et les bébés dans les poussettes qu'on promenait sur les trottoirs et dans les centres commerciaux.

Leur périple à travers l'Idaho et l'Utah avait été à la fois sinueux et régulier, et tous deux étaient contents du rythme et des sujets choisis.

Après l'épisode tumultueux de la route de campagne et des moutons, dans l'Idaho, ils travaillèrent dans une relative harmonie. C'est que, concentrés chacun sur leurs sujets, ils n'avaient guère besoin de fonctionner comme une équipe et ça leur allait très bien.

Ils avaient déjà pris plusieurs centaines de photos, dont quelques-unes seulement seraient imprimées et moins encore publiées. Un jour, il vint à l'esprit de Bryan que le nombre de clichés qu'ils avaient pris dépassait de loin le nombre de mots qu'ils avaient échangés depuis leur rencontre.

Ils roulaient en moyenne huit heures par jour, s'arrêtant pour prendre des photos chaque fois qu'ils le jugeaient bon ou nécessaire. Ils passaient en gros autant de temps à travailler qu'à conduire, si bien que, sur une journée de vingt-quatre heures, ils en passaient une bonne vingtaine ensemble. Ce n'était pas pour autant qu'ils se connaissaient mieux. Ils auraient pu sympathiser, avec quelques attentions amicales ou quelques paroles chaleureuses. Mais ils évitaient soigneusement tout ce qui pouvait ressembler à une tentative de rapprochement.

Bryan apprit ainsi qu'il était tout à fait possible de garder une distance émotionnelle avec quelqu'un, tout en partageant avec lui un espace confiné. Elle apprit aussi que la cohabitation dans cet espace confiné illustrait parfaitement ce que Shade avait appelé l'alchimie. Afin de trouver un juste équilibre, elle veillait à tenir des conversations aussi brèves qu'anodines, presque toujours centrées sur le travail. Elle ne posa plus de questions personnelles à Shade, lequel se garda bien de lui livrer spontanément la moindre information sur sa vie privée.

Ils trouvèrent en Arizona, qu'ils atteignirent après une semaine de route, une chaleur accablante et un soleil de plomb. Si la climatisation de la camionnette rendait les choses supportables, la simple vue de l'interminable désert parsemé de touffes de sauge fanées suffisait à leur assécher la bouche. Bryan gardait à portée de main un grand gobelet en carton rempli de soda et de glaçons, Shade une bouteille de thé glacé.

Shade conduisait et ils n'avaient pas échangé le moindre mot depuis quatre-vingt-dix kilomètres au moins, estima Bryan. Ils n'avaient pas beaucoup parlé non plus le matin, quand ils étaient partis prendre des photos du Glen Canyon dans l'Utah, chacun de leur côté. Elle était contente du travail qu'elle avait accompli en photographiant la file de voitures devant l'entrée du parc. En même temps, elle commençait à en avoir assez de cette ségrégation tacite qu'ils s'étaient imposée.

Le magazine les avait engagés pour qu'ils travaillent *ensemble*. Chacun était censé prendre ses propres photos, certes, mais il aurait été préférable qu'ils communiquent entre eux pour la cohérence du reportage. Un échange était nécessaire, s'ils souhaitaient que le projet soit un succès auprès du public. Il s'agissait pour l'un comme l'autre de faire des concessions. Or ils semblaient avoir oublié ce mot-clé.

A ce stade-là de leur périple, Bryan estimait connaître suffisamment Shade pour savoir avec certitude qu'il ne ferait pas le premier pas. Il était tout à fait capable de traverser le pays entier sans prononcer son prénom autrement qu'en demandant : « Passez-moi le sel, Bryan, s'il vous plaît. »

Mais elle pouvait être très têtue, elle aussi ! Oui, songea-t-elle, contemplant les immenses étendues désertiques qui filaient derrière la vitre, elle pouvait faire comme lui : laisser courir, prétendre que tout allait bien dans le meilleur des mondes. Sauf que vingt-quatre heures encore de ce régime, et elle mourrait d'ennui !

Etablir le contact, donc, communiquer… C'était son seul salut. Même avec un type cynique, intransigeant et pas chaleureux pour deux sous. Pour cela, elle n'avait pas d'autre solution que de ravaler sa fierté et faire elle-même le premier pas.

Elle serra les dents, mâchouilla un glaçon et réfléchit encore une bonne dizaine de minutes avant de se jeter à l'eau.

— Vous êtes déjà venu en Arizona ? demanda-t-elle alors aimablement.

Shade jeta sa bouteille vide dans la boîte en plastique qui leur servait de poubelle.

— Non.

Bon… Ne pas baisser les bras tout de suite…

Elle prit le temps d'enlever ses baskets et reprit :

— *Outcast* a été tourné à Sedona. Un western dur, cérébral, hyper-réaliste. J'y ai passé trois jours… Je couvrais le tournage pour *Celebrity*.

Elle n'obtint pas plus de réaction. Elle rabattit le pare-soleil, puis se radossa à son siège.

— J'ai raté mon avion pour L.A. Ce qui s'est avéré une chance… Coincée un jour de plus en Arizona, je suis allée visiter l'Oak Creek Canyon. Je n'oublierai jamais cette journée… Les couleurs… Les formations rocheuses…

Occupé à négocier un virage, Shade resta muet.

« Tu aurais certainement plus de succès avec un ouvre-boîte, ma chère… »

— J'ai une amie qui s'est installée là-bas, il y a quelque temps. Elle travaillait pour *Celebrity*, elle aussi. Maintenant, elle écrit et son premier livre sortira à l'automne prochain. Elle a épousé Hunter Brown l'an dernier.

— L'écrivain ?

« Deux mots ! Quel exploit ! »

— Oui. Vous avez lu quelques-uns de ses romans ?

Shade se contenta d'un hochement de tête, puis il tira une cigarette de sa poche. Bryan se sentit tout à coup pleine de sympathie pour les dentistes contraints d'obliger leurs patients à ouvrir grand la bouche.

— Personnellement, j'ai lu tous ses livres. Et chaque fois je m'en veux à mort parce qu'ensuite je fais des cauchemars terribles pendant plusieurs nuits.

— Un bon roman d'horreur vous réveille en sursaut à 3 heures du matin et vous oblige à vous lever pour vérifier que votre porte est bien fermée à clé.

Bryan ne put s'empêcher de sourire à cette remarque.

— J'ai l'impression d'entendre Hunter. Il vous plaira, vous verrez.

Shade haussa à peine les épaules. Il avait accepté de faire une halte à Sedona en précisant toutefois à Bryan qu'il n'avait aucune envie de prendre des photos commercialement flatteuses du roi de l'horreur entouré de sa famille. Il avait besoin de faire une pause, et s'il pouvait se débarrasser d'elle un jour ou deux en la laissant chez ses amis, il en profiterait pour décompresser un peu.

Il n'avait pas eu un moment tranquille depuis qu'ils avaient quitté L.A. Chaque jour qui passait mettait ses nerfs à vif et titillait sa libido. Malgré tous ses efforts, il n'arrivait pas à oublier que Bryan était là, à portée de main la nuit, séparée de lui uniquement par l'obscurité et la largeur de la camionnette.

Un jour sans elle lui ferait donc le plus grand bien.

— Ça fait longtemps que vous ne les avez pas vus ? demanda-t-il.

— Plusieurs mois. Lee est une très bonne amie. Elle me manque beaucoup. Elle devrait accoucher à la même époque que la publication de son livre.

Intrigué par l'intonation soudain plus éteinte de sa voix, il tourna la tête. Une expression douce, presque mélancolique, voilait son visage.

— Il y a un an, on travaillait encore toutes les deux pour *Celebrity*, et maintenant...

Elle se tourna vers lui, mais les verres teintés de ses lunettes de soleil masquaient son regard.

— Ça me fait tout drôle d'imaginer Lee en mère de famille, loin de L.A. De nous deux, c'était elle la plus ambitieuse. Ça la rendait dingue de voir que je ne prenais pas les choses assez au sérieux.

— Vous êtes comme ça ?

— Globalement, oui, admit-elle dans un murmure.

« Sauf avec vous, ajouta-t-elle en son for intérieur. Vous, je n'arrive pas à vous prendre à la légère. »

— C'est tellement plus facile de se laisser vivre, reprit-elle à voix haute, plutôt que de se demander constamment ce qui se passera le mois suivant.

— Certains se demandent même s'ils seront encore en vie, le mois suivant.

— Vous croyez que ça change quelque chose de se poser ce genre de question ?

Elle avait oublié son intention de briser la glace, de pousser Shade à sortir de sa coquille. A côté d'elle se trouvait un homme qui avait fait plusieurs fois le tour du monde, un homme d'expérience qui connaissait la vie mieux qu'elle. En fait, il en avait certainement vu plus que ce qu'elle-même souhaitait voir. Et quelles étaient les leçons qu'il tirait de tout ça ?

— C'est important d'être conscient de certaines choses. Certains d'entre nous n'ont pas d'autre choix que de rester sur leurs gardes et s'inquiéter de leur survie.

« Certains d'entre nous… » La formule était intéressante… Si cet homme avait des cicatrices, il avait le droit de les cacher jusqu'à ce qu'elles s'estompent encore un peu.

— Il nous arrive à tous de nous inquiéter de temps en temps, concéda-t-elle. Mais j'avoue que ce n'est pas dans ma nature. J'imagine que je tiens ça de mes parents…

Elle s'interrompit et partit d'un éclat rire.

— C'était un peu la bohème, chez nous. On vivait à Carmel, dans une petite maison toujours en travaux. Mon père décidait un jour de faire tomber une cloison ou de percer une fenêtre, puis au beau milieu du chantier, frappé par l'inspiration, il plaquait tout pour retourner à ses toiles.

Elle s'enfonça dans son siège, oubliant que c'était elle, une fois encore, qui faisait la conversation, tandis que Shade se contentait d'écouter.

— Ma mère adorait cuisiner. Le problème, c'est que ses plats variaient en fonction de ses humeurs. Elle était capable de nous servir du serpent à sonnette grillé un jour et des cheeseburgers le lendemain. Et au moment où on s'y attendait le moins, on se retrouvait avec du ragoût d'à côté dans l'assiette.

— Du ragoût d'à côté ?

— Je mangeais très souvent chez les voisins.

Soudain tenaillée par la faim, elle prit deux barres chocolatées et en tendit une à Shade.

— Et vos parents, que font-ils ?

Il ouvrit l'emballage d'un air absent, réglant sa vitesse sur celle de la voiture de police qui roulait sur la deuxième voie.

— Ils passent leur retraite en Floride. Mon père pêche pendant que ma mère s'occupe d'une petite boutique d'artisanat. C'est beaucoup moins pittoresque que chez vous, je le crains.

— *Pittoresque ?*

Elle réfléchit quelques instants, puis acquiesça d'un hochement de tête.

— On peut dire ça comme ça… J'ai pris conscience de leur marginalité en rentrant à la fac, quand je me suis rendu compte que la plupart des autres parents étaient des adultes responsables. Je n'avais jamais eu l'impression que leur mode de vie avait influencé le mien, jusqu'à ce que Rob me fasse remarquer que la plupart des gens préféraient passer à table à 18 heures plutôt que picorer du pop-corn ou se faire un sandwich au beurre de cacahouètes à 10 heures du soir. Et ce n'est qu'un exemple…

— Rob ?

Elle lui jeta un bref coup d'œil avant de reporter son attention sur la route. Il savait écouter. Trop bien, même. Avant qu'on y ait songé, on se retrouvait à lui confier des choses qu'on n'avait pas du tout eu l'intention de lui dire.

— Mon ex-mari.

Ce petit mot, « ex », continuait à la blesser. A ses yeux, il symbolisait son échec à tenir la promesse qu'elle avait faite en se mariant.

— C'est encore douloureux ?

La question avait franchi ses lèvres sans qu'il puisse la retenir. Tout à coup, il avait envie de la consoler, alors même qu'il s'était promis de ne plus jamais s'impliquer dans la vie de quiconque.

Elle haussa les épaules, puis entreprit de mordiller sa barre chocolatée.

— Douloureux ? Non… Encore un peu sensible, peut-être. Je regrette que ça n'ait pas marché, je suppose. Mais l'eau a coulé sous les ponts depuis…

— Les regrets sont encore pires que l'inquiétude, en termes de temps perdu.

— Possible. Vous avez été marié, vous aussi, je crois ?

— Oui.

Elle le dévisagea longuement, attendant un développement.

— Jardin secret ?

— Ressasser le passé n'apporte rien de positif.

Songeait-il encore à cette période de sa vie ou bien l'avait-il définitivement classée ? Il avait l'air d'avoir pansé sa blessure. Mais en tout état de cause ça ne la regardait pas. Mieux valait changer de sujet.

— Quand avez-vous su que vous vouliez être photographe ? demanda-t-elle.

Le terrain neutre par excellence. Aucun risque de dérapage.

— Le jour où j'ai mis la main sur le nouveau 35 millimètres de mon père. J'avais cinq ans. En allant faire développer les photos, il a découvert trois gros plans de notre chien. Il m'a avoué plus tard qu'il avait longuement hésité en regardant les trois photos, qui étaient bien meilleures que toutes les siennes. Devait-il me féliciter ou au contraire me punir d'avoir utilisé son appareil sans son autorisation ?

Elle ne put s'empêcher de sourire.

— Qu'a-t-il décidé, finalement ?

— Il m'a offert un appareil photo.

— Vous avez une sacrée avance sur moi ! J'ai attendu d'entrer au lycée pour m'intéresser à la photo. Je suis tombée dedans complètement par hasard. Avant, je rêvais d'être star.

— Actrice ?

— Non.

Elle sourit de nouveau.

— Star, tout simplement. N'importe quel genre de star, tant que je me déplaçais en Rolls avec chauffeur, moulée dans un fourreau en lamé et couverte de diamants.

Cette fois, ce fut au tour de Shade de sourire.

— Une fille sans prétentions, quoi…

— Complètement matérialiste, oui ! Cette époque a coïncidé avec le retour aux sources de mes parents. C'était ma manière à moi de me rebeller contre des gens qui me paraissaient presque trop tolérants.

Shade jeta un coup d'œil à ses mains dépourvues de bagues et son jean délavé.

— On dirait que vous avez pas mal changé, depuis.

— Je n'avais pas l'étoffe d'une star. Et puis, on avait besoin de quelqu'un pour prendre des photos de l'équipe de foot du lycée…

Elle termina sa barre chocolatée en se demandant s'ils allaient bientôt s'arrêter pour déjeuner.

— Je me suis portée volontaire ; j'avais le béguin pour un des joueurs.

Elle but son soda et jeta la canette dans le sac-poubelle.

— A la fin de la première journée, j'étais tombée folle amoureuse de l'appareil photo, au point de ne plus penser un seul instant au joueur en question.

— Dommage pour lui.

Elle lui jeta un bref coup d'œil, désarçonnée par le sous-entendu flatteur.

— C'est sympa de votre part, cette petite phrase… Je ne vous pensais pas capable de ce genre de compliment !

Il esquissa un demi-sourire.

— Vous feriez bien de ne pas trop vous y habituer.

— Loin de moi cette idée !

Pourtant, sa remarque anodine l'emplissait de joie.

— Quoi qu'il en soit, ma passion pour la photo est vite devenue obsessionnelle, pour le plus grand bonheur de mes parents. Jusque-là, ils avaient vécu dans l'angoisse que je ne développe aucun talent artistique. Ils avaient une peur bleue de me voir finir à la tête d'une multinationale cotée en bourse.

— Cela dit, vous avez réussi sur les deux tableaux…

Elle s'arrêta un instant sur sa remarque. Elle n'avait jamais songé à sa carrière de cette manière. Sa passion pour la photo en tant qu'activité artistique l'absorbait tant qu'elle en oubliait qu'il s'agissait aussi d'une activité lucrative. Très lucrative, même, dans son cas.

— Je suppose que vous avez raison. Mais ne le dites surtout pas à mes parents !

— Vous pouvez compter sur moi, je ne vendrai pas la mèche.

Ils aperçurent en même temps un panneau annonçant des travaux en cours et ils eurent la même idée : Bryan se pencha pour prendre son appareil, tandis que Shade ralentissait pour finalement s'arrêter sur le bas-côté. Devant eux, une équipe d'ouvriers bouchait des trous et nivelait la chaussée. Tous transpiraient à grosses gouttes sous le soleil brûlant.

Shade s'éloigna de la camionnette pour trouver l'angle qui lui permettrait de prendre les hommes et les engins, luttant ensemble contre l'usure de la route. De son côté, Bryan pointa son objectif sur un seul homme.

Il était chauve et avait noué un bandana jaune sur le dôme lisse et vulnérable de son crâne. Son visage et sa nuque étaient cramoisis, luisants de sueur, son ventre bedonnant passait par-dessus la ceinture de son pantalon de travail. Il portait un T-shirt blanc immaculé, contrairement à ses collègues qui étaient vêtus de T-shirts bariolés, imprimés de photos et d'inscriptions.

Si elle voulait le prendre en gros plan, elle devait lui demander son autorisation… au risque de s'exposer du même coup aux sourires goguenards et aux sous-entendus douteux du reste de l'équipe. Elle se lança, avec un mélange d'aplomb et de charme qui aurait réjoui la plus chevronnée des relations publiques. Elle était convaincue que la relation entre le photographe et son sujet transparaissait dans le cliché final, d'où l'importance de tisser ce lien.

Shade, quant à lui, resta à distance. A ses yeux, les ouvriers formaient une équipe, une entité sans visage, burinée par le soleil, qui sillonnait le pays pour entretenir le réseau routier. Il n'avait pas besoin d'établir le contact avec eux, et ne voulait pas risquer d'altérer l'image qu'il avait d'eux cependant qu'ils se penchaient, creusaient et se redressaient dans un mouvement mécanique.

Il prit une photo éloquente de la poussière, la sueur et la saleté. De son côté, Bryan apprit que l'homme s'appelait Al, qu'il travaillait depuis vingt-deux ans au service de l'équipement et de la voirie.

Il lui fallut un peu de temps pour lui faire oublier la présence de l'objectif. Mais dès qu'elle réussit à le faire parler des dégâts du dernier hiver, plus rigoureux que les autres, elle sut que la partie était gagnée. Des gouttes de sueur ruisselaient sur les tempes de l'homme. Lorsqu'il leva un bras musclé pour s'essuyer, Bryan appuya sur le déclencheur.

Cette halte impromptue dura une bonne demi-heure. Lorsqu'ils regagnèrent la camionnette, ils transpiraient autant que les ouvriers.

— Vous avez toujours le contact aussi facile avec les gens que vous ne connaissez pas ? demanda Shade en démarrant et en allumant l'air conditionné.

— Quand je veux les prendre en photo, oui.

Elle souleva le couvercle de la glacière et sortit une canette de soda ainsi qu'une bouteille de thé glacé pour Shade.

— Vous avez eu ce que vous vouliez ?

— Oui.

Il l'avait observée pendant qu'elle travaillait. D'ordinaire, ils se séparaient, mais cette fois-ci il était resté suffisamment près pour voir de quelle manière elle opérait. Elle avait témoigné à l'ouvrier mille fois plus de patience et de gentillesse que la plupart des photographes travaillant avec des top models surpayés. En avait-elle seulement conscience ? Il en doutait. La vie de l'homme qu'elle avait photographié l'intéressait réellement. Qui il était, en quoi consistait son métier, comment il l'avait choisi… Toutes ces réponses comptaient visiblement pour elle.

Autrefois, il y avait très longtemps de cela, lui aussi avait nourri la même curiosité. Aujourd'hui, il la muselait. Se familiariser avec son sujet induisait forcément un investissement personnel qu'il récusait. Il avait cependant beaucoup de mal à faire taire sa curiosité au sujet de Bryan.

Elle lui en avait dit plus qu'il ne lui en avait demandé. Pourtant, ça ne lui suffisait pas, il en voulait davantage.

Il s'était tenu en retrait pendant près d'une semaine — autant que possible, en tout cas, vu les circonstances. Mais il avait envie d'elle en permanence, et le souvenir de leur étreinte, dans l'herbe du bas-côté, le taraudait sans cesse.

Au prix d'un gros effort, il avait gardé ses distances mais c'était elle, à présent, qui faisait un pas vers lui. N'était-il pas ridicule, finalement, de vouloir à tout prix lutter contre leur attirance réciproque ? Le plus sage, le plus simple, le plus logique ne serait-il pas de laisser venir, jusqu'au seul dénouement possible ?

Ils coucheraient ensemble, assouviraient leur désir et retourneraient ensuite à leur tâche.

Raisonnement froid ? Calculateur ? Peut-être, mais la route n'était-elle pas déjà toute tracée ? Et sur cette route il allait devoir garder le contrôle de ses émotions et rester aux aguets.

Ses émotions avaient, par le passé, altéré son instinct et son jugement. Au Cambodge, un ravissant visage et un sourire radieux l'avaient aveuglé puis trahi. Sans s'en rendre compte, il resserra ses doigts autour du volant. Il avait alors appris une chose importante sur la confiance : elle n'était rien d'autre que le revers de la trahison.

— A quoi pensez-vous ? demanda Bryan.

Le regard de Shade s'était voilé, tout à coup. Il se tourna vers elle. L'espace d'un instant, elle fut happée par un tumulte, une obscurité dont elle ignorait tout. Puis le moment passa. Son regard redevint calme tout en restant distant. L'étau de ses doigts se desserra autour du volant.

— On s'arrêtera à Page pour prendre quelques photos des bateaux et des vacanciers autour du lac Powell, avant de descendre vers le canyon, déclara-t-il.

— D'accord.

Quelle était donc la source de ses sombres pensées ? se demanda Bryan. Pas elle, c'était certain et c'était une bonne chose... Elle espérait sincèrement ne jamais lui inspirer pareil tourment, et finirait bien par découvrir les raisons de ce bref revirement d'humeur.

Elle aurait pu se contenter de quelques prises de vue du barrage. Mais, comme ils traversaient la petite ville de Page en direction du lac, Bryan aperçut les deux grandes arches dorées qui scintillaient à travers la brume de chaleur. Cette vue lui arracha un sourire. Le cheeseburger-frites ne répondait plus seulement aux envies estivales. Il faisait désormais partie de la vie quotidienne, tout au long de l'année. Pourtant, elle ne put s'empêcher de prendre en photo le restaurant aux contours familiers, niché à la sortie de la ville, presque à l'écart, tel un mirage en plein désert.

Baissant sa vitre, elle attendit l'angle parfait.

— Il faut que je mange ! déclara-t-elle en cadrant le bâtiment. Sans tarder...

Elle appuya sur le déclencheur.

Résigné, Shade entra dans le parking.

— Prenez un repas à emporter, dit-il lorsqu'elle descendit de la camionnette. J'ai très envie d'arriver à la marina, maintenant.

Glissant la bandoulière de son sac sur son épaule, Bryan sautilla en direction du restaurant et disparut à l'intérieur. Shade n'eut pas le temps de s'impatienter : elle ne tarda pas à reparaître, les bras chargés de sacs en papier blanc.

— Pas cher, rapide et délicieux, claironna-t-elle en se glissant sur le siège passager. Je ne sais pas comment je ferais pour vivre, si je ne pouvais pas satisfaire instantanément mes envies de cheeseburger !

Elle sortit du sac un sandwich enveloppé de papier et le lui tendit.

— J'ai pris du sel, si vous voulez, ajouta-t-elle en piochant dans une barquette de frites. Mmm, je meurs de faim !

— Normal. Vous ne grignotez qu'une barre chocolatée en guise de petit déjeuner.

— Je préfère être bien réveillée quand je mange, marmonna-t-elle en déballant son cheeseburger.

Shade fit de même de son côté. Il n'avait rien commandé, mais ces petites attentions semblaient naturelles pour Bryan, il avait déjà eu l'occasion de le remarquer. Ce qui était moins ordinaire, c'était la manière dont il réagissait à ces gestes anodins. Franchement, était-il normal de s'émouvoir parce qu'on lui offrait un sandwich ?

Plongeant sa main droite dans un sac, il en sortit une serviette en papier.

— Vous risquez d'en avoir besoin.

Bryan prit la serviette en souriant, replia ses jambes sous ses fesses et mordit à pleines dents dans son cheeseburger.

Lorsqu'ils arrivèrent, ils louèrent un bateau, aussitôt rebaptisé *Teuf-teuf* par Bryan. C'était une sorte de canoë étroit et long qui leur permettrait de sillonner le lac avec leur matériel.

Avec ses snacks et ses boutiques remplies de maillots de bain et de crèmes solaires, la marina plut beaucoup à Bryan. La saison battait son plein ; les vacanciers déambulaient en shorts et débardeurs, chapeaux et lunettes de soleil. Elle repéra un couple d'adolescents assis sur un banc. Bronzés, luisants d'huile solaire, ils mangeaient des glaces qui fondaient à vue d'œil. Ils étaient tellement absorbés l'un par l'autre que Bryan put prendre quelques photos sur le vif, pendant que Shade remplissait les papiers pour la location du bateau.

Cornets de glace et farniente au soleil. Une conception de l'été simple et réjouissante.

Satisfaite, Bryan rangea son appareil et rejoignit Shade.

— Vous savez conduire ce genre d'engin ?

Il lui glissa un regard entendu tandis qu'ils se dirigeaient vers le quai.

— Je vais me débrouiller.

Une femme en short et chemisier blancs leur expliqua rapidement le maniement de l'embarcation et leur montra les gilets de sauvetage, avant de leur remettre un plan du lac imprimé sur papier glacé. Bryan s'installa à l'avant, bien décidée à profiter de la balade.

— Ce qui est super, lança-t-elle par-dessus le bruit du moteur, c'est qu'on ne s'attend pas du tout à ça !

Elle désigna d'un geste ample la vaste étendue d'eau bleutée.

Des mesas et des falaises abruptes, teintées d'ocre, se dressaient tout autour du lac, tranquillement posé à l'endroit où la main de l'homme l'avait aménagé. Le contraste des deux la fascinait. En d'autres circonstances, elle aurait volontiers réalisé une étude sur le mélange d'harmonie et de puissance qui découlait parfois d'une association réussie entre la nature et l'imagination de l'homme.

Il n'était pas nécessaire de connaître tous les détails techniques concernant le barrage, tout ce qu'il avait fallu mettre en œuvre pour le réaliser. Seule son existence paraissait importante, et aussi le fait qu'ils soient tous deux là, à filer sur ce lac qui n'était jadis qu'une étendue désertique, projetant dans leur sillage une brume d'eau, autrefois du sable.

Repérant un beau petit hors-bord, Shade bifurqua dans sa direction. Pour l'heure, il préférait piloter et laisser à Bryan le loisir de prendre des photos. Cela faisait une éternité qu'il n'avait pas passé un après-midi chaud et ensoleillé sur l'eau. Il sentit ses muscles se détendre et ses sens s'affûter.

Un peu plus tard, décida-t-il, il prendrait des photos de la roche. Sa texture était extraordinaire, même dans les reflets qu'elle projetait sur l'eau. Contrastant violemment avec le bleu du lac, ses couleurs rendaient presque irréels les falaises et les aplombs rocheux. A l'impression, il insisterait sur les contours et les ombres, afin d'accentuer le caractère incongru du paysage.

Il se rapprocha du hors-bord dans l'idée de le photographier plus tard, lui aussi.

Bryan sortit son appareil sans idée précise. Elle espérait trouver un groupe de vacanciers allongés au soleil. Des enfants, peut-être, étourdis par l'eau et le vent. Tandis que Shade déviait légèrement de sa trajectoire, elle jeta un coup d'œil vers l'arrière du bateau et cadra rapidement la scène. C'était trop beau pour être vrai !

Une boule de poils marron beige se dressait à la poupe. Une espèce de bâtard informe dont les oreilles, immenses, volaient au vent et dont la langue pendait mollement. L'animal contemplait l'eau d'un air absorbé. Un gilet de sauvetage orange fluo recouvrait son pelage.

— Faites demi-tour ! cria-t-elle à Shade.

Elle attendit fébrilement que le bon angle se présentât de nouveau. Cinq personnes au moins se trouvaient sur le bateau, mais elle s'en moquait. Seul le chien l'intéressait. Elle ne voulait que lui : le toutou en gilet de sauvetage à l'arrière du bateau, le regard fixé sur l'eau.

D'impressionnantes mesas se dressaient derrière le hors-bord. Bryan dut rapidement faire un choix : devait-elle les inclure dans sa composition ou les ignorer ? Si seulement elle avait plus de temps… Elle décida finalement de jouer la carte de la drôlerie, oubliant le côté spectaculaire du paysage.

Shade fit trois fois le tour du bateau avant qu'elle ne se déclare satisfaite.

— Génial !

Elle abaissa son appareil en riant.

— Cette seule photo vaut bien qu'on parcoure des milliers de kilomètres !

Shade se dirigea vers la droite.

— On va voir ailleurs si on trouve autre chose à se mettre sous la dent, d'accord ?

Ils travaillèrent deux heures d'affilée. A la fin de la première heure, Bryan remplaça Shade aux commandes. Torse nu, ce dernier s'agenouilla alors à l'avant pour pointer son objectif sur le bateau qui faisait faire le tour du lac aux touristes. L'ocre de la falaise servait de toile de fond, l'eau bleue du lac miroitait, dispensant une agréable sensation de fraîcheur. Appuyés contre la rambarde, les passagers ne formaient qu'une vague mosaïque de couleurs. Exactement ce que Shade recherchait : donner à voir le caractère anonyme des tours organisés et l'attrait irrésistible qu'ils exerçaient sur les foules.

Pendant que Shade travaillait, Bryan conduisait le bateau à vitesse réduite en regardant tout autour d'elle. Après un coup d'œil au torse bronzé et musclé de Shade, elle avait jugé préférable de se concentrer sur le paysage. Elle put ainsi repérer une charmante crique et, posée à quelques mètres au large de la plage, une île parsemée d'impressionnants rochers.

— Regardez !

Sans hésiter, elle bifurqua dans sa direction, puis coupa le moteur pour laisser le bateau dériver tranquillement dans son propre sillage.

— On se baigne ?

Question de pure forme, car avant qu'il ait eu le temps de dire quoi que ce soit, elle sauta par-dessus bord et attacha les cordes d'amarrage au rocher le plus proche.

Elle courut ensuite vers la crique et plongea dans l'eau claire. Lorsqu'elle émergea en riant quelques instants plus tard, Shade avait escaladé les contours rocheux de l'île.

— C'est divin ! Venez, Shade ! Allez… On ne s'est pas accordé un seul moment de détente depuis qu'on est partis.

Elle avait raison. Il avait lui-même veillé à ce que leur emploi du temps soit toujours bien chargé. Mais il aurait volontiers fait une pause en cet instant. Pourtant, cette perspective lui paraissait tout à fait déraisonnable en présence de la jeune femme. Il lui suffisait de la regarder fendre l'eau assombrie par les imposantes silhouettes des rochers pour savoir que ce n'était pas une bonne idée…

En même temps, ne serait-il pas temps de cesser de lutter ? Ce qui devait arriver arriverait, de toute manière !

Fort de ce raisonnement, il s'approcha de l'eau.

— Un vrai cadeau, déclara Bryan en s'allongeant sur le dos pour faire la planche. C'est fou, je ne me rendais même pas compte que je mourais de chaud !

Dans un soupir de bien-être, elle plongea de nouveau et reparut un peu plus loin, le visage ruisselant.

— Il y avait une mare à quelques kilomètres de notre maison, quand j'étais gamine. Je passais tout l'été à m'y baigner.

Incapable de résister plus longtemps à l'attrait du lac bleuté, Shade entra dans l'eau. Une sensation de fraîcheur l'envahit aussitôt, mais il resta tendu.

— Je ne m'attendais pas à trouver tant de choses intéressantes, ici, reprit Bryan en tapotant du bout des doigts la surface de l'eau. J'ai hâte d'être à Sedona pour pouvoir développer les premières photos.

Elle replaça sa tresse dans son dos.

— Et pour dormir dans un vrai lit.

— Pourquoi, vous dormez mal ? Ce n'est pas l'impression que vous donnez, pourtant…

C'était l'une des premières choses qu'il avait remarquées,

chez elle, sa capacité à pouvoir s'endormir n'importe où, à n'importe quelle heure, dès l'instant où elle fermait les yeux.

— Non, je dors bien… C'est plutôt le réveil qui me pose un problème.

Ouvrir les yeux à quelques centimètres de lui, jour après jour… Contempler son visage assombri par une barbe naissante, diablement séduisante, et regarder ses muscles rouler sous sa peau bronzée quand il étirait son grand corps… Oui, à quoi bon le nier, cette promiscuité forcée lui procurait parfois de troublantes sensations.

— Vous savez quoi ? poursuivit-elle d'un ton qu'elle voulut dégagé. Notre budget devrait nous permettre de dormir dans un motel une ou deux fois par semaine. Je ne parle pas d'un hôtel quatre étoiles, mais j'aimerais de temps en temps profiter d'un bon matelas et d'une vraie cabine de douche… Les campings où nous avons dormi jusqu'à présent étaient censés avoir de l'eau chaude… Mon œil, oui !

Shade ne put s'empêcher de sourire. Lui non plus n'avait éprouvé aucun plaisir à prendre des douches tièdes, dans le meilleur des cas, après une journée passée sur la route. Pourtant, il ne résista pas à l'envie de la taquiner.

— Vous tenez à votre petit confort, pas vrai ?

Elle se laissa de nouveau flotter sur le dos et battit des pieds pour l'éclabousser.

— Je ne dirais pas ça comme ça… Ça ne me dérange pas de renoncer à certaines choses quand c'est nécessaire. En même temps, je n'ai pas honte d'avouer que je préférerais passer un week-end au Beverly Wilshire Hotel plutôt que m'escrimer à faire un feu de bois en pleine cambrousse.

Elle ferma les yeux et se laissa dériver.

— Pas vous ?

— Si.

Au même instant, il tendit la main, attrapa sa tresse et tira dessus pour la faire couler.

Partagée entre la surprise et l'amusement, Bryan refit surface en s'ébrouant. Ainsi, il savait donc s'amuser de temps en temps ? Elle pourrait bien finir par le trouver sympathique, rien que pour ça…

— Je suis une pro des jeux d'eau, autant vous prévenir tout de suite ! dit-elle en battant de nouveau des jambes.

— L'eau vous va bien, en tout cas.

Quand s'était-il enfin détendu ? Il n'aurait su dire à quel moment précis son corps avait évacué la tension accumulée. Cette femme dégageait un je-ne-sais-quoi de… *Oisif* ? Non. Elle travaillait autant que lui. *Nonchalant* ? Oui, « nonchalant » serait un terme plus approprié. Bryan était quelqu'un de facile à vivre, en harmonie avec elle-même et l'environnement dans lequel elle se trouvait, quel qu'il soit.

— Elle vous va bien aussi, répondit-elle.

Pupilles rétrécies, elle concentra son attention sur Shade pour la première fois depuis plusieurs jours. En évitant de le regarder, elle avait réussi à ignorer les sentiments qu'il éveillait en elle. Des sentiments gênants, incompréhensibles, surtout pour une femme comme elle. Elle aimait se sentir en paix, or en cet instant précis, avec le clapotis de l'eau et le ronron des moteurs de bateaux dans le lointain, elle ne l'était pas. Elle avait très envie de le regarder… et son cœur battait un peu trop vite.

Ses cheveux étaient humides et emmêlés autour de son visage qu'elle n'avait encore jamais vu aussi détendu. Ses yeux ne cachaient plus aucun secret. Il était presque trop mince, mais ses bras et son dos étaient musclés et elle connaissait déjà la puissance de ses mains. Elle lui sourit. Combien de moments de ce genre, calmes et sereins, auraient-ils l'occasion de partager ?

— Vous ne prenez pas assez de temps pour vous, Shade.

— Ah bon ?

— Oui…

Elle cessa de battre des pieds pour se laisser flotter.

— Je crois que tout au fond de vous, mais vraiment tout au fond, se cache une bonne personne.

— Je crois que vous vous trompez, répondit-il avec une pointe d'humour dans la voix.

— Oh ! Elle se terre bien profondément, c'est sûr. Mais je finirais par la dénicher, si vous m'autorisiez à vous photographier.

Il aimait bien sa façon de se laisser porter par l'eau, sans la moindre dépense d'énergie. Elle flottait, tout simplement. On aurait presque cru qu'elle allait s'endormir.

— Vous croyez ? Honnêtement, je ne pense pas que ce soit bien utile.

Elle rouvrit les yeux, plissa les paupières pour mieux le voir.

— C'est ce que vous croyez. De toute façon, j'ai déjà pris la décision de le faire… quand je vous connaîtrai un peu mieux.

Il encercla sa cheville avec deux doigts, dans un geste aérien.

— Vous serez bien obligée d'obtenir mon accord pour me prendre en photo et trouver mon vrai moi…

— Oh ! Vous me le donnerez.

Electrisée par le contact de ses doigts sur sa peau, elle se raidit malgré elle. Shade aussi, remarqua-t-elle. Au bout de dix interminables secondes, elle se remit debout dans un mouvement faussement désinvolte.

— Je commence à avoir froid, murmura-t-elle avant de nager en direction du bateau, le cœur battant à présent à coups précipités.

Shade resta un moment dans l'eau. Il ne savait décidément pas comment s'y prendre avec elle. Il la désirait, c'était un fait, mais il n'était pas sûr de pouvoir assumer les conséquences de son attirance pour elle, s'ils décidaient d'aller plus loin. Pire encore : ils étaient sur le point de devenir amis, ce qui ne leur faciliterait guère les choses…

Il finit par revenir à la nage vers bateau, sans se presser, mais Bryan n'y était pas. Intrigué, il regarda autour de lui et s'apprêtait à l'appeler lorsqu'il la vit, perchée au sommet d'un rocher.

Elle avait dénoué sa tresse et brossait ses cheveux pour les faire sécher au soleil. Ses longues jambes étaient repliées sous ses fesses, son visage tourné vers le ciel. Ses vêtements mouillés collaient aux courbes de son corps. C'était à l'évidence le cadet de ses soucis. Elle recherchait le soleil, la chaleur, de la même manière qu'elle avait savouré la fraîcheur de l'eau un moment plus tôt.

Il sortit son appareil et installa l'objectif. Il voulait la prendre en gros plan, avec rien autour d'elle. Il fit le point, la cadra dans son viseur. Une fois encore, sa sensualité à fleur de peau lui coupa le souffle. Il dut se rappeler que c'était un œil professionnel qu'il posait sur elle. Il photographiait un sujet, rien d'autre.

Soudain, Bryan tourna la tête et ses yeux rencontrèrent les siens à travers le viseur. L'étincelle du désir flamba aussitôt. Ils se contemplèrent quelques instants, séparés physiquement et pourtant intimement unis. Shade prit la photo et, en appuyant sur le déclencheur, il sut qu'il photographiait cette fois bien plus qu'un simple sujet.

Bryan se leva et descendit du rocher avec sa nonchalance naturelle.

— Vous ne m'avez pas demandé mon autorisation, lança-t-elle en jetant la brosse dans son cabas.

Il tendit la main pour effleurer ses cheveux encore humides et en retint une mèche entre ses doigts. Puis son regard chercha le sien.

— J'ai envie de vous, dit-il.

Bryan sentit ses jambes se liquéfier. Une onde de chaleur

envahit son ventre et se propagea jusqu'à l'extrémité de ses doigts. Shade était un homme coriace. Il ne donnerait pas, mais prendrait, alors qu'elle, elle aurait besoin, tôt ou tard, de recevoir aussi.

— Ça ne veut rien dire pour moi, déclara-t-elle d'un ton posé. Les gens ont envie de plein de choses, en permanence : d'une nouvelle voiture, d'une nouvelle télé. Il me faut autre chose, Shade…

Elle passa à côté de lui pour monter sur le bateau. Il la rejoignit en silence et ils quittèrent la crique. Tandis que l'embarcation prenait de la vitesse, une même question les taraudait : seraient-ils capables de donner plus qu'ils ne prendraient ?

5

Au fil du temps, Bryan s'était forgé une image idéalisée d'Oak Creek Canyon, mais elle ne fut cependant pas déçue : elle retrouva la petite ville chargée de la même chaleur, la même force, la même débauche de couleurs.

Ils prendraient en photo les nombreux campeurs venus passer leurs vacances dans ce petit coin tranquille. Les pêcheurs amateurs et chevronnés, dans la crique, avec leurs visages concentrés et leurs appâts multicolores. Les feux de camp et les chamallows grillant au-dessus des flammes, à la nuit tombée. Le café dans des gobelets en fer-blanc. Oui, ils avaient bien fait de s'arrêter.

Ils avaient prévu de rester sur place trois jours pour travailler, développer et tirer leurs photos. Bryan avait hâte de s'y mettre. Mais avant d'aller régler les détails de leur séjour en ville, ils décidèrent d'un commun accord de s'arrêter dans le canyon, pour que Bryan puisse dire bonjour à Lee et sa famille.

— Selon ses indications, il devrait y avoir un petit chemin de terre sur la droite, juste après une boutique...

Shade ralentit. Lui aussi était impatient de se mettre au travail. Certaines photos qu'il avait prises depuis le début de leur périple ne demandaient qu'à être développées, et il brûlait d'envie de les tirer sur papier. Pour cela, il avait besoin du calme propice à la concentration d'une chambre noire, et de solitude. Il voulait donner libre cours à sa créativité et tenir entre ses mains, enfin, le fruit de son travail.

Bryan assise sur l'îlot rocheux… S'il s'interdisait de trop y penser, il savait toutefois qu'il développerait en premier la pellicule sur laquelle se trouvait la photo.

Il aurait le temps et le détachement nécessaires pour faire du bon boulot, et c'était là l'essentiel à ses yeux. Dès qu'il l'aurait déposée chez ses amis — car il ne doutait pas un instant que ces derniers l'inviteraient à séjourner chez eux —, il foncerait à Sedona pour louer une chambre noire et se trouver un motel. Avec un peu de chance, Bryan et lui passeraient trois jours sans se croiser.

— C'est là ! s'exclama-t-elle alors même qu'il avait déjà ralenti pour s'engager sur le chemin abrupt, bordé d'arbres.

Elle secoua la tête.

— Seigneur, je n'aurais jamais imaginé Lee dans un endroit pareil ! Tout est tellement brut et sauvage… alors qu'elle est si… raffinée…

Shade avait connu quelques femmes raffinées dans sa vie. Il avait même vécu avec l'une d'entre elles.

Jetant un coup d'œil en contrebas, il demanda :

— Qu'est-ce qu'elle est venue faire ici, alors ?

— Elle est tombée amoureuse, tout simplement, répondit Bryan en se penchant en avant. Voilà la maison… Elle est superbe !

Ce n'était pas la maison de ville sophistiquée qu'elle aurait imaginée pour Lee, mais elle comprit au premier coup d'œil pourquoi son amie se plaisait à cet endroit. Il y avait de grandes baies vitrées, des fleurs partout, de grosses corolles rouge-orangé qu'elle ne parvint pas à identifier. L'herbe était grasse, les arbres feuillus.

Deux véhicules étaient garés dans l'allée, une vieille Jeep couverte de poussière et une berline couleur crème, rutilante. Au moment où Shade garait la camionnette derrière la Jeep, une impressionnante silhouette gris argent apparut en bondissant sur le côté de la maison. Shade laissa échapper un juron, sous le coup de la surprise.

— Ça doit être Santanas, déclara Bryan en riant, mais elle observa cependant le chien d'un air méfiant derrière sa portière fermée.

Fasciné, Shade contempla la puissante musculature de l'animal qui tournait autour du van. Sa queue battait l'air joyeusement et sa langue pendait entre ses crocs. Une brave bête, sans doute.

— On dirait un loup.

— Exactement, renchérit Bryan, les yeux rivés sur le chien qui allait et venait le long du véhicule. Lee m'a dit qu'il était gentil.

— Eh bien, à vous l'honneur…

Bryan le foudroya du regard. Il la gratifia d'un sourire désinvolte.

Prenant une longue inspiration, elle ouvrit sa portière.

— Gentil chien, murmura-t-elle en descendant, la main agrippée à la poignée. Gentil Santanas…

— J'ai lu quelque part que Brown élevait des loups, déclara Shade d'un ton dégagé en sortant à son tour.

— Super ! marmonna Bryan.

Elle tendit prudemment la main vers l'animal qui la renifla avec soin.

Son odeur dut lui plaire car il la renversa d'un bond enthousiaste. Shade fut près d'elle avant qu'elle ait le temps de reprendre son souffle. Un mélange de peur et de colère l'avait porté à la vitesse de l'éclair, mais avant qu'il ait eu le temps de s'interroger sur la conduite à tenir un sifflement aigu déchira l'air.

— Santanas !

Une jeune fille surgit de la maison, de longues tresses volant dans son dos.

— Arrête tout de suite ! Tu n'es pas censé faire tomber les gens !

Attrapé en flagrant délit, l'énorme chien se coucha sur le ventre et prit un air innocent.

— Il est désolé…

L'adolescente les regarda tour à tour.

— Il est toujours un peu excité quand des gens nous rendent visite. Vous êtes Bryan, c'est ça ?

Bryan opina du chef tandis que le chien posait sa grande tête sur son bras puis levait les yeux sur elle.

— Quel drôle de prénom. Je croyais que vous alliez être bizarre, aussi, mais en fait, non. Je suis Sarah.

— Bonjour, Sarah.

Reprenant son souffle, Bryan leva les yeux vers Shade.

— Et voici Shade Colby…

— C'est votre vrai nom ? demanda la jeune fille.

— Oui.

Il dévisagea l'adolescente qui l'observait, sourcils froncés. Il aurait voulu la réprimander pour ne pas avoir tenu son chien, mais il en fut incapable. Elle avait des yeux noirs, empreints de gravité, ce qui lui donna envie de s'agenouiller pour mieux les contempler. Une future briseuse de cœur… Encore dix ans et elle en ferait, des malheureux !

— Ça pourrait être le nom d'un personnage d'un des romans de mon père. Ça sonne plutôt bien, je trouve.

Elle sourit à Bryan et enfonça ses baskets dans la poussière.

— Je suis vraiment désolée que Santanas vous ait fait tomber. Vous n'êtes pas blessée, au moins ?

Comme c'était la première fois qu'on lui posait la question, Bryan réfléchit avant de donner sa réponse.

— Non.

— Dans ce cas, ce serait cool que vous n'en parliez pas à mon père.

Elle esquissa un petit sourire, dévoilant les bagues de son appareil dentaire.

— Il n'aime pas trop que Santanas oublie ses bonnes manières.

A ces mots, le chien lécha l'épaule de Bryan de son énorme langue rose.

— Marché conclu, déclara cette dernière.

— Génial ! On va aller les prévenir que vous êtes là.

Elle s'élança vers la maison et le chien bondit derrière elle, sans le moindre regard pour Bryan.

— La vie de Lee n'est peut-être pas si monotone que ça, finalement, fit-elle observer.

Shade lui tendit la main pour l'aider à se relever. Il avait eu peur, et même fichtrement... Tout ça parce que le gros toutou d'une gamine avait fait tomber sa collègue de travail.

— Ça va ?

— Oui.

Elle brossa son jean couvert de poussière avec des petits gestes rapides, et se figea lorsque les mains de Shade coururent le long de ses bras.

— Sûr ?

— Oui...

Ses pensées étaient devenues bizarrement incohérentes. Shade n'était pas censé la regarder comme ça, comme si elle comptait vraiment pour lui. En même temps, elle aurait aimé qu'il ne cesse jamais de la regarder ainsi. Ses doigts l'effleuraient à peine. Elle aurait aussi aimé qu'il ne cesse jamais de la caresser ainsi.

— Je vais bien, reprit-elle enfin.

Mais sa voix n'était plus qu'un murmure et ses yeux ne quittaient pas ceux de Shade.

— Ce chien doit peser soixante kilos, au bas mot.

— Il ne voulait pas me faire mal.

Pourquoi, songea-t-elle vaguement, parlaient-ils d'un chien alors que tout ce qui comptait, c'était lui et elle ?

— Je suis désolé.

Le pouce de Shade s'attarda sur l'intérieur de son coude, là où la peau était aussi douce que ce qu'il avait imaginé. Il sentit son pouls se mettre à battre à coups précipités.

— J'aurais dû sortir en premier, au lieu de vous taquiner.

Il avait très envie de l'embrasser.

— Ce n'est pas grave, murmura-t-elle, presque surprise de découvrir ses mains sur les épaules de Shade.

Leurs corps, tout proches, se frôlaient à présent. Lequel des deux avait bougé ?

— Ce n'est pas grave, répéta-t-elle comme pour elle-même, en se penchant en avant.

Leurs lèvres hésitèrent, frémissantes, puis s'effleurèrent à peine. Des jappements excités résonnèrent soudain dans la maison et ils s'écartèrent brusquement l'un de l'autre, presque en sursautant.

— Bryan !

La porte claqua derrière Lee qui venait de sortir sous le porche. Parcourue d'un léger frisson, Bryan recula d'un pas avant de pivoter sur ses talons. Trop d'émotions, songea-t-elle confusément. Trop d'émotions, trop vite.

— Lee !

Elle courut vers son amie — ou bien fuyait-elle Shade ? Elle n'en savait rien. Une seule chose était sûre dans l'immédiat : elle avait besoin d'une présence.

Ce fut avec un soulagement indicible qu'elle se glissa dans les bras affectueux de Lee.

— C'est tellement bon de te voir…

C'était un peu théâtral, comme entrée en matière…

Par-dessus l'épaule de Bryan, Lee observa l'homme qui se tenait à quelques mètres derrière elles. Sa première impression fut qu'il souhaitait rester ainsi. A distance.

Dans quoi Bryan s'était-elle encore fourrée ? songea-t-elle en la serrant dans ses bras.

— Laisse-moi te regarder...

A présent que la tension était retombée, Bryan contemplait son amie. Le visage aux traits fins... Les cheveux impeccablement coiffés... Tout était comme avant. Mais la femme, elle, n'était plus la même. Bryan le sentit avant même de baisser les yeux sur le ventre arrondi de Lee, sous sa jolie robe d'été.

— Tu es heureuse, Lee. Et ça se voit. Sans regret ?

— Sans regret !

A son tour, Lee examina longuement son amie. Bryan n'avait pas changé. En forme, décontractée, belle comme elle seule savait l'être. Il n'y avait que ce soupçon de gravité dans ses yeux...

— Et toi ?

— Tout va bien. Tu m'as manqué mais je suis rassurée, maintenant.

Lee glissa en riant un bras autour de la taille de Bryan. Si son amie avait des problèmes, elle ferait en sorte de savoir pourquoi, car Bryan était incapable de cacher les choses.

— Rentrons dans la maison. Sarah et Hunter sont en train de préparer du thé glacé.

Lorsqu'elle se tourna vers Shade, elle sentit Bryan se raidir imperceptiblement, mais ce fut suffisant pour qu'elle devinât la cause des tourments de son amie.

— Shade ? appela Bryan.

Il avança prudemment, comme un homme habitué à tâter le terrain, songea Lee.

— Lee Radcliffe... Lee *Radcliffe Brown*... Shade Colby. Tu te souviens de la fois où j'ai dépensé tout l'argent que j'avais mis de côté pour une nouvelle voiture pour acheter une de ses photos ?

— Bien sûr ! Je t'avais même traitée de folle, ce jour-là.

Lee tendit la main à Shade, mais sa voix resta distante.

— Enchantée. Bryan est une grande admiratrice de votre travail.

— Contrairement à vous ? fit-il, partagé entre la curiosité et un sentiment de respect qu'il n'avait pas imaginé éprouver.

— Je le trouve dur, mais fascinant, répondit simplement Lee. Mais c'est Bryan la spécialiste, pas moi.

— Dans ce cas, elle vous dira que nos photos ne s'adressent pas aux spécialistes.

Lee hocha la tête. La poignée de main de Shade avait été ferme — sans douceur, mais sans cruauté non plus. Et son regard était exactement pareil.

— Entrez, monsieur Colby.

Shade avait eu l'intention de déposer Bryan et de poursuivre son chemin. Il accepta pourtant l'invitation. Après tout, ça ne lui ferait pas de mal de se rafraîchir un peu avant de retourner en ville. Il suivit donc les deux femmes à l'intérieur.

— Papa, si tu ne mets pas plus de sucre, ça sera imbuvable !

Dans la cuisine, Sarah, mains sur les hanches, observait son père en train de s'affairer autour d'un pichet de thé.

— Tout le monde n'a pas envie d'ingurgiter les mêmes quantités de sucre que toi, Sarah.

Hunter se retourna et Bryan le gratifia d'un sourire. Elle adorait ce qu'il écrivait, et le maudissait souvent au beau milieu de la nuit, quand elle était incapable de trouver le sommeil après avoir lu un de ses romans. Elle trouvait qu'il ressemblait aux personnages masculins qu'affectionnaient les sœurs Brontë : forts, tourmentés, ténébreux. Mais c'était surtout l'homme qui aimait sa meilleure amie.

Elle lui ouvrit les bras.

— Ça fait plaisir de te revoir !

Hunter l'étreignit affectueusement, puis laissa échapper un petit rire lorsqu'elle tendit la main dans son dos pour attraper un cookie sur l'assiette que Sarah avait préparée.

— Comment se fait-il que tu ne grossisses pas ?

— Ce n'est pourtant pas faute d'essayer, rétorqua Bryan en mordant dans le biscuit. Mmm, c'est encore chaud… Hunter, je te présente Shade Colby.

Hunter posa le torchon qu'il tenait à la main.

— Je connais bien votre travail, dit-il tandis qu'ils échangeaient une poignée de main. C'est puissant.

— C'est exactement l'adjectif que j'utiliserais pour qualifier le vôtre.

— Ton dernier roman m'a rendue tellement parano que je n'ai pas osé descendre mon linge au sous-sol pendant deux semaines ! dit Bryan d'un ton accusateur. Je n'avais plus rien à me mettre, à la fin !

Hunter esquissa un sourire ravi.

— Merci.

Bryan inspecta la cuisine inondée de soleil.

— Je m'attendais plus ou moins à débarquer dans une maison pleine de toiles d'araignées et de parquets grinçants.

— Tu es déçue ? plaisanta Lee.

— Non, plutôt soulagée !

Lee s'assit à table en riant, Sarah à sa gauche et Bryan en face d'elle.

— Alors, ce projet, ça avance bien ?

— Oui, répondit Bryan en évitant le regard de Shade. Très bien, même. Enfin, on en saura plus quand on aura développé nos pellicules… On s'est arrangés avec un des journaux locaux pour qu'il nous prête sa chambre noire. Il ne nous reste plus qu'à nous rendre à Sedona, nous présenter là-bas et réserver deux chambres d'hôtel. Et dès demain on se met au boulot.

— Des chambres d'hôtel ?

Lee reposa le verre que lui avait rempli Hunter.

— Mais tu vas rester ici !

— Lee, protesta Bryan en souriant à Hunter qui lui présentait l'assiette de cookies. J'avais envie de te voir, mais je n'ai l'intention de m'incruster chez vous. Je sais que vous travaillez tous les deux sur vos prochains livres. Et de notre côté on sera dans les bains de développement jusqu'au cou.

— On ne va pas se voir beaucoup, si vous séjournez à Sedona, objecta Lee. Bon sang, Bryan, tu me manques trop ! Tu vas rester ici, décréta-t-elle en posant une main sur son ventre rebondi. Il ne faut jamais contrarier une femme enceinte.

— Restez, renchérit Shade avant que Bryan ait le temps d'ouvrir la bouche. Ce sera sans doute le dernier moment de détente avant un bout de temps.

— On a du pain sur la planche, lui rappela Bryan.

— Le trajet n'est pas si long que ça, d'ici jusqu'en ville. Ça ne changera pas grand-chose. On louera une voiture pour que chacun de nous soit libre de ses mouvements.

— L'invitation vaut pour tous les deux, précisa alors Hunter, tout en dévisageant Shade.

Il lui trouvait l'air nerveux. Passionné. Pas le genre de type qu'il aurait choisi pour une Bryan éprise de lenteur et de liberté, mais qui était-il pour juger ? Il ne pouvait qu'observer, il était doué pour ça. Il se passait quelque chose entre eux, c'était évident. Et leur réticence à l'admettre crevait tout autant les yeux.

Shade avait sur le bout de la langue un refus courtoisement formulé. Ses yeux croisèrent ceux de l'écrivain. Ils étaient aussi tourmentés, aussi cérébraux l'un que l'autre. Sans doute est-ce pour cela qu'ils se comprirent sur-le-champ.

« Je suis déjà passé par là, semblait lui dire Hunter

avec l'ombre d'un sourire. Tu cours peut-être vite, mais tu n'iras pas loin, crois-moi ! »

Il perçut de la compréhension chez lui, mais aussi une part de défi. Tournant la tête, il croisa le regard froid et pénétrant de Bryan.

— J'accepte avec grand plaisir, s'entendit-il alors répondre, tandis qu'il traversait la pièce pour prendre place autour de la table.

Lee examinait attentivement les tirages, en prenant tout son temps, comme à son habitude. De son côté, Bryan faisait les cent pas sur la terrasse, sur le point d'exploser.

— Alors ? demanda-t-elle finalement. Qu'est-ce que tu en penses ?

— Je n'ai pas encore fini.

Bryan ouvrit la bouche, puis la referma. Ce n'était pas son genre d'angoisser autant dans son travail. Les photos étaient réussies, elle le savait. N'y avait-elle pas mis tous ses efforts, tout son cœur ?

Mieux que réussies, songea-t-elle en sortant de sa poche une barre chocolatée. Ces photos comptaient parmi les meilleures qu'elle ait faites. Sans doute l'idée de se mesurer à Shade l'avait-elle motivée… Après les commentaires qu'il avait formulés au sujet du style de ses photos, elle avait eu envie de se surpasser. Elle n'avait pourtant jamais aimé l'esprit de compétition, tellement mesquin à ses yeux, mais cette fois c'était différent. Et elle avait envie de gagner.

Shade et elle avaient vécu sous le même toit, travaillé dans la même chambre noire pendant plusieurs jours et pourtant ils s'étaient à peine croisés. Et Bryan s'en félicitait. Cela dit, Shade avait tout fait pour l'éviter, lui aussi. Ils jouaient au même jeu, finalement : on se cache et on ne se cherche surtout pas. Sauf qu'ils reprenaient la route le lendemain.

Elle était à la fois impatiente et angoissée à l'idée de repartir. L'ambivalence n'était pourtant pas son genre. Elle aimait les choses simples, directes et elle était d'une nature plutôt… gentille, oui. Alors pourquoi se comportait-elle différemment avec Shade ?

— Bien.

Bryan fit volte-face.

— Bien ? répéta-t-elle, suspendue aux lèvres de Lee.

— J'ai toujours admiré ton travail, Bryan, tu le sais bien.

Lee croisa gracieusement ses mains sur la table en fer forgé.

— *Mais ?*

— Mais ces photos sont incontestablement les meilleures que tu aies jamais faites !

Laissant échapper l'air qu'elle retenait dans ses poumons depuis quelques instants, Bryan se dirigea vers la table.

— Pourquoi ?

— Il y a sans doute une foule de raisons purement techniques : le jeu entre l'ombre et la lumière, le recadrage…

Bryan secoua la tête d'un air impatient.

— Pourquoi ? répéta-t-elle.

Captant le message, Lee choisit une photo.

— Prends celle-ci, par exemple, celle de la vieille dame et de la petite fille, à la plage… C'est peut-être à cause de mon état, expliqua-t-elle posément en étudiant de nouveau le cliché, mais en la regardant je ne peux pas m'empêcher de penser à l'enfant que je porte. Elle me rappelle aussi que je vais vieillir, mais que l'âge ne m'empêchera jamais de rêver. Cette photo est puissante parce qu'elle est simple, directe et tellement pleine d'émotion ! Il y a aussi celle-là…

Elle passa en revue les tirages papier jusqu'au portrait de l'ouvrier des travaux publics.

— De la sueur, de la volonté, de l'honnêteté. Quand on voit ce visage, on sait qu'il appartient à un type qui croit aux vertus du travail laborieux et paie ses factures à l'heure. Et là, tiens, le couple d'ados… Là, tu as capturé la jeunesse juste avant les inévitables bouleversements de l'âge adulte. Et ce chien…, enchaîna-t-elle en riant. Quand j'ai regardé la photo la première fois, j'ai trouvé l'ensemble mignon et drôle, mais en fait cette bête a l'air très fière d'elle. Elle est presque humaine dans son attitude. On croirait presque que le bateau lui appartient.

Lee rangea les photos, tandis que Bryan gardait le silence.

— Je pourrais les commenter une par une avec toi, mais pour résumer je dirais qu'elles racontent toutes une histoire. C'est juste une scène, quelques instants pris sur le vif, mais l'histoire est là, en filigrane. Les émotions sont là aussi. N'est-ce pas le but recherché ?

Bryan sourit et ses épaules se décontractèrent.

— Si. C'est le but, en effet.

— Si les photos de Shade sont à moitié aussi bonnes que les tiennes, le livre sera fantastique !

— Elles seront excellentes, murmura Bryan. J'ai vu quelques-uns de ses négatifs en chambre noire. Ils sont tous incroyables.

Haussant un sourcil, Lee la dévisagea un instant sans rien dire.

— Et ça te dérange ? demanda-t-elle enfin.

— Quoi ? Non… non, pas du tout ! C'est son travail… même si, en l'occurrence, ce sera aussi un peu le mien. Je n'aurais jamais accepté de travailler avec lui si je n'avais pas admiré ce qu'il fait.

— *Mais ?* insista Lee, le sourcil arqué, mais avec un sourire.

— Je ne sais pas. Il est tellement… tellement *parfait.*

— Vraiment ?

— Il n'hésite jamais. Il sait toujours précisément ce qu'il veut. Quand il se réveille le matin, il est déjà opérationnel, il ne se trompe jamais de route. Il sait même préparer du bon café !

— Il y a de quoi le détester, en effet, ironisa Lee.

— C'est juste frustrant, c'est tout.

— L'amour est toujours frustrant. Tu l'aimes, n'est-ce pas ?

— Non !

Bryan dévisagea Lee d'un air sincèrement surpris.

— Seigneur, j'espère quand même être plus sensée que ça ! Je dois même faire des efforts pour essayer de l'apprécier.

— Bryan, je ne voudrais surtout pas me mêler de tes affaires, mais je m'inquiète pour toi.

— Autrement dit, tu comptes bien te mêler de mes affaires.

— C'est ça. Je vous ai observés tous les deux, et j'ai bien vu que vous vous évitiez délibérément, comme si vous aviez peur de vous embraser au moindre effleurement.

— Il y a en effet quelque chose comme ça…

Lee tendit la main vers elle.

— Tu peux te confier à moi, tu le sais…

Il était parfois impossible de se dérober. Baissant les yeux sur ses mains croisées, Bryan laissa échapper un soupir.

— Je me sens attirée par lui, admit-elle à voix basse. Il n'est pas comme les hommes que j'ai connus. Et forcément, ce n'est pas le genre d'homme que j'apprécie d'ordinaire. Il est distant, sérieux. Alors que moi j'aime m'amuser. Prendre du plaisir.

— Les relations entre un homme et une femme se bâtissent sur autre chose que le plaisir.

— Je n'ai pas envie d'entamer une relation, Lee. Quand je donne rendez-vous à un homme, c'est pour aller danser, aller à une fête, au cinéma, écouter un concert... Rien de plus. Je ne veux surtout pas de la tension, des efforts qui accompagnent une relation poussée.

— Si je ne te connaissais pas, je te trouverais très superficielle.

— Peut-être que je le suis.

Sans mot dire, Lee pointa l'index sur la pile de photos.

— Oui, mais ça, c'est mon travail, objecta Bryan avant de baisser les armes. Je ne veux pas d'une relation sérieuse, Lee. Je suis déjà passée par là et je ne suis pas douée pour ça.

— Il faut être deux pour parler d'une vraie relation, fit remarquer Lee. Tu culpabilises encore ?

— J'étais en grande partie responsable. Je ne valais rien comme épouse.

— Un genre d'épouse bien particulier, rectifia Lee.

— Tu ne trouveras pas beaucoup de définitions différentes pour ce mot dans le dictionnaire.

Lee haussa un sourcil.

— Tu sais, Sarah a une amie qui a une mère formidable. C'est une vraie fée du logis ; sa maison est impeccablement tenue, décorée avec goût. Elle prépare de la *jelly*, elle est secrétaire de l'association des parents d'élèves et s'occupe d'un groupe de jeannettes. Le genre de femme à créer une œuvre d'art avec deux bouts de papier de couleur et un tube de colle. Elle est en outre très jolie et entretient sa forme physique en faisant de la gym trois fois par semaine. Je l'admire énormément, mais si Hunter avait voulu que je lui ressemble, je ne porterais pas son alliance aujourd'hui.

— Hunter est différent, murmura Bryan.

— Ça, c'est clair ! Et tu sais pourquoi j'ai failli tout gâcher avec lui... parce que j'avais peur de ne pas réussir à construire et entretenir une relation solide.

— La peur n'a rien à voir là-dedans, objecta Bryan en

haussant les épaules. C'est plutôt une question d'énergie. Je crains de ne pas en avoir assez pour me lancer dans ce genre d'aventure.

— N'oublie pas que c'est à moi que tu parles, fit Lee d'un ton doucereux.

Bryan laissa échapper un petit rire.

— Bon, d'accord, c'est une question de prudence. Le mot *relation* est lourd de conséquences. Je préfère parler d'une *aventure*. Mais une aventure avec un homme comme Shade risquerait fort d'être lourde de conséquences.

Ses propos semblaient tellement réfléchis, songea Bryan. Depuis quand raisonnait-elle aussi froidement ?

— Ce n'est pas un homme simple, Lee. Il a ses démons et sa propre manière de les gérer. Je ne sais pas s'il accepterait de les partager, et encore moins si j'en ai vraiment envie.

— Il cultive un côté froid et inaccessible, c'est vrai. Mais je l'ai vu avec Sarah. Sa gentillesse m'a même surprise, si tu veux tout savoir, mais elle est bien là.

— Elle est là, c'est vrai, admit Bryan. Elle est juste difficile à saisir.

— A table !

Sarah ouvrit à toute volée le cadre moustiquaire qui alla percuter le mur.

— J'ai préparé des spaghettis avec Shade et c'est super bon !

Sarah n'avait pas exagéré.

Pendant le repas, Bryan observa Shade et, comme Lee, elle put se rendre compte qu'une relation s'était tissée facilement entre Sarah et lui. C'était bien plus que de l'indulgence, songea-t-elle en le regardant rire avec la jeune fille. C'était de l'affection. Elle n'aurait jamais cru qu'il puisse donner son affection aussi vite et aussi pleinement.

« J'aurais mieux fait d'être une gamine affublée d'un appareil dentaire », pensa-t-elle. Sauf que ce n'était pas l'affection de Shade qu'elle recherchait. C'était son respect.

Elle dut attendre la fin du repas pour se rendre compte qu'elle faisait fausse route. Elle désirait beaucoup plus encore...

C'était la dernière soirée qu'ils passaient tous ensemble. Le lendemain à la même heure, Shade et Bryan seraient dans le Colorado. Sur la terrasse couverte, ils virent les premières étoiles briller dans le ciel et écoutèrent les premiers bruits de la nuit. Lee et Hunter étaient assis sur la balancelle, Sarah nichée entre eux. A moitié allongé dans un fauteuil non loin de là, Shade se sentait détendu, un peu fatigué, mais satisfait après les longues heures qu'il avait passées en chambre noire. En bavardant tranquillement avec les Brown, il se rendit compte que cette halte lui avait fait autant de bien qu'à Bryan, en fin de compte, peut-être même plus.

Il avait eu une enfance simple et heureuse. Jusqu'à son arrivée à Sedona, il avait presque oublié l'insouciance, la force de ses jeunes années. Les choses qu'il avait vécues ensuite les avaient comme effacées de sa mémoire. A présent, sans en avoir pleinement conscience, il se les appropriait de nouveau.

Assise sur la première marche du perron, adossée à un pilier, Bryan se joignait à la conversation ou restait en retrait quand bon lui semblait. La légèreté de la discussion ajoutait au charme du moment. Un papillon de nuit voletait autour du plafonnier ; les criquets chantaient et une brise légère faisait bruisser les larges feuilles des arbres autour de la maison. Ces petits bruits sonnaient à eux seuls comme une douce conversation.

Hunter avait glissé son bras sur le dossier de la balancelle et ce petit geste plut à Bryan. Tout en parlant avec Shade, il caressait doucement les cheveux de Lee. Sarah avait posé la tête sur son torse et, de temps en temps, elle tendait la main vers le ventre de Lee pour sentir si le bébé bougeait. Incapable de résister à la tentation, Bryan se glissa dans la maison et reparut quelques minutes plus tard, armée de son appareil photo, de son trépied et d'un projecteur.

— Oh ! Attention tout le monde ! s'écria Sarah en se redressant pour s'asseoir bien droite. Bryan va nous prendre en photo !

— Ne posez surtout pas ! leur recommanda cette dernière en souriant. Continuez à parler, c'est tout, ajouta-t-elle avant que quelqu'un n'ouvre la bouche pour protester. Faites comme si je n'étais pas là. C'est tellement parfait… Je ne sais pas pourquoi je ne m'en suis pas aperçue plus tôt.

— Laissez-moi vous donner un coup de main.

Bryan fut sur le point de refuser l'aide que lui proposait Shade, puis se ravisa. C'était la première fois qu'il émettait le souhait de travailler avec elle. Peu importe s'il le faisait pour elle ou par amitié pour les Brown, elle ne le repousserait pas. Un sourire aux lèvres, elle lui tendit le posemètre.

— Dites-moi ce que vous voyez, d'accord ?

On aurait dit qu'ils travaillaient ensemble depuis des années. Et ce fut une surprise, pour tous les deux. Elle ajusta son projecteur, calculant déjà l'exposition, tandis que Shade lui lisait les mesures. Satisfaite, Bryan vérifia l'angle et le cadrage à travers son viseur, puis recula d'un pas pour lui laisser la place.

— Parfait…

Si elle cherchait à capturer l'image d'une famille heureuse, par un paisible soir d'été, elle n'aurait pu trouver mieux. Shade s'éloigna alors pour s'adosser au mur de la maison, mais il continua à l'aider en reprenant la conversation avec le trio sur la balancelle.

— Qu'est-ce que tu préférerais, Sarah ? demanda-t-il lorsque Bryan se posta de nouveau derrière l'appareil. Un petit frère ou une petite sœur ?

Concentrée sur la question, Sarah oublia l'excitation qui l'avait submergée à l'idée d'être prise en photo.

— Euh...

Sa main alla se poser sur le ventre de Lee dans un geste spontané. Bryan appuya sur le déclencheur.

— Un petit frère, je crois, répondit-elle finalement. Ma cousine dit que c'est vraiment pénible, une petite sœur.

Pendant que Sarah parlait, Lee inclina légèrement la tête en arrière jusqu'à ce qu'elle repose sur le bras de Hunter. Ce dernier effleura de nouveau ses cheveux. Une vague d'émotion submergea Bryan et ses yeux se brouillèrent, au point qu'elle prit la photo suivante à l'aveugle.

N'était-ce pas ce qu'elle avait toujours désiré ? se demanda-t-elle en continuant à prendre des photos. Cette complicité, cette joie générée par l'engagement et l'intimité ? Pourquoi fallait-il que ce besoin se manifestât maintenant, alors que ses sentiments pour Shade étaient confus et beaucoup trop compliqués ? Elle cligna les yeux et ouvrit l'obturateur au moment où Lee se tournait vers Hunter pour rire d'une de ses réflexions.

Une relation sentimentale..., songea-t-elle encore, submergée par une bouffée d'envie. Pas les amitiés faciles et désinvoltes qu'elle s'était autorisées jusqu'à présent, non, une relation solide et exigeante, construite sur le partage. Voilà ce qu'elle voyait dans son objectif. Voilà ce dont elle avait besoin.

Lorsqu'elle s'écarta du viseur, elle sentit la présence de Shade à côté d'elle.

— Quelque chose ne va pas ?

Elle secoua la tête et débrancha le projecteur.

— Formidable ! déclara-t-elle d'un ton faussement détaché.

Elle sourit à la famille sur la balancelle.

— Je vous enverrai un tirage la prochaine fois que nous ferons une halte dans une chambre noire.

Elle tremblait et Shade l'avait sans doute remarqué. Il se détourna et entreprit de ranger l'appareil et le trépied.

— Je me charge de rentrer ça.

Elle pivota sur ses talons pour protester, mais il était déjà dans la maison.

— Je ferais mieux d'aller boucler mon sac, annonça-t-elle à l'attention de Hunter et de Lee. Shade adore se mettre en route à des heures indues.

Après son départ, Lee reposa sa tête sur le bras de son mari.

— Ça va aller, tous les deux, lui dit-il. Bryan va s'en sortir.

Lee jeta un coup d'œil en direction de la porte.

— Peut-être.

Shade monta le matériel dans la chambre de Bryan et attendit sur place qu'elle le rejoigne. Dès qu'elle arriva, le projecteur sous le bras, il demanda :

— Qu'est-ce qui ne va pas ?

Bryan ouvrit sa valise pour y ranger le trépied et la lampe.

— Rien, pourquoi ?

— Vous trembliez.

D'un geste impatient, il la saisit par le bras pour l'obliger à lui faire face.

— Et vous tremblez encore.

— Je suis fatiguée.

C'était en partie vrai. Elle était fatiguée de devoir sans cesse maîtriser ses émotions.

— N'entrez pas dans ce genre de petit jeu avec moi, Bryan. Je suis bien meilleur que vous à ça.

Seigneur, savait-il seulement à quel point elle avait envie qu'il la prenne dans ses bras, à cet instant précis ? Serait-il en mesure de comprendre qu'elle lui donnerait beaucoup — vraiment beaucoup —, s'il l'enlaçait ?

— N'en faites pas trop, Shade.

Elle aurait dû se douter qu'il ne l'écouterait pas. Il saisit son menton, le releva doucement, et ses yeux trop perçants, trop perspicaces, plongèrent dans les siens.

— Dites-moi ce qui ne va pas...

— Non.

Elle avait répondu calmement. Si elle avait réagi avec colère ou froideur, si elle s'était sentie offensée, il se serait glissé dans la brèche et aurait insisté jusqu'à ce qu'elle finisse par tout lui avouer. Mais là il était coincé.

— D'accord.

Il s'écarta d'elle et enfouit les mains dans ses poches. Il avait perçu quelque chose sur la terrasse, un je-ne-sais-quoi qui l'avait attiré, s'était offert à lui. Si elle avait esquissé le moindre geste dans sa direction, il lui aurait donné mille fois plus que ce qu'ils étaient en mesure d'imaginer, tous les deux.

— Vous devriez vous reposer, maintenant. Nous partirons à 7 heures, demain.

— O.K., dit-elle en lui tournant le dos pour rassembler le reste de ses affaires.

Il se dirigea vers la porte. Au moment de quitter la pièce, il se retourna brièvement.

— J'ai vu vos tirages. Ils sont exceptionnels.

Bryan sentit des larmes rouler sur ses joues et ce fut un choc. Depuis quand pleurait-elle quand quelqu'un la complimentait sur son travail ? Depuis quand tremblait-elle parce que la photo qu'elle était en train de prendre lui parlait personnellement ?

Elle pressa ses lèvres l'une contre l'autre et continua de ranger sans se retourner.

— Merci, dit-elle.

Shade ne s'attarda pas davantage. Il referma la porte sans bruit en sortant.

6

Lorsqu'ils eurent traversé le Nouveau-Mexique pour entrer dans le Colorado, Bryan se sentit de nouveau en accord avec elle-même. Leur court séjour à Oka Creek Canyon lui avait laissé beaucoup trop de temps pour réfléchir. L'introspection était certes un élément essentiel dans son travail, mais il arrivait parfois que ce soit déprimant.

Elle avait réussi à s'en convaincre en tout cas, après qu'ils eurent repris leur routine : la route, les photos, et la route encore…

Sur ce tronçon du chemin, ils ne recherchèrent ni les grandes villes ni les manifestations importantes, mais s'intéressèrent plutôt aux petites bourgades anonymes et aux ranchs. Aux familles qui travaillaient la terre ensemble pour tenter de joindre les deux bouts. Pour ces gens-là, l'été était une saison de dur labeur, en prévision de la rigueur hivernale. Il n'était pas question de s'amuser et prendre du bon temps… Pas question de plages ensoleillées. On y voyait plutôt des travailleurs immigrés venus cueillir les pêches et des potagers qu'on désherbait et entretenait pour compenser les futures dépenses en légumes d'hiver.

Ils délaissèrent des lieux comme Denver, choisissant plutôt des endroits comme Antonio, se concentrant sur des exploitations de taille humaine plutôt que sur des troupeaux de bétail démesurés.

Bryan se familiarisa ainsi avec le marquage des bêtes

dans un petit ranch poussiéreux baptisé le Bar T. L'image qu'elle se faisait des cow-boys, dégingandés et transpirants, capturant au lasso les bêtes récalcitrantes n'était pas, tout compte fait, si éloignée de la vérité. Elle avait juste occulté certains aspects plus triviaux du marquage, comme l'odeur de chair brûlée et les giclées de sang, quand les futurs taureaux devenaient de simples bouvillons.

Au bord de la nausée, elle n'avait pu alors que constater qu'elle était décidément citadine dans l'âme.

Ils réussirent néanmoins à prendre les photos qu'ils souhaitaient. Des portraits de cow-boys, essentiellement, bandana plaqué sur le visage et bottes à éperons. Certains riaient, d'autres juraient. Tous travaillaient dur.

Elle apprit aussi la véritable signification du mot *cheval de travail* en regardant les cavaliers monter leurs montures. La sueur des chevaux dégageait une odeur puissante, entêtante, qui flottait dans l'air et se mélangeait à celle des hommes.

De l'avis de Bryan, sa photo la plus réussie était une étude presque classique d'un cow-boy qui profitait d'une pause bien méritée. C'était un jeune homme grand et élancé, sans une once de graisse, avec un visage rougeaud, autant de détails qui en faisaient le sujet idéal à ses yeux. Des auréoles de sueur assombrissaient sa chemise en chambray au niveau du torse, dans le dos et sous les bras, tandis qu'un mélange de transpiration et de poussière dégoulinait sur ses joues. Une couche de boue recouvrait ses bottes en cuir craquelé et la poche arrière de son jean était déformée par la boîte ronde de tabac à chiquer qu'il portait en permanence sur lui. Le chapeau rabattu en arrière et le bandana lâchement noué autour du cou, il était assis à cheval sur la clôture et portait à ses lèvres une canette de bière glacée.

Sur le papier, on pourrait presque voir le mouvement de sa pomme d'Adam, tandis qu'il avalait. Toutes les femmes tomberaient amoureuses, Bryan n'en doutait pas un seul instant. Il incarnait le matamore auréolé de mystère, le dernier des chevaliers. Elle se réjouit d'avoir réussi à capturer ce moment ; rien que pour ça, ça valait le coup d'avoir failli rendre son repas de midi pendant la séance de marquage.

Shade avait été très intéressé par cet aspect de la vie du ranch et elle savait déjà que ses photos seraient crues, brutales et précises. D'un autre côté, elle l'avait également vu se concentrer sur un jeune garçon d'une douzaine d'années, qui chevauchait pour la première fois parmi le bétail avec toute l'allégresse et l'innocence propres à son âge. Ce choix l'avait surprise : il était rare que Shade se tournât vers des scènes légères. Hélas pour elle, compte tenu de son état d'esprit actuel, c'était encore un trait de caractère qu'elle pourrait facilement apprécier chez lui.

Il n'avait fait aucun commentaire quand, le cœur au bord des lèvres, elle s'était éloignée de la scène qui se déroulait dans l'enceinte du petit corral, où les veaux appelaient leurs mères avant d'émettre de longues plaintes, lorsque le couteau et le fer rouge opéraient leur besogne. Il n'avait pas prononcé le moindre mot quand elle avait décidé de s'asseoir un moment à l'ombre, le temps que son estomac cesse de chavirer. Et c'est en restant muet qu'il était venu lui apporter une boisson fraîche. De son côté, elle s'était tue aussi.

Ce soir-là, ils campèrent sur les terres du Bar T. Shade veillait davantage à préserver la tranquillité et l'intimité de Bryan depuis qu'ils avaient quitté l'Arizona, parce qu'elle semblait en avoir besoin, tout à coup. Bizarrement, c'était le contraire pour lui. Au début de leur voyage, elle n'avait eu de cesse de chercher à engager la conversation, alors qu'il aurait mille fois préféré rouler en silence. A présent, c'était lui qui avait envie de parler avec elle, de l'entendre rire, de regarder ses mains bouger, quand elle s'enflammait sur tel ou tel sujet. Ou encore de l'observer en train de s'étirer, souplement, centimètre par centimètre, tandis que ralentissait le débit de ses mots.

Quelque chose d'indéfinissable avait changé entre eux pendant leur séjour à Oak Creek. Bryan avait pris ses distances, alors qu'elle s'était montrée jusque-là beaucoup trop ouverte pour qu'il se sente à l'aise en sa présence. Il recherchait désormais sa compagnie. Pour une raison qui lui échappait, il désirait son amitié. Il n'était pas sûr qu'un tel changement d'attitude soit très important ; il n'en comprenait même pas les raisons. Quoi qu'il en soit, le résultat était là : tous deux avaient évolué dans des directions opposées, et ne s'étaient en aucun cas rapprochés.

Il avait décidé d'installer leur campement au bord d'un ruisseau car l'endroit lui plaisait. De son côté, Bryan y vit d'autres avantages.

— Je vais me laver, déclara-t-elle.

Une épaisse couche de poussière la recouvrait des pieds à la tête, à l'instar des cow-boys qu'ils avaient observés tout l'après-midi. Et elle sentait aussi un peu comme les chevaux qu'elle avait contemplés.

— L'eau doit être glacée, je ne serai pas longue. Vous pourrez y aller après moi.

Shade décapsula une bouteille de bière. Ils ne s'étaient peut-être pas occupés du bétail à proprement parler, mais ils avaient passé huit heures debout, en plein soleil.

— Prenez votre temps.

Bryan attrapa un savon et une serviette de toilette, puis s'éloigna d'un pas pressé. Le soleil plongeait lentement derrière les montagnes, à l'ouest. Ils avaient campé suffisamment souvent depuis leur départ pour qu'elle sache que l'air se rafraîchissait vite une fois le soleil couché. Elle n'avait aucune envie d'être encore nue et mouillée à la nuit tombée !

Sans se donner la peine de regarder autour d'elle pour

s'assurer qu'elle était seule, elle déboutonna sa chemise. Ils avaient installé leur campement assez loin du ranch, et aucun des hommes ne s'aventurerait par-là à cette heure-ci. Par ailleurs, d'un accord tacite, Shade et elle avaient établi un code fondé sur le respect mutuel de l'intimité de l'autre.

En ce moment, songea-t-elle en se tortillant pour enlever son jean, les cow-boys qu'ils avaient photographiés étaient probablement attablés devant un repas gargantuesque : viande rouge et pommes de terre, petits pains chauds dégoulinants de beurre. Ils le méritaient bien, après la journée qu'ils avaient passée. Et moi aussi, pensa-t-elle, même s'ils allaient devoir se contenter de leur côté de sandwichs et de chips.

Elle inspira une grande bouffée d'air chargé de senteurs de pins, restant quelques instants immobile, à contempler le coucher du soleil. Même une fille des villes comme elle pouvait apprécier le spectacle…

Elle entra ensuite progressivement dans l'eau et, lorsqu'elle en eut jusqu'aux genoux, commença à s'asperger pour se débarrasser de la poussière. L'eau froide la dérangeait moins qu'au début. A croire que cette traversée de l'Amérique lui laisserait des traces. Elle s'en réjouissait, car qui avait envie de rester exactement la même personne pendant toute la durée de son existence ? Si son regard sur la vie changeait, évoluait au cours de leur périple, c'était une bonne chose. Cette mission lui apportait bien plus que des débouchés professionnels et des satisfactions artistiques. Elle lui donnait aussi l'occasion de vivre certaines expériences inédites. Pour quelle raison serait-elle devenue photographe, si ce n'était pour voir les choses et tenter de les comprendre ?

Pourtant, elle ne comprenait pas mieux Shade qu'au début de leur voyage. Ce n'était pas faute d'avoir essayé, songea-t-elle en faisant glisser le savon le long de ses bras. Mais très vite ce qu'elle avait vu et compris l'avait affectée trop profondément, trop personnellement. Elle s'était alors dépêchée de faire marche arrière.

Elle détestait devoir l'admettre. Parcourue d'un frisson, elle entreprit de se laver plus énergiquement. Le soleil était presque couché à présent et elle n'avait plus envie de traîner à sa toilette. Elle donnait peut-être l'image de quelqu'un de désinvolte, qui prenait ce qui venait et s'en contentait, mais elle nourrissait aussi quelques phobies.

Cela faisait longtemps qu'elle n'avait pas souffert sur le plan sentimental. Elle avait pris garde à éviter ce genre d'écueil. Lorsqu'elle arrivait à un carrefour avec, d'un côté, une belle route sans aspérités, et de l'autre, une route parsemée de cailloux, creusée de quelques ornières, elle choisissait la route confortable. C'était peut-être moins admirable mais, au bout du compte, on se retrouvait au même endroit en ayant dépensé beaucoup moins d'énergie. Or Shade Colby incarnait à ses yeux la route caillouteuse.

Cela dit, ce n'était pas une simple question de choix. Ils pourraient très bien décider d'avoir une liaison — une liaison physiquement satisfaisante, et émotionnellement vide. De nombreuses personnes optaient pour ce genre d'arrangement. Mais…

Shade n'avait visiblement pas plus envie qu'elle de se lier à quelqu'un. Ils étaient attirés l'un par l'autre, mais il ne lui offrirait jamais rien d'autre qu'une liaison sans engagement. Et si jamais il venait à changer d'avis… Elle stoppa net le cours de ses pensées. Il n'était pas toujours bon de spéculer !

Ce qui comptait, en revanche, c'est qu'elle se sentait beaucoup plus en harmonie avec elle-même. Elle était contente du travail qu'ils avaient accompli depuis qu'ils avaient quitté l'Arizona et elle était impatiente d'arriver au Kansas le lendemain. Le projet restait leur priorité absolue, ils en avaient décidé ainsi dès le départ.

« Champs de blé et tornades, songea-t-elle en souriant. Suivez la route de briques jaunes. » C'était l'image qui lui venait à l'esprit quand elle pensait au Kansas. Mais les idées préconçues n'étaient précisément que ça, et elle avait hâte de découvrir la réalité. Elle commençait à apprécier de voir ses préjugés à la fois confirmés et déchiquetés en menus morceaux.

Mais la découverte du Kansas ce serait pour le lendemain. Dans l'immédiat, il faisait presque nuit et elle grelottait.

D'un bond agile, elle grimpa sur le bord de la rivière et attrapa sa serviette. Shade viendrait faire sa toilette pendant qu'elle engloutirait ce qu'elle trouverait de tout prêt dans les placards.

Elle enfila une grande chemise qu'elle commença à boutonner. Ce fut alors qu'elle vit les yeux.

Pendant quelques instants, elle se contenta de regarder, les doigts crispés sur le bouton du haut. Puis elle s'aperçut qu'il n'y avait pas qu'une paire d'yeux, semblables à des fentes jaunes, dans la pénombre. Il y avait aussi un long corps musclé et des crocs acérés, étincelants, juste de l'autre côté de l'étroit ruisseau.

Elle recula de deux pas, se prit les pieds dans son jean roulé en boule et laissa échapper un hurlement audible jusque dans le comté voisin.

Assis dans un fauteuil pliant, Shade se reposait devant le feu de camp qu'il avait allumé sur un coup de tête. Il s'était bien amusé, ce jour-là. Il avait apprécié l'atmosphère virile, le soleil brûlant et la bière fraîche. Il avait toujours admiré l'esprit de camaraderie qu'on trouvait chez ceux qui travaillaient à l'extérieur.

Il avait en général besoin de la ville pour se sentir bien, c'était dans son sang. Globalement, il préférait le côté impersonnel de tous les gens pressés de rentrer chez eux, chacun de leur côté. Mais c'était bon de se frotter à d'autres façons de vivre, de temps en temps.

Après ces quelques semaines passées sur la route, il se rendait compte qu'avant d'accepter cette mission il dépérissait lentement. Il n'y avait plus dans son travail ce parfum de défi permanent qu'il aimait à ses débuts. Quand il s'agissait de prendre une photo tout en sauvant sa peau. Ce n'était bien sûr plus ce qu'il recherchait, mais il avait un peu trop versé dans la facilité, ces derniers temps…

Ce projet était tombé à pic, lui offrant la chance de mieux se connaître en même temps qu'il découvrait son pays. Bryan lui inspirait certes des sentiments mitigés, entre l'étonnement et l'intérêt, mais elle était aussi facile à vivre. Il commençait à la comprendre. Lentement, mais sûrement.

C'était une femme sensible, émotive et profondément gentille. Lui-même était rarement gentil, car il veillait à ne pas l'être. Elle se sentait bien dans sa peau, riait facilement et faisait preuve d'une candeur touchante. Sauf qu'il avait appris, bien des années plus tôt, que la candeur pouvait aussi se jeter à votre cou, toutes dents dehors.

Toujours est-il qu'il la désirait, parce qu'elle était différente ou malgré sa différence, peu importait. Le résultat était là : il la désirait. Et c'était terriblement usant de devoir s'interdire de la toucher, durant toutes ces journées et toutes ces nuits, depuis ce bref baiser interrompu, échangé chez les Brown. Son self-control légendaire l'avait aidé à garder ses distances, ce self-control qu'il entretenait si bien, au point d'en être parfois prisonnier.

Il jeta son mégot dans les flammes, puis s'adossa au fauteuil. Il ne perdrait pas son sang-froid, ne sortirait pas de sa prison, mais cela ne signifiait pas que tôt ou tard Bryan et lui ne seraient pas amants. Il ferait tout pour que cela arrive, au contraire. Mais il tenait malgré tout à garder le contrôle de la situation. Et tant qu'il continuerait à maîtriser le cours des choses, il ne risquerait rien.

Il entendit soudain Bryan hurler, et des dizaines d'images horribles se bousculèrent aussitôt dans sa tête, des scènes qu'il avait déjà vues et vécues. D'un bond, il se leva et s'élança avant même d'avoir réellement pris conscience que ce n'étaient que des souvenirs.

Quand il la rejoignit, Bryan se tenait au bord de la rivière, les pieds empêtrés dans son jean. Avant même de chercher à comprendre ce qui se passait, il la souleva dans les airs et la plaqua contre lui. Elle ne protesta pas. Le souffle court, elle s'accrocha au contraire à lui.

— Que s'est-il passé ? Vous êtes blessée ?

— Non, non. Il m'a fichu la trouille, mais il est parti, bredouilla-t-elle en pressant son visage contre son épaule. Oh ! Mon Dieu, Shade !

— Qui ça ? Qui vous a fait peur, Bryan ?

— Un chat.

Sa réponse n'amusa pas Shade. Son angoisse se mua en colère de manière presque palpable, de sorte qu'elle perçut ce changement avant même qu'il ouvre la bouche pour la sermonner.

— Quoi ! Pousser un hurlement pareil à cause d'un chat ! Vous êtes idiote ou quoi ?

Bryan cilla sous l'insulte et se força à inspirer et expirer à plusieurs reprises, concentrée sur sa propre colère.

— Ce n'était pas un chat de gouttière, répliqua-t-elle sèchement.

Elle était encore sous le choc, mais pas suffisamment pour se laisser traiter d'idiote sans réagir.

— Ça ressemblait à un de ces… Je ne sais pas, en fait…

Elle leva une main pour repousser ses cheveux, mais la laissa retomber parce qu'elle tremblait trop.

— Il faut que je m'assoie.

Elle se laissa tomber mollement dans l'herbe.

— Un lynx ? demanda Shade qui avait retrouvé son calme, et s'accroupit à côté d'elle.

— Je ne sais pas trop. Un lynx, un cougar, pas facile à dire. Tout ce que je sais, c'est que c'était bien plus gros qu'un matou ordinaire.

Elle posa son front sur ses genoux. Elle avait eu quelques frayeurs au cours de sa vie, mais rien de comparable avec ce qu'elle venait d'expérimenter.

— Il était là, immobile, les yeux fixés sur moi. Je… j'ai cru qu'il allait me sauter dessus. Il avait des crocs…

Elle ferma les yeux en frissonnant.

— Des crocs impressionnants, poursuivit-elle en se moquant bien, à présent, de passer pour idiote. Immenses !

— Il est parti.

Shade s'en voulait de son accès de colère. Il aurait dû savoir qu'elle n'était pas du genre à s'affoler pour rien. Il savait ce que c'était que d'avoir peur et de se sentir impuissant dans le même temps. Maudissant son emportement, il glissa un bras autour des épaules de Bryan.

— Le hurlement que vous avez poussé a dû le faire détaler à toute vitesse et je parie qu'il court encore à l'heure qu'il est !

Bryan hocha la tête, le front toujours appuyé sur ses genoux.

— Je suis sûre qu'il n'était pas si gros que ça, en réalité, mais ça fait tellement bizarre de les voir en liberté, en pleine nature ! Je n'en avais vu qu'au zoo, jusqu'à aujourd'hui. Il va me falloir un petit moment pour me remettre de mes émotions.

— Prenez tout votre temps…

Il se sentait tout disposé à la réconforter. Cela faisait un bout de temps qu'il n'avait pas vécu ce genre de situation. L'air était frais, la nuit calme. On entendait le ruissellement de l'eau, tout à côté. Comme dans un flash, il revit la terrasse couverte des Brown, le tableau de l'heureuse famille sur la balancelle... Il éprouvait à peu près la même plénitude à cet instant, Bryan blottie contre lui dans la nuit qui les enveloppait.

Au-dessus de leurs têtes, un aigle entama son premier vol nocturne en piaillant. Bryan sursauta.

— Détendez-vous..., murmura Shade.

Il n'était cette fois ni amusé, ni moqueur. Juste rassurant.

— Je suis encore sur le qui-vive.

Avec un petit rire nerveux, elle leva la main pour repousser ses cheveux. Shade s'aperçut alors qu'elle ne portait rien sous sa chemise déboutonnée, trop grande pour elle.

La vue de son corps mince et souple, à peine dissimulé par la fine étoffe du vêtement, transforma le sentiment de plénitude qu'il éprouvait en une onde de désir brûlant. Un désir tourné exclusivement vers elle. Ce n'était pas simplement une jolie femme au corps de rêve qu'il désirait, c'était Bryan, précisément.

— On devrait peut-être regagner le...

Tournant la tête, elle se retrouva à quelques centimètres seulement des yeux de Shade, dans lesquels elle put lire tout ce qu'il ressentait.

Les mots n'étaient plus nécessaires. Seuls comptaient le désir, les émotions. Voilà ce qu'il voulait partager avec elle. Et quand il posa ses lèvres sur les siennes, il ne lui laissa pas d'autre choix que de le rejoindre dans ses envies.

Ce fut un baiser très doux. Si doux qu'elle s'en étonna. D'où venait-elle, au juste, cette douceur ? Ils avaient passé un mois ensemble et pas une seule fois elle ne l'avait soupçonné d'être capable d'une telle douceur. Elle ne s'était pas non plus rendu compte qu'elle avait tant besoin de la trouver chez lui.

La bouche de Shade réclama la sienne si subtilement qu'elle lui rendit ses caresses sans même s'en apercevoir.

Et une fois qu'elle commença à donner, elle fut incapable de faire marche arrière.

Elle sentit la main de Shade, chaude et ferme sur sa peau nue, et elle exhala un soupir de plaisir sans opposer la moindre résistance. Elle avait envie de ses caresses ; elle avait attendu ce moment sans oser l'admettre. Elle se pencha vers lui. Inutile, désormais, de nier la vérité de son attirance.

Shade avait toujours su qu'elle serait telle que sa main la découvrait : fine, musclée, douce. Il avait imaginé ce moment une bonne centaine de fois. Il n'avait pas oublié sa saveur, chaude, tentatrice, généreuse. Une bonne centaine de fois aussi, il avait essayé de refouler ces souvenirs.

Cette fois, Bryan sentait l'eau du ruisseau, fraîche et sauvage. Enfouissant son visage dans le creux de son cou, il huma sur elle le parfum de cette nuit d'été. Il l'embrassa avec une lenteur délibérée, délaissant ses lèvres pour descendre le long de sa gorge, jusqu'à son épaule. S'attardant là quelques instants, il s'octroya le plaisir d'explorer son corps du bout des doigts.

C'était une véritable torture ! D'un genre exquis. Déchirant. Irrésistible. Bryan n'avait qu'une envie, que ça continue, encore et encore. Elle se plaqua contre lui pour mieux savourer le contact de son corps puissant et ferme, la caresse de ses vêtements sur sa peau nue, et celle de son souffle chaud. Et par-dessus tout ça, les battements de son cœur, rapides et réguliers, près du sien.

Shade avait encore sur lui l'odeur de leur journée de travail, la légère âcreté de sa sueur et les traces de poussière dont il n'avait pas encore eu le temps de se débarrasser. Ces senteurs ravivèrent en Bryan le souvenir troublant de ses muscles puissants jouant sous sa chemise lorsque, cherchant un meilleur angle, il s'était perché sur une clôture. Elle gardait une image précise de lui à ce moment-là, alors même qu'elle avait feint de ne rien remarquer.

Elle avait besoin de sa force. Pas de sa force physique, non, mais de cette force intérieure qu'elle avait perçue en lui dès le départ. Cette même force qui l'avait aidé à surmonter les épreuves et les moments difficiles de son existence.

En même temps, n'était-ce pas cette force-là qui l'avait endurci, au point qu'il tenait à distance, émotionnellement, les personnes qui l'entouraient ? Le cerveau en pleine ébullition, le corps vibrant de désir, Bryan s'efforça de trouver la réponse à sa question.

Le désir ne lui suffisait pas. Ne lui avait-elle pas déjà dit ? Le désir consumait chaque parcelle de son corps, mais ce n'était pas suffisant. Si seulement elle savait ce qui l'était...

— Shade...

Il l'interrompit par un baiser long et exigeant.

Elle avait envie de se laisser aspirer tout entière. Le corps, l'esprit, l'âme... Mais ce n'était pas si simple. Les interrogations demeuraient. Alors même qu'elle se blottissait contre lui, elles étaient là.

— Shade..., murmura-t-elle de nouveau.

— J'ai envie de faire l'amour avec toi, Bryan...

Il releva la tête. Ses yeux étaient si noirs, si pénétrants, et ses mains si douces... Le contraste en était presque incroyable.

— Je veux sentir ta peau sous mes doigts, je veux entendre les battements de ton cœur, je veux voir tes yeux.

Il parlait d'une voix posée, étonnamment calme. Mais son regard était si ardent... Plus que la passion et le feu qui couvaient dans ses yeux, ce furent ses paroles qui effrayèrent Bryan.

— Je ne suis pas prête pour ça.

Elle prononça les mots avec peine tout en s'écartant de lui.

Shade sentit une nouvelle vague de désir le submerger

en même temps que la colère sourdait en lui. Au prix d'un effort surhumain, il parvint à maîtriser les deux.

— Tu es en train de me dire que tu ne me désires pas ?

— Non, ce n'est pas ce que je veux dire…

Elle secoua la tête, resserrant contre elle les pans de sa chemise. Il faisait très froid, tout à coup.

— Non, ce serait idiot de mentir.

— C'est tout aussi idiot d'interrompre quelque chose que nous voulons tous les deux.

— Je ne suis pas sûre de le vouloir. Désolée, Shade, j'ai un peu de mal à mettre de l'ordre dans mes idées.

Elle rassembla rapidement ses vêtements et les serra contre elle avant de se lever.

— Je ne suis pas capable d'analyser les choses aussi rationnellement que toi. Ce serait différent si je le pouvais, mais je ne fonctionne qu'à l'instinct, aux émotions.

Un silence pesant s'abattit sur eux. Le sang-froid que Shade avait failli perdre était de retour. Une fois de plus, il rentrait volontiers dans la prison qu'il s'était construite.

— Et ?

Elle frissonna sans savoir si c'était à cause de la fraîcheur de l'air ou du froid intérieur qui l'avait envahie.

— Et mon instinct me souffle que j'ai besoin d'un peu de temps.

Lorsqu'elle releva la tête, son visage reflétait la sincérité.

— Peut-être ai-je envie que ça arrive. Mais peut-être ai-je aussi peur de la force du désir que j'éprouve pour toi.

Il n'aima pas entendre ce mot-là dans sa bouche, *peur*. Surtout pas dans ces circonstances. A cause de lui, il se sentait coupable, redevable. Sur la défensive.

— Je n'ai aucune intention de te faire mal.

Elle ne répondit pas tout de suite. Sa respiration était plus fluide, même si son pouls battait encore à coups irréguliers. Peut-être n'en était-il pas conscient, mais Shade lui avait donné la distance nécessaire pour résister à ses pulsions. Elle pouvait à présent soutenir son regard ; elle se sentait plus calme, capable de penser de façon cohérente.

— Tu n'en as peut-être pas l'intention, mais ça pourrait bien arriver, et j'ai une peur quasi primitive des bleus. Je suis peut-être lâche sur le plan des émotions...

Elle porta les deux mains à son visage avec un soupir, et repoussa ses cheveux.

— Shade, il nous reste un peu plus de deux mois à passer ensemble, sur la route. Je ne peux pas me permettre de me torturer à cause de toi. Et mon instinct me dit que tu pourrais avoir cet effet-là sur moi, que ce soit ou non dans tes intentions.

Elle savait comment renvoyer un homme dans ses cordes, songea-t-il alors, en proie à un douloureux sentiment de frustration. Il aurait pu insister, dans le seul but de soulager le nœud qu'elle avait fait de ses entrailles. Mais en agissant ainsi il prenait le risque d'entendre ses paroles résonner longtemps à ses oreilles. Très longtemps. En quelques mots, elle avait réussi à lui rappeler ce que c'était que se sentir responsable vis-à-vis de quelqu'un.

— Retourne à la camionnette, dit-il en lui tournant le dos pour enlever sa chemise. Je vais me laver.

Elle ouvrit la bouche, mais la referma aussitôt. Qu'y avait-il à ajouter ? Elle avait dit ce qu'elle avait à dire...

Elle le laissa donc près du ruisseau, et repartit en direction du campement, en suivant le petit sentier éclairé par la lune.

7

Des champs de blé… Loin de voler en éclats, l'image que Bryan se faisait du Midwest se trouva renforcée. Le Kansas n'était fait que de champs de blé, à perte de vue.

Bien sûr, elle vit d'autres choses en traversant l'Etat, mais les immenses étendues de blé blond, ondulant sous la brise, la captivèrent de bout en bout. La couleur, la texture, la taille, la forme… Et l'émotion qui s'en dégageait. Il y avait pourtant des villes, où cohabitaient gratte-ciel ultramodernes et pavillons accueillants, mais en contemplant un épi de blé sur fond de ciel délavé Bryan avait l'impression de voir l'essentiel de l'Amérique.

Certains auraient trouvé monotones ces gigantesques étendues de grain mûri par le soleil, mais Bryan ne faisait pas partie de ceux-là. C'était une expérience inédite pour la citadine qu'elle était. Aucune montagne saillante, aucune tour de verre étincelante, aucun échangeur autoroutier ne venait briser la ligne d'horizon. L'espace était infini, un peu comme les terres magnifiques d'Arizona, mais en plus verdoyant, plus tranquille. Un paysage qui incitait à la méditation.

A travers les champs de blé et les hectares de maïs, c'étaient le cœur et le labeur du pays que Bryan voyait… La scène n'était pas toujours idyllique, bien sûr. Il y avait des insectes, de la poussière, des machines-outils crasseuses. Les gens travaillaient avec leurs mains, leurs dos.

Les villes étaient caractérisées par le rythme effréné et l'énergie. Dans les fermes, l'emploi du temps des travailleurs aurait épuisé n'importe quel chef d'entreprise. Année après année, l'agriculteur donnait tout à ses terres et attendait qu'elles le lui rendent.

Dans la pénombre crépusculaire, sous un angle soigneusement choisi, elle photographia un champ de blé, parvenant à rendre une impression d'infini, de force, doublée du sentiment de sérénité, de pérennité qui s'en dégageait. Il ne s'agissait que d'herbe, après tout, que de tiges qu'on allait couper, récolter. Mais le grain de blé possédait une vie et une beauté qui lui étaient propres. Et Bryan désirait montrer sa vision des choses.

De son côté, Shade voyait la dépendance fragile, inéluctable de l'homme à la nature. Celui qui semait, surveillait et récoltait le blé était lié à la terre d'une manière irrévocable. Elle était à la fois sa prison et sa liberté. Le type assis sur son tracteur, sous le soleil du Kansas, était aussi dépendant de la terre que cette dernière l'était de lui. Sans la main de l'homme, le blé pousserait à l'état sauvage, s'épanouirait, mûrirait… pour faner et finalement mourir. C'était ce lien que Shade percevait, ce lien qu'il désirait mettre en lumière.

Mais pour la première fois depuis qu'ils avaient quitté Los Angeles Bryan et lui ne travaillaient pas chacun de leur côté. Ils n'en étaient pas encore conscients, mais leurs sentiments, leurs perceptions et leurs envies les poussaient sur la même voie.

Ils s'aidaient mutuellement dans leur travail d'analyse. Comment voyait-elle cette scène ? Que ressentait-il devant tel paysage ? Jusqu'alors, ils avaient avancé chacun de son côté, mais avec leur arrivée au Kansas, subtilement, sans même qu'ils s'en aperçoivent, ils allaient mettre en œuvre deux choses qui amélioreraient considérablement le résultat final du projet : dialoguer et se mesurer l'un à l'autre.

Le jour de la fête nationale, le 4 juillet, ils s'arrêtèrent à Dodge City pour vingt-quatre heures. Dans cette ancienne bourgade du Far West, Bryan pensa à Wyatt Earp, Doc Holliday et à tous les desperados qui avaient jadis sillonné les rues de la ville sur le dos de leur monture. Puis elle s'était retrouvée dans la foule des badauds venus regarder le défilé, un défilé qui aurait pu se tenir dans n'importe quelle autre ville des Etats-Unis.

Là, coincée entre la reine du défilé et les odeurs de barbe à papa, elle avait demandé à Shade son avis avant de photographier un cheval et son cavalier. Quel était le meilleur angle, selon lui ? A son tour, Shade lui demanda conseil alors qu'il s'apprêtait à prendre en photo une petite majorette couverte de paillettes.

Sur le coup, l'étape qu'ils venaient de franchir passa inaperçue pour l'un comme pour l'autre. Mais ils étaient restés côte à côte sur le trottoir pour regarder le défilé, sur fond de musique de fanfare et de bâtons tournoyant dans les airs. Ils n'avaient pas pris les mêmes photos — Shade avait privilégié comme à son habitude les vues d'ensemble tandis que Bryan guettait les réactions de chacun. Mais ils étaient restés côte à côte.

Les sentiments de Bryan pour Shade étaient devenus plus complexes, plus intimes. Elle n'aurait su dire précisément à quel moment ce changement était intervenu, mais comme son travail avait tendance à refléter ses émotions, les photos qu'elle prit alors furent à la fois plus complexes et plus personnelles. Si leur vision du même champ de blé était radicalement différente, Bryan voulait que leurs photos, publiées côte à côte, aient le même impact.

Elle n'était pas d'un tempérament agressif. Pourtant, Shade avait déclenché en elle cet étrange besoin de se mesurer à lui, en tant que photographe, mais aussi en tant que femme. Puisqu'elle était obligée de travailler dans un cadre confiné avec un homme qui la poussait à se surpasser sur le plan professionnel, tout en attisant en elle des pulsions sensuelles et charnelles, autant prendre le taureau par les cornes et gérer sans détour la situation ! Dans les deux domaines... Sans détour, mais à sa manière et à son rythme. Plus le temps passait et plus une question la taraudait, toutefois : lui serait-il possible de réussir brillamment ce projet professionnel et de séduire Shade, sans devoir abandonner quelque chose de vital ?

Bryan était d'un calme incroyable et ça le rendait fou ! Chaque journée, chaque heure passée à ses côtés mettait ses nerfs à vif ! Il n'était pas habitué à désirer quelqu'un aussi fort. Et une telle découverte, sachant que les choses ne dépendaient pas de lui, ne le réjouissait guère. Il désirait Bryan comme jamais il n'avait désiré aucune femme, mais il était en même temps obligé de nier ce qu'il éprouvait pour elle. Il la soupçonnait parfois d'attiser délibérément son désir. Pourtant, Bryan n'avait rien d'une calculatrice. Sans doute n'avait-elle pas songé une seule fois à vivre une aventure avec lui. Et si elle l'avait fait, elle en avait vite repoussé l'idée pour ne pas se compliquer la vie.

En ce moment précis, tandis qu'ils roulaient sur les routes du Kansas, sous le ciel piqueté des premières étoiles, Bryan dormait à poings fermés. Elle avait détaché ses cheveux, détail assez rare pour être remarqué. Ils étaient épais et brillants, et avaient la couleur de l'or fondu dans la pénombre. Le soleil avait joliment hâlé sa peau. Son corps était détendu, relâché, comme ses cheveux. Avait-il jamais été capable de laisser son corps et son esprit lâcher prise aussi totalement ? Il en était presque envieux. Etait-ce cet aspect-là de la personnalité de Bryan qui l'attirait et le séduisait tant ? Il brûlait d'envie de la séduire à son tour. De la découvrir. De s'imprégner d'elle. Quand il y parviendrait enfin — parce qu'il avait cessé d'employer le conditionnel —, quel en serait le prix ? Car rien n'était gratuit sur cette terre.

Une fois, songea-t-il en l'entendant soupirer dans son sommeil. Une seule fois… Il paierait peut-être le prix fort, mais il ne serait pas le seul. Garder le contrôle de ses émotions ne lui posait pas de problème. Pas une seule femme au monde ne pourrait le faire souffrir.

Son corps se raidit, et son esprit s'échauffa…

Bryan sortit lentement des limbes du sommeil. Encore toute alanguie et heureuse de l'être, elle bâilla et s'étira nonchalamment. L'odeur du tabac flottait dans l'air ; la radio diffusait un air de soft jazz ; les vitres étaient à moitié baissées et, lorsqu'elle se redressa, le vent la gifla, finissant de la réveiller.

Il faisait nuit noire. Surprise, Bryan leva les yeux sur la lune à demi dissimulée par les nuages.

— Il est tard, fit-elle observer en bâillant de nouveau.

Les brumes de son cerveau se dissipaient lentement.

— On va manger bientôt ? demanda-t-elle.

Shade lui jeta un coup d'œil au moment où elle secouait la tête pour repousser ses cheveux en bataille. Les longues mèches soyeuses cascadèrent sur ses épaules, puis coulèrent dans son dos. Au prix d'un effort, il se retint de tendre la main pour les caresser.

— J'aimerais franchir la frontière ce soir, fit-il en guise de réponse.

Elle perçut dans sa voix une certaine tension, voire une pointe d'irritation. Elle ignorait ce qui le contrariait et, pour l'heure, ne s'en souciait guère. S'il était si pressé de gagner l'Oklahoma et que cela ne le dérangeait pas de conduire une partie de la nuit, c'était son problème. Elle avait rempli un placard d'en-cas pour faire face à ce genre d'éventualité.

Au moment où elle s'extirpait de son siège, un long coup de Klaxon retentit, accompagné d'un furieux vrombissement de moteur.

Une vieille Pontiac doubla alors la camionnette à une allure inquiétante, se rabattit en lui faisant une queue de poisson, puis fonça dans la nuit, la radio à plein volume. Elle était cabossée, avait un trou de la taille d'une balle de base-ball dans son pot d'échappement, et son moteur cliquetait comme un avion mal réglé. Elle était bondée d'adolescents.

Shade lança un juron.

— Un samedi soir du mois de juillet, dit Bryan.

— Une bande d'abrutis, oui ! marmonna Shade en regardant les feux arrière du bolide zigzaguer dans l'obscurité.

— C'est clair…

Elle fronça les sourcils lorsque la voiture accéléra encore l'allure dans un panache de fumée.

— Ce sont des gosses, j'espère qu'ils ne…

Ce qu'elle craignait se produisit à l'instant où elle le formulait. Visiblement décidé à jouer avec le feu, le conducteur voulut doubler une autre voiture et franchit la double ligne jaune au moment où un camion arrivait sur la voie d'en face. Il klaxonna et fit une embardée. Le sang de Bryan se glaça dans ses veines.

La Pontiac se rabattit précipitamment sur sa voie, mais le conducteur avait perdu le contrôle de son véhicule. Glissant sur le côté, elle heurta l'aile de la voiture qu'elle avait essayé de doubler avant d'aller terminer sa course contre un poteau téléphonique.

Le hurlement des pneus, le fracas du verre et le froissement de la tôle résonnèrent aux oreilles de Bryan qui se rua hors de la camionnette avant même que Shade ait coupé le moteur. Une jeune fille criait, d'autres pleuraient et gémissaient. Au moins étaient-ils vivants…

Voyant que la porte côté passager avait été enfoncée par le poteau téléphonique, Bryan se précipita du côté du conducteur et tira sur la poignée. Elle sentit l'odeur du sang avant même d'en voir la couleur.

— Seigneur ! murmura-t-elle en s'y reprenant à deux fois avant de réussir à ouvrir.

Shade l'avait rejointe. Il l'écarta pour pouvoir passer.

— Va chercher des couvertures dans la camionnette, dit-il sans lui accorder un seul regard.

Il lui avait suffi de poser les yeux sur le conducteur pour comprendre que ce ne serait pas beau à voir. Il s'arrangea pour s'interposer entre Bryan et lui ; puis, tandis qu'elle s'éloignait en courant vers le van, il se pencha pour prendre le pouls du jeune conducteur. Il était en vie, heureusement... Shade se concentra alors sur les mesures à prendre et se mit à l'œuvre sans perdre un instant.

Le conducteur était inconscient. Il avait une blessure importante à la tête, mais Shade redoutait surtout d'éventuelles lésions internes. Ce qui l'inquiétait le plus, c'était l'odeur d'essence qui commençait à imprégner l'air. En d'autres circonstances, il aurait évité de bouger le jeune homme. En l'occurrence, il n'avait pas d'autre choix. Glissant ses mains sous les aisselles du blessé, il l'extirpa du véhicule et commença à le traîner sur le sol. Le chauffeur routier le rejoignit à cet instant et l'aida à transporter le garçon en le prenant par les pieds.

— J'ai prévenu les secours avec la C.B. de mon camion, annonça-t-il, hors d'haleine. Ils envoient une ambulance.

Shade hocha la tête, puis ils déposèrent le garçon sur le sol. Ce fut à cet instant que Bryan revint avec les couvertures.

— Reste là. La voiture va exploser, annonça Shade très calmement.

Puis il repartit vers la Pontiac accidentée.

Une vague d'effroi s'abattit alors sur Bryan. Quelques secondes plus tard, elle avait rejoint Shade près de la voiture, bien décidée à l'aider à sortir les autres victimes.

— Retourne à la camionnette ! hurla-t-il comme elle soulevait avec peine une jeune fille secouée de sanglots. Et restes-y !

Murmurant des paroles apaisantes, Bryan posa une couverture sur l'adolescente, puis retourna vers la voiture en courant. Le dernier passager avait lui aussi perdu connaissance. C'était un garçon d'environ seize ans, pas plus. Lorsqu'elle réussit enfin à le faire sortir par la portière, elle était en sueur, épuisée. Shade et le chauffeur routier avaient évacué les autres passagers. Shade venait d'allonger une jeune fille sur l'herbe lorsqu'il aperçut Bryan qui peinait à sortir la dernière victime.

La peur l'envahit. Une peur intense, incontrôlable. Alors même qu'il s'élançait vers elle, son imagination s'emballa. Dans un flash, il vit l'explosion, la gerbe d'étincelles, il entendit les craquements du métal qui se fend et le fracas du verre volant en éclats. Il connaissait parfaitement l'odeur qui se répandrait dans l'air, lorsque l'essence s'embraserait.

Enfin, il fut auprès de Bryan et souleva dans ses bras le garçon inconscient comme si c'était un fétu de paille.

— Cours ! cria-t-il.

Bryan ne vit pas l'explosion. Elle l'entendit et, surtout, la ressentit. Un souffle d'air chaud percuta son dos et la propulsa sur le bas-côté herbeux de la chaussée. Il y eut un sifflement métallique, tandis qu'un objet incandescent volait au-dessus de leurs têtes. Une adolescente poussa un cri strident, enfouissant son visage dans ses mains.

Abasourdie, Bryan demeura immobile un moment, le temps de reprendre son souffle. Par-delà le crépitement des flammes, elle entendit le hurlement des sirènes.

— Tu t'es fait mal ?

Shade l'aida à se redresser sur ses genoux. Il avait vu le morceau de métal en fusion frôler sa tête. Fermes et assurées quelques minutes plus tôt, ses mains se mirent à trembler lorsqu'il l'enlaça.

— Non, ça va, répondit Bryan en secouant la tête.

Elle retrouva l'équilibre et se tourna vers la jeune fille gémissante qui gisait à côté d'elle. Fracture du bras, estima-t-elle en remontant la couverture sous le menton de l'adolescente. Et la coupure sur sa tempe nécessiterait quelques points de suture.

— Détends-toi, murmura Bryan à la jeune fille, en sortant une compresse stérile de la trousse de secours qu'elle avait trouvée dans la camionnette. Ça va aller, ne t'inquiète pas... L'ambulance est là. Tu l'entends ?

Tout en parlant, elle tamponna doucement la plaie pour stopper l'hémorragie. Si sa voix était posée, ses mains tremblaient.

— Bobby...

Des larmes roulèrent sur le visage de la blessée. Elle s'accrocha à Bryan.

— Est-ce que Bobby va bien ? C'est lui qui conduisait.

Bryan chercha le regard de Shade avant de baisser les yeux sur le garçon toujours inconscient.

— Il va s'en sortir, ne t'inquiète pas, chuchota-t-elle, submergée par un terrible sentiment d'impuissance.

Six gamins insouciants... Et voilà le résultat... Sous le choc, le conducteur de l'autre véhicule pressait un morceau de tissu sur la blessure qu'il avait à la tête. Pendant un moment, un long moment presque figé, la nuit parut calme et tranquille, douce et parfumée. Les étoiles brillaient au-dessus de leurs têtes. La lune projetait une belle lumière opalescente. A trente mètres d'eux, la carcasse accidentée de la Pontiac se consumait rapidement. Glissant un bras sur les épaules de la jeune fille pour la soutenir autant que pour la réconforter, Bryan regarda les phares de l'ambulance avancer dans la nuit.

Tandis que les premiers médecins prenaient en charge les blessés, les pompiers et une deuxième ambulance furent appelés en renfort. Bryan resta auprès de l'adolescente pendant une vingtaine de minutes encore, à lui parler et lui tenir la main, tandis qu'on examinait puis soignait ses blessures.

Elle s'appelait Robin et avait dix-sept ans. Des six passagers de la voiture, son petit copain, Bobby, était le plus âgé. Il avait dix-neuf ans. Ils avaient juste eu l'intention de fêter le début des vacances d'été.

Bryan l'écoutait en murmurant des paroles apaisantes. Levant les yeux, elle vit Shade sortir tranquillement son appareil photo. Stupéfaite, elle le vit ensuite cadrer les blessés, puis photographier soigneusement les lieux de l'accident, les victimes et l'épave en flammes, sans aucune émotion apparente. Une fois la surprise passée, elle sentit la colère l'envahir. Elle attendit que Robin soit transportée dans la deuxième ambulance pour bondir sur ses pieds.

— Je peux savoir ce que tu fais ? lança-t-elle alors en l'attrapant par l'épaule, gâchant la photo qu'il était en train de prendre.

Sans se départir de son calme, Shade se tourna vers elle et la dévisagea attentivement.

Elle était pâle. Ses yeux reflétaient à la fois l'angoisse et la colère, avec un fond de stupeur. Pour la première fois depuis qu'il l'avait rencontrée, il voyait son corps tendu comme un arc.

— Je fais mon boulot, répondit-il simplement, en reprenant son appareil.

— Ces gamins sont blessés !

Bryan le saisit de nouveau par l'épaule et vint se planter en face lui.

— Ils saignent, ils ont des fractures. Ils souffrent et ils

sont morts de trouille. Depuis quand ton boulot consiste-t-il à photographier la douleur de ces pauvres gosses ?

— Depuis que j'ai choisi de gagner ma croûte en faisant des photos, répliqua-t-il en laissant retomber son appareil sur sa bandoulière.

Il en avait pris assez, de toute manière. Et puis, il n'aimait pas l'expression de Bryan qui le regardait sans ciller, d'un air écœuré. Il haussa les épaules.

— Toi, tout ce que tu veux, c'est prendre de jolies photos de vacances sous le soleil ! Tu as vu la voiture, Bryan, tu as vu ces gamins. Ça aussi, ça fait partie de notre projet. Ça fait partie de la vie. Si tu ne peux pas le supporter, tiens-t'en à tes portraits de stars et laisse aux autres le soin d'affronter le monde réel !

Il avait à peine esquissé deux pas en direction de la camionnette qu'elle le rattrapait. D'une manière générale, elle préférait éviter les conflits et adopter autant que possible une attitude de résistance passive, mais elle n'hésitait pas à monter au créneau quand c'était nécessaire. Et dans ce cas-là, elle ne reculait devant rien.

— Je suis parfaitement capable de le supporter !

Son visage avait retrouvé des couleurs. La colère empourprait ses pommettes et faisait briller ses yeux.

— Ce que je ne supporte pas, en revanche, ce sont les charognards qui se régalent des restes et se font du fric sur le malheur des autres sous prétexte que c'est de l'art ! Il y avait six personnes dans la voiture. Des *personnes*, répéta-t-elle d'un ton cinglant. C'étaient peut-être des imbéciles, peut-être ont-ils mérité ce qui s'est passé, mais ce n'est certainement pas à moi de juger. Tu crois vraiment que tu es un meilleur photographe, un meilleur artiste que les autres, parce que ta froideur et ton professionnalisme te permettent de figer sur du papier la douleur des autres ? C'est comme ça que tu espères décrocher une autre deuxième nomination au prix Pulitzer ?

Elle s'était mise à pleurer, trop énervée, trop bouleversée par ce qu'elle venait de vivre, pour se rendre compte que des larmes coulaient le long de ses joues. Pourtant, bizarrement, ces larmes-là la faisaient paraître plus forte. Les intonations de sa voix étaient plus graves, plus percutantes.

— Je vais te dire ce que ça fait de croire ça, reprit-elle comme il demeurait silencieux. Ça te vide ! La compassion que tu portais en toi à ta naissance s'est éteinte en chemin. Et j'en suis triste pour toi.

Elle le laissa debout au milieu de la route, à quelques mètres de l'épave calcinée.

Il était presque 3 heures du matin. D'expérience, Shade savait que le cerveau fonctionnait au ralenti, au cœur de la nuit. Garé dans un petit camping près de la frontière de l'Oklahoma, le fourgon était plongé dans le calme et l'obscurité. Bryan et lui n'avaient pas échangé le moindre mot depuis l'accident. Ils s'étaient couchés en silence et, bien qu'ils aient mis du temps avant de s'endormir, aucun d'eux n'avait pris la parole. Ils dormaient, à présent, mais seule Bryan profitait d'un sommeil sans rêve.

Au cours des premiers mois qui avaient suivi son retour du Cambodge, Shade avait fait ce rêve régulièrement. Puis il s'était espacé au fil du temps. Souvent, il réussissait à se réveiller avant de se faire complètement happer. Mais là, dans ce petit camping de l'Oklahoma, il ne put rien faire.

Il savait qu'il était en train de rêver. Dès l'instant où les ombres et les silhouettes prirent forme dans son esprit, il comprit que ce n'était pas la réalité. Pas celle du moment présent, en tout cas. Mais ce constat n'allégea ni l'effroi, ni la souffrance. Le Shade Colby du rêve esquissait tous les gestes, reproduisait toutes les actions qu'il avait accomplies bien des années plus tôt, jusqu'au dénouement final, inéluctable. Dans ce rêve, il n'y avait ni brume, ni contour flou pour minimiser l'impact. Il revivait tout ce qui s'était passé, sous la clarté aveuglante du soleil.

Il se retrouvait sur le trottoir devant l'hôtel avec Dave, son assistant. Tous deux transportaient leurs bagages et leur équipement photographique. Ils rentraient chez eux. Après quatre mois de travail dans des conditions difficiles et souvent dangereuses, au cœur d'une ville en pleine ébullition, déchirée et dévastée, ils rentraient enfin chez eux… Shade avait conscience de jouer avec le feu, mais ce n'était pas la première fois. Chaque journée supplémentaire passée sur place représentait un risque, celui de ne plus pouvoir quitter la ville. Mais il y avait toujours une dernière photo à prendre, une dernière déclaration à faire. Et il y avait Sung Lee.

Elle était jeune, enthousiaste, d'une sagesse infinie. Un contact précieux, irremplaçable pour explorer cette ville inconnue. Irremplaçable aussi dans son cœur… Après un divorce houleux et douloureux d'avec une femme qui avait imaginé plus de glamour dans leur vie et moins de réalité, il avait accepté sans hésiter cette mission longue et difficile. Il en avait eu besoin et Sung Lee était arrivée à point nommé dans sa vie, elle aussi.

Elle était douce, dévouée, peu exigeante. Quand ils faisaient l'amour, il réussissait à oublier le reste du monde, à se détendre complètement. Il n'avait qu'un seul regret, lorsque vint le moment de rentrer chez lui : Sung Lee ne voulait pas quitter son pays.

Il pensait à elle ce jour-là, en quittant l'hôtel. Ils s'étaient dit adieu la nuit précédente, mais elle continuait à hanter ses pensées. Peut-être aurait-il senti quelque chose, s'il avait été plus concentré. Il s'était posé cette question mille fois durant les mois qui avaient suivi.

La ville était calme, mais la paix n'était pas à l'ordre du jour. La tension qui flottait dans l'air pouvait exploser à chaque instant. Personne ne s'attardait longtemps dans les rues. Le lendemain, ou le surlendemain, les portes se refermeraient peut-être. Shade avait promené un dernier regard circulaire en se dirigeant vers la voiture avec son assistant. Une dernière photo, avait-il songé, l'ultime portrait du calme avant la tempête.

Quelques mots à l'adresse de Dave, puis Shade s'était retrouvé seul sur le trottoir. Il avait sorti de sa mallette son appareil photo et s'était mis à rire lorsque Dave, aux prises avec les bagages qu'il traînait en direction de la voiture, avait poussé un juron. Juste une dernière photo... Quand il sortirait de nouveau son appareil, il serait sur le sol américain.

— Hé, Colby !

Jeune et souriant, Dave s'était immobilisé à côté de la voiture. Il ressemblait à un étudiant profitant de ses vacances de printemps.

— Ça te dirait de tirer le portrait du futur prix Pulitzer s'apprêtant à quitter le Cambodge ?

En riant, Shade avait levé son appareil pour cadrer Dave. Il gardait un souvenir extrêmement précis de lui. Blond, bronzé, dégingandé, avec une dent de devant légèrement de travers et un T-shirt de l'université de Californie.

Il avait pris la photo, puis Dave avait inséré la clé dans la serrure de la portière.

— Allez, on rentre à la maison !

Ses dernières paroles, juste avant que la voiture n'explose...

— Shade ! Shade ! Réveille-toi. Tu as fait un cauchemar.

Il saisit Bryan fermement par les bras, si fort qu'il dut lui faire des bleus.

— C'est Bryan, Shade... Ce n'est rien, qu'un cauchemar... On est en Oklahoma, dans ta camionnette.

Enserrant son visage entre ses mains, elle sentit sa peau froide et moite.

— Ce n'était qu'un rêve, reprit-elle d'un ton apaisant. Détends-toi. Je suis là…

Il respirait trop vite. Un étau lui enserrait les poumons, et il grelottait de froid. Il sentit sous ses paumes la chaleur de la peau de Bryan, entendit sa voix douce et apaisante. Etouffant un juron, il se rallongea et attendit que les tremblements cessent.

— Je vais te chercher un verre d'eau.

— Du scotch, plutôt.

— D'accord.

A la lueur du clair de lune, elle trouva la bouteille et un gobelet en plastique. En le remplissant, elle entendit le souffle du briquet et le bruissement du papier à cigarette consumé par la flamme. Elle se retourna. Shade était assis sur la banquette, adossé à l'aile de la camionnette. Elle ignorait tout des démons qui le hantaient, mais elle savait comment réconforter quelqu'un qui ne se sentait pas bien. Elle lui tendit le gobelet puis, sans lui demander son avis, s'assit à côté de lui. Elle le laissa boire une première gorgée.

— Ça va mieux ?

Il prit une autre gorgée, plus grande, celle-ci.

— Oui.

Elle posa une main sur son bras dans un geste à la fois léger et déterminé.

— Raconte-moi.

Il n'avait pas envie de parler de ça. Ni avec elle, ni avec personne. Alors qu'il s'apprêtait à lui dire non, elle lui serra le bras.

— Ça nous ferait du bien à tous les deux…

Elle attendit encore, jusqu'à ce qu'il se tourne vers elle pour la dévisager. Son cœur semblait avoir retrouvé un rythme normal, mais un léger voile de sueur recouvrait encore sa peau.

— Rien n'ira jamais mieux, si tu gardes tout pour toi.

Cela faisait des années qu'il se taisait. Le temps qui passe ne lui avait apporté aucun soulagement et il se croyait condamné à vivre avec ça toute sa vie… Pourtant… Etaient-ce les intonations bienveillantes de Bryan ou la nuit qui les enveloppait ? Toujours est-il qu'il se mit à parler.

Il lui raconta le Cambodge et malgré sa voix monocorde Bryan visualisa le pays tel qu'il s'était présenté à lui. Prêt à exploser, en ruines, habité par la colère. Il lui raconta les longues journées monotones, ponctuées d'épisodes de terreur. Il lui parla de Dave, qu'il avait emmené sans grand enthousiasme, un jeune type fraîchement diplômé qu'il avait, avec le temps, appris à connaître et à apprécier. Puis il lui parla de Sung Lee.

— On a fait sa connaissance dans un bar où se retrouvaient tous les journalistes. Il m'a fallu du temps avant de comprendre que cette rencontre était tombée à point nommé, comme par hasard. Elle avait vingt ans, elle était belle et triste. Pendant presque trois mois, elle nous a fourni des tuyaux qu'elle tenait soi-disant d'un de ses cousins qui travaillait à l'ambassade.

— Tu l'aimais ?

— Non.

Il tira sur sa cigarette jusqu'au filtre.

— Mais je tenais à elle. J'avais envie de l'aider. Et je lui faisais confiance.

Il écrasa son mégot dans le cendrier et regarda fixement son gobelet. La peur l'avait abandonné. Il n'aurait jamais cru pouvoir parler de cet épisode de sa vie, ni même y repenser calmement.

— La tension continuait de monter, et la rédaction du magazine avait décidé de rappeler son équipe. On s'apprêtait à rentrer chez nous. Dave et moi, on a quitté l'hôtel et j'ai traîné un peu pour prendre quelques dernières photos. Comme un touriste.

Il lâcha un juron, puis vida son verre d'un trait.

— Dave est arrivé le premier à la voiture. Elle était piégée.

— Oh !

— Il avait vingt-trois ans et ne sortait jamais sans la photo de la fille qu'il voulait épouser en rentrant.

— Je suis désolée…

Elle posa la tête sur son épaule et l'enlaça.

— Vraiment désolée.

Shade se raidit. Il n'était pas habitué à ce qu'on lui témoigne de la compassion.

— J'ai essayé de retrouver Sung Lee. Mais elle avait disparu ; son appartement était vide. J'ai appris par la suite que j'étais sa cible. Le groupuscule pour qui elle travaillait lui communiquait quelques informations afin de me mettre en confiance. Leur but était d'éliminer un journaliste américain connu pour faire entendre leurs revendications. Ils ont raté leur objectif. La disparition d'un jeune assistant couvrant sa première mission à l'étranger ne provoqua pas le bruit qu'ils avaient espéré. Dave est mort pour rien.

Il avait vu la voiture exploser sous ses yeux, songea Bryan. Et il avait été témoin de la même scène, quelques heures plus tôt. Qu'avait-il ressenti au Cambodge, et ici, ce soir ? Etait-ce pour cette raison qu'il avait froidement sorti son appareil ? Parce qu'il refusait de se laisser envahir par les émotions ?

— Tu te sens coupable de ce qui est arrivé. Il ne faut pas.

— C'était encore un gamin. J'aurais dû veiller sur lui !

— Comment ?

Elle se déplaça légèrement pour lui faire face. Les yeux de Shade s'étaient assombris et reflétaient une colère froide, une frustration indicible.

— Comment ? répéta-t-elle. Si tu ne t'étais pas arrêté pour prendre des photos, tu serais monté dans la voiture en même temps que lui. Ça n'aurait rien changé pour lui.

— Exact.

Soudain las, il passa les mains sur le visage. La tension s'était dissipée, mais l'amertume demeurait intacte. Peut-être était-ce ça qui le fatiguait.

— Shade, après l'accident…

— N'en parlons plus.

— Si.

Elle captura sa main dans les siennes.

— Tu as fait ce que tu croyais bon de faire, tu avais tes raisons. J'ai dit que je ne jugerais pas les gamins, mais je t'ai jugé, toi. Je te dois des excuses.

Il n'en voulait pas, mais elle les lui fit tout de même. Il ne voulait pas de son absolution, mais elle réussit à effacer sa culpabilité. Il avait tant vu — trop vu, sans doute — le côté sombre de la nature humaine. Bryan, elle, lui offrait la lumière. Et cette option le tentait en même temps qu'elle le terrifiait.

— Je ne verrai jamais les choses comme toi, déclara-t-il à voix basse.

Quelques secondes s'écoulèrent. Puis il enlaça ses doigts avec ceux de Bryan.

— Je ne serai jamais aussi tolérant.

— Peut-être. Mais ce n'est pas une obligation.

— Tu avais raison tout à l'heure, quand tu as dit que je n'avais plus une once de compassion en moi. C'est la vérité. Je n'ai pas de patience, non plus, et très peu d'affection.

Lui arrivait-il parfois d'examiner les photos qu'il réalisait ? Ne percevait-il pas l'émotion soigneusement maîtrisée qu'elles exprimaient ? Elle s'abstint toutefois de le lui faire remarquer, préférant le laisser parler.

— Il y a bien longtemps que j'ai cessé de croire à la complicité, la vraie complicité, qui lie parfois deux êtres pour la vie. Mais je crois encore à l'honnêteté.

Elle aurait peut-être dû prendre ses distances. Quelque chose dans la voix de Shade la mit en garde, mais elle resta où elle était. Leurs corps se frôlaient. Elle percevait les battements réguliers du cœur de Shade, tandis que le sien s'emballait.

— Moi, je crois aux sentiments durables entre certaines personnes.

Etait-ce vraiment sa voix, si calme, si détachée ?

— Même si ce n'est plus ce que je recherche depuis un bon bout de temps.

N'était-ce pas ce qu'il désirait entendre ? Alors pourquoi les propos de Bryan ne lui apportaient-ils aucune satisfaction ? se demanda Shade en baissant les yeux sur leurs mains enlacées.

— Au moins les choses sont claires : nous n'attendons plus de promesses et nous ne sommes pas du genre à en faire non plus.

Bryan ouvrit la bouche pour protester, mais ne put que répéter :

— Pas de promesses…

Elle avait besoin de réfléchir à tout ça, de prendre du recul. Elle se força à sourire.

— Je crois qu'un peu de repos nous ferait le plus grand bien.

Lorsqu'elle fit mine de se lever, il resserra les doigts autour des siens. Il avait parlé d'honnêteté. Il n'était pas du genre à se livrer et pourtant il avait dit ce qu'il avait sur le cœur. Il la dévisagea un long moment. La lueur du clair de lune baignait son visage et assombrissait ses yeux. Emprisonnée dans la sienne, sa main ne bougeait pas. Mais son pouls tressautait à un rythme effréné.

— J'ai besoin de toi, Bryan.

Il aurait pu dire tant de choses qu'elle aurait facilement éludées. Parler d'envie, par exemple. Mais les envies ne lui suffisaient pas. Elle l'avait déjà prévenu. Et puis, on pouvait écarter ou ignorer une envie.

Le besoin, en revanche, était quelque chose de plus profond, de plus chaleureux. De plus puissant.

Bryan était sensible aux besoins.

Il resta immobile. Dans l'attente de sa réaction. En l'observant, Bryan sut qu'il lui laissait le soin de décider. Soit elle faisait un pas vers lui, soit elle se détournait. Mais elle devait choisir. Il était un homme de décision, cependant il savait aussi laisser aux autres le soin de choisir. Comment aurait-il pu savoir qu'elle n'avait plus le choix, justement ?

Avec une lenteur extrême, elle libéra sa main. Tout aussi lentement, elle prit en coupe son visage et posa ses lèvres sur les siennes. Les yeux grands ouverts, ils échangèrent un baiser long et langoureux. Une caresse que chacun offrait et acceptait.

Elle offrit, promenant ses doigts sur sa peau. Elle prit avec sa bouche douce et exigeante. Shade accepta et donna. Puis, au même moment, ils oublièrent les codes.

Les cils de Bryan papillonnèrent, ses lèvres s'entrouvrirent. Shade l'attira dans ses bras et leurs corps se plaquèrent l'un contre l'autre. Sans la moindre résistance, elle glissa avec lui sur le tapis qui recouvrait le sol.

Elle avait eu envie de ça, de connaître ce sentiment de victoire et de faiblesse mêlées, en s'abandonnant aux caresses de Shade. Elle avait eu envie de savourer le bonheur de se laisser aller, de libérer enfin ses pulsions.

Tandis que la bouche de Shade dévorait la sienne avec gourmandise, elle cessa de penser. Inutile de retenir ce qu'elle avait tant voulu lui donner. A lui et à aucun autre.

Prends ! Les injonctions de son corps dansaient la sarabande dans son cerveau confus. Prends plus, prends tout…

Shade tira sur le col de son T-shirt jusqu'à ce qu'apparaisse une épaule nue, offerte à ses baisers enfiévrés. Elle fit alors courir ses mains le long de son dos nu, réchauffé par la brise nocturne qui entrait par les vitres baissées.

Il n'était pas un amant facile. Ne l'avait-elle pas pressenti ? Il manquait cruellement de patience. Ne l'avait-il pas prévenue ? Elle le savait, et elle sut alors autre chose, elle sut qu'elle ne connaîtrait pas un instant de répit dans les bras de Shade. Il attisait son désir à une vitesse vertigineuse, sans demi-mesure. Et tandis qu'elle se laissait emporter par un flot de sensations nouvelles, elle n'avait pas le temps de les apprécier une par une, séparément. Un tourbillon enflait en elle, confusément, irrésistiblement.

Il s'agissait de goûter. Ses lèvres, sa peau. Des saveurs puissantes. Les odeurs… de fleurs, de chair… à la fois suaves et capiteuses. Les textures… la laine rase du tapis sous ses jambes, les caresses de ses mains fermes, la douce chaleur de sa bouche. Les bruits… les battements de son propre cœur résonnant dans sa tête, la voix de Shade murmurant son prénom. Elle distingua des ombres projetées par le clair de lune et le scintillement des yeux de Shade avant qu'il ne capture de nouveau sa bouche. Toutes les sensations, toutes les émotions fusionnaient, se mêlaient pour n'en faire plus qu'une, plus puissante que toutes. La passion.

Il fit glisser les manches de son T-shirt jusqu'à ce qu'elle ne puisse plus bouger les bras. Puis sa bouche traça un sillon en direction de sa poitrine, s'arrêtant çà et là pour goûter avidement avec ses lèvres, sa langue, ses dents.

Peut-être étaient-ce ses soupirs qui poussèrent Shade à prendre tout son temps, alors qu'il avait très envie de brûler les étapes. Elle était si fine, si douce… A la clarté de la lune, il remarqua le contraste entre les parties bronzées de son corps et celles, pâles et vulnérables, qui ne voyaient jamais le soleil. Il fut un temps où il aurait pris soin d'éviter cette apparente fragilité, conscient des menaces qu'elle pouvait receler. Mais cette fois-ci il se sentait attiré par elle, par cette douceur. Il respira son odeur, concentrée sous les globes de ses seins, la goûta du bout de la langue. Sexy, tentatrice, délicate. C'était l'essence même de Bryan et il sut qu'il était perdu.

Il sentit son sang-froid l'abandonner, s'éloigner vite, trop vite. Il le rappela vertement. Ils feraient l'amour une fois — ou plutôt, une centaine de fois en une nuit —, mais il garderait le contrôle de la situation. Comme en cet instant précis, songea-t-il tandis que Bryan s'arquait contre lui. Comme il se l'était promis. Il la conduirait jusqu'à l'extase suprême, mais il refuserait de s'abandonner totalement à ses caresses. Il ne lâcherait pas les rênes.

Après l'avoir débarrassée de son T-shirt, il entreprit d'explorer chaque centimètre carré de son corps. Il serait intraitable. Envers elle, envers lui-même. Bryan n'était déjà plus en état de penser de façon cohérente, c'était évident. Sa peau brûlante semblait encore plus douce sous l'effet de la chaleur, son parfum plus enivrant. Il continua à couvrir sa peau de baisers avides, enflammés.

Bryan sentait un flot d'énergie et de passion déferler en elle. A bout de souffle mais déterminée, elle se jeta dans la bataille qu'ils se livraient désormais. Elle pouvait à présent le toucher, le titiller, le provoquer, l'amadouer. Elle se montra exigeante là où il l'imaginait déjà vaincue. C'était trop soudain, trop fougueux pour qu'il ait le temps de lui résister. Lorsque ses caresses redoublèrent d'ardeur, elle perçut un changement dans l'attitude de Shade.

Il ne pouvait pas lutter. Elle ne lui permettrait pas de prendre sans donner en retour. Ses pensées flottaient confusément. Tandis qu'il tentait de se ressaisir, s'efforçait de reprendre le contrôle de ses émotions, Bryan poursuivait sans relâche son entreprise de séduction. Ce n'était pas seulement son corps qu'elle ensorcelait... Son corps, il le lui laissait bien volontiers. C'était aussi son esprit.

Corps et âmes étroitement mêlés, ils s'entraînèrent plus loin, plus haut, et gravirent ensemble les marches du plaisir.

8

Ils avaient fait l'amour et ça les avait stupéfiés... Effrayés presque... Pour chacun d'eux, l'expérience avait été intense, bien plus que tout ce qu'ils avaient connu jusqu'alors. Mais ils avaient fixé des règles et il leur semblait essentiel de les respecter. C'est pourquoi chacun resta très prudent par la suite, aucun ne voulant prendre le risque de prononcer des paroles que l'autre aurait mal interprétées.

Pour Bryan, habituée à dire ce qu'elle pensait et à faire ce qu'elle voulait, ce n'était pas chose aisée de devoir marcher sur des œufs vingt-quatre heures sur vingt-quatre. Mais ils avaient été clairs : pas de complications, pas d'engagement, pas de promesses. Chacun de leur côté, ils avaient raté leur mariage qui restait malgré tout, à leurs yeux, la forme la plus aboutie de la relation de couple. Pour quelle raison auraient-ils pris alors le risque de s'exposer à un nouvel échec ?

Ils sillonnèrent l'Oklahoma. Au cours de leur périple, ils firent une halte dans une petite ville où ils assistèrent à un concours de rodéo. Bryan ne s'était pas autant amusée depuis les célébrations du 4 Juillet au Kansas. Elle plongea avec un réel plaisir dans le feu de la compétition, appréciant à sa juste valeur le combat entre l'homme et l'animal d'un côté, l'homme et la montre de l'autre. Perché sur un cheval semi-sauvage ou un taureau, chaque candidat montrait une détermination stupéfiante à tenir jusqu'au tintement de la cloche.

Il y avait des jeunes et des moins jeunes, mais tous étaient unis par la même volonté de remporter la première manche pour passer à la suivante. Bryan trouvait intéressant qu'un simple jeu puisse devenir un véritable style de vie.

Elle ne résista pas à l'envie de s'offrir une paire de bottes en cuir brodé, à talons biseautés. La taille de la camionnette leur interdisant de rapporter une multitude de souvenirs, elle avait réussi, jusque-là, à refréner ses envies. Elle ne voyait cependant pas l'intérêt de se créer des frustrations inutiles. Ces bottes de cow-boy lui faisaient vraiment plaisir… Elle fut tentée d'acheter un ceinturon en cuir orné d'une grosse boucle en argent pour Shade, mais se retint. C'était exactement le genre d'attention qu'il aurait pu mal interpréter. Leur relation était telle qu'ils n'échangeraient ni fleurs, ni cadeaux, ni mots doux.

Elle prit le volant pour descendre jusqu'au Texas pendant que Shade lisait le journal à côté d'elle. Les enceintes de la radio diffusaient la voix rocailleuse, terriblement sexy, de Tina Turner.

On était à présent au cœur de l'été, à l'époque où le mercure grimpait en flèche. Bryan n'avait pas besoin d'écouter le bulletin météo pour savoir qu'il faisait déjà 35 degrés et qu'il ferait plus chaud encore dans les heures à venir, mais Shade et elle s'étaient mis d'accord pour brancher l'air conditionné le moins souvent possible. Sur l'autoroute, le vent suffisait presque à rafraîchir l'atmosphère de l'habitacle. Prévoyante, Bryan avait revêtu un petit débardeur et un short et elle conduisait pieds nus en songeant à Dallas, où l'attendait une chambre d'hôtel climatisée avec un matelas moelleux et des draps frais.

— Je ne suis jamais allée au Texas, dit-elle. Je crois bien que c'est le seul Etat où l'on trouve des villes qui s'étendent sur quatre-vingts, voire cent kilomètres. Un tour de la ville en taxi te coûte une semaine de salaire, il paraît…

Shade tourna la page du journal dans un crissement de papier.

— Tu es obligé d'avoir une voiture, quand tu habites à Dallas ou à Houston, fit Shade.

Ce genre de remarque était typique de sa part, et Bryan avait fini par s'y habituer.

— Je suis contente qu'on s'arrête quelques jours à Dallas. Tu as déjà séjourné dans le coin ?

— Quelque temps, oui.

Il haussa les épaules et tourna une autre page.

— Dallas, Houston, ces villes sont l'essence même du Texas. Immenses, tentaculaires, prospères. Une quantité impressionnante de restos tex-mex et d'hôtels quatre étoiles, et un réseau autoroutier qui rend complètement dingues les habitants de l'extérieur. Personnellement, je préfère San Antonio. C'est une ville très différente des autres. L'atmosphère y est sereine, élégante, c'est plus européen.

Bryan hocha la tête en lisant les panneaux de signalisation.

— Tu es y venu pour le boulot ?

— En fait, j'ai vécu à Dallas pendant deux ans, entre deux missions à l'étranger.

Son aveu la surprit. Elle avait beaucoup de mal à l'imaginer ailleurs qu'à Los Angeles.

— Tu ne t'y es pas plu ?

— Ce n'est pas mon style, répondit-il simplement. Mon ex-femme est restée, elle, et elle s'est remariée au pétrole.

C'était la première fois qu'il mentionnait aussi longuement son mariage. Bryan essuya ses paumes moites sur son short. Et maintenant, qu'était-elle censée dire ?

— Ça ne te dérange pas d'y retourner ?

— Non.

— Est-ce que…

Elle ne termina pas sa phrase, de peur de s'engager sur un terrain trop personnel.

Shade écarta le journal.

— Est-ce que quoi ?

— Eh bien, est-ce que ça te fait quelque chose de savoir que ton ex-femme s'est remariée, qu'elle a refait sa vie avec un autre homme ? Ça ne t'arrive jamais de regarder en arrière pour essayer de cerner les raisons de ton divorce ?

— Je les connais parfaitement, ces raisons. Pas besoin de s'appesantir là-dessus. Une fois qu'on a reconnu ses erreurs, on doit tourner la page et continuer à avancer.

— Je sais, dit-elle en rajustant ses lunettes de soleil. Simplement, je me demande parfois pourquoi certaines personnes sont tellement bien ensemble alors que d'autres sont malheureuses comme les pierres.

— Certaines personnes ne sont pas faites pour s'entendre, c'est tout.

— Dans la plupart des cas, elles s'entendent plutôt bien avant de se passer la bague au doigt.

— C'est que le mariage ne réussit pas à tout le monde.

« Pas à nous, par exemple ? », songea Bryan sans toutefois formuler la question à haute voix. Ils avaient échoué tous les deux dans cette entreprise. Au fond, Shade n'avait peut-être pas tort : le constat était aussi simple que ça.

— J'ai vraiment tout fait pour que mon mariage capote, confessa-t-elle.

— Tu étais la seule responsable ?

— J'en ai bien l'impression.

— A t'entendre, tu avais épousé M. Parfait.

— En fait, je...

Jetant un coup d'œil dans sa direction, elle croisa son regard. Il avait haussé un sourcil et attendait sa réaction d'un air pénétré. Elle avait presque oublié qu'il savait autant la faire rire que la troubler.

— Disons plutôt « M. Presque-Parfait », rectifia-t-elle en souriant. Finalement, j'aurais mieux fait de trouver un type bourré de défauts.

Shade alluma une cigarette, puis posa les pieds sur le tableau de bord comme elle avait l'habitude de le faire quand elle ne conduisait pas.

— Qu'est-ce qui t'en a empêchée ?

— J'étais très jeune, j'ignorais encore tout de la vie. Et puis je l'aimais.

Elle fut surprise de constater qu'elle ne souffrait pas le moins du monde en prononçant ces mots, au passé.

— C'est vrai, je l'aimais, répéta-t-elle dans un murmure. Naïvement... A l'époque, je n'avais pas compris que j'allais devoir faire un choix entre sa conception du mariage et mon travail.

Shade était bien placé pour comprendre. Son épouse n'était ni méchante, ni exigeante. Elle attendait juste de lui ce qu'il ne pouvait donner.

— Tu as épousé M. Presque-Parfait et moi, Mlle Réussite Sociale. Tandis que j'essayais de prendre des photos qui me semblaient importantes, elle ne rêvait que d'une chose : décrocher une adhésion annuelle au country club. Nos aspirations se valaient, l'une et l'autre, mais elles n'étaient pas compatibles.

— Tu ne regrettes jamais de ne pas avoir réussi à sauver ton couple ?

— Si.

Shade fut surpris de sa propre réponse. Il ne s'était encore jamais rendu compte qu'il nourrissait certains regrets. Plus exactement, il ne s'était jamais autorisé à le faire.

— Il ne nous reste plus beaucoup d'essence, fit-il observer sans transition. On fera le plein à la prochaine ville.

La ville en question ressemblait plutôt à un hameau

perdu au milieu de nulle part, et consistait en quelques maisons regroupées à la frontière de l'Oklahoma et du Texas. Tout y était poussiéreux, délavé par le soleil. Même les rares immeubles semblaient fatigués. De toute évidence, ce petit coin n'avait pas profité de la richesse générée par l'exploitation des gisements pétroliers.

Ils s'arrêtèrent à la première station-service qu'ils trouvèrent et Bryan prit son appareil photo avant de sortir de la camionnette pour se dégourdir les jambes. Elle contourna le véhicule sous le regard interdit du jeune pompiste maigrelet. Avant d'entrer dans la petite boutique rafraîchie par un ventilateur, Shade eut le temps de voir l'expression béate du garçon et le sourire rayonnant dont le gratifia Bryan.

Il y avait un petit jardin clôturé de l'autre côté de la rue. Une femme en robe de coton et tablier élimé était en train d'arroser la seule parcelle colorée du terrain : un parterre de pensées plantées le long de la façade de la maison. Contrastant avec l'herbe sèche, roussie par le soleil, les fleurs étaient resplendissantes. Peut-être étaient-elles tout ce dont cette femme avait besoin pour être heureuse. La peinture de la clôture s'écaillait et le cadre moustiquaire de la porte d'entrée était troué à plusieurs endroits, mais les fleurs apportaient une touche gaie et colorée à l'ensemble. Un sourire flottait sur les lèvres de la femme, tandis qu'elle arrosait.

Heureuse d'avoir pris son appareil chargé d'une pellicule couleur, Bryan testa plusieurs angles. Elle voulait prendre le bois de la maison abîmé par le soleil et la pelouse desséchée afin d'accentuer le contraste avec le bouquet d'espoir que formaient les pensées.

Ses essais ne la satisfirent pas et elle changea de place. La lumière était bonne, les couleurs parfaites, pourtant l'ensemble ne collait pas. Pourquoi ? Reculant d'un pas, elle élargit le champ et prit le temps de se poser la question cruciale : Qu'est-ce que je ressens ?

Le déclic se fit alors. La femme n'était pas nécessaire, sa présence simplement suggérée suffirait au tableau. Sa main tenant l'arrosoir et rien d'autre. Elle représentait n'importe quelle femme, où que ce soit en Amérique — une femme pour qui les fleurs étaient indispensables au bonheur domestique. C'étaient les fleurs uniquement et leur symbolique d'espoir qui devaient être mises en lumière.

Shade sortit de la boutique, un sac en papier à la main. Il aperçut Bryan en train de tester différents angles, en face de la station-service. Il posa le sac dans la camionnette et en sortit une canette fraîche avant de se tourner vers le jeune pompiste pour régler. Perdu dans la contemplation de Bryan, le jeune homme eut du mal à visser le bouchon du réservoir.

— Jolie camionnette, lança-t-il.

Shade doutait qu'il eût seulement jeté un coup d'œil au véhicule.

— Merci, dit-il, tout en suivant le regard du garçon.

Vêtue d'un vaporeux morceau de tissu qu'elle appelait « short », Bryan offrait un spectacle tout à fait fascinant, il était bien obligé de l'admettre. Et ces jambes… incroyablement longues. Et tellement sensibles, aussi, comme il le savait à présent… A l'intérieur du genou, par exemple, ou juste au-dessus de la cheville et cette zone douce et chaude, aussi, tout en haut de la cuisse.

— Vous avez encore beaucoup de route à faire, votre femme et vous ?

— Mmm ?

Absorbé à son tour par cette vision enchanteresse, Shade avait presque oublié la présence du pompiste.

— Vot' dame et vous, répéta ce dernier en lui rendant la monnaie. Vous allez loin ?

— Dallas, murmura Shade. Et ce n'est pas…

Sur le point de corriger l'erreur, il se ravisa. *Vot' dame*... L'expression désuète ne manquait pas de charme. Et puis, quelle importance qu'un habitant d'une ville perdue du Texas pense que Bryan était sa femme ?

— Merci, reprit-il d'un ton absent, en enfouissant la monnaie dans sa poche.

Puis il se dirigea vers Bryan.

— Super timing ! lança-t-elle en marchant à sa rencontre.

Ils se rencontrèrent au milieu de la route.

— Tu as trouvé quelque chose ?

— Des fleurs.

Elle sourit, oubliant un instant la brûlure du soleil. Il lui semblait sentir encore leur parfum, par-delà l'odeur de la poussière.

— Des fleurs là où on s'y attend le moins. Je crois que c'est...

Shade tendit la main pour lui caresser les cheveux et les mots moururent sur ses lèvres.

Il ne la touchait jamais, pas même de manière anodine. Sauf quand ils faisaient l'amour et là, bien sûr, ses caresses n'avaient rien d'anodin. En dehors de ces moments-là, leurs mains ne s'effleuraient pas, ils ne s'étreignaient pas. Pas le moindre contact. Jusqu'à cet instant, alors qu'ils se tenaient au beau milieu d'une route, entre un jardin jauni par le soleil et une station-service sinistre.

— Tu es tellement belle... Ça me stupéfie, parfois.

Que répondre à ça ? Il ne lui disait jamais de mots tendres. Et voilà qu'ils coulaient de sa bouche tandis que ses doigts lui effleuraient la joue ! Ses yeux étaient d'un noir profond, insondable. Que voyait-il quand il la regardait, que ressentait-il ? Elle ne lui avait jamais posé la question. Pour la première fois, elle avait l'occasion de le faire, mais elle était incapable d'émettre le moindre son. Elle ne pouvait que le dévisager fixement.

Il lui aurait peut-être répondu qu'il voyait l'honnêteté,

la gentillesse, la force. Il lui aurait dit que les émotions qu'il ressentait repoussaient loin, très loin les barrières qu'il avait érigées entre lui et le reste du monde. Si elle avait eu le courage de lui poser la question, il lui aurait avoué qu'elle avait apporté un changement radical dans sa vie, un changement qu'il n'avait pas anticipé et qu'il ne pouvait plus endiguer.

Il se pencha vers elle et l'embrassa avec une douceur qui ne lui ressemblait pas. Les circonstances voulaient ça, bien qu'il ne sache pas pourquoi. Le soleil dardait ses rayons implacables, une couche de poussière voletait au-dessus du bitume et une forte odeur d'essence flottait dans l'air. Pourtant, ce moment particulier réveillait en lui une tendresse dont il ignorait l'existence.

— Je vais conduire, murmura-t-il en glissant sa main dans celle de Bryan. Il nous reste encore pas mal de route à faire avant Dallas.

Ses sentiments avaient changé. Par pour la ville où ils venaient d'arriver, mais pour la femme assise à côté de lui. Dallas aussi avait changé depuis qu'il y avait habité, mais il savait d'expérience que cette ville évoluait en permanence. A l'époque où il y vivait, il avait l'impression qu'un nouveau gratte-ciel sortait de terre tous les jours, comme par magie. Les hôtels, les immeubles de bureaux émergeaient sur toutes les surfaces inoccupées et Dallas ne manquait pas d'espace libre. Malgré une architecture résolument futuriste privilégiant le verre, les spirales et les dômes, l'authentique saveur du Sud-Ouest n'était jamais bien loin. Les hommes y portaient des chapeaux de cow-boy avec la même aisance qu'un costume trois-pièces.

Ils choisirent un hôtel en centre-ville d'où ils pouvaient se rendre à pied à la chambre noire qu'ils avaient louée pour deux jours. Pendant que l'un travaillerait sur le terrain, l'autre utiliserait le matériel de développement et d'impression. Et vice versa.

Bryan leva sur l'hôtel un regard presque révérencieux lorsqu'ils se garèrent le long du trottoir. De l'eau chaude à volonté… De vrais oreillers… Un service d'étage…

A peine sortie de la camionnette, elle entreprit de décharger ses bagages et son matériel.

— J'ai hâte ! lança-t-elle en tirant un dernier sac.

Un filet de sueur dégoulina le long de son dos.

— Je vais prendre un bon bain. Et peut-être même dormir dans la baignoire.

Shade sortit son trépied puis celui de Bryan.

— Tu en veux une pour toi toute seule ?

— Une quoi ? demanda Bryan en glissant sur son épaule la bandoulière de la première sacoche.

— Une baignoire.

Elle leva les yeux et croisa son regard tranquille, interrogateur. Ainsi, pour lui, les choses ne coulaient pas de source : ils partageaient la camionnette mais ne partageraient pas forcément la même chambre d'hôtel. Ils étaient amants, certes, mais aucun autre lien ne les unissait. Il était peut-être temps qu'elle prenne l'initiative.

Inclinant légèrement la tête, elle esquissa un sourire.

— Ça dépend.

— De quoi ?

— Ça dépend si tu me frottes le dos ou pas.

Il la gratifia d'un de ses rares sourires spontanés en sortant le reste des bagages.

— Ça me paraît faisable…

Un quart d'heure plus tard, Bryan posa ses bagages sur la moquette de leur chambre puis, avec la même nonchalance, envoya valser ses chaussures. Elle ne se donna pas la peine d'aller contempler la vue. Elle aurait tout le temps de le faire plus tard. Pour l'heure, une seule chose lui paraissait essentielle. Elle se laissa tomber de tout son long sur le lit.

— Divin ! décréta-t-elle avant de fermer les yeux en soupirant. Absolument divin !

— Tu as quelque chose contre les banquettes de la camionnette ?

Shade posa ses affaires dans un coin de la pièce, puis alla ouvrir les rideaux.

— Rien du tout, non. Il y a juste un monde entre une banquette et un lit.

Elle roula sur le dos pour s'allonger en diagonale, bras en croix, jambes écartées.

— Tu vois ? On ne peut pas faire ça sur une banquette…

Shade lui lança un regard amusé avant d'ouvrir sa valise.

— Tu ne pourras plus le faire non plus quand je serai avec toi.

« Un point pour lui », songea Bryan en l'observant défaire ses bagages avec méthode. Elle jeta un coup d'œil absent à sa propre valise. Ça pouvait attendre… Elle se leva d'un bond, avec le même enthousiasme que lorsqu'elle s'était affalée sur le lit, quelques minutes plus tôt.

— Un bain chaud, déclara-t-elle avant de disparaître dans la salle de bains.

Shade était en train de poser sa trousse de toilette sur la coiffeuse, lorsque l'eau se mit à couler. Il s'immobilisa un instant et tendit l'oreille. Bryan fredonnait. Le mélange de ces petits bruits était étrangement intime : une voix de femme, douce et chantante, et le ruissellement de l'eau. Pourquoi une chose aussi simple le bouleversait-elle à ce point ?

Peut-être était-ce une erreur de n'avoir pris qu'une seule chambre. Il ne s'agissait plus de dormir ensemble dans une camionnette, faute de pouvoir faire autrement. Ils avaient eu le choix, cette fois, l'occasion de se retrouver seuls, de prendre un peu de recul. Avant la fin de la journée, les affaires de Bryan joncheraient la pièce, jetées ici, posées là. Ça ne lui ressemblait pas d'accueillir le désordre aussi volontiers. C'était pourtant ce qu'il venait de faire.

Levant les yeux, il contempla son reflet dans le miroir. Un type brun avec un corps et un visage minces, des yeux un peu trop durs, une bouche un peu trop sensible. Il était tellement habitué à son image qu'il ne se demandait pas ce que voyait Bryan quand elle le regardait. Lui voyait un homme un peu fatigué qui avait besoin de se raser. Et bien qu'il examinât son reflet avec l'objectivité d'un artiste contemplant son sujet, il refusa de se demander s'il voyait aussi un homme qui venait d'amorcer un changement irrévocable.

Abandonnant son visage, il observa la chambre qui se reflétait dans le miroir, derrière lui. A côté de la porte se trouvaient les affaires de Bryan et les chaussures qu'elle avait retirées dès son arrivée. S'il prenait en photo son propre reflet avec, en arrière-plan, la chambre et les valises, quel genre d'image obtiendrait-il ? Serait-il seulement capable de la comprendre ?

Balayant ses pensées confuses, il traversa la pièce et entra dans la salle de bains.

Bryan retint son souffle lorsque Shade pénétra dans la pièce, mais parvint à rester parfaitement immobile, immergée jusqu'au cou. Ce genre d'intimité ne lui était pas familière et la rendait vulnérable. Elle regretta bêtement de ne pas avoir versé de bain moussant dans la baignoire.

Prenant appui contre le plan de toilette, Shade l'observa. Elle n'avait pas l'air pressée de se laver : posée sur une soucoupe, la savonnette était encore emballée. C'était la première fois qu'il la voyait nue en plein jour, songea-t-il soudain, étonné. Son corps dessinait une longue ligne fluide dans l'eau. La petite pièce était pleine de vapeur. Etait-il possible de mourir de désir ?

— Comment est l'eau ?

— Chaude, répondit Bryan en s'efforçant de rester naturelle et détendue.

Le bain, qui venait d'apaiser ses tensions, agissait à présent comme un puissant aphrodisiaque.

— Super…

Il commença à se déshabiller.

Bryan ne l'avait encore jamais vu retirer ses vêtements. Jusqu'à présent, ils avaient observé leur règlement strict et tacite. Quand ils campaient, chacun se changeait dans les sanitaires du camping. Depuis qu'ils étaient amants, les choses se précipitaient à la fin de la journée et ils se déshabillaient mutuellement en faisant l'amour dans la camionnette obscure. Mais là, pour la première fois, Bryan pouvait contempler à loisir Shade en train de se dévêtir pour elle.

Elle savait à quoi ressemblait son corps. Ses mains le lui avaient montré. Mais c'était une tout autre expérience de voir de ses yeux les courbes et les déliés. Il était athlétique à la manière d'un coureur de fond ou d'un champion de course de haies. Oui, cette discipline lui correspondait bien… Il saurait anticiper le prochain obstacle pour le surmonter.

Il posa ses vêtements sur le plan de toilette et ne fit aucun commentaire lorsqu'il dut enjamber le tas d'habits qu'elle avait laissés par terre.

— Tu m'as demandé de te frotter le dos, c'est ça ? fit-il en se glissant derrière elle.

L'instant d'après, il laissa échapper un juron.

— C'est quoi ton truc ? Te débarrasser d'une ou deux couches de peau en prenant un bain brûlant ?

Elle se mit à rire, déjà plus détendue, et bougea légèrement pour lui faire de la place. En sentant son corps tout contre le sien, elle bénit les baignoires de petite taille. Dans un soupir, elle se laissa aller contre lui. D'abord surpris, Shade se réjouit vite de son initiative.

— On est un peu grands, tous les deux, fit-elle observer en repliant les jambes. Heureusement, on est plutôt minces, aussi.

— Continue à manger n'importe quoi n'importe quand…

Il ne résista pas à l'envie de déposer un baiser sur le sommet de son crâne.

— Et ça finira bien par se voir !

— Pas sûr.

Elle laissa courir sa main le long de sa cuisse. Une caresse légère et nonchalante qui lui noua le ventre.

— Je me plais à penser que je brûle des calories rien qu'en réfléchissant. Mais toi…

— Oui ?

Exhalant un nouveau soupir, Bryan ferma les yeux. Il était tellement complexe, tellement… passionné. Comment expliquer ? Elle savait si peu de choses sur ce qu'il avait vu et vécu. Juste un épisode dramatique, isolé. Une cicatrice. Mais elle en pressentait d'autres.

— Tu es quelqu'un de très physique, reprit-elle enfin. Même ta manière de penser est empreinte de force physique. Tu ne sais pas lever le pied. C'est comme si…

Elle hésita quelques instants, puis se jeta à l'eau :

— Tu ressembles à un boxeur sur le ring. Même entre deux rounds, tu restes tendu, prêt à bondir dès que la cloche sonnera.

— Parce que c'est la vie, non ? fit-il en traçant sur sa nuque, du bout de l'index, un sillon imaginaire. Je la vois comme un long combat. Une courte pause et hop, nous revoilà debout, prêts à essuyer les coups.

— Pour moi, la vie est plutôt une aventure, dit-elle doucement. Parfois, quand je manque d'énergie, je me repose et je regarde les autres s'affairer autour de moi. C'est peut-être pour ça que j'ai voulu être photographe, pour pouvoir choisir des petits morceaux de vie et les conserver précieusement. Pense à ça, Shade…

Bougeant légèrement, elle tourna la tête pour rencontrer son regard.

— Pense aux gens que nous avons rencontrés, aux endroits que nous avons vus. Et on n'a fait que la moitié du chemin… Ces cow-boys au concours de rodéo, par exemple. Tout ce qu'ils veulent, c'est un paquet de tabac, un cheval retors et un morceau de ciel bleu au-dessus de leurs têtes. Et ce fermier du Kansas, assis sur son tracteur en plein cagnard, ruisselant de sueur et perclus de douleurs, les yeux rivés sur des hectares de terre, de *sa* terre. Et les gamins en train de jouer à la marelle, les vieux occupés à désherber leur potager ou à jouer aux échecs dans un parc. C'est ça, la vie. Ce sont des femmes avec des bébés coincés sur la hanche, des jeunes filles qui peaufinent leur bronzage à la plage, des enfants qui barbotent dans des piscines gonflables dans un jardin…

Il lui effleura la joue.

— C'est ce que tu penses, vraiment ?

Etait-ce réellement ainsi qu'elle voyait la vie ? se demanda Bryan. Tout ça paraissait tellement simpliste… et même idéaliste. Sourcils froncés, elle regarda la vapeur flotter au-dessus de l'eau.

— Je crois surtout qu'il faut profiter des bonnes choses quand elles se présentent, essayer de voir la beauté là où elle se cache, sans chercher à comprendre. On est bien obligés de gérer le reste, de toute manière, mais il faut savoir s'accorder des pauses. Cette femme, tout à l'heure…

Elle se laissa aller contre lui. Pourquoi était-ce si important de lui dire tout ça maintenant ?

— Celle qui habitait en face de la station-service où on s'est arrêtés pour faire le plein. Son jardin était grillé par le soleil, la peinture de sa clôture était tout écaillée. Ses mains étaient déformées par l'arthrite. Pourtant, elle arrosait ses fleurs. Peut-être avait-elle passé toute sa vie dans cette petite maison. Peut-être ne saura-t-elle jamais ce que ça fait de s'asseoir au volant d'une voiture neuve, avec le parfum du cuir qui chatouille les narines, ou de voyager en première classe et faire ses emplettes chez Saks. Mais elle arrose ses pensées. Elle les a plantées, désherbées, soignées, parce que ça la rend heureuse. C'est quelque chose de précieux, à ses yeux, ce petit coin coloré parfaitement incongru, qu'elle prend plaisir à regarder et qui lui donne le sourire. Ça lui suffit…

— Les fleurs ne poussent pas partout.

— C'est faux. Il suffit de le vouloir.

Ses paroles sonnaient vraies et Shade avait très envie de les croire. Sans même s'en rendre compte, il posa sa joue sur les cheveux de Bryan. Ils étaient humides, chauds, doux. Grâce à elle, il réussit à se détendre. Le simple fait d'être avec elle, de l'écouter, semblait dénouer quelque chose en lui. Mais il n'oubliait pas les règles qu'ils s'étaient fixées. « Ne va pas trop vite », se rappela-t-il. « Prends les choses avec détachement. »

— Ça t'arrive souvent de tenir de grandes discussions philosophiques dans ton bain ?

Les lèvres de Bryan s'incurvèrent en un petit sourire. C'était si rare, et si gratifiant, de déceler cette pointe d'humour dans la voix de Shade !

— Autant être à l'aise quand on se lance dans ce genre de discours. A propos, il était question de mon dos, je crois…

Shade s'empara de la savonnette et la débarrassa de son emballage.

— Tu veux prendre la chambre noire en premier, demain ?

— Mmm…

Elle se pencha en avant et s'étira pendant qu'il lui savonnait le dos. Demain… pourquoi parler de demain ? Ils avaient encore le temps.

— D'accord.

— Tu peux travailler de 8 heures à midi.

Sur le point de protester au sujet de l'heure matinale, Bryan se ravisa. Certaines choses ne changeaient pas.

— Qu'est-ce que tu…

La question se mua en soupir tandis qu'il faisait glisser le savon tout autour de sa taille, puis remontait vers son cou.

— J'aime qu'on s'occupe de moi !

Sa voix était ensommeillée, mais elle tressaillit quand il passa un doigt sur son téton. Il continua à dessiner des cercles savonneux sur son corps, plus bas, toujours plus bas, jusqu'à ce que Bryan n'ait plus aucune envie de se détendre. D'un mouvement vif, elle se retourna pour l'emprisonner entre ses bras, tandis que sa bouche capturait la sienne. Puis elle fit courir ses mains sur son corps tendu par le désir.

— Bryan…

— J'adore te caresser !

Elle promena ses lèvres sur son torse, savourant le goût de sa peau à la surface de l'eau. Elle mordilla, écouta les battements sourds de son cœur, puis frotta sa joue contre sa peau humide juste pour le plaisir de la sensation, de l'expérience. Avait-il jamais laissé une femme lui faire l'amour ? songea-t-elle en pressant sa joue contre son torse. Cette fois, il n'aurait pas le choix…

— Shade…

Ses mains voletèrent librement sur son corps.

— Suis-moi.

Elle se leva sans attendre sa réponse. Dégoulinante d'eau, elle esquissa un sourire et ôta une à une les épingles de son chignon, avec des gestes très lents. Ses cheveux cascadèrent sur ses épaules. Elle secoua la tête, attrapa une serviette. Les mots étaient désormais inutiles.

Elle attendit qu'il sorte à son tour de la baignoire, prit une autre serviette et entreprit de le sécher. Il se laissa faire, mais elle le sentait sur la défensive, prêt à se retrancher émotionnellement. Oh non, pas cette fois ! Cette fois, ce serait différent.

Tout en continuant à le sécher, elle chercha son regard. Elle ne pouvait lire ses pensées, ni savoir ce que cachait son désir. Mais ça n'avait pas d'importance. Pas pour le moment, en tout cas… Elle le prit par la main et l'entraîna vers le lit.

Elle prendrait le temps de lui faire l'amour. Malgré le feu qui la consumait, elle attiserait en lui les sensations qu'il lui avait fait découvrir.

Lentement, elle l'enlaça et s'allongea sur le lit. Le matelas ploya sous leur poids. Leurs bouches se scellèrent.

Une vague de désir intense, irrésistible, submergea alors Shade. Cette fois, pourtant, il fut incapable d'imposer son rythme à leur étreinte. Bryan lui offrait le plaisir exquis de s'abandonner pleinement. Ses lèvres donnaient et prenaient, lascives et exigeantes tout à la fois. Dans ses bras, il découvrit que le désir pouvait aussi se construire, couche après couche, jusqu'à ce que plus rien d'autre ne compte. Leurs peaux sentaient l'eau savonneuse du bain qu'ils avaient partagé. Bryan lui prodiguait mille et une caresses enivrantes. A ce rythme-là, elle allait le rendre fou !

Bryan, elle, se délectait de pouvoir le contempler en pleine lumière. Pas d'obscurité, aucune zone d'ombre. Faire l'amour au grand jour et en toute liberté, sans frein ni barrière d'aucune sorte… Elle en rêvait sans même le savoir. Quelques gouttes d'eau brillaient encore sur les épaules de Shade ; elle les lécha une à une. Lorsque leurs bouches s'unirent de nouveau, elle plongea son regard dans ses yeux et y vit un désir aussi dévorant que celui qui la taraudait. Dans ce domaine-là, au moins, ils étaient sur un même pied d'égalité. Ils se comprenaient.

Lorsqu'il la caressa, lorsqu'elle le vit suivre des yeux le

chemin emprunté par sa main, un long frisson la secoua. Leurs désirs se percutèrent, vibrèrent avant de fusionner.

Pour la première fois, ils partageaient des choses qu'ils n'avaient encore jamais partagées. Il y avait de l'intimité, de la complicité, un véritable échange de sensualités. Il n'y avait ni meneur, ni suiveur. Aucune réticence, aucune résistance. Shade ne chercha pas à maintenir un semblant de distance entre eux. Bryan lui apportait un sentiment de plénitude ; elle le complétait ; il avait envie d'elle, tout entière. Jamais encore il n'avait désiré quelqu'un ou quelque chose aussi fort. Il voulait sa gaieté, sa drôlerie, sa gentillesse. Il voulait croire que tout serait différent ainsi.

Le soleil éclairait le gris intense de ses yeux, les irisant d'une lueur qu'il avait imaginée dans ses rêves. Sa bouche était douce, tentatrice. Comme elle se tenait au-dessus de lui, ses cheveux retombaient en vagues souples et rebelles. La lumière du soleil couchant semblait prisonnière de sa peau qu'il faisait luire comme de l'or en fusion. Et si elle n'était que le fruit de son imagination, de ses rêves les plus fous ? Une créature fine et agile, à la beauté brute, primitive ; une femme totalement décomplexée vivant pleinement ses pulsions. La reconnaîtrait-il s'il la photographiait à cet instant précis ? Retrouverait-il les émotions qu'elle faisait naître en lui ?

Elle rejeta la tête en arrière et, tout à coup, elle était jeune, débordante de vitalité, accessible. C'était la femme qu'il garderait à la mémoire, l'émotion qu'il porterait en lui à jamais, même s'il devait rester seul jusqu'à la fin de ses jours. Il n'avait pas besoin de photo pour se rappeler cet éblouissant moment d'échange et de communion.

Cédant à ses pulsions, il l'attira tout contre lui. « C'est toi, songea-t-il confusément, tandis que leurs deux corps s'unissaient. Toi et personne d'autre. »

Il vit ses paupières se clore doucement à l'instant où elle s'offrait à lui.

9

— Je crois que je pourrais facilement m'y habituer.

Son appareil photo bien calé sur les genoux, Bryan s'allongea à moitié dans la petite pirogue de bois que leur avait prêtée une famille habitant dans le bayou. A quelques kilomètres de là se trouvaient Lafayette et son animation de grande ville de Louisiane.

Mais pour l'heure l'été s'étirait paresseusement dans le bourdonnement des abeilles, les jeux d'ombre et de lumière, le chant des oiseaux… Une libellule passa à côté de Bryan, trop vite pour qu'elle la prenne en photo, mais assez lentement pour qu'elle puisse l'admirer. Des touffes de tillandsia s'accrochaient aux branches au-dessus de leurs têtes. Projetant des ombres fantomatiques, elles semblaient sur le point de plonger dans les eaux de la rivière indolente. A quoi bon se presser ? Il y avait des poissons à pêcher, des fleurs à cueillir. Les cyprès dressaient leurs silhouettes longilignes sur les rives et, de temps à autre, une grenouille sortait de sa torpeur et bondissait dans l'eau.

A quoi bon se presser, oui, vraiment ? Alors que la vie était là, qu'il n'y avait qu'à l'apprécier.

Shade avait déjà eu l'occasion de le remarquer : Bryan s'adaptait à toutes les situations avec une facilité déconcertante. Dans le tourbillon effréné de Dallas, elle avait passé de longues heures en chambre noire et poursuivi ses journées avec d'épuisantes séances photo sur le terrain. Ultraprofessionnelle. Quand il le fallait, elle savait se montrer efficace, rapide et énergique. Mais ici, dans le bayou où l'air était gorgé d'humidité et le train de la vie comme ralenti, elle prenait plaisir à se détendre, confortablement installée dans la pirogue, prête à prendre tout ce qui viendrait à elle.

— On est censés bosser, lui fit-il observer.

Elle sourit.

— N'est-ce pas ?

Du bout du pied, elle dessinait paresseusement de petits cercles dans l'eau, regrettant de ne pas avoir emprunté une canne à pêche. Que ressentait-on quand on attrapait un poisson-chat ?

— On a pris des tas de photos avant de partir en balade, lui rappela-t-elle.

C'était son idée à elle de faire un petit détour par le bayou. Shade avait pris des photos de la famille qui les avait accueillis et elle savait déjà que ses clichés seraient mille fois plus réussis que les siens. De son côté, elle pouvait toujours se féliciter d'avoir réussi à les convaincre de leur prêter leur bateau.

— Celle que tu as prise de Mme Bienville en train d'écosser ses pois va être géniale. Tu as vu ses mains ?

Elle secoua la tête, tout en s'adossant à la pirogue.

— Je n'ai jamais vu des mains pareilles chez une femme ! Capables de confectionner le plus raffiné des soufflés avant d'aller abattre un arbre.

— Les Cajuns ont un mode de vie bien à eux, un code qui leur est propre.

Elle le dévisagea avec attention, la tête légèrement inclinée de côté.

— Et ça te plaît bien, pas vrai ?

— Oui.

Il continua à ramer, pas tant parce qu'ils devaient se

rendre quelque part que parce que c'était bon. L'exercice physique réchauffait ses muscles et détendait son esprit. L'ombre d'un sourire joua sur ses lèvres. Au fond, la compagnie de Bryan produisait sur lui à peu près le même effet.

— J'aime l'idée d'être indépendant, de n'avoir besoin de personne.

Bryan écouta le bourdonnement des insectes, le clapotis de l'eau. Ils s'étaient déjà baladés le long d'un cours d'eau à San Antonio, mais les bruits, là-bas, n'étaient pas les mêmes. Des airs de musique espagnole entonnés par des orchestres, le cliquètement de l'argenterie contre la porcelaine, sur les terrasses de cafés. Ils y avaient passé une soirée merveilleuse. Les lumières de la ville se reflétaient sur l'eau tandis que les bateaux-taxis transportaient des passagers ravis d'expérimenter cette version texane de la gondole vénitienne. Bryan avait photographié un jeune couple, fraîchement marié peut-être, tendrement enlacé sur l'un des ponts en pierre qui enjambait le fleuve.

A Galveston, elle avait découvert une autre facette du Texas, faite de plages de sable blanc, de ferries et de pistes cyclables. Contre toute attente, elle n'avait eu aucun mal à convaincre Shade de louer des vélos. Ils en avaient fait du chemin, tous les deux, depuis leur départ de Los Angeles, et pas seulement en nombre de kilomètres ! Désormais, ils travaillaient ensemble et, quand Shade se sentait d'humeur, ils se détendaient ensemble.

Sur la plage de Malibu, ils étaient partis chacun de leur côté. A Galveston, après deux heures de travail, ils s'étaient promenés main dans la main, les pieds dans l'eau. Un épisode anodin pour la plupart des gens, mais très significatif pour eux.

Chaque fois qu'ils faisaient l'amour, quelque chose d'indéfinissable venait s'ajouter à leur étreinte. Bryan n'aurait su dire de quoi il s'agissait et elle ne voulait pas non plus en parler. Elle avait juste envie d'être avec Shade, de rire, de parler avec lui.

Tous les jours, elle découvrait une chose nouvelle, insolite, sur le pays et ses habitants. Elle partageait ses découvertes avec lui et cela suffisait à son bonheur.

Qu'avait-il de spécial ? Cette question revenait régulièrement dans son esprit. Qu'avait donc Shade Colby qui la rendait si heureuse ? Il n'était pourtant pas toujours très patient, ni très constant dans ses humeurs. Il pouvait se montrer attentionné, presque tendre, et l'instant d'après, se retrancher derrière un masque froid et distant, au point qu'elle n'avait plus l'impression d'être avec le même homme. Ces sautes d'humeur intempestives la frustraient énormément, elle qui n'avait rien de lunatique. Mais en dépit de ça elle ne désirait rien d'autre qu'être avec lui.

En ce moment précis, elle le sentait serein et détendu. C'était rare, mais l'ambiance et la rivière semblaient avoir sur lui un effet bénéfique. Malgré tout, il avait constamment l'air d'être aux aguets. N'importe quel autre promeneur aurait contemplé le paysage, apprécié la vue d'ensemble. Shade, lui, disséquait les moindres détails.

Elle était bien placée pour comprendre ce trait de personnalité : elle ne pouvait s'empêcher d'en faire autant. Un arbre, par exemple... On pouvait étudier la texture de ses feuilles, le relief de son écorce, la mosaïque d'ombre et de lumière que ses branches projetaient au sol. Un amateur réussirait probablement à prendre une belle photo de l'arbre. Mais il n'y aurait rien derrière. Elle, quand elle prenait une photo, elle voulait avant tout susciter des émotions chez celui qui la regarderait.

Elle s'était spécialisée dans les portraits, et c'était un sacré changement pour elle de photographier des paysages et des natures mortes. L'élément humain l'avait toujours fascinée, et elle n'y renoncerait pour rien au monde. Si elle voulait comprendre ce qu'elle ressentait pour Shade, peut-être devrait-elle essayer de le considérer comme n'importe quel autre de ses sujets.

Entre ses cils mi-clos, elle l'observa, tandis qu'il pagayait. Il avait un physique imposant, presque dominateur. Or elle n'avait jamais eu envie d'être dominée. Peut-être était-ce pour cela qu'elle se sentait tant attirée par sa bouche — parce que c'était la partie la plus sensible, la plus vulnérable de son anatomie.

Elle connaissait bien l'image qu'il renvoyait, celle d'un homme froid, détaché, pragmatique. Il y avait du vrai dans tout ça, bien sûr, mais il y avait aussi une part d'artifice. Elle avait déjà eu envie de le photographier dans l'ombre. A présent, elle était curieuse de savoir ce que rendrait un portrait de lui en pleine lumière. Sans se laisser le temps de la réflexion, elle souleva son appareil, cadra et appuya sur le déclencheur.

— C'est juste un essai, dit-elle d'un ton léger, en le voyant hausser les sourcils. Je te rappelle que tu as déjà pris quelques photos de moi...

— C'est vrai.

Il se souvint de celle qu'il avait prise en Arizona. Celle où elle se brossait les cheveux, perchée sur un rocher... Il ne lui avait pas encore dit qu'il en avait envoyé un exemplaire à la rédaction du magazine, sûr qu'elle serait retenue pour figurer dans l'album. Il ne lui avait pas dit non plus qu'il avait l'intention de conserver cette photo dans sa collection privée.

— Attends un instant...

Avec des gestes rapides et précis, elle changea de filtre, régla la distance et la profondeur de champ et fit le point sur un héron perché au sommet d'un cyprès.

— Un endroit comme ça, murmura-t-elle en prenant deux autres photos, te ferait presque croire que l'été ne s'arrêtera jamais !

— On devrait peut-être s'accorder trois mois de plus pour photographier l'automne sur le chemin du retour.

— C'est une idée tentante. Très tentante, même. Imagine une étude photographique de toutes les saisons.

— Tes clients s'impatienteraient.

— C'est vrai. Pourtant...

Elle plongea ses doigts dans l'eau.

— On n'a pas de véritable changement de saison, à L.A., et je trouve ça dommage. J'adorerais voir le printemps en Virginie et l'hiver au Montana.

Rejetant sa tresse en arrière, elle se redressa.

— Tu as déjà songé à tout plaquer, Shade ? A faire tes valises pour aller t'installer... euh, disons dans le Nebraska, et monter un petit studio là-bas. Faire des photos de mariage, couvrir les remises de diplôme au lycée du coin...

Il la dévisagea longuement.

— Non.

Elle éclata de rire et s'affaissa de nouveau sur son siège.

— Moi non plus !

— Les superstars ne doivent pas courir les rues, dans le Nebraska.

Bryan plissa les yeux, mais ne changea pas de ton.

— C'est encore une critique déguisée de mon travail, ça, non ?

— Ton travail, répondit Shade en effectuant un demi-tour prudent, est excellent. On ne bosserait pas ensemble, sinon.

— Merci. Même si je ne suis pas sûre de devoir te remercier.

— Et précisément à cause de la grande qualité de ton travail, poursuivit-il sans relever sa remarque, j'aimerais savoir pourquoi tu te limites aux gens riches, beaux et célèbres.

— Parce que c'est ma spécialité.

Repérant un bouquet de fleurs sauvages sur la rive moussue et boueuse, elle reprit son appareil.

— Et pour ta gouverne, sache que la plupart de mes clients sont loin d'être beaux, tant sur le plan physique que psychologique. Mais je les trouve intéressants, ajouta-t-elle avant qu'il ait le temps de rétorquer. Ce que j'aime par-dessus tout, c'est trouver ce qui se cache sous le vernis, pour le mettre en lumière dans mes photos.

Et elle excellait dans ce domaine, songea Shade. A la vérité, il l'admirait profondément, pas seulement pour sa parfaite maîtrise de la technique mais aussi pour sa capacité à cerner les gens. Ce qui ne l'empêchait pas de se demander pourquoi elle avait choisi de se limiter à l'univers des paillettes.

— Dans la catégorie « art populaire », c'est ça ?

S'il y avait une pointe de mépris dans sa question, Bryan l'ignora.

— Exactement. L'œuvre de Shakespeare entre aussi dans cette catégorie, il me semble ? Ses pièces sont en quelque sorte de la culture pour tous. Tu n'as pas faim ?

— Non.

Elle était vraiment une femme tout à fait fascinante ! Il la désirait, c'était une chose établie. Il désirait son corps, sa compagnie. Mais il redoutait de perdre une partie de sa liberté en se laissant séduire intellectuellement.

— Tu as avalé une assiette de riz aux crevettes qui aurait pu nourrir une famille de quatre personnes, avant d'embarquer !

— Il y a des heures de ça.

— Deux, pour être exact.

— Tu chipotes, marmonna Bryan en levant les yeux vers le ciel.

Si serein… Si simple… Des moments comme celui-ci étaient faits pour être savourés.

— Tu as déjà fait l'amour sur une pirogue ? lui demandait-elle tout à trac.

Encore une fois, il ne put s'empêcher de sourire. Elle détenait aussi ce pouvoir-là…

— Non. Mais une nouvelle expérience ne se refuse jamais.

Elle effleura sa lèvre supérieure du bout de la langue.

— Alors, viens par ici…

Ils quittèrent la moiteur bourdonnante du bayou pour se perdre dans l'atmosphère bruyante et animée de La Nouvelle-Orléans. Des trompettistes en sueur dans Bourbon Street, des étals de marchands en train de s'éventer sur le Farmers Market, une foule de touristes et d'artistes autour de Jackson Square… Les saveurs du Sud se démarquaient autant que San Antonio et le reste du Texas.

De La Nouvelle-Orléans, ils montèrent en direction du Mississippi, pour une tranche de juillet dans le Sud profond. Chaleur et humidité. Grandes boissons fraîches sirotées à l'ombre, si précieuse. La vie y était différente. En ville, les hommes transpiraient dans leurs chemises blanches, cravates desserrées. Dans les campagnes, les fermiers trimaient sous un soleil de plomb. Mais tous bougeaient plus lentement que leurs homologues du Nord et de l'Ouest. Sans doute à cause des températures qui dépassaient souvent les 38 degrés…

Profitant des privilèges de l'âge tendre, les enfants se promenaient presque nus. Corps bruns, humides, couverts de poussière. Dans un parc public, Bryan réalisa un gros plan d'un gamin rieur, à la peau mate comme l'acajou, en train de se rafraîchir dans une fontaine.

L'appareil photo ne l'impressionna pas le moins du monde. En voyant Bryan approcher, il éclata de rire, puis poussa des cris heureux. L'eau cascadait sur ses épaules, une eau fraîche et translucide, qui semblait mouler son petit corps dans du verre.

Dans une petite ville au nord-ouest de Jackson, ils tombèrent sur un match de base-ball du championnat des jeunes joueurs. Le stade n'en était pas vraiment un et les gradins n'auraient pu accueillir plus de cinquante spectateurs, mais ils s'arrêtèrent quand même et garèrent la camionnette entre un pick-up et une voiture piquée de rouille.

— C'est génial ! déclara Bryan en attrapant sa sacoche.

— Tout ça parce que ça sent les hot-dogs, ironisa Shade.

— Aussi, admit-elle sans bouder son plaisir. Mais ça, c'est vraiment l'été. On aurait tout aussi bien pu aller voir un match des Yankees à New York, sauf qu'on prendra certainement de meilleures photos ici, aujourd'hui.

Elle glissa son bras sous celui de Shade.

— Je réserve mon jugement pour les hot-dogs.

Shade balaya le stade du regard. La foule des spectateurs s'éparpillait sur la pelouse, ou s'installait sur des chaises pliantes et sur les gradins. On poussait des cris d'encouragement, on rouspétait, on bavardait en sirotant des boissons fraîches. Tous se connaissaient probablement, au moins de vue. Shade vit un vieux type coiffé d'une casquette de base-ball cracher un bout de tabac à priser avant d'insulter l'arbitre.

— Je vais faire un tour, annonça-t-il, peu tenté par l'idée de rester assis sur les gradins.

— D'accord.

Après une rapide inspection des lieux, Bryan décida que, pour sa part, les gradins offraient le point de vue parfait pour ce qu'elle recherchait.

Ils se séparèrent donc. Shade se dirigea vers le vieil homme qui venait de capter son attention, et Bryan gagna les gradins pour suivre le match avec les autres spectateurs.

Les joueurs portaient des pantalons blancs, déjà poussiéreux et tachés d'herbe, et des T-shirts rouges ou bleu vif, frappés du nom de leur équipe. Bon nombre d'entre eux ne remplissaient pas leur tenue et les gants paraissaient énormes au bout de leurs bras maigres. Certains avaient chaussé des crampons, d'autres de simples baskets. Quelques-uns portaient leur gant de frappe dans la poche arrière de leur pantalon à la manière des pros.

La personnalité du joueur se lisait dans sa manière d'arborer sa casquette. D'aucuns la portaient bien droite ou légèrement inclinée vers l'arrière, d'autres de travers pour se donner un air désinvolte. Bryan voulait photographier les joueurs en pleine action, moment où les couleurs et les personnalités seraient absorbées par le sport en lui-même. En attendant que l'occasion se présente, elle prit une photo du deuxième gardien de base qui tuait le temps en enfonçant ses crampons dans la pelouse et en faisant des bulles avec son chewing-gum.

Le visage du deuxième gardien de base était constellé de taches de rousseur et Bryan changea d'objectif pour mieux le saisir. Derrière elle, quelqu'un qui mâchait bruyamment un chewing-gum se mit à siffler, quand l'arbitre annonça un strike.

Abaissant son appareil, Bryan chercha alors à entrer dans le match. Si elle voulait retransmettre l'atmosphère qui régnait sur le terrain, elle devait d'abord s'en imprégner, la sentir vraiment. Au-delà du match en lui-même, il flottait un extraordinaire esprit de communauté. Lorsque les batteurs entrèrent sur la surface de jeu, quelques spectateurs crièrent leurs prénoms avant de se mettre à parler de ceux qu'ils connaissaient personnellement. Mais chacun avait clairement choisi son camp.

Les parents étaient venus directement du travail, les grands-parents — une fois n'est pas coutume — avaient retardé l'heure du dîner et les voisins avaient préféré venir au match plutôt que de rester chez eux devant la télé. Chacun avait ses joueurs préférés et ne se gênait pas pour le faire savoir.

Le batteur suivant retint tout particulièrement l'attention de Bryan, parce qu'il s'agissait d'une fille d'une douzaine d'années à la beauté saisissante. Au premier coup d'œil, on l'imaginait plus volontiers dans un cours de danse classique que sur un terrain de base-ball. Mais lorsque Bryan la vit empoigner sa batte d'un geste résolu, avant de prendre la position pour frapper, elle prépara son appareil. Il fallait la garder à l'œil, cette gamine !

Elle photographia son premier swing, sur un strike. Malgré les murmures déçus de la foule, elle admira la fluidité du geste. Elle assistait à un match de base-ball dans une petite ville perdue du Mississippi et pourtant elle ne put s'empêcher de songer à sa séance photo avec la danseuse étoile. La jeune joueuse se remit en position, et Bryan se prépara à la photo suivante. L'attente fut longue, l'impatience grandit dans les rangs. Il fallut encore deux autres balles.

— Trop bas et dehors, marmonna une voix derrière elle.

Une seule pensée préoccupait Bryan : si la jeune fille se déplaçait, elle perdrait la photo qu'elle recherchait.

La balle arriva enfin, trop rapide pour qu'elle puisse juger de sa trajectoire. Toujours est-il que la joueuse la frappa, décrivant avec sa batte un arc précis et ferme. Puis elle se mit à courir et Bryan, actionnant le moteur de son appareil, suivit sa progression tout autour des bases. Au deuxième tour, elle fit un gros plan sur son visage. Oh oui, Maria saurait exactement ce que signifiait cette expression ! songea-t-elle. L'effort, la détermination, le cran… Bryan zooma de nouveau lorsque l'adolescente entama son troisième tour dans un tourbillon de poussière, tout en vitesse et en souplesse.

— Génial !

Elle abaissa son appareil. Emerveillée par la beauté de l'action, elle ne se rendit même pas compte qu'elle avait parlé tout fort.

— Absolument génial !

— C'est notre fille.

Bryan tourna la tête vers le couple assis à côté d'elle. La femme avait à peu près son âge, estima-t-elle, peut-être un ou deux ans de plus. Elle rayonnait. Près d'elle, son mari souriait de toutes ses dents.

— C'est votre fille ? demanda-t-elle, incrédule.

Elle n'avait pas dû bien entendre. Ils étaient si jeunes !

— Notre aînée, oui...

La femme glissa sa main dans celle de son mari, et Bryan remarqua alors les alliances en or, toutes simples, qui brillaient à leurs doigts.

— On a trois autres enfants qui se promènent par là... Le stand de hot-dogs les intéresse plus que le match.

— Ce n'est pas comme Carey.

Le père observait sa fille qui continuait de courir sur le terrain.

— Elle, elle est à fond dedans.

— Ça ne vous dérange pas que je l'aie prise en photo, j'espère ?

— Non.

La femme sourit de nouveau.

— Vous êtes d'ici ?

C'était une façon courtoise d'en apprendre un peu plus sur elle, songea Bryan qui ne doutait pas un instant que sa voisine connaissait tout le monde dans un rayon de quinze kilomètres.

— Non, je suis de passage.

Elle marqua une pause tandis que le batteur suivant lançait vers la droite du terrain, ramenant Carey à sa base de départ.

— En fait, je suis photographe. Je travaille sur un projet pour le magazine *Life-style*. Vous connaissez, peut-être ?

— Bien sûr.

Sans détourner les yeux du match, l'homme pointa le menton en direction de sa femme.

— Elle l'achète tous les mois.

Bryan sortit une demande d'autorisation de son sac, tout en expliquant son souhait de proposer la photo de Carey à la rédaction du magazine. Bien qu'elle prît soin de faire bref et de parler à voix basse, la nouvelle se répandit comme une traînée de poudre dans les gradins.

Très vite, on la bombarda de questions et elle décida de satisfaire la curiosité générale en allant se poster au pied des gradins pour prendre une photo de groupe. Ce serait une vue sympa, mais elle n'avait aucune envie de passer l'heure suivante à prendre des photos individuelles qui n'auraient plus rien de naturel. Quand la photo fut prise, elle se dirigea vers le stand de hot-dogs, en espérant que cette diversion permettrait aux spectateurs de se concentrer de nouveau sur le match.

— Tu as trouvé ce que tu cherchais ?

Tournant la tête, elle aperçut Shade quelques pas derrière elle.

— Oui. Et toi ?

Il hocha la tête avant de s'appuyer au comptoir du stand. La chaleur était toujours aussi accablante, alors même que le soleil commençait à décliner. La nuit s'annonçait aussi moite que la journée. Il commanda deux grandes boissons fraîches et deux hot-dogs.

— Tu sais ce que j'adorerais ? dit-elle en recouvrant son sandwich de sauce et de garnitures diverses.

— Une pelle pour retrouver la saucisse ?

Ignorant la boutade, elle ajouta une généreuse dose de moutarde.

— Une bonne baignade dans une grande piscine d'eau fraîche, aussitôt suivie par un margarita frappé.

— Dans l'immédiat, tu devras te contenter du siège conducteur de la camionnette. C'est à ton tour de prendre le volant.

Elle haussa les épaules. C'était ça, le boulot.

— Tu as vu la gamine qui a frappé le triple ? demanda-t-elle alors qu'ils traversaient la pelouse bosselée en direction du fourgon.

— Celle qui courait comme une flèche ?

— Oui. J'étais assise à côté de ses parents, sur les gradins. Ils ont quatre enfants.

— Et alors ?

— Quatre enfants ! répéta-t-elle. Et je mettrais ma main à couper que la mère n'a pas plus de trente ans. Comment ils font, ces gens-là ?

— Repose-moi la question tout à l'heure, je te montrerai…

Elle se mit à rire en lui enfonçant son coude dans les côtes.

— Ce n'est pas ce que je voulais dire, idiot ! Même si l'idée me plaît bien. Non, sérieusement, tu aurais dû les voir, tous les deux. Jeunes, beaux. On voyait même qu'ils s'aimaient.

— Stupéfiant, en effet !

— Ne sois pas cynique, le rabroua-t-elle en ouvrant la portière de la camionnette. Beaucoup de couples finissent par ne plus s'aimer, surtout quand ils ont quatre gamins dans les pattes, un crédit sur les bras pour la maison et dix ou douze ans de mariage derrière eux.

— Et ce serait moi, le cynique ?

Sur le point de protester, Bryan se ravisa et fronça les sourcils.

— D'accord, je le suis sans doute un peu, moi aussi, concéda-t-elle, en tournant la clé de contact. Le monde d'où je viens a *peut-être* déformé ma vision du couple…

C'est pour ça que quand je vois un couple marié et heureux je ne peux pas m'empêcher d'être impressionnée.

— C'est vrai que c'est impressionnant.

Shade rangea soigneusement sa sacoche sous le tableau de bord avant de s'adosser au siège.

— Quand ça marche.

— C'est sûr… Quand ça marche…

Elle se tut et se souvint du mélange de joie et d'envie qui l'avait envahie — et surprise — en regardant Lee et Hunter à travers son objectif. A présent, des semaines et des kilomètres plus tard, elle fut étonnée de constater que ces émotions étaient toujours là, aussi intenses. Elle avait réussi à les ranger dans un coin de son esprit, mais elles resurgissaient avec force tandis qu'elle songeait au couple sur les gradins de ce stade de campagne.

La famille, le sentiment de cohésion. D'appartenance. Certaines personnes étaient-elles génétiquement programmées pour tenir les promesses mieux que d'autres ? Ou bien certaines personnes étaient-elles simplement incapables de mêler leur vie à celle d'une autre, de s'adapter, de faire des concessions ?

Rétrospectivement, elle avait l'impression que Rob et elle avaient pourtant essayé, mais chacun de son côté. Leurs esprits n'étaient jamais parvenus à se rencontrer. Ils étaient juste deux individus pensant et réagissant différemment, prenant des décisions qui n'avaient jamais plu à l'autre. Fallait-il en conclure qu'un mariage ne pouvait fonctionner qu'entre deux êtres qui partageaient la même conception de la vie ?

Exhalant un soupir, elle s'engagea sur l'autoroute en direction du Tennessee. Si tel était le cas, autant rester toute seule ! Elle avait rencontré de nombreuses personnes avec qui elle s'entendait bien, en compagnie desquelles elle passait du bon temps, mais elle n'avait encore jamais croisé la route d'un homme qui pensait comme elle. Et surtout pas celui qui se trouvait assis à côté d'elle, le nez déjà plongé dans le journal. Ils étaient si radicalement différents, tous les deux !

Shade lisait tous les journaux de toutes les villes qu'ils traversaient, de la première à la dernière page, dévorant littéralement les mots. De son côté, elle se contentait de jeter un coup d'œil aux gros titres, survolait les rubriques « Mode » et « Société », puis passait aux bandes dessinées. Quand elle voulait se tenir au courant de ce qui se passait dans le monde, elle écoutait les plages d'information à la radio ou tentait de capter quelques images à la télé. Pour elle, la lecture était synonyme de détente, et la détente excluait toute forme d'analyse intellectuelle.

Les relations de couple… Elle repensa à la conversation qu'elle avait eue avec Lee, quelques semaines plus tôt. Et si c'était ça, finalement ? Si elle n'était pas faite pour les relations à long terme ? Shade lui-même avait souligné l'incapacité de certaines personnes à vivre en couple. Et elle avait acquiescé. Alors pourquoi la vérité la déprimait-elle, tout à coup ?

Quels que soient les sentiments qu'elle éprouvait pour lui, elle devait essayer de les définir clairement, et ne pas commencer à voir la vie en rose. Au fond, il était naturel qu'elle ressente une pointe d'envie, lorsqu'elle croisait des couples qui, au lieu d'entrer en compétition, se complétaient harmonieusement. Pour sa part, elle n'était pas encore prête à bouleverser son quotidien pour vivre avec quelqu'un. Elle était parfaitement heureuse comme elle était.

S'il s'avérait qu'elle était amoureuse… De nouveau, elle sentit ce curieux pincement au cœur, mais préféra l'ignorer. Si donc elle était amoureuse, la situation serait plus compliquée. Sa réussite professionnelle, sa liberté et son amant, un homme aussi séduisant que passionnant, la comblaient pleinement. Elle serait folle de vouloir toucher à quoi que ce soit.

— Et la peur n'a absolument rien à voir là-dedans ! dit-elle à voix haute.

— Comment ?

Elle se tourna vers Shade et, à son grand désarroi, se sentit rougir.

— Rien, marmonna-t-elle. Je pensais tout fort, c'est tout.

Shade la dévisagea longuement. Puis, cédant à son envie, il se pencha vers elle et effleura sa joue du bout des doigts.

— Tu n'as pas mangé ton hot-dog.

Bryan en aurait pleuré. Elle avait subitement très envie de s'arrêter, de s'effondrer sur le volant pour donner libre cours à un torrent de larmes brûlantes.

— Je n'ai pas faim, articula-t-elle avec peine.

— Bryan…

D'un geste brusque, elle saisit ses lunettes de soleil posées sur le tableau de bord et les mit, alors que le soleil commençait à décliner.

— Ça va ?

— Oui.

Elle prit une grande inspiration, les yeux rivés devant elle.

— Tout va bien.

Elle mentait. Il reconnut la pointe de tension, tellement rare, dans sa voix. Quelques semaines plus tôt, il se serait contenté de hausser les épaules et aurait repris sa lecture. Cette fois, il jeta le journal à ses pieds.

— Qu'est-ce qui se passe ?

— Rien !

Maudissant son accès de faiblesse, elle augmenta le volume de la radio. L'instant d'après, Shade l'éteignait.

— Gare-toi.

— Pourquoi ?

— Gare-toi, je te dis.

Sans aucune douceur, Bryan s'engagea sur la bande d'arrêt d'urgence, ralentit, puis s'arrêta.

— On ne risque pas d'aller bien loin si on s'arrête toutes les dix minutes !

— On n'ira même nulle part tant que tu ne me diras pas ce qui ne va pas.

— Mais tout va bien, je te dis !

Elle serra les dents, puis s'adossa à son siège. A quoi bon prétendre que tout allait bien, quand l'expression de votre visage hurlait le contraire ?

— Je ne sais pas, reprit-elle d'un ton délibérément évasif. Je suis sur les nerfs, c'est tout.

— Toi ?

Elle se tourna vers lui pour le foudroyer du regard.

— Moi aussi, j'ai le droit d'être de mauvais poil, Colby. Tu n'as pas le monopole de la mauvaise humeur !

— Je te l'accorde, admit-il d'un ton suave. Mais comme c'est la première fois que ça t'arrive, je suis très intrigué.

— Arrête avec ta condescendance, tu veux ?

— Tu as envie d'une bonne dispute ?

Elle reporta son attention sur le pare-brise.

— Possible.

— O.K.

Il se carra confortablement dans son siège.

— Sur un sujet en particulier ?

Elle se tourna de nouveau vers lui, prête à attaquer.

— Tu es obligé de te plonger dans ton fichu journal, chaque fois que je prends le volant ?

Il esquissa un sourire exaspérant.

— Oui, chérie.

— Laisse tomber !

— Je pourrais te faire des reproches, moi aussi... Ta fâcheuse tendance à t'endormir dès que tu es à cette place, par exemple...

— Laisse tomber, je t'ai dit, répéta-t-elle en serrant la

clé de contact entre ses doigts. Oublie. Tu me fais passer pour une idiote.

Il posa sa main sur la sienne, avant qu'elle ait eu le temps de tourner la clé.

— Ce qui est idiot, Bryan, c'est ta manie de contourner ce qui te chagrine au lieu de l'affronter.

Il voulait la faire réagir, mais sans s'en apercevoir, il avait dépassé le cap au-delà duquel il s'empêchait de se mêler de ses affaires. Qu'il le veuille ou non, que cela plaise ou non à Bryan, il se sentait impliqué.

D'un geste lent, il leva la main jusqu'à ses lèvres.

— Bryan, je tiens à toi…

Elle se figea, stupéfaite par l'effet dévastateur que pouvait produire une déclaration aussi simple. *Je tiens à toi.* Il avait utilisé les mêmes mots en évoquant la femme responsable de son cauchemar, l'autre jour. En même temps que le plaisir distillé par cet aveu, elle éprouva un sentiment de responsabilité inéluctable. Shade n'était pas le genre d'homme à prononcer ces mots à la légère. Levant les yeux, elle rencontra son regard fixé sur elle. Un regard empreint d'un mélange d'indulgence et de perplexité.

— Moi aussi, je tiens à toi, dit-elle d'une voix calme.

Elle mêla ses doigts à ceux de Shade, très brièvement, mais ce geste furtif les troubla tous les deux.

— C'est ça qui te dérange ?

Elle laissa échapper un long soupir, aussi circonspecte que lui.

— En partie. Je ne suis pas habituée, tu comprends… Pas comme ça, en tout cas.

— Moi non plus.

Elle hocha la tête en contemplant d'un air absent les voitures qui les dépassaient.

— On ferait mieux d'y aller doucement, alors.

— Ce serait plus raisonnable, en effet.

« Et quasiment impossible », ajouta Shade en son for

intérieur. A cet instant précis, il n'avait qu'une envie : la serrer dans ses bras, oublier où ils étaient. La tenir contre lui, c'était tout ce qu'il désirait.

— Pas de complications ?

Elle parvint à sourire. La règle numéro un restait la plus importante de toutes.

— Pas de complications, assura-t-elle tournant la clé de contact. Lis ton journal, ajouta-t-elle d'un ton léger. Je vais conduire jusqu'à ce qu'il fasse nuit.

10

Ils s'imprégnèrent du Tennessee en passant par Nashville et Chattanooga, sillonnèrent l'est de l'Arkansas, paysage de montagnes et de légendes, puis remontèrent vers le Missouri de Twain, avant de rallier le Kentucky. Là, ils trouvèrent des champs de tabac, des lauriers sauvages, visitèrent Fort Knox et Mammoth Cave, mais de son périple dans le Kentucky Bryan retint surtout les chevaux. Pour elle, c'étaient les majestueux pur-sang à la robe lustrée broutant l'herbe tendre qui incarnaient le mieux cet Etat et elle se remémorait avec plaisir les poulains aux longues pattes graciles qui gambadaient dans les vastes prairies, tandis que des chevaux au large poitrail galopaient sur le sentier de Churchill Downs.

Elle vit beaucoup d'autres choses lorsqu'ils traversèrent l'Etat en direction de Louisville. Des zones pavillonnaires proprettes ourlaient les grandes villes et les bourgades, comme partout ailleurs. Dédiées à la culture du tabac et des céréales ou à l'élevage des chevaux, les exploitations agricoles s'étendaient sur plusieurs hectares. En ville, des tours de bureaux se dressaient dans les rues animées. S'il existait beaucoup de similitudes avec l'ouest et le sud du pays, le Kentucky n'en conservait pas moins ses spécificités.

— Daniel Boone et les Cherokees, murmura Bryan tandis qu'ils roulaient sur une de ces autoroutes interminables et monotones.

— Quoi ?

Shade leva les yeux de la carte qu'il était en train d'étudier. Quand Bryan était au volant, mieux valait garder un œil sur l'itinéraire.

— Daniel Boone et les Cherokees, répéta-t-elle en appuyant sur l'accélérateur pour doubler un camping-car harnaché de vélos et de cannes à pêche.

Ces gens-là, où allaient-ils ? D'où venaient-ils ?

— J'étais en train de penser que c'est peut-être l'histoire d'un endroit qui le distingue d'un autre. Avec son climat et sa topographie.

Shade reporta son attention sur la carte, calculant mentalement la durée du trajet et le kilométrage à parcourir. Son esprit ne s'attarda pas plus d'une seconde sur le véhicule qui roulait à présent derrière eux.

— C'est sûr.

Bryan lui adressa un sourire agacé. Il était tellement rationnel ! Pour lui, tout s'expliquait mathématiquement.

— Mais au fond les gens sont partout les mêmes, tu ne crois pas ? Si on faisait un grand référendum dans tout le pays, on s'apercevrait qu'on partage presque tous les mêmes aspirations. Tout le monde veut un toit, un bon travail, quelques semaines de congé par an pour se détendre un peu.

— Des fleurs dans son jardin ?

— Oui, aussi.

Elle haussa les épaules. Ça paraissait peut-être idiot, dit comme ça, mais n'était-ce pas la vérité ?

— Je crois vraiment que les gens ont des désirs très basiques. Une paire de chaussures *made in Italy* et des vacances à la Barbade sont certes des petits plus appréciables, mais ce sont les choses les plus simples qui touchent tout le monde. Des enfants en bonne santé, quelques économies, un bon steak sur le gril...

— Tu as toujours tendance à simplifier les choses, Bryan.

— C'est vrai, mais je ne vois aucune raison de les rendre plus compliquées qu'elles ne le sont.

Piqué dans sa curiosité, Shade replia la carte et se tourna vers elle. Sans doute avait-il évité jusque-là de lui poser trop de questions personnelles, par peur de ce qu'il pourrait découvrir. Mais à présent son regard était direct et franc derrière ses lunettes de soleil. Tout comme sa question.

— Et toi, qu'est-ce que tu veux, dans la vie ?

— Je ne comprends pas ce que tu veux dire.

Sa réponse ne le surprit pas. Chaque fois que la conversation prenait une tournure trop intime, ils finissaient dans une impasse.

— Un toit au-dessus de ta tête ? Un bon travail ? Est-ce que ce sont les choses les plus importantes à tes yeux ?

Deux mois plus tôt, elle aurait acquiescé en haussant les épaules. Son travail passait avant tout et lui apportait tout ce dont elle avait besoin. C'était ainsi qu'elle l'avait imaginé, et elle avait obtenu exactement ce qu'elle souhaitait. Mais à présent elle n'était plus si sûre d'elle. Depuis qu'elle avait quitté L.A., elle avait vu trop de choses, ressenti trop d'émotions nouvelles.

— Je possède déjà ces deux choses. Et je m'en réjouis.

— Quoi d'autre, alors ?

Elle s'agita sur son siège, mal à l'aise. Si elle avait su que ses spéculations se retourneraient contre elle…

— Je ne serai pas contre un petit séjour à la Barbade.

Son esquive ne le fit pas sourire, contrairement à ce qu'elle avait espéré. Il continua à la dévisager derrière l'écran de ses lunettes noires.

— Tu simplifies encore.

— Parce que je suis quelqu'un de simple.

Ses mains maniaient le volant avec adresse et légèreté. Elle n'était pas maquillée et portait un short en jean effrangé et un T-shirt deux fois trop grand pour elle.

— Non, objecta-t-il au bout de quelques instants. C'est faux. C'est l'image que tu te donnes.

Bryan secoua la tête, soudain sur la défensive. Depuis qu'elle s'était emportée dans le Mississippi, elle veillait à garder son sang-froid, évitant autant que possible de trop réfléchir.

— Toi, tu es compliqué, Shade, et tu vois des complications là où il n'y en a pas.

Elle aurait aimé voir ses yeux. Et lire ses pensées.

— Je sais ce que je vois, quand je te regarde, Bryan. Et ce n'est pas simple du tout.

Elle haussa les épaules avec désinvolture, mais tout son corps avait commencé à se tendre.

— On me cerne facilement.

Shade protesta d'un mot bref.

— En tout cas, je n'ai rien d'une créature mystérieuse…

Vraiment ? Il contempla les fins anneaux d'or qui pendaient à ses oreilles.

— Je me demande souvent à quoi tu penses quand on vient de faire l'amour. Tu sais, pendant cette courte parenthèse entre la jouissance et le sommeil. Oui, je me pose souvent cette question…

Elle se posait exactement la même.

— Si tu veux tout savoir, commença-t-elle d'une voix relativement posée, j'ai du mal à formuler des pensées cohérentes dans ces moments-là.

Cette fois-ci, il ne put s'empêcher de sourire.

— Tu es toute alanguie, à deux doigts de t'endormir, murmura-t-il d'un ton qui la fit frissonner. Et je me demande ce que tu dirais si tu parlais, ce que j'entendrais si tu formulais tes pensées à voix haute.

« Je dirais que je pourrais très bien tomber amoureuse de toi. Que chaque jour passé ensemble nous entraîne vers la fin de notre histoire. Et que j'ai beaucoup de mal à imaginer ce que sera ma vie quand tu n'en feras plus partie, quand je ne pourrais plus te toucher, te parler. »

Voilà ce qu'elle pensait dans ces moments-là, mais elle se garda bien de le lui dire.

— Il faudra que tu me répondes, un jour. Avant la fin de notre périple.

Il la poussait dans ses retranchements, elle en était consciente. Mais pourquoi agissait-il ainsi ?

— Tu ne crois pas que je t'en ai déjà assez dit ?

— Non.

Cédant à l'envie qui l'assaillait de plus en plus souvent, il lui caressa la joue.

— Loin de là, même…

Elle s'efforça de sourire, mais dut s'éclaircir la gorge avant de prendre la parole.

— C'est une conversation dangereuse quand je suis en train de rouler à cent dix sur l'autoroute.

— C'est une conversation dangereuse tout court.

Il retira sa main.

— J'ai tout le temps envie de toi, Bryan. Il m'est impossible de te regarder sans avoir envie de te faire l'amour.

Elle se tut, non parce qu'il disait des choses qu'elle ne voulait pas entendre, mais parce qu'elle ne savait plus comment elle devait les prendre ni comment le cerner, lui. En parlant, elle risquait de rompre le lien qui commençait tout juste à se tisser. Elle n'osait pas le lui dire non plus, mais ce lien comptait beaucoup pour elle.

Il attendit qu'elle prenne la parole, il avait besoin de l'entendre parler… Après tout, il avait franchi la limite qu'ils s'étaient fixée au début de leur relation. Il avait pris un risque. Il avait besoin d'elle. De connaître sa réaction. Ne le sentait-elle pas ?

Mais elle resta silencieuse et le pas en avant qu'ils venaient d'esquisser fut aussitôt suivi d'un pas en arrière.

— C'est la prochaine sortie, déclara-t-il en reprenant la carte.

Bryan changea de voie, ralentit, puis quitta l'autoroute.

Les chevaux, emblématiques du Kentucky selon Bryan, les conduisirent à Louisville, puis à Churchill Downs. Le derby était terminé depuis longtemps, mais il y avait encore des courses et elles attiraient beaucoup de monde. S'ils décidaient d'inclure dans leur kaléidoscope estival les foules qui passaient des après-midi entiers à suivre les courses de chevaux après avoir parié, c'était définitivement l'endroit où il fallait être.

A l'instant même où Bryan aperçut l'hippodrome, elle pensa à une douzaine de points de vue à exploiter. Des dômes effilés comme des flèches de cathédrales et des bâtisses d'un blanc éclatant apportaient une touche d'élégance à la frénésie ambiante. Encerclé de gradins, le champ de courses, un vaste ovale de terre battue, constituait le principal centre d'attraction.

Bryan déambula autour de la piste, curieuse de découvrir quelles personnes fréquentaient ce genre d'endroit et misaient deux dollars ou bien deux cents sur une course qui ne durait qu'une poignée de minutes. Là encore, elle ne fut pas déçue.

Le T-shirt mouillé de sueur, les bras rougis par le soleil, un homme suivait des yeux une forme galopante, tandis que son voisin, vêtu d'un pantalon de toile bien coupé, sirotait une boisson fraîche. Des femmes élégamment habillées, jumelles à la main, suivaient aussi les courses, et des parents initiaient leurs enfants aux joies du sport des rois. Bryan remarqua également parmi les spectateurs passionnés un type coiffé d'un chapeau gris, les bras couverts de tatouages, et un garçonnet en train de rire aux éclats, perché sur les épaules de son père.

Ils avaient assisté à des matchs de base-ball, des tournois de tennis, des courses de dragsters dans tout le pays. Et chaque fois Bryan avait été étonnée de voir dans la foule des visages qui n'avaient absolument rien de commun entre eux. Tous ces jeux, qui avaient été inventés par l'homme, étaient devenus au fil du temps de véritables industries. C'était un aspect intéressant de la nature humaine. Les gens aimaient se divertir ; ils aimaient aussi la compétition.

Elle repéra un homme agrippé à la rambarde, qui suivait la course comme si sa vie dépendait du résultat. Son corps semblait aussi tendu qu'un arc, et des gouttes de sueur perlaient à son front. Bryan le photographia de profil.

Un rapide coup d'œil autour d'elle, et son regard s'arrêta ensuite sur une femme vêtue d'une robe rose pâle et coiffée d'un chapeau à larges bords. Elle regardait la course d'un air distrait, avec le détachement d'une impératrice devant des jeux d'arène. Bryan fit un gros plan sur elle au moment où la foule encourageait à grands cris les chevaux lancés à toute allure sur la dernière ligne droite.

Shade, lui, photographia les chevaux dans toutes les positions, tout autour de la piste, et termina par le sprint final, à quelques mètres de la ligne d'arrivée. Avant le début des courses, il avait pris le tableau des cotes et ses lumières clignotantes, tentatrices. En attendant l'affichage des résultats, il le cadra de nouveau.

Les chevaux couraient encore lorsqu'il aperçut Bryan devant le guichet des paris à deux dollars. Elle regagna bientôt les gradins, son appareil autour du cou et son ticket à la main.

— Tu n'as donc aucune volonté ? lui demanda Shade d'un ton faussement réprobateur.

— Non !

Elle avait déniché un distributeur de friandises et lui proposa une barre chocolatée déjà ramollie par la chaleur.

— En plus, il y a un cheval dans la prochaine course qui s'appelle Made in the Shade. Comment pouvais-je résister ?

Il aurait aimé lui dire qu'elle était idiote. Et aussi qu'elle était incroyablement adorable. Au lieu de quoi, il fit glisser ses lunettes de soleil sur l'arête de son nez jusqu'à ce qu'il puisse voir ses yeux.

— Il porte quel numéro ?

— Le sept.

Shade jeta un coup d'œil au tableau d'affichage et secoua la tête.

— Trente-cinq contre un. Pourquoi est-ce que tu as parié ?

— Pour gagner, quelle question !

Il la prit par le bras et l'entraîna vers la rambarde de sécurité.

— Tu peux dire adieu à tes deux dollars, petit génie des courses hippiques !

— Je peux aussi en empocher soixante-dix, rétorqua Bryan en rajustant ses lunettes. Auquel cas, je t'inviterai au restaurant. Et si je perds, poursuivit-elle tandis qu'on conduisait les chevaux dans leurs boxes de départ, il me restera toujours ma carte bancaire...

— Marché conclu, lança Shade au moment où la cloche retentit.

Bryan regarda les chevaux s'élancer sur la piste. Ils avaient presque terminé le premier tour, lorsqu'elle repéra enfin le numéro sept, troisième avant le dernier. Shade secoua la tête, l'air de dire : « Je t'avais prévenue ! »

— Quand on parie sur un outsider, chérie, il faut se préparer à perdre ses billes.

Troublée par ce « chérie » qu'il avait prononcé de façon si nonchalante, elle reporta sa concentration sur la course. Shade l'appelait rarement par son prénom, et encore moins par l'un de ces petits termes tendres. Un outsider, peut-être, admit-elle *in petto.* Pourtant, elle n'était pas encore tout à fait prête à s'avouer vaincue.

— Il est en train de remonter, fit-elle observer tandis que le numéro sept dépassait trois chevaux avec de longues foulées, pleines de vigueur et de détermination.

Oubliant toute retenue, elle se pencha alors par-dessus la rambarde en riant.

— Regarde-moi ça ! Il est en train de tous les doubler.

Saisissant son appareil, elle installa le téléobjectif.

— Il est magnifique, murmura-t-elle. Je n'avais pas remarqué qu'il était aussi beau.

Absorbée dans la contemplation de l'animal, elle en oublia la course. Penché sur sa monture, le jockey entrait dans son champ de vision, semblable à une tache de couleur qui avait également du style, mais le cheval captait toute l'attention de Bryan. Ses muscles qui se contractaient, ses sabots qui martelaient le sol... Il avait envie de gagner, elle le sentait. A cet instant précis, peu importait le nombre de courses perdues, les fois où il était rentré aux écuries ruisselant de sueur. Il *voulait* remporter cette course.

Sourde aux cris de la foule autour d'elle, Bryan perçut l'espoir dans cette course effrénée. Le cheval qui mettait toute son énergie à dépasser les autres concurrents n'avait pas perdu espoir. Il croyait encore qu'il pouvait gagner et quand on croit assez fort aux choses... Dans un dernier élan, il dépassa le cheval de tête et franchit la ligne d'arrivée comme un champion.

— Je n'y crois pas, murmura Shade.

Au même instant, il s'aperçut qu'il avait glissé un bras sur les épaules de Bryan dans le feu de l'action. Ils regardèrent le gagnant effectuer son tour d'honneur d'une foulée puissante et régulière.

— Magnifique...

La voix de Bryan lui parut étrangement sourde. Pleine de larmes.

— Hé !

Lui saisissant le menton entre le pouce et l'index, il l'obligea à relever la tête.

— Ce n'était qu'un pari à deux dollars !

Elle secoua la tête pour signifier que ce n'était pas la cause de son émotion.

— Il a réussi. Il voulait gagner et il a tout fait pour y arriver.

Shade fit glisser un doigt le long de son nez.

— Tu as déjà entendu parler du facteur chance ?

— Bien sûr.

Déjà plus calme, elle prit sa main dans la sienne.

— Mais en l'occurrence ça n'a rien à voir.

Il la considéra un long moment en silence. Puis il secoua légèrement la tête et effleura ses lèvres d'une caresse douce et aérienne.

— Dire que ces mots sortent de la bouche d'une femme qui se vante d'être simple…

« Et heureuse, songea Bryan. Ridiculement heureuse. »

— Allons chercher mon pactole.

— Il me semble avoir entendu parler d'une invitation à dîner…, fit Shade tandis qu'ils se frayaient un chemin entre les gradins.

— Oui, ça me dit quelque chose, à moi aussi.

Elle était femme de parole, aussi, plus tard dans la soirée, alors que des éclairs zébraient le ciel et que le tonnerre grondait à l'approche d'un orage d'été, poussèrent-ils la porte d'un restaurant tranquille, baigné d'une lumière tamisée.

— Les serviettes sont en tissu, murmura Bryan tandis qu'on les conduisait à une table.

Sa remarque déclencha chez Shade un petit rire rauque.

— Tu es facilement impressionnable, dis donc ! plaisanta-t-il, en tirant une chaise pour qu'elle s'installe.

— C'est vrai. En même temps, je n'ai pas vu l'ombre d'une serviette en tissu depuis le mois de juin.

Pour illustrer son propos, elle saisit la serviette posée dans son assiette et la fit glisser entre ses doigts, savourant le contact du tissu, doux et lourd.

— Aucune trace de PVC ici. Et si tu veux mon avis, on ne verra pas non plus de bouteille de ketchup en plastique.

Avec un clin d'œil, elle tapota son assiette du bout des ongles.

— Ça sonne quand même mieux qu'avec des assiettes en carton, non ?

Shade la regarda faire la même chose avec le verre.

— Est-ce vraiment la reine du fast-food qui parle ?

— Ça ne me gêne pas de manger des hamburgers plusieurs jours d'affilée, mais au bout d'un moment j'avoue que j'apprécie un changement de régime. Et si on commandait du champagne ? proposa-t-elle lorsque le serveur se dirigea vers eux.

Elle jeta un coup d'œil à la carte des vins et passa la commande.

— Tu viens de dépenser en champagne tout l'argent que tu as gagné, lui fit remarquer Shade.

— On dépense plus facilement l'argent qu'on a gagné sans effort, tu ne crois pas ?

Appuyant son menton sur ses mains croisées, elle esquissa un sourire.

— T'ai-je déjà dit que tu étais très beau à la lueur des bougies ?

— Non.

Amusé, il se pencha en avant.

— C'est moi qui devrais te faire ce genre de compliment, non ?

— Peut-être, mais comme tu n'avais pas franchement

l'air pressé de t'y coller... Et puis, c'est moi qui t'invite. Cela dit...

Elle le gratifia d'une œillade provocante.

— Si tu as envie de me faire des compliments, ne te gêne surtout pas !

Avec une lenteur calculée, elle promena un doigt sur le dos de sa main. On se demandait vraiment pourquoi certains hommes voyaient encore d'un mauvais œil l'émancipation de la femme, songea Shade. C'était plutôt agréable d'être invité à dîner au restaurant. Et ça le serait plus encore de se détendre et de se laisser séduire. Oui, songea-t-il encore en portant la main de Bryan à ses lèvres, c'était très appréciable d'être en bonne compagnie !

— Je pourrais te dire, par exemple, que tu es toujours ravissante, mais ce soir...

Il la dévisagea quelques instants avant de poursuivre :

— Ce soir, ta beauté me laisse sans voix.

Comment pouvait-il dire des choses pareilles aussi calmement, de façon si impromptue ? Et comment était-elle censée prendre un compliment aussi sérieux, elle qui n'était habituée qu'aux flatteries désinvoltes et légères ? « Avec prudence, songea-t-elle troublée. Beaucoup de prudence. »

— Il faudra que je mette du rouge à lèvres plus souvent, alors.

Il sourit et lui embrassa de nouveau les doigts.

— Tu as oublié d'en mettre, ce soir.

— Oh...

Désarçonnée, elle se contenta de le regarder.

— *Madame ?*

Le serveur lui présenta la bouteille de champagne, étiquette bien en vue.

— Oui...

Elle exhala un léger soupir.

— Oui, c'est parfait...

Elle entendit le bruit caractéristique du bouchon cédant à la pression et le pétillement du vin qu'on versait dans une flûte. Elle en but une petite gorgée, fermant les yeux pour mieux savourer. Puis, sur un hochement de tête approbateur, elle attendit que le serveur remplisse les deux verres.

Elle leva le sien en souriant à Shade.

— A quoi buvons-nous ?

— A un été pas comme les autres, répondit-il en approchant sa flûte de la sienne. Un été passionnant.

Les lèvres de Bryan s'incurvèrent de nouveau, et cette fois son sourire illumina ses yeux.

— Je m'attendais à ce que ce soit un véritable calvaire de travailler avec toi.

— Vraiment ?

Shade fit rouler le champagne sur sa langue quelques instants. Il lui rappelait Bryan : tranquille et doux, avec une énergie bouillonnante à fleur de peau.

— Moi, reprit-il, je m'attendais à ce que ce soit hyper-contraignant de devoir te...

— *Toutefois*, le coupa-t-elle brusquement, j'ai été ravie de constater que mes a priori n'étaient pas fondés.

Elle attendit quelques instants avant de demander :

— Et les tiens ?

— Ils l'étaient, répondit-il d'un ton désinvolte.

Il se mit à rire en la voyant froncer les sourcils.

— Mais je ne t'aurais pas appréciée autant si ça n'avait pas été le cas.

— Je préférais ton autre compliment, marmonna-t-elle en s'emparant du menu. Mais puisque tu es plutôt avare dans ce domaine, je m'en accommoderai.

— Je dis uniquement ce que je pense.

— Je sais.

Elle repoussa ses cheveux en arrière pour étudier la carte.

— Mais je... Oh ! ils ont de la mousse au chocolat !

— On commence généralement par les entrées.

— Moi, je préfère faire l'inverse. Comme ça, je suis sûre de garder de la place pour le dessert.

— Je te vois mal refuser quelque chose à base de chocolat.

— Tu n'as pas tort.

— Ce que j'ai du mal à comprendre, c'est comment tu te débrouilles pour en engloutir de telles quantités sans prendre un gramme.

— J'ai de la chance, c'est tout.

Levant les yeux de la carte ouverte sur son assiette, elle lui adressa un sourire espiègle.

— Tu n'as donc aucune faiblesse, Shade ?

— Si.

Il soutint son regard jusqu'à ce qu'elle se sente de nouveau mal à l'aise.

— J'en ai quelques-unes.

« Et l'une d'elles, songea-t-il en plongeant plus profondément dans ses yeux, me taraude de plus en plus. »

— Puis-je prendre votre commande ?

Arrachée à ses pensées, Bryan se tourna vers le serveur tiré à quatre épingles.

— Pardon ?

— Puis-je prendre votre commande ? répéta-t-il poliment. Ou bien désirez-vous un peu plus de temps pour choisir ?

— Madame prendra une mousse au chocolat, annonça Shade d'une voix suave.

— Bien, monsieur, fit le serveur en griffonnant dans son carnet d'un air imperturbable. Ce sera tout ?

— Je ne crois pas, non, répondit Shade en reprenant sa flûte de champagne.

Avec un rire amusé, Bryan reporta alors son attention sur le menu.

— Je suis repue ! déclara-t-elle une bonne heure plus tard, alors qu'ils roulaient sous une pluie battante. Je serais incapable d'avaler une miette de plus !

Shade franchit un carrefour au moment où le feu passait à l'orange.

— C'est un passe-temps agréable de te regarder manger.

— J'aime bien divertir les gens...

Confortablement installée dans son siège, l'esprit noyé sous les bulles de champagne, Bryan était heureuse de se laisser conduire. Le ciel encombré de nuages grondait sourdement.

— C'était sympa de ta part de me laisser un morceau de ton cheesecake.

— *La moitié*, corrigea Shade.

Il dépassa le camping qu'ils avaient repéré dans l'après-midi. Les essuie-glaces balayaient le pare-brise dans un chuintement mouillé.

— Mais tout le plaisir fut pour moi...

— C'était adorable, murmura-t-elle dans un soupir ensommeillé. J'adore qu'on s'occupe de moi. Dès demain, on enchaîne sur un nouveau mois de fast-foods, de cafétérias et de *doughnuts* rassis.

Envahie par une douce torpeur, elle contempla les rues sombres et humides, les flaques d'eau le long des trottoirs. Elle aimait la pluie, surtout la nuit, quand elle faisait briller tout ce qu'elle touchait. Les yeux mi-clos, elle sombra dans une paisible rêverie dont elle n'émergea que lorsque la fourgonnette entra dans le parking d'un motel.

— Pas de camping cette nuit, déclara Shade avant qu'elle ait eu le temps d'ouvrir la bouche. Attends-moi ici pendant que je vais chercher les clés...

« Pas de camping, pensa-t-elle en jetant un coup d'œil aux étroites banquettes à l'arrière de la camionnette. Pas de lit de fortune, pas de douche coulant au compte-gouttes. »

Un sourire aux lèvres, elle se leva et entreprit de

rassembler leur matériel photographique. Le reste des bagages était sans importance.

— Champagne, serviettes en tissu et maintenant un vrai lit, murmura-t-elle en riant. Je suis gâtée !

— Notre chambre se trouve à l'arrière du bâtiment, annonça Shade de retour de la réception.

Bryan apporta les sacoches à l'avant du véhicule, tandis qu'il conduisait lentement, vérifiant les numéros peints sur les portes.

— C'est là.

Il se gara, attrapa les sacoches.

— Attends une minute…

Elle avait attrapé son sac à main lorsque Shade ouvrit la portière côté passager. A sa grande surprise, il la souleva dans ses bras et s'élança vers leur chambre.

— Shade !

La pluie lui gifla le visage et lui coupa le souffle.

— C'était le moins que je puisse faire pour te remercier de ton invitation à dîner, expliqua-t-il en insérant une grosse clé dans la serrure.

Bryan gloussa comme il s'escrimait à la tenir dans ses bras, tout en jonglant avec les sacoches et les trépieds.

Shade referma derrière eux la porte du bout du pied, puis captura sa bouche.

— On est tous les deux mouillés, murmura-t-elle en glissant la main dans ses cheveux humides.

— On séchera au lit.

L'instant d'après, Bryan voltigea en l'air avant de rebondir sur le grand lit.

— C'est tellement romantique ! ironisa-t-elle sans toutefois chercher à se relever.

Elle avait bien l'intention de savourer l'un de ces rares moments où Shade semblait vraiment s'amuser.

Sa robe épousait chaque courbe de son corps, ses cheveux étaient étalés sur le couvre-lit. Il l'avait vue se changer pour le dîner et savait qu'elle portait un body en dentelle et des bas d'une extrême finesse. Il aurait pu lui faire l'amour sur-le-champ, l'aimer pendant des heures. Il savait à quel point son corps pouvait être docile et souple. Plein de fougue, de force et de sensualité. Mais ça n'aurait pas été suffisant.

Il était maître dans l'art de capturer l'instant présent, les émotions, les messages. Laissant parler son instinct, il attrapa alors son matériel de photo.

— Qu'est-ce que tu fais ?

Elle voulut se redresser, mais Shade secoua la tête.

— Attends une minute.

A la fois méfiante et intriguée, elle le regarda installer son appareil.

— Je ne…

— Remets-toi comme tu étais, s'il te plaît. Allongée sur le lit, détendue, heureuse d'être ici.

Ses intentions étaient évidentes. Bryan haussa un sourcil. Une obsession, songea-t-elle, amusée. La photo était une véritable obsession pour chacun d'eux.

— Shade, je suis photographe, pas mannequin !

— Fais-moi plaisir, tu veux bien ?

Il la repoussa doucement sur le lit.

— D'accord… De toute façon, j'ai bu trop de champagne pour te tenir tête.

Il porta l'appareil à ses yeux et elle lui sourit.

— Tu peux prendre des photos drôles ou sérieuses, à ta guise. Tant que je n'ai rien à faire.

Shade se sentit alors vibrer au plus profond de son être. Combien de fois avait-il utilisé son appareil comme une barrière entre son sujet et lui ? Combien de fois s'en était-il servi comme d'un moyen de canaliser ses émotions, parce qu'il refusait de les évacuer autrement ? Avec Bryan, c'était différent. L'émotion était déjà en lui, il lui était impossible d'ériger des barrières.

Il la cadra rapidement et appuya sur le déclencheur. Mais il ne fut pas satisfait du résultat.

— Ce n'est pas ce que je veux.

Son ton était tellement professionnel que Bryan n'y vit aucun reproche personnel. C'était juste sa manière d'être quand il travaillait. Il s'approcha d'elle, la fit s'asseoir sur le lit et baissa la fermeture Eclair de sa robe.

Elle le dévisagea d'un air interloqué.

— Shade !

— C'est cet érotisme naturel, à fleur de peau, que je cherche, murmura-t-il en écartant le tissu pour dévoiler une épaule. Ces incroyables vagues de sensualité qui déferlent sans effort... Et aussi l'éclat de tes yeux. Les reflets qu'ils prennent quand je te touche... Comme ça...

Ses doigts glissèrent doucement sur son épaule nue.

— Et quand je t'embrasse... Comme ça.

Il prit ses lèvres dans un langoureux baiser. Bryan sentit alors son esprit se vider de toute pensée superflue et son corps se remplir de sensations vertigineuses.

— Comme ça, murmura-t-il encore, plus déterminé que jamais à capturer ce moment de grâce, à l'ancrer dans une réalité tangible pour pouvoir le tenir dans ses mains et le contempler. Exactement comme ça..., répéta-t-il en reculant d'un pas, puis de deux. L'expression de ton visage juste avant qu'on fasse l'amour. Et après.

En proie à un désir d'une intensité inouïe, Bryan fixa l'objectif au moment où Shade reprenait l'appareil. Il la saisit à cet instant précis, comme une biche surprise par les phares d'une voiture, la tête vide, le corps vibrant de mille sensations.

Pendant une fraction de seconde, ce qu'il y avait dans le cœur de Bryan se lut dans ses yeux. L'obturateur s'ouvrit, se referma et captura cet instant magique. Lorsqu'il imprimerait la photo, y verrait-il ce qu'elle ressentait ? Serait-il sûr de ses propres sentiments ?

Elle était assise sur le lit, à demi dévêtue, les cheveux emmêlés, le regard voilé. *Des secrets*, pensa encore Shade. Ils en avaient tous les deux. Etait-il possible qu'il ait enfermé une partie de leurs secrets sur la pellicule, au cœur de l'appareil ?

En posant les yeux sur elle, il vit une femme prête à faire l'amour. Une femme infiniment désirable. Il vit un mélange de passion, de générosité et d'acceptation. Il vit une femme qu'il avait appris à connaître mieux que personne. Et en même temps, une femme qu'il n'avait pas encore totalement cernée. Ou plutôt qu'il évitait de cerner totalement.

Il s'approcha d'elle en silence. Sa peau était chaude et humide, exactement comme il l'avait imaginée. Des gouttes de pluie s'accrochaient encore à ses cheveux. Il en effleura une qui disparut aussitôt.

Bryan le prit dans ses bras, et tandis que l'orage grondait dehors, il partit avec elle dans un endroit où les questions et les réponses n'existaient pas.

11

S'ils avaient eu davantage de temps...

Le mois d'août était entamé, et cette pensée ne quitta plus guère l'esprit de Bryan. S'ils avaient eu davantage de temps, ils auraient mieux profité de chacune de leurs haltes. S'ils avaient eu davantage de temps, ils auraient traversé d'autres Etats, visité d'autres villes, rencontré d'autres personnes. Il y avait tant de choses à voir et à photographier ! Mais voilà : l'été filait à toute allure vers la rentrée.

Dans moins d'un mois, l'école qu'elle avait photographiée vide, dans la lumière de l'après-midi, serait de nouveau envahie d'enfants. Les feuilles vertes et épanouies se pareraient de tons cuivrés avant de tomber. Elle-même serait de retour à L.A., où elle aurait retrouvé son studio et repris son train-train quotidien.

Pour la première fois depuis des années, le mot *seule* résonnait tristement dans sa tête.

Comment en était-elle arrivée là ? C'était effrayant de devoir l'admettre, mais Shade était bel et bien devenu la personne qui comptait le plus pour elle. Elle se sentait liée à lui, dépendante de lui. Elle avait besoin de connaître ses opinions, de sentir sa présence. Besoin des nuits passionnées qu'ils passaient ensemble.

Elle se forçait pourtant régulièrement à imaginer leur retour à Los Angeles, lorsqu'ils devraient se séparer pour retrouver chacun leur vie, leur travail. Vivre séparément dans des quartiers différents, se lancer dans de nouveaux projets, chacun de son côté.

Cette complicité, qui était née si lentement, presque dans la douleur, finirait par s'éteindre. Mais n'était-ce pas ce qu'ils avaient décidé dès le départ ? Ils avaient conclu un accord, de la même manière qu'ils avaient établi certaines règles, avant de travailler ensemble. Si ses sentiments avaient évolué en cours de route, c'était à elle d'assumer ; c'était *son* problème. Tandis que le compteur kilométrique continuait à défiler et que les Etats se succédaient, elle cherchait la meilleure façon de gérer la situation. D'envisager *l'après*…

Shade ruminait aussi de son côté. Ils circulaient à présent dans l'est du pays. L'Atlantique n'était plus très loin ; la fin de l'été non plus. Et le mot « fin » le perturbait profondément. Dans son esprit, il ne signifiait plus seulement que le projet pour *Style-Life* serait terminé. Il marquait la fin d'une parenthèse. Pourtant, il ne se sentait pas encore prêt à la refermer, cette parenthèse, et s'efforçait de trouver une explication rationnelle à ses réticences.

D'abord, limités par le temps, ils étaient passés à côté de beaucoup de choses. S'ils décidaient de faire la route en sens inverse, au lieu de rentrer à Los Angeles par le chemin le plus court, comme ils l'avaient prévu initialement, ils pourraient explorer tous les endroits qu'ils avaient été contraints d'ignorer à l'aller. Ils pourraient alors séjourner une ou deux semaines en Nouvelle-Angleterre, après le *Labor Day*. Ils avaient beaucoup roulé, beaucoup travaillé. Ils méritaient bien une petite pause…

Oui, ce serait bien qu'ils poursuivent leur travail sur le chemin du retour, au lieu de rentrer au plus vite. Si le temps et les kilomètres parcourus n'étaient plus un souci, combien de photos supplémentaires pourraient-ils encore prendre ? Le jeu en valait la chandelle, même si un seul cliché sortait du lot.

Et lorsqu'ils auraient regagné L.A., Bryan pourrait peut-être emménager chez lui, partager son appartement comme ils avaient partagé la camionnette.

Non… Non, ça, c'était tout simplement impossible.

Elle n'avait pas envie d'une relation compliquée, elle le lui avait dit sans détour. Et lui n'envisageait pas de s'engager durablement avec quelqu'un. Il avait été très clair là-dessus, lui aussi. Certes, il aimait sa compagnie. Il avait besoin de sa présence. Il avait appris à apprécier sa manière de s'émerveiller de tout, de voir du plaisir et de la beauté partout. Mais tout cela n'induisait aucune promesse, aucun engagement, aucune complication.

Avec un peu de temps, un peu de distance, ce besoin qu'il éprouvait de la sentir près de lui finirait par s'estomper. Une certitude s'imposait à lui, cependant : il ferait tout pour retarder le plus possible ce moment.

Bryan repéra soudain sur l'une des voies une décapotable rouge, très flashy. Sa conductrice, dont les cheveux blonds volaient au vent, avait glissé son bras libre sur le cuir blanc du siège passager. Attrapant son appareil, elle se pencha par la vitre ouverte de la camionnette. A moitié agenouillée, à moitié accroupie sur le siège, elle régla la profondeur de champ.

Elle voulait la photographier de côté, pour allonger la voiture dans un halo de couleur. Mais elle ne voulait pas perdre la position arrogante du bras, ni la chevelure négligemment balayée par le vent. Elle savait déjà qu'elle occulterait le bitume gris de l'autoroute et les autres véhicules, une fois dans la chambre noire. Juste la décapotable rouge…

— Essaie de garder cette distance, cria-t-elle à l'adresse de Shade.

Elle prit une première photo, qui ne la contenta pas

pleinement. Aussi se pencha-t-elle davantage par la vitre pour recommencer. Shade lâcha un juron, mais Bryan eut le temps de prendre sa photo avant de se laisser retomber sur le siège en riant.

Il aurait fait la même chose à sa place, il le savait. Les photographes avaient la fâcheuse tendance de prendre l'objectif pour un bouclier, comme s'ils ne pouvaient rien leur arriver, tout simplement parce qu'ils ne prenaient pas part à l'action qui se déroulait sous leurs yeux. Dès sa première mission à l'étranger pourtant, il avait appris que c'était une impression absurde et dangereuse.

— Ça t'arrive souvent de sortir par la vitre d'un véhicule en train de rouler ? lança-t-il d'un ton qu'il aurait aimé plus réprobateur.

— Je n'ai pas pu résister. Il n'y a rien de plus beau qu'une décapotable sur une autoroute en plein mois d'août ! Pour être franche, l'idée de m'en offrir une me titille depuis un bout de temps.

— Alors qu'est-ce que tu attends ?

— Ce n'est pas si simple que ça d'acheter une nouvelle voiture.

Elle étudia les panneaux indicateurs verts et blancs. Combien en avait-elle vus, depuis le début de l'été ? Elle lut des noms de villes, de routes et d'itinéraires dont elle n'avait jamais entendu parler.

— J'ai du mal à croire que nous sommes déjà dans le Maryland… On a parcouru un sacré bout de chemin et pourtant je n'ai pas l'impression d'avoir passé deux mois sur la route. C'est bizarre.

— Tu dirais plutôt deux ans ?

Elle rit.

— Parfois ! D'autres fois, au contraire, j'ai l'impression d'être partie depuis quelques jours seulement. On aura manqué de temps, fit-elle observer comme pour elle-même. C'est toujours comme ça…

Shade en profita pour s'engouffrer tête baissée dans la brèche. L'occasion était trop belle !

— On a été obligés de laisser pas mal de choses de côté, c'est clair..., renchérit-il. On a traversé le Kansas mais pas le Nebraska, le Mississippi mais ni la Caroline du Nord ni la Caroline du Sud. On a aussi zappé le Michigan et le Wisconsin.

— Et la Floride, et l'Etat de Washington, et les deux Dakotas..., enchaîna-t-elle avant de hausser les épaules.

Elle ne voulait pas penser à ce qu'ils n'avaient pas fait, faute de temps. Mieux valait profiter de l'instant présent. *Carpe diem.*

— On pourrait peut-être y remédier sur le trajet du retour ?

— Sur le trajet du retour ? répéta-t-elle en se tournant vers lui, l'air perplexe.

Il prit une cigarette.

— On prendrait tout notre temps, cette fois.

L'allume-cigare rougeoya contre le bout de la cigarette.

— En fait, je pense qu'on devrait s'accorder un mois supplémentaire pour terminer le travail, ajouta-t-il avant d'aspirer une bouffée de tabac.

Un supplément de temps ? Sentant une vague de joie sauvage monter en elle, Bryan s'empressa de la refouler. Pas d'emballement... Shade voulait terminer le travail à sa façon, rien de plus. Parce que c'était sa manière de procéder, ce besoin de tout explorer à fond, sans laisser la moindre zone d'ombre. Mais quelle importance, après tout ? L'essentiel n'était-il pas de passer encore un peu de temps ensemble, quelles que fussent les motivations de Shade ?

Elle posa un regard absent sur la vitre. Non, décida-t-elle finalement. Les raisons de Shade étaient purement professionnelles, et ça ne lui suffisait pas.

— Notre mission s'achève en Nouvelle-Angleterre,

déclara-t-elle d'un ton faussement dégagé. L'été touche à sa fin, c'est la rentrée pour tout le monde. Et j'ai déjà pris un mois de retard sur mon planning en studio. D'un autre côté…

Shade ne chercha pas à la faire changer d'avis et, pourtant, elle sentait sa volonté faiblir dangereusement.

— Ça ne me dérangerait pas de faire quelques détours de plus sur le chemin du retour.

Les mains posées sur le volant, Shade s'efforça de garder un ton désinvolte.

— On y pense et on en reparle, O.K. ? proposa-t-il, mettant ainsi un terme à cette conversation qui lui tenait pourtant à cœur.

Lassés de l'autoroute, ils décidèrent d'emprunter des axes moins fréquentés. Bryan photographia des enfants en train de s'asperger avec des tuyaux d'arrosage, des vêtements en train de sécher au soleil sur une corde à linge, un couple de personnes âgées assis sur une balancelle, sous le porche de leur maison. Shade prit quelques clichés d'une équipe d'ouvriers en sueur, perchés sur un toit qu'ils recouvraient d'une couche de goudron ; il photographia des journaliers en train de cueillir des pêches et, beaucoup plus étonnant, deux chefs d'entreprise âgés d'une dizaine d'années, occupés à vendre de la limonade dans leur jardin.

Touchée, Bryan accepta le gobelet que lui rapporta Shade.

— C'est adorable !

— Je préfère te prévenir, lança-t-il en se glissant sur le siège passager : ils n'ont pas mis beaucoup de sucre pour essayer de réduire leur coût de revient.

— Je parlais de toi.

Elle se pencha vers lui pour l'embrasser ; un baiser léger, affectueux.

— Tu es adorable, quand tu veux.

— Je pourrais te fournir une longue liste de personnes qui affirmeraient le contraire, objecta-t-il d'un ton bourru.

— Qu'est-ce qu'ils en savent ?

Sans se départir de son sourire, elle effleura de nouveau ses lèvres, puis ses yeux parcoururent lentement la jolie rue ombragée, les pelouses impeccablement tondues, ornées de massifs de fleurs. De temps en temps, un chien jappait au fond d'un jardin.

— J'aime ces banlieues proprettes, confessa-t-elle. J'aime bien les observer, en tout cas. Je n'ai jamais vécu dans de tels endroits. Tout y est tellement bien ordonné !

Exhalant un soupir, elle tourna à droite au carrefour suivant.

— Si j'avais une maison, j'oublierais sûrement de nourrir ma pelouse avec les bons engrais et je me retrouverais vite avec une espèce de paillasson jauni, parsemé de pissenlits. Mes voisins signeraient une pétition contre moi et je serais obligée de revendre ma maison pour retourner vivre en appartement !

— Fin de l'épisode « Bryan Mitchell veut une maison dans une jolie banlieue proprette », ironisa Shade.

Elle lui fit une grimace.

— Tout le monde n'est pas fait pour vivre dans un petit pavillon avec une clôture blanche.

— C'est clair…

Elle attendit la suite, mais il s'abstint de tout commentaire sur son inaptitude à mener une existence ordinaire.

Avec un petit rire heureux, elle prit sa main et la serra dans la sienne.

— Tu me fais un bien fou, Shade ! Vraiment.

Il libéra sa main à contrecœur. Ainsi, il lui faisait du bien ? Elle l'avait dit avec une telle nonchalance. Sans doute parce qu'elle ne se doutait pas de ce qu'il ressentait en entendant ces quelques mots. Peut-être était-il temps de le lui dire…

— Bryan…

— Qu'est-ce que c'est que ça ? le coupa-t-elle brusquement, en se garant le long du trottoir, le plus près possible d'une affiche colorée attachée à un poteau téléphonique.

— Fête Foraine Nightingale.

Elle appuya de toutes ses forces sur la pédale de frein, puis s'assit presque sur les genoux de Shade pour lire le texte de l'affiche.

— Voltara, la Femme Electrique…

Ponctuant sa lecture d'une exclamation enthousiaste, elle se serra contre Shade.

— Génial, absolument génial ! Samson, l'Eléphant Dansant. Madame Zoltar, voyante. Shade, regarde ! C'est leur dernière soirée en ville. On ne peut pas louper ça ! Un été sans fête foraine n'est pas un véritable été. Le grand 8, les jeux d'adresse et de hasard…

— Et Dr Wren, le cracheur de feu.

Bryan préféra ignorer l'intonation narquoise.

— C'est le destin, déclara-t-elle en regagnant sa place. C'est forcément le destin qui nous a conduits sur cette route. On aurait loupé quelque chose, sans ça.

Shade jeta un dernier coup d'œil à l'affiche tandis que Bryan reprenait la route.

— Imagine un peu, murmura-t-il. On aurait traversé le pays d'est en ouest sans même voir un éléphant dansant !

Une demi-heure plus tard, il se carrait confortablement dans son siège pour fumer tranquillement, les pieds posés sur le tableau de bord.

Agacée, Bryan fit demi-tour au carrefour suivant.

— Je sais parfaitement où nous sommes !

Shade expira lentement un nuage de fumée.

— Je n'ai rien dit.

— Mais tu n'en penses pas moins.

— Tu as volé cette réplique à Madame Zoltar, c'est ça ?

— Ne prends pas cet air réjoui, je t'en prie.

— J'ai l'air réjoui, vraiment ?

— Tu as toujours l'air réjoui quand je me perds.

— Je croyais que tu savais parfaitement où nous étions…

Bryan lui lança une œillade assassine.

— Regarde plutôt la carte et dis-moi où on est, d'accord ?

— J'ai voulu le faire, il y a dix minutes, et tu t'es moquée de moi.

Bryan soupira bruyamment.

— Tu aurais dû voir ta tête ! Tu jubilais intérieurement, je devinais même tes pensées…

— Attention, tu marches encore sur les plates-bandes de Madame Zoltar !

— Arrête, Shade.

Mais elle se retint de rire, tandis qu'ils avançaient sur une route de campagne déserte et sombre.

— Ça ne me dérange pas de passer pour une idiote, mais je déteste que quelqu'un me le fasse remarquer !

— C'est ce que j'ai fait ?

— Tu le sais très bien. Maintenant, j'aimerais bien que tu la…

Au même instant, elle aperçut des lueurs rouges, bleues et vertes qui clignotaient dans la nuit. Une grande roue, songea-t-elle aussitôt. Une mélodie aux accords métalliques perçait avec peine le crépuscule. Un orgue de Barbarie.

Cette fois, ce fut au tour de Bryan d'afficher un sourire satisfait.

— Je savais que je trouverais !

— Je n'en ai jamais douté.

Elle aurait pu répliquer vertement, mais le halo de lumière qui éclairait la pénombre de ce début de soirée et la musique poussive captèrent toute son attention.

— Ça fait une éternité…, murmura-t-elle. Une éternité que je n'ai pas mis les pieds dans ce genre d'endroit. Je veux absolument voir le cracheur de feu !

— Surveille aussi ton porte-monnaie.

Elle entra sur le terrain cahoteux qui servait de parking.

— Toujours aussi cynique.

— Réaliste, juste…

Il attendit qu'elle gare la camionnette à côté d'un pick-up flambant neuf.

— Et ferme bien les portières, ajouta-t-il en prenant sa sacoche.

Une fois dehors, il se tourna vers elle.

— Par où est-ce que tu veux commencer ?

L'image tentatrice d'une barbe à papa rose se forma alors dans l'esprit de Bryan, mais elle s'efforça de la refouler.

— On fait un petit tour d'abord, qu'en penses-tu ? On peut prendre quelques photos maintenant, mais elles auront plus d'impact quand il fera nuit.

Sans l'obscurité qui camoufle, sans l'éclat des guirlandes lumineuses, la fête foraine perdait toute sa magie. Les attractions fatiguées côtoyaient les stands de pacotille. Le charme n'agissait pas et Bryan se sentit envahie par une immense déception. A l'instar du Père Noël, les fêtes foraines étaient, par nature, entourées d'une aura de mystère. Une heure encore, et le soleil aurait complètement disparu derrière les collines nimbées de bleu… La fête dévoilerait alors tous ses attraits. On ne remarquerait plus la peinture écaillée.

— Regarde, c'est Voltara.

Saisissant Shade par le bras, Bryan le fit pivoter sur lui-même pour qu'il puisse admirer l'affiche grandeur nature de la fameuse Voltara, toute en courbes voluptueuses dévoilées par une tenue affriolante. On la voyait assise sur une chaise électrique, de fabrication artisanale, aurait-on dit.

Shade contempla les paillettes parsemées sur le généreux décolleté de la Femme Electrique.

— Ça peut être sympa à voir, après tout.

Avec un petit rire moqueur, Bryan l'entraîna vers la grande roue.

— Montons d'abord là-dessus. On pourra repérer toutes les attractions, de là-haut.

Shade sortit un billet de son portefeuille.

— Parce que bien sûr c'est uniquement pour ça que tu montes sur la grande roue…

— Non. C'est le moyen idéal de tout voir en restant assis.

Sur un geste de l'employé, ils prirent place dans une nacelle libre.

— C'est parfait pour prendre des vues aériennes…

Dès que la roue se mit à tourner et qu'ils prirent de la hauteur, elle glissa sa main dans celle de Shade.

— Et c'est le meilleur endroit pour s'embrasser sans être dérangé !

Il rit de bon cœur, mais elle le réduisit vite au silence en l'embrassant justement. Ils atteignirent bientôt le sommet où soufflait une petite brise fraîche et pure. La roue s'immobilisa quelques instants, peut-être une minute entière, et il n'y eut plus qu'eux au monde. Dans la descente, la vitesse s'accéléra et Bryan sentit son estomac chavirer, tandis qu'un doux vertige lui faisait tourner la tête. C'était un peu comme quand Shade la serrait dans ses bras et lui faisait l'amour.

Ils restèrent enlacés, blottis l'un contre l'autre, pendant deux tours entiers.

Cela faisait des années qu'il n'avait pas tenu une fille dans ses bras dans une nacelle de grande roue, songea Shade. Ça remontait probablement même à l'époque du lycée… A dire vrai, il s'en souvenait à peine. Avec le recul, il se rendait compte qu'il n'avait pas profité de sa jeunesse, trop préoccupé par des choses qui lui semblaient bien plus importantes. Il l'avait laissée filer entre ses doigts et, à présent, c'était trop tard. Terminé. Mais grâce à Bryan il se sentait capable de retrouver quelques bribes de cette précieuse jeunesse, d'en savourer quelques morceaux volés.

— J'adore les sensations que ça procure, murmura-t-elle à son oreille.

Elle regarda le soleil plonger derrière les montagnes dans une dernière explosion d'arrogance, écouta la musique et les voix enfler puis s'étouffer selon que la nacelle montait ou descendait. Depuis son point d'observation, elle se sentait suffisamment détachée de la scène pour pouvoir l'apprécier, juste assez en retrait pour mieux l'appréhender.

— On devrait monter sur une grande roue au moins une fois par an. Ça devrait être obligatoire, comme un examen de santé.

La tête posée sur l'épaule de Shade, elle examina le spectacle qui se tenait quelques mètres plus bas. L'allée centrale, les stands de nourriture, les jeux d'adresse. Elle avait envie de tout voir de près. Les odeurs de pop-corn, de viande grillée et de sueur se mélangèrent aux notes entêtantes de l'after-shave de l'employé, lorsque leur nacelle passa à côté de lui. Bryan profitait pleinement de cette vue d'ensemble. C'était la vie. Ou en tout cas un petit coin de vie où les enfants s'émerveillaient à chaque pas et où les adultes faisaient semblant d'y croire encore un peu.

Saisissant son appareil photo, elle pointa l'objectif sur les nacelles et les câbles pour cadrer l'employé. Il avait l'air de s'ennuyer tandis qu'il soulevait la barre de sécurité dans une nacelle et la rabattait dans l'autre avec des gestes mécaniques. Pour lui, c'était un moyen comme un autre de gagner sa vie, alors que les visiteurs venaient chercher des frissons. Elle s'adossa à la banquette, heureuse d'être là.

A la nuit tombée, ils se mirent au travail. Amassée autour de la roue de la fortune, une foule de badauds tentait sa chance contre un dollar. Des adolescents essayaient d'impressionner leurs petites amies ou leurs copains en s'efforçant de démolir une pyramide de bouteilles à l'aide de balles en mousse. Penchés au-dessus d'une corde, les plus petits lançaient des balles de ping-pong dans un aquarium dans l'espoir de gagner un poisson rouge dont l'espérance de vie serait forcément très courte. Un groupe de jeunes filles criait à tue-tête dans la pieuvre-toupie, tandis que les garçons lorgnaient d'un air goguenard les affiches qui présentaient les artistes.

Dans l'allée principale, Bryan photographia une femme, un bébé calé sur la hanche, tenant par la main un garçonnet d'environ trois ans qui l'entraînait sans répit d'attraction en attraction. De son côté, Shade prit une photo de trois adolescents en débardeur qui déambulaient dans les allées en fanfaronnant.

Ils étaient en train de manger une tranche de pizza à la pâte caoutchouteuse lorsque Dr Wren, le cracheur de feu, sortit de sa tente pour faire une brève démonstration de son art. Comme le garçon d'une dizaine d'années qui se tenait à côté d'elle, Bryan fut conquise.

Ils se donnèrent ensuite rendez-vous une demi-heure plus tard à l'entrée de l'allée principale, puis se séparèrent.

Sous le charme de l'ambiance et des lumières, Bryan déambula parmi les attractions. Elle se glissa dans la tente de Voltara au milieu d'une représentation. Le maquillage outrancier dissimulait mal les traits fatigués de la femme, sanglée sur une chaise censée lui envoyer une décharge de deux mille volts.

Mais elle tenait parfaitement son rôle, songea Bryan tandis que Voltara, paupières closes, hochait la tête d'un air serein, intimant à son assistant d'actionner l'interrupteur. Les effets spéciaux n'étaient pas ultrasophistiqués, mais ils créaient l'illusion. Un rai de lumière bleue secoua la chaise puis remonta jusqu'au visage de Voltara. Sa peau prit la couleur d'un éclair d'été. La représentation coûtait cinquante cents, et les spectateurs en avaient pour leur argent.

Piquée dans sa curiosité, Bryan quitta les allées pour se promener dans les coulisses, là où les forains avaient installé leurs caravanes. Il n'y avait pas d'ampoules colorées, dans cet envers du décor, pas de magie. Plus tard dans la nuit, ils rangeraient leur matériel, décrocheraient les affiches et reprendraient la route.

La lune éclairait l'armature métallique d'une caravane, révélant des rayures et des poinçons. Des rideaux masquaient les petites fenêtres. Peint en lettres fanées, le nom de la fête foraine ornait le flanc du véhicule. *Nightingale's*. Le Rossignol.

Touchée par cette image, Bryan s'accroupit pour la photographier.

— On s'est perdue, mademoiselle ?

Surprise, Bryan se releva d'un bond et percuta presque un petit homme trapu qui portait un T-shirt et un pantalon de travail. S'il faisait partie des forains, il s'était accordé une longue pause. Et si c'était un visiteur, comme elle, les lumières et les attractions n'avaient visiblement pas retenu son attention. Il dégageait une odeur de bière chaude et éventée.

— Non.

Elle le gratifia d'un sourire circonspect, veillant à garder ses distances. Elle n'avait pas peur ; la prudence était juste un réflexe chez elle. A quelques mètres de là, la foule des badauds arpentait les allées inondées de lumière.

— Vous travaillez ici ? demanda-t-elle.

— Une femme ne devrait jamais se promener seule, la nuit. Sauf si elle cherche quelque chose de particulier…

Elle n'avait toujours pas peur, elle était juste agacée, et cet agacement se lut dans son regard lorsqu'elle pivota sur ses talons.

— Au revoir.

L'homme la retint par le bras et, tout à coup, les lumières

de la fête semblèrent à Bryan beaucoup plus loin. Elle s'exhorta au calme.

— Ecoutez, on m'attend.

— Tu es sacrément grande, dis donc.

Il vacillait légèrement sur ses jambes mais ses doigts emprisonnaient le bras de Bryan comme un étau. Il chercha son regard.

— Ça ne me dérange pas que tu sois grande. Allons boire un verre.

— Une autre fois.

Bryan voulut repousser la main qui la retenait prisonnière, mais elle se heurta à un mur de muscles. La peur commença alors à l'envahir.

— Je suis venue ici pour prendre des photos, expliqua-t-elle aussi calmement que possible. Mon associé m'attend.

Elle tenta de nouveau de se libérer.

— Vous me faites mal.

— Viens boire une bière dans mon camion, marmonna l'homme en essayant de l'entraîner dans l'obscurité.

— Non !

Teintée de panique, sa voix se fit plus aiguë.

— Je n'ai pas envie de boire une bière.

Il s'immobilisa un instant. L'examinant mieux, Bryan se rendit compte qu'il était soûl comme une barrique. Pourtant, il tenait encore sur ses jambes.

— T'as peut-être envie d'autre chose, articula-t-il en lorgnant d'un œil brillant son short et son petit haut. Les nanas qui se baladent à moitié nues cherchent une chose bien précise, en général.

Une colère froide envahit soudain Bryan, chassant la peur qui menaçait de la paralyser.

— Espèce d'abruti ! lança-t-elle avant de lui asséner un coup de genou judicieusement placé.

Le souffle coupé, l'homme relâcha son étreinte. Bryan

n'eut pas le temps de le voir se recroqueviller sur lui-même : elle prit ses jambes à son cou sans demander son reste.

Elle courait toujours, lorsqu'elle percuta Shade.

— Tu as dix minutes de retard, lui fit-il remarquer, mais c'est la première fois que je te vois courir aussi vite.

— J'étais juste… il fallait que…

Sa voix se brisa et elle se laissa aller contre lui, hors d'haleine. Elle savoura le contact de son corps ferme, solide. Bienveillant. Elle aurait pu rester ainsi jusqu'au lever du soleil.

— Qu'est-ce qu'il y a ?

Il perçut sa tension avant même de la repousser pour étudier son visage.

— Il s'est passé quelque chose ?

— Non, pas vraiment.

Forçant son courage, elle repoussa les mèches de cheveux qui barraient son visage et expliqua d'une traite :

— J'ai juste croisé une espèce de vicelard qui tenait absolument à m'offrir un verre, alors que je n'avais pas soif du tout.

Les doigts de Shade se resserrèrent autour de son bras et s'enfoncèrent dans sa chair légèrement meurtrie.

— Ça s'est passé où ?

— C'est sans importance, je t'assure.

Pourquoi n'avait-elle pas pris le temps de recouvrer son calme avant de le rejoindre ?

— Je me suis éloignée de la fête pour aller jeter un coup d'œil aux caravanes.

— Toute seule ? demanda Shade en la secouant légèrement. Tu as perdu la tête ou quoi ? Il n'y a pas que des barbes à papa et des guirlandes lumineuses, dans ce genre d'endroit, tu devrais le savoir ! Il t'a fait mal ?

Ce n'était pas l'inquiétude qui perçait dans sa voix, mais la colère. Elle se raidit.

— Lui, non, mais toi oui !

Ignorant sa remarque, Shade l'entraîna dans la foule en direction du parking.

— Si tu voulais bien arrêter de croire que tout le monde est beau et gentil, tu t'éviterais des déconvenues, crois-moi ! Est-ce que tu as seulement conscience de ce qui aurait pu t'arriver ?

— Je n'ai besoin de personne pour veiller sur moi ! La preuve : je m'en suis sortie sans l'aide de quiconque.

En arrivant devant la camionnette, elle se libéra d'un geste brusque.

— Je vois la vie et les gens comme bon me semble, Shade. Je n'ai pas besoin de tes leçons de morale.

— Ce n'est pas mon avis, désolé.

Il lui prit les clés des mains et déverrouilla les portières.

— C'était complètement stupide de ta part d'aller te balader seule dans la nuit. A croire que tu cherchais les ennuis, marmonna-t-il en s'installant au volant.

— J'ai l'impression d'entendre l'imbécile que j'ai laissé à genoux dans l'herbe, la main entre les cuisses.

Il lui coula un regard furibond. Plus tard, lorsqu'il aurait recouvré son sang-froid, il reconnaîtrait qu'elle s'était admirablement bien débrouillée pour se débarrasser de cet ivrogne trop entreprenant. Mais pour l'instant l'insouciance dont elle faisait preuve le mettait hors de lui. Même indépendante et fière de l'être, une femme restait vulnérable.

— Je n'aurais pas dû te laisser seule.

— Oh là, attends une minute ! s'emporta Bryan. Je suis libre de mes actes ! Tu n'es ni mon chaperon, ni mon ange gardien, d'accord ? Et je n'ai de comptes à rendre à personne, à part à moi-même.

— Tu te trompes... Tu en auras encore à me rendre pendant quelques semaines.

Elle s'efforça de contrôler la fureur qui bouillonnait dans ses veines.

En vain.

— Je travaille avec toi… Je couche avec toi… Mais je n'ai pas de comptes à te rendre. Ni maintenant, ni plus tard. Jamais de la vie !

Shade enfonça l'allume-cigare d'un geste rageur.

— On en reparlera.

— Rappelle-toi les clauses du contrat.

Tremblante de colère, elle se détourna de lui avant de terminer :

— On est associés sur ce projet. *Fifty-fifty.*

Shade lui fit part, à sa manière, de son opinion sur le contrat. Croisant les bras sur sa poitrine, Bryan ferma les yeux pour lui signifier que la discussion était close, et s'efforça de trouver le sommeil.

Shade conduisit plusieurs heures d'affilée. Bryan s'était endormie, mais lui était bien trop préoccupé pour parvenir à se détendre.

Bryan avait raison : elle n'avait aucun compte à lui rendre. C'était une des premières règles qu'ils s'étaient fixées. Cela dit, il commençait à en avoir assez de toutes ces règles. Bryan menait sa barque comme elle l'entendait. Il n'avait aucune remarque à lui faire et le contraire était également valable. Ils étaient deux adultes responsables et autonomes qui en avaient décidé ainsi.

En même temps, il éprouvait le besoin irrésistible de la protéger. Sa colère n'était pas tant dirigée contre elle et son imprudence que contre lui-même, parce qu'il n'avait pas été là au moment où elle avait eu besoin de lui.

Mais elle l'avait renvoyé dans ses cordes, et vertement, songea-t-il, en se passant la main sur les yeux. Elle l'avait remis à sa place. Et sa place, bien qu'ils soient amants, restait loin d'elle. Au fond, c'était plus sage. Pour tous les deux.

Par la vitre ouverte, l'air iodé de l'océan venait lui chatouiller les narines. Ils avaient traversé le pays. Franchi de nombreuses frontières. Mais ils se trouvaient encore loin de la ligne d'arrivée.

Que ressentait-il au juste pour Bryan ? Jusqu'à présent, il avait réussi à esquiver la réponse. Mais il était temps pour lui d'affronter la réalité. Il était 3 heures du matin, ce cœur de la nuit qu'il connaissait si bien. Les barrières de protection tombaient facilement, à 3 heures du matin. La vérité en profitait alors pour s'immiscer lentement mais sûrement.

Et la vérité, c'était qu'il était amoureux. Trop tard pour faire machine arrière. Il aimait Bryan comme jamais il n'avait aimé personne. D'un amour totalement désintéressé. Sans borne.

Avec le recul, il pouvait presque cerner le moment précis où ça s'était produit, même si, sur le coup, il s'était livré à une autre interprétation. C'était sur cette île rocheuse au milieu du lac, en Arizona… Il avait alors éprouvé un violent désir pour elle, un désir d'une intensité qu'il n'avait encore jamais connue. Quand, plus tard, il s'était réveillé après avoir fait le cauchemar qui le hantait depuis des années, et qu'il l'avait trouvée près de lui, chaleureuse et douce, il avait eu besoin d'elle comme jamais encore il n'avait eu besoin de personne.

Le jour où, sur cette route poussiéreuse près de la frontière de l'Oklahoma, il avait levé les yeux et l'avait vue devant une petite bicoque et un pauvre jardinet orné d'un parterre de pensées, cet amour s'était confirmé.

Ils avaient parcouru un sacré bout de chemin depuis ce jour-là. Son amour pour Bryan avait grandi, provoquant en lui d'immenses bouleversements. Mais il ne savait pas quoi faire de ce sentiment.

Il se dirigea vers l'océan et l'air se chargea d'humidité. Il gara la camionnette entre deux petites dunes, aperçut l'étendue d'eau, telle une ombre fantomatique, et entendit le chuchotement étouffé du ressac. Les yeux rivés sur les flots sombres, bercé par le bruit des vagues, il s'endormit.

Bryan fut réveillée par des cris de mouettes. Le corps tout engourdi, l'esprit confus, elle ouvrit les yeux. Face à elle se trouvait l'océan, bleu et calme dans la lumière opalescente qui annonçait l'aube. A l'horizon, un ciel serein, nimbé de rose. A peine troublé par une nappe de brume. Les mouettes survolaient la plage, puis piquaient dans l'eau.

Shade dormait sur le siège du conducteur, légèrement tourné vers elle, la tête appuyée contre la portière. Il avait dû conduire pendant des heures…

Elle repensa à leur dispute avec un mélange de lassitude et d'indulgence. Sans faire de bruit, elle se glissa dehors. Elle voulait sentir l'odeur de l'océan.

S'était-il écoulé deux mois seulement depuis qu'ils avaient arpenté ensemble cette plage de la côte Ouest, où elle avait photographié la grand-mère et sa petite-fille ? Il s'était passé tant de choses entre les deux ! Plongée dans ses pensées, elle retira ses chaussures pour sentir sous ses pieds le sable froid et granuleux. Shade avait conduit toute la nuit pour arriver sur cette plage. Un pas plus près de la fin…

A présent, ils n'avaient plus qu'à remonter la côte en direction de la Nouvelle-Angleterre. Une courte halte à New York, où ils prendraient quelques photos, une dernière séance de travail en chambre noire, puis ils gagneraient Cape Cod où l'été toucherait à sa fin pour eux.

Sans doute serait-il préférable qu'ils mettent un terme à leur histoire avant ? Faire ensemble la route en sens inverse, retraverser certains endroits qu'ils avaient découverts ensemble, tout cela risquait d'être très difficile. Peut-être trouverait-elle un prétexte, le moment venu, pour rentrer à L.A. en avion. Oui, il serait sans doute plus sage de reprendre chacun le cours de leur vie à la fin de l'été.

Ils avaient tracé une boucle ensemble. Passés la tension et l'agacement mutuel des premiers temps, ils avaient sympathisé prudemment avant de céder à un désir dévorant. Puis la tension avait repris le dessus.

Elle se pencha pour ramasser un petit coquillage qui se logea parfaitement dans le creux de sa main.

La tension détruisait tout. Réduisait tout en miettes. Ce qu'on avait vécu était alors perdu à jamais. Or, elle ne voulait pas en arriver là avec Shade. Exhalant un lourd soupir, elle leva les yeux sur l'océan aux reflets verts et bleus. La brume était en train de se dissoudre.

Non, elle ne voulait pas en arriver là. Ils se sépareraient de la même manière qu'ils s'étaient unis. Comme deux êtres entiers et indépendants.

Elle regagna le van en tenant toujours le coquillage dans sa main. La fatigue avait disparu. Lorsqu'elle aperçut Shade debout à côté de la camionnette, les cheveux ébouriffés par le vent, l'air tourmenté, elle sentit son cœur chavirer.

La fin approchait à grands pas…

Elle marcha vers lui en souriant, prit sa main et lui donna le coquillage.

— Tu entends la mer, quand tu le colles à ton oreille.

Sans mot dire, il glissa un bras autour de sa taille et la serra contre lui. Puis, ensemble, ils regardèrent le soleil se lever.

12

Dans le quartier de Chelsea, à l'angle d'une rue, Bryan saisit sur le vif cinq gamins pleins de ressources qui avaient ouvert une bouche d'incendie. L'eau giclait dans tous les sens, et ils se ruaient à grands cris sous les jets puissants, trempant leurs baskets et leurs cheveux. Tandis qu'elle cadrait la scène, un sentiment d'envie la submergea. De l'envie pure et simple.

Ces enfants n'étaient pas seulement heureux de se rafraîchir, alors que la ville entière souffrait de la chaleur accablante, ils incarnaient l'insouciance la plus totale. Ils se moquaient bien de savoir s'ils avaient pris la bonne direction, fait les bons choix aux bons moments. Ils profitaient sans aucune retenue des dernières semaines d'été, de leur jeunesse, de leur liberté… et d'une douche bien fraîche en plein New York.

De toute évidence, Bryan n'était pas la seule à éprouver de l'envie en les regardant. Sa photo la plus réussie inclut dans la scène un passant. Vêtu d'une chemise bleue auréolée de sueur, chaussé de mocassins en cuir poussiéreux, un livreur d'une quarantaine d'années jetait un coup d'œil par-dessus son épaule au moment où l'un des gamins levait les bras en l'air pour s'élancer dans les jets d'eau. On lisait le plaisir et l'exaltation sur l'un des visages. Sur l'autre, de l'amusement teinté d'une certaine nostalgie, celle du temps qui passe et qui nous prive de ces petits bonheurs simples.

Contente de cette première série de photos new-yorkaises, Bryan poursuivit son chemin, longeant des rues embouteillées, arpentant des trottoirs brûlants où la chaleur circulait aussi vite que les insultes. La Grosse Pomme n'accueillait pas toujours l'été d'un sourire et d'un signe de la main amical.

Pendant ce temps, Shade travaillait dans la chambre noire qu'ils avaient louée. C'était elle qui avait décidé de passer après lui. Une façon de repousser l'échéance, elle en avait bien conscience, car après cette séance de travail, ce serait le retour en Californie. Après la courte halte de New York, ils rouleraient vers le nord, destination Cape Cod, où ils passeraient le dernier week-end ensemble.

Ils avaient repris leurs distances depuis plusieurs jours déjà, et cet éloignement était difficile à vivre. Elle avait découvert que Shade était capable de la faire souffrir. Certes, elle avait oublié en chemin ses résolutions initiales et s'était ouverte à lui sans retenue. Mais il était encore temps de se ressaisir, de retrouver sa place. Pour ce faire, elle devait accepter l'idée que la saison arrivait à son terme, et que son histoire avec Shade prendrait fin en même temps que l'été.

Absorbée par ces pensées moroses, elle regagna sans se presser le quartier où se trouvait la chambre noire.

Shade avait déjà sorti dix bandes d'épreuves. Glissant la première sous l'agrandisseur, il entreprit une sélection méthodique. Comme toujours, il se montrait plus exigeant, plus critique envers son propre travail qu'envers celui des autres. Il savait que Bryan ne tarderait pas à arriver ; il devrait donc attendre le lendemain pour imprimer les photos qu'il aurait choisies. Il avait pourtant très envie d'en voir une en particulier…

Une qu'il avait prise un soir de pluie, dans la petite chambre de ce motel, à la sortie de Louisville. Le souvenir de cette nuit ne cessait de le hanter depuis que Bryan et lui s'étaient de nouveau retranchés derrière leurs barrières ridicules. Tous les obstacles étaient tombés, ce soir-là. Avec un tel naturel, une telle simplicité…

Repérant la photo qu'il cherchait, il rapprocha l'agrandisseur. Bryan était assise sur le lit, sa robe avait glissé sur ses épaules et des gouttes de pluie s'accrochaient à ses cheveux. Alanguie, sensuelle, hésitante… La façon dont elle se tenait, dont elle fixait l'objectif trahissait un tumulte d'émotions. Mais ses yeux…

En proie à une bouffée de frustration terrible, Shade fixa plus attentivement le négatif. Qu'y avait-il dans les yeux de Bryan ? Il brûlait d'envie d'agrandir l'épreuve sur-le-champ pour pouvoir l'observer, la disséquer… et comprendre.

Elle avait repris ses distances depuis. Il le sentait, le percevait dans chacun de ses gestes. Elle s'éloignait de lui, un peu plus chaque jour. Mais que disaient ses yeux, ce fameux soir de pluie ? Il devait absolument le découvrir. Et en attendant de savoir, il était comme figé, incapable d'esquisser un pas vers elle ou en arrière.

Un coup fut frappé à la porte et il étouffa un juron. Il lui fallait une heure de plus. En une heure, il aurait le temps d'imprimer la photo et de trouver, peut-être, la réponse à sa question. Il feignit donc de n'avoir rien entendu.

— Shade, ouvre-moi ! C'est mon tour.

— Repasse dans une heure.

— Une heure !

Bryan martela la porte.

— Shade, je suis en train de me liquéfier, dehors ! Sans compter que je t'ai déjà accordé vingt minutes de plus.

Dès l'instant où il ouvrit la porte, Bryan perçut les ondes d'irritation qui emplissaient la pièce. Ne se sentant pas d'humeur à le questionner, elle se contenta de hausser un sourcil avant de pénétrer dans la chambre. S'il était de mauvaise humeur, c'était son problème, tant qu'il veillait à l'emporter avec lui en partant.

D'un geste désinvolte, elle posa son appareil photo et son soda glacé sur une petite table.

— Alors, comment ça s'est passé ?

— Je n'ai pas terminé.

Elle commença à sortir de son sac les boîtes de pellicules en haussant les épaules.

— Il te reste encore demain.

Il était hors de question qu'il patiente jusqu'au lendemain ! songea Shade. Il avait besoin de savoir tout de suite !

— Si tu me laisses le temps dont j'ai besoin, je n'aurai pas besoin de revenir demain. Tu auras la chambre noire pour toi toute seule…

Bryan fit couler de l'eau dans un bac en plastique.

— Désolée, Shade, mais j'ai usé toutes mes batteries dans cette chaleur moite. Si je ne me mets pas au boulot ici, tout de suite, je rentre à l'hôtel et je dors jusqu'à ce soir. Ensuite, c'est moi qui serai à la traîne. Qu'y a-t-il donc de si important ?

Il enfouit les mains dans ses poches.

— Rien. J'avais juste envie de finir.

— Et moi, je dois commencer, murmura-t-elle d'un ton absent, en vérifiant la température de l'eau.

Il la regarda faire un moment, appréciant sa manière de ranger les flacons selon ses préférences. Des petites mèches de cheveux humides bouclaient autour de son visage. Quand elle eut terminé d'installer son matériel, elle retira ses chaussures. Submergé par un mélange d'amour, de désir et de confusion, Shade tendit la main pour effleurer son épaule.

— Bryan…

— Mmm ?

Sur le point de combler la distance qui les séparait, il se ravisa.

— A quelle heure penses-tu avoir fini ?

— Tu ne serais pas déjà en train de me mettre à la porte, par hasard ? lança-t-elle d'un ton mi-amusé, mi-agacé.

— Je demande juste pour venir te chercher.

Elle suspendit son geste et jeta un coup d'œil par-dessus son épaule.

— Pourquoi ?

— Parce que je ne veux pas que tu rentres seule s'il fait nuit.

— Pour l'amour du ciel, Shade !

Elle lui fit face, exaspérée.

— Sais-tu combien de fois je me suis baladée seule, la nuit, dans les rues de New York ? Est-ce que j'ai l'air complètement débile ?

— Non.

Elle plissa les yeux, troublée par l'intonation de sa voix.

— Ecoute, Shade…

— Je veux venir te chercher, répéta-t-il en lui caressant la joue. Fais-moi plaisir, d'accord ?

Exhalant un long soupir, elle s'efforça de paraître agacée, mais ne put s'empêcher de prendre sa main dans la sienne, en proie à un subit attendrissement.

— 8 heures, 8 h 30.

— Parfait. On mangera un morceau avant de rentrer à l'hôtel.

— Là-dessus, au moins, on est d'accord.

Elle sourit et lâcha sa main avant de céder à l'envie de se blottir dans ses bras.

— Va vite prendre des photos… Je dois me mettre au boulot.

Il souleva sa sacoche et se prépara à partir.

— Si tu n'es pas prête quand je reviens, c'est toi qui invites…

Elle referma la porte derrière lui d'un geste ferme.

Elle ne perdait jamais la notion du temps quand elle travaillait. C'était un facteur bien trop important. Elle avançait rapidement dans le noir. Et dans la lumière ambrée ses gestes gardaient la même fluidité. Dès qu'une série de négatifs étaient développés et en train de sécher, elle passait à la série suivante et ainsi de suite.

Lorsqu'elle put enfin allumer le plafonnier, elle étira son dos, ses épaules et tâcha de se détendre.

Promenant un regard autour d'elle, elle s'aperçut alors qu'elle avait oublié quelque part la boisson qu'elle avait achetée en route. Imperturbable, elle prit une grande gorgée de soda tiédi, noyé dans l'eau.

Elle aimait cette étape du travail, appréciait l'extrême précision que cela demandait. Déjà, ses pensées vagabondaient vers les photos qu'elle venait de développer. Sa fibre créatrice brûlait de pouvoir s'exprimer. Est-ce qu'elle avait le temps de passer une fois encore en revue les négatifs avant le retour de Shade ? se demanda-t-elle en consultant sa montre. Non, elle n'avait pas le temps, ni l'envie de se retrouver dans la même situation que lui. Elle ne voulait pas être obligée d'abandonner un travail inachevé. Cédant à la curiosité, elle s'approcha de l'autre table pour jeter un coup d'œil aux épreuves qu'il avait tirées.

L'ensemble était impressionnant, mais elle n'en attendait pas moins de sa part. Peut-être oserait-elle lui demander un agrandissement du vieil homme coiffé d'une casquette de base-ball. La photo n'était pas dans son style habituel. Il était rare qu'il se concentre sur une seule personne et donne ainsi libre cours à ses émotions. Il lui avait avoué un jour ne plus avoir de compassion pour quiconque.

Elle secoua la tête en examinant le reste des épreuves.

En était-il vraiment convaincu, ou bien cherchait-il simplement à le faire croire aux autres ?

Soudain, elle se vit en photo et se figea, en proie à un mélange d'étonnement et de fascination. Elle se souvenait, bien sûr, de la manière dont Shade avait mis en scène cette image. D'abord avec une sorte de désinvolture amusée, puis sur le mode de la séduction, tandis qu'il testait différents angles et changeait les filtres. Elle se souvenait aussi de ses caresses… Elle n'avait rien oublié de ce moment. Alors pourquoi était-elle surprise ? Plus que surprise, d'ailleurs. Stupéfaite…

D'une main qui tremblait légèrement, elle s'empara d'une loupe qu'elle positionna sur le minuscule carré de papier. Elle avait l'air… offerte. Avalant sa salive avec peine, elle continua son examen de la photo. Elle avait l'air… douce. Peut-être était-ce un effet de son imagination ou, plus probablement, le talent du photographe. Mais surtout, elle avait l'air… *amoureuse*…

Elle reposa lentement la loupe et se redressa. « Le talent du photographe, se répéta-t-elle comme pour mieux s'en persuader. Une maîtrise parfaite des angles, de l'ombre et de la lumière. » Ce qu'un photographe capturait sur le papier ne reflétait pas toujours la réalité. Il s'agissait souvent d'une illusion ou bien de cette frontière confuse entre la vérité et l'illusion.

Une femme savait forcément quand elle était amoureuse. C'était en tout cas le sentiment de Bryan. On ne pouvait offrir son cœur sans en avoir conscience…

Fermant les yeux un instant, elle s'imprégna du silence de la pièce. Etait-elle passée à côté de quelque chose avec Shade ? Combien de temps pourrait-elle encore prétendre que le désir physique, le besoin de sentir la présence de l'autre, l'envie permanente d'être auprès de lui, étaient des sentiments indépendants l'un de l'autre ? L'amour les avait reliés, les avait cimentés en quelque chose de solide et de puissant.

Elle se tourna vers ses propres négatifs, accrochés à une corde. Elle avait réussi à en ignorer un. Un tout petit bout de pellicule qu'elle avait sélectionné sur une impulsion, avant de le reléguer dans un coin de son esprit, redoutant ce qu'elle pourrait y voir. A présent, elle l'examinait avec une attention aiguë.

Les couleurs étaient inversées ; les cheveux de Shade y apparaissaient clairs et son visage foncé. Dans l'angle, la petite bande de rivière était blanche, comme les rames qu'il tenait dans ses mains. Mais elle distinguait nettement l'expression de son visage.

Si son corps paraissait détendu, son regard était d'une intensité incroyable. Laisserait-il un jour son esprit au repos ? Finement dessinés, ses traits étaient empreints de dureté ; seule sa bouche paraissait douce et sensible. Shade était un homme qui supportait mal les erreurs, autant les siennes que celles des autres. Un homme qui savait discerner l'essentiel de l'accessoire. Un homme capable de bâillonner ses émotions pour éviter de les dévoiler aux autres. Et quand il décidait de donner, il veillait malgré tout à rester maître du jeu.

Elle savait tout ça, elle le comprenait et elle l'aimait.

Elle avait déjà été amoureuse et, à l'époque, ce sentiment ne lui avait pas posé de problème. En apparence, tout du moins. Car, au bout du compte, l'amour n'avait pas suffi. Que savait-elle au fond des mécanismes de l'amour ? Elle avait échoué une fois ; comment pouvait-elle croire un seul instant qu'elle réussirait avec un homme comme Shade ?

Elle l'aimait, c'était sa seule certitude. Et au nom de cet amour, elle devrait se montrer suffisamment forte, suffisamment responsable pour le laisser partir.

« Règle numéro un, se rappela-t-elle en commençant à ranger la pièce. Pas de complications. » Ces trois mots dansèrent dans sa tête à la manière d'une litanie jusqu'à ce que Shade frappe à la porte.

Lorsqu'elle lui ouvrit, elle y croyait presque.

Ils avaient atteint leur destination finale. C'était le dernier jour de leur périple. L'été n'était pas éternel. Sans doute ferait-il encore beau quelques semaines. Les fleurs continueraient à éclore par esprit de provocation. De la même manière que le dernier jour d'école avait symbolisé le début de l'été, le week-end du *Labor Day* marqua son terme dans l'esprit de Bryan.

Les fruits de mer au barbecue, les fêtes sur la plage, les feux de joie. Les plages brûlantes et la fraîcheur de l'océan. Bienvenue à Cape Cod… Tournois de beach-volley et postes de radio braillards. Petits groupes d'adolescents occupés à parfaire leur bronzage afin d'épater la galerie le jour de la rentrée. Dernières baignades en famille avant l'arrivée de l'automne. Barbecues fumant dans les jardins, derniers matchs de la saison de base-ball. Comme s'il savait que son temps était compté, l'été déversait ses dernières vagues de chaleur accablante.

Bryan s'en réjouissait. Elle tenait à ce que cet ultime week-end incarne à lui seul l'essence même de l'été. Qu'il soit brûlant, enfiévré, torride. Elle voulait que ses deux derniers jours en compagnie de Shade soient à l'image de l'été.

On pouvait toujours camoufler le sentiment amoureux derrière la passion physique. Elle avait envie de se laisser porter par les flots du désir. Les longues journées étouffantes se fondaient en longues nuits moites, et Bryan s'y accrochait désespérément.

Sa fébrilité presque palpable, ses exigences soudaines, pouvaient toujours s'expliquer par la chaleur de plomb.

Et tandis qu'elle se montrait plus agressive, Shade, lui, faisait preuve d'une étonnante douceur.

Il avait remarqué son changement d'humeur, même s'il n'avait fait aucun commentaire à ce sujet. Il l'avait senti le soir où il était passé la chercher à la chambre noire. Elle imaginait sans doute pouvoir dissimuler sa nervosité, mais il avait l'impression de la voir sursauter chaque fois qu'il posait les yeux sur elle.

Elle avait pris une décision ce soir-là, dans leur intérêt à tous les deux, pensait-elle. Shade avait également pris une décision dans cette même chambre noire, le lendemain, alors que la photo de Bryan prenait vie sous ses yeux.

Sur la route de l'est, ils étaient devenus amants. Alors qu'ils s'apprêtaient à parcourir le chemin en sens inverse, il trouverait un autre moyen de la séduire, comme un homme s'efforce de séduire la femme avec qui il souhaite passer le restant de ses jours.

Il fallait d'abord de la tendresse, même si ce n'était pas son fort. L'empressement, l'insistance, s'il fallait en arriver là, viendraient après. C'était déjà plus sa partie.

— Quelle journée !

Bryan s'affala à l'arrière de la camionnette. Les deux portières étaient grandes ouvertes pour faire circuler l'air.

— Tu n'imagines pas le nombre de personnes à moitié nues qui ont croisé mon chemin !

Le gratifiant d'un sourire, elle se cambra pour s'étirer. Elle ne portait rien d'autre que son maillot de bain rouge et une fine tunique blanche qui ne cessait de glisser sur ses épaules.

— Tu ne jures pas avec le décor, plaisanta-t-il.

Elle examina ses jambes.

— Au moins, ce boulot n'aura pas ruiné mon bronzage, murmura-t-elle avant de bâiller et de s'étirer de nouveau. Il nous reste encore deux bonnes heures de soleil. Pourquoi n'enfiles-tu pas quelque chose d'indécent pour te balader avec moi sur la plage ?

Elle se leva et noua les bras autour de son cou.

— On irait se rafraîchir un peu dans l'eau, susurra-t-elle en effleurant ses lèvres, provocante. Ensuite, on reviendrait ici et on se réchaufferait.

— J'aime assez la deuxième partie du programme.

Il captura ses lèvres dans un baiser plus exigeant, et sentit son souffle glisser sous ses doigts comme elle exhalait un soupir.

— Pourquoi n'irais-tu pas te rafraîchir sans moi ? J'ai des choses à faire ici.

La tête posée sur son épaule, Bryan se retint de ne pas insister. Elle avait envie qu'il vienne avec elle, elle désirait passer auprès de lui le temps qu'il leur restait, jusqu'à la dernière seconde. Le lendemain, elle lui annoncerait sa décision de regagner la Californie en avion. C'était leur dernière nuit, mais elle seule le savait.

— D'accord.

Elle parvint à sourire en s'écartant de lui.

— Je ne peux pas résister à l'envie d'aller me baigner quand la mer est à deux pas. Je serai de retour dans deux heures.

— Amuse-toi bien !

D'un air absent, il lui donna un baiser et se détourna. S'il l'avait suivie des yeux, il l'aurait vue hésiter puis faire demi-tour avant de se raviser et repartir vers la plage.

L'air s'était considérablement rafraîchi, lorsque Bryan regagna la camionnette. Sur la plage, les feux de camp attendaient qu'on les allume. Quelques accords de guitare hésitants retentirent dans le lointain. La nuit promettait d'être mouvementée.

Elle s'immobilisa un instant pour contempler l'océan.

D'un geste mécanique, elle repoussa ses cheveux dénoués, encore humides après son bain dans l'Atlantique. Elle avait le temps d'attraper son shampooing et d'aller se doucher avant de se préparer un sandwich. D'ici à une heure ou deux, lorsque les feux de joie brilleraient sur la plage et que la musique résonnerait dans la nuit, Shade et elle iraient prendre quelques photos.

Les dernières, songea-t-elle en ouvrant la portière de la camionnette.

Elle cligna des yeux, surprise par la lumière vacillante. Puis elle contempla la scène qui s'offrait à elle d'un air hébété. Des bougies, une nappe et des serviettes en tissu. La petite table pliante qu'ils installaient parfois entre les deux banquettes disparaissait sous une nappe d'une blancheur immaculée. Deux bougies rouges brillaient dans des photophores de verre. Pliées avec élégance, des serviettes en tissu rouge ornaient les assiettes. Dans un soliflore en cristal se dressait un bouton de rose tout juste éclos. A l'avant, la radio jouait une musique douce.

Debout devant l'étroit plan de travail du van, Shade parsemait une salade verte de pousses de luzerne.

— Tu as bien nagé ? demanda-t-il d'un ton désinvolte, comme si la scène n'avait rien d'inhabituel.

— Oui, je... Shade, où as-tu trouvé tout ça ?

— J'ai fait un petit tour en ville. J'espère que tu aimes les épices dans les crevettes. Je les ai préparées à mon goût.

Ça se sentait... Entre l'odeur de la cire fondue et le délicat parfum de la rose se glissaient des effluves d'épices appétissants. Dans un éclat de rire joyeux, Bryan s'approcha de la table et effleura une bougie du bout des doigts.

— Comment tu t'es débrouillé pour préparer tout ça ?

— Il se trouve que j'ai quelques compétences culinaires...

Elle leva les yeux vers lui. Eclairé par la lueur dorée de la bougie, son visage était ravissant, avec ses traits finement ciselés. Ses yeux étaient sombres, tout empreints de mystère. Mais Shade vit surtout ses lèvres s'incurver en un sourire hésitant, comme elle tendait la main vers lui.

— Tu as fait tout ça pour moi ?

Il caressa doucement ses cheveux et tous deux frissonnèrent au même instant.

— J'ai l'intention de dîner, moi aussi.

— Je ne sais pas quoi dire…

Ses yeux s'embuèrent, mais elle n'essaya pas de ravaler ses larmes.

— Je ne sais pas, vraiment.

Il prit sa main et, avec un naturel qu'il n'avait encore jamais témoigné, lui embrassa les doigts l'un après l'autre.

— Essaie « merci ».

Elle déglutit avant de dire dans un souffle :

— Merci.

— Tu as faim ?

— J'ai toujours faim.

Dans un geste qui le bouleversa, elle prit son visage entre ses mains.

— Mais il y a des choses plus importantes que ça.

Elle embrassa ses lèvres et il se laissa happer par les saveurs de sa bouche. Il avait toujours voulu se laisser aller de la sorte avec elle, sans jamais vouloir l'admettre. Mais à présent, c'était différent. Il l'enlaça doucement, tendrement.

Leurs deux corps s'épousaient à la perfection. Pour Bryan, ce constat était presque douloureux. Il lui sembla que leurs respirations se mêlaient jusqu'à ce que leurs deux cœurs battent à l'unisson. Glissant ses mains sous sa tunique, Shade lui caressa le dos, s'attardant sur sa peau encore humide.

« Oui… Touche-moi. »

Elle l'attira tout contre elle, pour mieux lui faire comprendre ce que criait son corps.

« Savoure-moi. »

Sa bouche s'ouvrit soudain, chaude et avide, comme pour aspirer tout ce qu'il pourrait lui donner.

« Aime-moi. »

Elle promena ses mains sur le corps de Shade, comme pour effleurer du bout des doigts le sentiment qu'elle recherchait. Pour l'effleurer, s'en emparer et le retenir — fût-ce pour une seule nuit.

Shade huma sur sa peau l'odeur de la mer, de l'été, de la nuit. Il sentit le feu de la passion lorsqu'elle arqua son corps contre lui. Le désir, les besoins, les pulsions... Il embrassa tout, en embrassant ses lèvres. « C'est encore trop tôt », le prévint une petite voix intérieure, alors qu'il commençait à perdre pied. Encore trop tôt pour demander, trop tôt pour parler. Elle avait besoin de temps et de subtilité, or il n'était pas très doué dans ce domaine-là.

Il la repoussa légèrement, incapable de la relâcher tout à fait. En la contemplant, il crut voir sa propre renaissance. Tout ce qu'il avait fait et vu par le passé, tous ses souvenirs n'avaient plus d'importance. Il n'y avait plus qu'un seul élément vital dans son existence, et il le tenait dans ses bras.

— J'ai envie de faire l'amour avec toi.

La respiration de Bryan s'accéléra, son corps trembla.

— Moi aussi.

Il resserra son étreinte, s'efforçant de mettre un peu d'ordre dans ses pensées.

— Mais la chambre est un peu petite...

Cette fois, elle esquissa un sourire avant de l'attirer à elle.

— On peut toujours s'installer par terre...

Plus tard, une fois dissipées les brumes de son esprit et une fois son sang refroidi, Bryan ne se souviendrait que du tumulte de sensations, du raz de marée de volupté. Les saveurs, les odeurs, tout se mélangeait délicieusement.

Le désir de Shade n'avait jamais été aussi intense, aussi fougueux. Etait-ce l'intonation de sa voix — étrangement sourde, presque étouffée quand il murmurait son prénom — qui le lui disait ? Ou bien étaient-ce ses gestes fébriles lorsqu'il fit glisser son maillot sur son corps, explorant, torturant chaque parcelle de peau dévoilée ?

Bryan comprit alors que ses propres sentiments avaient atteint un sommet qu'elle ne pourrait jamais exprimer avec des mots. Les mots étaient devenus inutiles. Elle pouvait seulement montrer. L'amour, les regrets, les désirs, les rêves, tout cela tourbillonna en elle avec une force inouïe. Et même lorsqu'ils eurent échangé tout ce qu'ils avaient à donner, elle resta accrochée à lui, retenant l'instant présent comme on tient entre ses doigts une photo jaunie qu'on aurait contemplée trop souvent.

Blottie contre lui, la tête posée sur son torse, elle esquissa un sourire. Ils s'étaient tout donné. Que demander de plus ? Paupières closes, elle pressa ses lèvres sur la peau moite de Shade. Rien ne gâcherait cette soirée. Dîner aux chandelles et fous rires partagés. Elle n'oublierait jamais cette belle parenthèse.

— J'espère que tu as préparé plein de crevettes, murmura-t-elle. Je meurs de faim !

— J'ai préparé de quoi nourrir un adulte normalement constitué et une goinfre.

Elle s'assit en riant.

— Génial !

Elle enfila sa tunique, puis se leva d'un bond et alla inhaler l'odeur des crevettes qui revenaient doucement dans la poêle.

— Ça sent divinement bon ! Je ne savais pas que tu étais doué pour la cuisine.

— J'ai décidé qu'il était temps de te dévoiler quelques-unes de mes autres qualités admirables.

Un demi-sourire aux lèvres, elle se retourna au moment où il enfilait son short.

— Ah bon ?

— Eh oui. Après tout, il nous reste encore un bon bout de chemin à parcourir ensemble.

Il s'interrompit et l'enveloppa d'un regard énigmatique.

— Un sacré bout de chemin, même.

— Je ne...

Elle se tut brusquement et se détourna pour mélanger la salade.

— Ça a l'air très bon, reprit-elle d'une voix trop enjouée.

— Bryan...

Alors qu'elle s'apprêtait à sortir des assiettes, il la saisit par le bras.

— Que se passe-t-il ?

— Rien.

Pourquoi devinait-il toujours ses pensées ? Ne pouvait-elle donc rien lui cacher ?

Il s'approcha d'elle et l'obligea à lui faire face.

— Qu'est-ce qu'il y a ?

— On en parlera demain, d'accord ?

Le ton était toujours aussi faussement léger.

— J'ai vraiment très faim.

— On en parle tout de suite ! insista-t-il en la secouant légèrement, leur rappelant à tous les deux que sa patience avait des limites.

— J'ai décidé de rentrer en avion, avoua-t-elle alors d'une traite. Il y a un vol demain après-midi.

Il se figea, comme pétrifié, mais elle n'y prêta pas attention, trop occupée à préparer son explication.

— Pourquoi ?

— J'ai dû entièrement chambouler mon planning de travail pour cette commande. Alors ça me faciliterait les choses de gagner un peu de temps sur la date de retour.

Son discours ne tenait pas la route, elle en était consciente.

— Pourquoi ? répéta-t-il, lui signifiant ainsi qu'il n'était pas dupe.

Elle ouvrit la bouche, sur le point de lui livrer une

autre variation sur le même thème. Mais son regard l'en dissuada.

— J'ai envie de rentrer, c'est tout. Je sais que tu aimerais bien que je te tienne compagnie sur le chemin du retour, mais notre mission est terminée. De toute manière, tu iras plus vite sans moi.

Shade luttait contre la colère qui menaçait de le submerger. La colère n'était pas la solution. S'il sortait de ses gonds, il crierait, menacerait. Et ça n'arrangerait rien…

— Non, dit-il simplement.

— Non ?

— Tu ne prendras pas l'avion demain.

Il parlait d'un ton calme, mais son regard reflétait bien d'autres émotions.

— Nous rentrerons ensemble.

Elle s'arma de courage.

— Ecoute, Shade…

— Assieds-toi.

— Pardon ? fit-elle d'un ton hautain qui ne lui ressemblait pas.

Pour toute réponse, Shade l'obligea à s'asseoir sur la banquette. Puis il ouvrit un tiroir d'où il sortit l'enveloppe en papier kraft contenant ses dernières photos. Après les avoir étalées sur la table, il sélectionna celle qu'il avait prise dans la chambre du motel.

— Qu'est-ce que tu vois ? demanda-t-il d'un ton abrupt.

— Moi.

Elle s'éclaircit la gorge avant d'ajouter :

— Je me vois moi, quelle question.

— Ce n'est pas suffisant.

— C'est pourtant tout ce que je vois, insista Bryan en évitant de regarder la photo. Il n'y a rien d'autre à voir.

La peur modifia alors l'attitude de Shade, et il eut terriblement peur, soudain, d'avoir imaginé sur cette photo quelque chose qui ne s'y trouvait pas.

— C'est une photo de toi, en effet. Une femme ravissante, désirable. Une femme, poursuivit-il d'une voix lente, *en train de regarder l'homme qu'elle aime.*

Il l'avait mise à nue, incontestablement. Elle eut l'impression qu'il l'avait dépouillée des faux-semblants, des protections, des camouflages qu'elle avait accumulés au fil des ans. Elle avait vu exactement la même chose sur cette photo. Elle l'avait vu, mais de quel droit la déshabillait-il ainsi ?

— Tu prends trop, déclara-t-elle d'une voix étrangement posée.

Elle se leva, se détourna de lui.

— Beaucoup trop.

Un flot de soulagement submergea alors Shade. Il avait vu juste ! L'amour était bien là et il y voyait sa propre renaissance.

— Je ne prends que ce que tu as déjà donné.

— Non.

Elle lui fit face, s'accrochant à ce qu'il lui restait d'illusions.

— Je n'ai rien donné. Mes sentiments m'appartiennent. Je ne t'ai rien demandé, moi, et je ne te demanderai rien !

Elle marqua une pause, inspira longuement, puis ajouta :

— On avait conclu un accord, Shade. Pas de complications.

— Mais il semblerait que nous soyons l'un et l'autre revenus sur notre parole, tu ne crois pas ?

Il prit sa main dans la sienne avant qu'elle ait le temps de se dérober.

— Regarde-moi, Bryan.

Le visage de Shade était tout proche, éclairé par la lueur vacillante des bougies. Et la lumière douce révélait ce qu'il avait vu, ce qu'il avait vécu, ce qu'il avait surmonté.

— Tu ne vois donc rien quand tu me regardes ? Serait-il possible que tu voies davantage de choses chez un inconnu croisé sur la plage, une femme dans la foule, un gamin au coin d'une rue ? Que vois-tu, Bryan, bon sang ?

— Je vois un homme, répondit-elle d'une voix saccadée. Un homme qui a vu beaucoup trop de choses. Je vois un homme qui a appris à maîtriser parfaitement ses sentiments, parce qu'il ne sait pas ce qui se passerait s'il lâchait prise. Je vois un esprit cynique qui n'a pourtant pas réussi à détruire complètement sa sensibilité, son empathie.

— C'est juste, admit Shade, bien que ce soit à la fois plus et moins que ce qu'il voulait entendre. Quoi d'autre ?

— Rien, murmura Bryan, au bord de la panique. Rien d'autre.

— Où est donc passé ton don pour percer les autres à jour ? Qu'as-tu fait de cette incroyable sensibilité qui te permet de détruire la façade vernissée d'un homme de pouvoir caractériel, pour lire ses véritables pensées ? Je veux que tu fasses pareil avec moi, Bryan.

— Je ne peux pas. Parce que j'ai peur.

Peur ? Shade n'avait jamais songé à ça. Elle qui prenait toujours les émotions à bras-le-corps, qui allait les chercher, qui n'hésitait pas à creuser pour les débusquer…

Relâchant son étreinte, il prononça alors les mots les plus difficiles à dire pour lui :

— Je t'aime.

Trois mots qui la percutèrent violemment, lui coupèrent le souffle. S'il le disait, il le pensait, elle n'avait aucun doute là-dessus. S'était-elle laissé absorber par ses propres sentiments au point de ne pas voir ceux de Shade ? C'était tellement tentant… Ce serait si simple de se blottir dans ses bras et de prendre le risque. Mais ils étaient déjà passés par là, tous les deux : ils avaient déjà pris ce risque-là et avaient échoué.

— Shade…

Elle s'efforça de mettre de l'ordre dans ses pensées.

— Je ne… tu ne peux…

— Je veux te l'entendre dire.

Il l'attira vers lui. Impossible de s'échapper.

— Je veux que tu me regardes et que tu me le dises, sachant que tout ce que tu penses de moi est vrai.

— Ça ne marcherait pas, protesta-t-elle. Tu ne comprends pas ça ? Il me faudrait tout parce que je serais assez naïve pour croire que cette fois, peut-être… avec toi… Or le mariage, les enfants, tu n'en veux plus et je peux le comprendre. J'étais moi-même persuadée que je n'étais pas faite pour ça avant que la situation m'échappe…

Il se sentait plus calme à présent, malgré la nervosité de Bryan.

— Tu ne me l'as pas encore dit.

— D'accord, fit-elle en criant presque. D'accord, très bien, je t'aime, moi aussi, mais je…

Il captura ses lèvres pour couper court à ses explications. Il désirait seulement savourer ces trois petits mots et apprécier tout ce qu'ils signifiaient pour lui. Une véritable rédemption. Et l'idée l'emplissait de joie.

— Tu ne manques pas d'air, murmura-t-il contre sa bouche, de me dire ce que je veux et ce que je ne veux pas.

— Shade, je t'en prie.

Cédant à la tentation, elle posa la tête sur son épaule.

— Je n'ai pas envie que les choses se compliquent. Si je prends l'avion demain, on aura le temps de prendre du recul, tous les deux. Le travail…

— Occupe une place importante dans nos vies, oui, enchaîna-t-il. Mais c'est tout de même beaucoup moins important que ça !

Il attendit qu'elle lève lentement les yeux vers lui. Il parlait à présent d'une voix apaisée. Son étreinte s'était relâchée ; il la tenait toujours dans ses bras, mais il n'y avait plus de désespoir dans ses gestes.

— Rien n'est plus important, Bryan. Tu n'avais pas envie de ça et je pensais pouvoir m'en passer aussi, mais je me suis trompé. J'ai l'impression de renaître grâce à toi ! De prendre enfin conscience de ce qui compte véritablement dans la vie. Un peu comme si tu me purifiais, confessa-t-il en glissant une main dans ses cheveux. Tu m'as redonné l'envie d'espérer, de croire encore en l'avenir. Penses-tu vraiment que je vais te laisser me reprendre tout ça ?

A ces mots, Bryan sentit ses doutes se dissiper lentement. Une deuxième chance ? N'avait-elle pas toujours cru que cela existait ? C'était un travail à long terme. Il fallait y mettre du sien pour réussir.

— Non, chuchota-t-elle. Mais il me faut une promesse. Une simple promesse, Shade, et après ça, nous aurons la vie devant nous.

— Je promets de t'aimer et de te respecter. De prendre soin de toi, que ça te plaise ou non ! Et je te promets que tout ce que je suis t'appartient.

Il tendit le bras vers le placard, ouvrit la porte. Sous le regard éberlué de Bryan, il attrapa alors un petit pot rempli de pensées. Léger et sucré, leur parfum se répandit dans l'air.

— Plante-les avec moi, Bryan.

Elle posa ses mains sur les siennes. N'avait-elle pas toujours pensé que la vie pouvait être très simple, quand on le décidait ?

— Dès que nous serons rentrés…

Épilogue

— Aide-moi un peu, tu veux ?

— Non !

Bryan disposait les ombrelles autour de lui. Il lui sembla qu'elle prenait beaucoup trop de temps à régler l'éclairage.

— C'est toi qui as dit que je pouvais te demander tout ce que je voulais pour Noël, lui rappela-t-elle en plaçant le posemètre devant son visage. Et je veux cette photo !

— Tu m'as extorqué cette promesse dans un moment de faiblesse passagère.

— Tant pis pour toi !

Imperturbable, Bryan recula de quelques pas pour étudier les angles. Voilà... la lumière était parfaite, les ombres idéalement placées.

— Shade, arrête de faire la grimace, d'accord ?

— J'ai accepté que tu me prennes en photo. Je n'ai pas dit que le résultat serait beau à voir.

— Aucun risque, c'est clair..., murmura Bryan.

D'un geste agacé, elle repoussa ses cheveux et le mince anneau d'or qui encerclait son annulaire gauche captura la lumière. Shade le regarda briller avec le même plaisir étrange que celui qu'il éprouvait en songeant qu'ils formaient une équipe, tous les deux, dans tous les sens du terme. Esquissant un sourire, il tendit la main gauche et attrapa celle de Bryan de sorte que leurs alliances se touchent en tintant légèrement.

— Tu es sûre de vouloir cette photo comme cadeau de Noël ? J'avais songé à t'offrir cinq kilos de chocolats français.

— C'est mesquin, ça, Colby. Très mesquin !

Refusant de se laisser distraire, elle s'écarta de lui.

— Je veux ma photo. Et si tu fais le méchant, je m'achèterai mes chocolats moi-même. Sache toutefois que certains maris ne reculent devant rien pour satisfaire le moindre caprice de leur épouse, quand elle est dans le même état que moi.

Shade jeta un coup d'œil à son ventre plat sous la salopette trop grande pour elle. L'idée qu'une vie grandissait là-dedans ne cessait de l'émerveiller. Une vie dont ils étaient tous deux responsables.

Lorsque l'été reviendrait, ils tiendraient dans leurs bras leur premier enfant. Il s'interdisait de lui avouer qu'il se faisait violence pour ne pas la cajoler, l'entourer de mille et une attentions, la surprotéger. Au prix d'un effort, il haussa les épaules et enfonça les mains dans ses poches.

— Tu as tiré le mauvais numéro, qu'est-ce que tu veux que je te dise… Mais tu savais à quoi t'attendre en m'épousant.

Bryan l'observa à travers le viseur. Il avait les mains dans les poches, et pourtant elle sentait qu'il n'était pas détendu. Comme toujours, son corps était prêt à bouger, son esprit déjà en mouvement. Mais dans ses yeux elle vit le plaisir, la gentillesse et l'amour. Ensemble, ils faisaient tout pour avancer dans la même direction.

Il ne sourit pas, mais elle sourit pour lui en appuyant sur le déclencheur.

— Je le savais, en effet, admit-elle dans un souffle.

Composé et édité par HarperCollins France

Achevé d'imprimer en France par CPI
en octobre 2019

Dépôt légal : juillet 2019
N° d'impression : 2047631

Pour l'éditeur, le principe est d'utiliser des papiers composés de fibres naturelles, renouvelables, recyclables, et fabriquées à partir de bois issus de forêts qui adoptent un système d'aménagement durable. En outre, l'éditeur attend de ses fournisseurs de papier qu'ils s'inscrivent dans une démarche de certification environnementale reconnue.